황금잔

The Golden Bowl

황금잔

Volume 1
THE PRINCE

헨리 제임스 지음
남유정·조기준 옮김

Contents

PART I

1.

    왕자는 런던을 언제나 좋아했고, 고대국가의 진실에 관한 생각을 티베르강Tiber, 이탈리아 중부를 흐르는 강에 두고 오기보다는 템스강에서 더 확신하는 현대 로마인 중 한 명이었다. 그는 당대의 로마보다는 현재의 런던에서 세계가 경의를 보내는 도시의 전설을 인정했다. 지배권Imperium에 관한 질문에 그는 혼잣말했고, 로마인으로 그 질문에 관한 생각을 조금 더 하고 싶으면, 런던 브릿지London Bridge나 5월 어느 화창한 오후에 하이드 파크 코너Hyde Park Corner에서 했다. 우리가 그에게 관심을 보이는 바로 현재, 확실치 않지만, 그가 좋아하는 걸 생각해 보면 그의 발걸음이 향한 곳은 사실 두 곳 모두 아니다. 그는 그저 비교적 짧은 거리의 본드가Bond Street를 배회했는데, 금과 은으로 된 거대하고 무거운 물건들이 보석처럼 전시되거나 여러 가지 용도로 마구 사용한 가죽, 강철, 놋쇠가 마치 제국의 오만함 속에서 먼 옛날 승리의 전리품처럼 진열된 창가에 종종 멈춰 섰다. 하지만 젊은이의 행동을 보면 집중력이 좋지 않다는 걸 알 수 있었는데, 사람들이 인도를 지나갈 때 리본으로 장식된 큰 모자로 얼굴에 드리워진 그림자나 마차를 기다리며 삐딱하게 기울인 실크 양산 밑의 옅은 색 머리에 관심을 보였다. 그리고 비록 계절이 바뀌고 거리의 열기가 사라지기 시작했지만, 8월 오후에 경치 분위기에 대한 기대감이 표정에 나타났고, 왕자의 알 수 없는 생각은 큰 징후로 나타났다. 뭔가에 집중하기에는 그가 가만히 있지 못하는 건 사실이었고, 지금 그가 막 떠올렸을 생각은 추구할 일에 관한 것이었다.

그는 6개월 동안 살면서 한 번도 해보지 못한 것을 추구했고, 우리가 그와 함께하면서 실제로 그를 불안하게 한 것은 그가 어떻게 정당화해왔는지에 대한 생각이었다. 마음을 사로잡는 일을 찾았거나 그가 원했던 대로 성공은 미덕으로 보답했고, 이런 일들에 관한 생각으로 그는 그 시간 동안 즐거워하기보다는 다소 진지했다. 그의 잘생긴 얼굴에는 실패와 어울리지 않은 심각함과 구조적으로 균형이 잡히고 진지하고 동시에 기능적으로 빛나는 짙은 푸른 눈에 콧수염은 짙은 갈색이었고, 표정은 영국인으로 보기에는 분명히 '이질적'이었고, '교양 있는' 아일랜드인처럼 보였다는 것에 소소한 기쁨을 느끼는 그의 모습이 종종 목격되었다. 3시 바로 직전에 그의 운명은 사실상 봉인되었고, 심지어 누군가 어떤 다툼도 하지 않는 척하는 그 순간에 열쇠가 가장 강력한 자물쇠를 단단하게 채웠다. 더 나아가 아직 자신이 했던 일을 아는 거 말고는 할 일이 없었고, 우리의 등장인물은 목적 없이 방황하는 동안 그 점을 생각했다. 마치 그가 결혼한 것처럼, 이미 변호사가 너무나 확실하게 3시에 날짜를 정했으며 그리고 그 날짜가 지난 지 이제 며칠 되었다. 그는 8시 반에 젊은 아가씨와 식사하기로 했고 그녀 아버지를 대신하는 런던 변호사들은 로마에서 막 왔고 바로 다시 떠나기 전에 베버 씨 때문에 '런던에서 알게 된' 놀라운 상황으로 칼데로니Calderoni의 사업과 고무적인 화합을 이뤘는데, 베버 씨는 협의에서 수백만 가지 손쉬운 방법으로 상호주의 원칙에 따라 합의를 이뤘다. 이 시간 동안 왕자가 가장 충격받은 상호관계는 칼데로니가 존경의 뜻으로 일행들에게 사자를 보여줬다는 것이었다. 이 시점에서 젊은이가 분명히 의도한 게 세상에 하나 있다면, 그가 생각할 수 있는 많은 친구에게 보여주는 모습보다 사위로서의 모습은 훨씬 더 괜찮다는 것이었다. 그는 자신과 매우 다른 친구들을 영어로 생각했다. 그는 마음속으로 영어로 자신의 차이점을 생각했는데, 어린 시절부터 입에 붙었기 때문이었고, 그래서 수많은 관계에서 말을 할 때나 들을 때 어떤 어색한 기색도 보이지 않는 것이 사는 데 편하다는 걸 알았다. 시간이 흐를수록, 더 친하다 해도 어쩌면 맹렬하게 더 크고 더 세심한 문제를 찾으려는 다른 사람들이 있을 수 있다는 점을 신경 썼지만, 이상하게 그 언어가 자신에게도 편하다는 걸 알았다. 베버 양은 그에게 그가 영어를 너무 잘한다고 말했는데, 그것이 그의 유일한 단점이었고 그녀에게 호의를 베풀려고 더 심한 말을 할 수도 없었다. 그는 "난 심한 말을 할 때는 프랑스어로 말해요."라고 말했었고, 따라서 당연히 심기가 불편할 때는 잘 맞는 언어가 있다는 걸 암시했다. 그 아가씨는 이 말을 이해했고, 늘 잘하고 싶었던 프랑스어 실력을 키운다고 그에게 알렸다. 그는 분명 그 말이 현명하다고 생각했지만, 그녀가 잘 대처한 건 아니었다. 그가 새로운 합의와 관련된 당사자들이 들었던 모든 대답처럼 다정하고 매력적인 말에 대한 왕자의 대답은 베버 씨와 동등하고 제대로 대화하기 위해 미국식 영어를 연습한다는 것이었다. 그의 예비 장인은 자유자재로 구사해서, 어떤 대화에서든 자신이 불리하다고 했고, 게다가 지금까지 살펴본 바에 따라 그녀의 맘이 아주 좋은 쪽으로 움직였다.

"나는 그분을 진정한 갈란투오모galantuomo, 이탈리아어로 신사라고 생각해요. 그리고 '틀림없어요.' 허풍 떠는 사람들은 많아요. 그분은 내 인생에서 지금껏 만나본 최고의 신사인 거 같아요."

"자기, 당연한 말 아니에요?" 그 아가씨는 유쾌하게 물었다.

바로 이 말에 왕자는 생각에 잠겼다. 그 젊은이가 알고 있는 사람들이 어떤 결과를 내지 못했던 일들이 베버 씨에게는 사실상 쓸데없는 것처럼 보였다. "뭐, 그분의 '방식'에 누군가는 의문을 가졌겠죠."

그녀는 그 말을 이해하지 못했다. "아버지의 '방식'이요? 방식 같은 거 없으세요."

"장인어른은 내 방식을 이해하지 못하세요. 당신 방식도요."

그 아가씨는 그를 비웃었다. "그렇게 말해줘서 고맙네요!"

"오, 자기 방식은 정말 대단해요. 하지만 장인어른은 당신만의 방식이 있어요. 이해해요. 그러니까 의심하지 말아요. 그 점이 그분한테서 눈에 띈다는 말이에요."

"아버지가 선량해서 그런 거예요." 우리의 아가씨는 이 말에 반대했다.

"아, 선하다면 누군가를 내몰지는 않아요. 그게 진짜라면, 선량하면 사람들을 받아들이죠." 그는 자신의 식별력에 즐거웠다. "아뇨, 그게 장인어른의 방식이에요."

그러나 그녀는 여전히 궁금했다. "그건 미국식 방식이에요. 그뿐이에요."

"맞아요. 그뿐이죠! 장인어른에게 잘 맞아요. 그래서 분명 뭔가에 도움이 될 거예요."

"당신에게 도움이 될 거라고 생각해요?" 매기 베버Maggie Verver는 웃으면서 물었다.

그 질문에 그는 아주 기쁘게 답했다. "당신이 정말 알고 싶다면, 이제 그 어떤 것도 나에게 상처 주거나 도움이 된다고 생각하지 않아요. 당신도 나처럼 직접 알게 될 거예요. 하지만 내가 절실히 바라는 갈란투오모에 대해 이야기하자면, 난 기껏해야 잘게 썰어서 소스를 듬뿍 바르고, 고기 수프Creme de volaille를 요리하고 남은 닭고기 같아요. 당신 아버지는 닭장을 넘어 다니는 타고난 가금류예요. 그분의 깃털, 움직임, 소리 같은 건 나한테는 없어요."

"당연하죠. 닭은 산 채로 먹을 수 없잖아요!"

왕자는 이 말에 화를 내지 않았지만 확신했다. "음, 내가 살아 계시는 당신 아버지를 이용하고 있잖아요. 그게 그분을 경험할 수 있는 유일한 방법이죠. 난 계속 그러고 싶고, 장인어른이 미국식으로 말할 때 가장 생기가 넘치시니까, 내 기쁨을 위해서 관계를 쌓아야 해요. 장인어른은 다른 언어로 말하는 사람이 자신을 많이 좋아하지 못하도록 하세요."

그 아가씨가 계속 이의를 제기하는 건 별로 중요하지 않았으며, 단순히 그녀의 재미난 장난이었다. "아버지는 중국어를 해도 당신이 좋아하게 만드실걸요."

"그건 쓸데없는 고민이에요. 필연적인 말투의 결과물이라는 거죠. 그러니까 난 장인어른이 할 법한 말투를 좋아하는 거예요."

그녀는 웃으며 말했다. "아, 우리가 관계를 끝내기 전에 충분히 들을 거예요."

사실 이 말에는 그가 살짝 얼굴을 찌푸렸다.

"내가 당신과 '끝났다'라는 게 무슨 말이죠?"

"알 만큼 알았다는 거죠."

그는 사실 그 말을 쉽게 농담으로 받아들일 수 있었다. "아, 알겠어요. 알 만큼 아니까, 절대 놀라지 않을 거예요. 반면 정말 아무것도 모르는 건 당신이에요. 나에게 두 가지 면이 있어요." 그렇다, 그는 감정이 격해진 상태에서 말을 이었다. "하나는 다른 사람들의 이력, 처신, 결혼, 범죄, 어리석음, 끝없는 아둔함으로 특히 악명 높은 돈 낭비는 나와 관련됐을 거예요. 이런 일은 말 그대로 여러 권의 책과 장서로 기록됐고, 지긋지긋한 만큼 공개적으로 알려져 있죠. 모두가 그걸 알 수 있고 당신 두 사람 모두 그 점을 아주 잘 알죠. 하지만 당연히 또 다른 작은 면이 있고, 나의 자아를 보여주는 잘 알려지지 않고 별 중요치 않은 개인적인 거예요. 당신은 이 점에 대해서는 아무것도 몰라요."

그 아가씨는 당당히 말했다. "다행이네요, 자기. 내 미래는 어떻게 될까요?"

젊은이는 그녀가 그 말을 할 때 얼마나 아름답게 보였는지를 아주 놀랍게도 지금도 분명히 기억했고, 다른 말로 표현할 수 없었다. 또한, 자신이 무슨 대답을 했는지도 기억했다. "우리는 가장 행복한 통치는 역사가 없는 통치라고 배웠죠."

"아, 난 역사는 두렵지 않아요!" 그녀는 그 점을 확신했다. "당신이 원한다면 그건 나쁜 점이라고 해두죠. 당신은 분명 눈에 띄어요. 애당초 내가 자기가 다르다고 생각한 점이 뭘까요? 당신은 분명 알았겠지만, 알려지지 않은 모습이나 특정한 자아가 아니에요. 당신의 후손, 어리석은 자들과 범죄자, 약탈과 소모적인 행동, 무엇보다 괴물 같은 사악한 교황은 가족 서고에 있는 많은 책에서 모두 다뤄지고 있어요. 내가 아직 두세 권밖에 안 읽었다면 나머지는 포기했을 거예요." 그녀는 그에게 다시 물었다. "그러니까 당신의 기록과 연대기, 오명이 없었다면, 당신은 어떻게 됐을까요?"

그는 이 말에 진지하게 생각했던 바를 떠올렸다. "금전적 상황은 조금 나아졌겠죠." 그러나 그때까지 그의 장점에 대해 깊이 생각한다고 그의 실제 처지는 그들에게 거의 중요하지 않았고, 아가씨의 대답을 계속 생각하지 않았다. 현재 그의 몸이 떠 있는 물을 달콤하게 하고, 향기로운 목욕을 하려고 금 마개로 된 유리병에서 부은 에센스로 물에 색깔을 더할 뿐이었다. 그 사람 이전에는 그 누구도, 심지어 악명 높은 교황도 목욕하면서 그렇게 몰두하며 앉아 있지 않았다. 그 문제에 있어 그의 집안 중 누구도 결국 역사에서 벗어날 수 없다는 것을 보여줬다. 궁전 건축업자가 꿈꿀 수 있었던 것보다 더 많은 돈을 가져서 의기양양하는 것일까? 이것은 그를 지루하게 하는 요소였고 매기는 때때로 묘한 색채를 보였다. 미국인의 대단한 선의를 제외하고 그들은 도대체 무슨 색깔인가? 그녀는 순진무구한 색을 띠고 있었지만 동시에 그녀 생각에 그와 이 사람들의 관계로 색깔이 번졌다. 그가 배회하는 동안 자기 생각을 되풀이했고, 우리가 그를 대변하는 경우에 관해 그가 더 말할수록 그에게 되돌아왔는데, 그 자체가 행운의 목소리였고 진정시키는 소리가 늘 들렸기 때문이었다. "당신 미국인들은 거의 놀라울 정도로 낭만적이네요."

"그럼요. 그래서 우리에게 모든 일이 좋아지는 거예요."

"모든 일이요?" 그는 궁금했다.

"뭐, 모든 게 다 좋죠. 세상이 아름답고, 세상 모든 것이 아름다워요. 많이 보고 있잖아요."

그는 그녀를 잠시 바라보았고, 그녀가 아름다운 세상에서 아름다운 사람이라는 인상을 자신에게 어떻게 줬는지 잘 알고 있었다. 하지만 그는 다음처럼 답했다. "너무 많이 봐서 가끔 당신이 힘든 거예요. 힘들지 않다면, 적어도 아주 조금만 봐요." 그는 조금 더 생각하더니 고쳐 말했다. 그러나 그는 그녀의 말을 상당히 인정했고 어쩌면 자신의 경고는 불필요했다.

그는 낭만적인 성향의 어리석음을 알았지만, 그들에게는 왠지 어리석은 생각이 없는 거 같았고 아무런 형벌 없이 순수한 기쁨만을 누리면 됐다. 그들의 즐거움은 자신들이 손해를 보지 않고 다른 사람들에게 경의를 표하는 것이었다. 그가 정중하게 한 말 중 유일하게 재미난 건 그가 그녀의 아버지는 늙고 현명하지만, 또한 그녀만큼 서툴고 좋은 사람이라는 것이다.

아가씨는 허물없이 말했다. "아버지가 더 서툴고 더 좋은 분이죠. 아버지가 신경 쓰는 일들은 굉장히 낭만적이고, 난 멋지다고 생각해요. 이곳에서의 아버지 인생 전부도 그렇고, 내가 아는 가장 낭만적인 일이에요."

"아버님 고향에 관한 생각을 말하는 거예요?"

"맞아요, 당신도 알겠지만, 세상 그 무엇보다도 아버지가 기증하고자 하는 소장품과 박물관을 더 많이 생각하세요."

그 젊은이는 실제 기분에 따라 다시 미소를 지을 수 있고, 그녀에게 미소 지었던 것처럼 우아하게 미소 지을 수 있었다. "내가 당신과 사귄 것이 그분의 동기였을까요?"

"맞아요. 분명히요. 어느 정도는 그래요. 그런데 미국 도시American City는 아버지 고향이 아니에요. 늙으신 건 아니지만, 나이를 비교하면 도시가 젊어요. 아버지는 그곳에서 시작했고, 정이 생겼고, 아버지 말대로, 자선 프로그램처럼 커졌어요. 어쨌든 자기는 아버지 소장품 중 일부고, 여기서만 얻을 수 있는 것 중 하나에요. 당신은 희귀하고 멋있고 귀중한 대상이에요. 아마도 당신이 매우 특별하지 않지만, 너무 호기심도 많고 뛰어나서 당신과 같은 다른 사람이 거의 없고, 모든 걸 아는 분류에 속해요. 소위 사람이 말하는 뮤즈예요."

그는 위험을 무릅쓰고 말했다. "알았어요. 나한테 많은 돈이 든다는 거잖아요."

그녀는 진지하게 답했다. "당신에게 돈이 얼마나 드는지 난 몰라요." 그는 그 순간 그의 말투가 매우 마음에 들었다. 그는 순간적으로도 천박하다고 느꼈지만, 그 말을 최대한 이용하기로 했다. "나와 헤어지는 문제라면 알 수 있지 않을까요? 그러면 내 가치가 평가되겠죠."

그녀는 마치 그의 가치가 그녀보다 훨씬 더 높은 것처럼 매력적인 눈으로 그를 바라봤다. "그래요, 당신을 잃느니 차라리 돈을 주겠다는 뜻이라면."

그리고 이 말에 그는 말하려는 문제가 다시 언급됐다. "나에 대해서 이야기하지 말아요. 당신은 나만큼 나이 먹지 않았잖아요. 당신은 더 용감하고 훌륭한 사람이고, 최고 전성기인 친퀘첸토cinquecento, 16세기 이탈리아 미술는 당신을 부끄러워하지 않을 거예요. 나도 그랬을 거고, 당신 아버지가 소장하게 된 작품들 일부를 내가 모른다면 차라리 미국 도시에 대한 전문가들의 비판을 걱정해야 할 거예요." 그리고 그는 유감스러운 듯이 물었다. "어쨌든 안전상의 이유로 날 그곳에 보내는 건 당신 생각이에요?"

"글쎄요, 우리는 그래야 할지도 몰라요."

"당신이 원하는 곳은 어디든 갈게요."

"우선 알아봐야죠. 그래야 할 경우에만 그럴 거예요. 아버지가 정리하려는 물건들이 있어요. 물론 더 크고 무거운 건 여기와 파리, 이탈리아와 스페인에 있는 창고와 금고, 은행과 멋진 비밀 장소에 이미 숨겨놨어요. 아빠와 나는 마치 한 쌍의 해적처럼 행동했는데, 보물이 묻힌 곳에 가서 서로에게 윙크하며 '하하!'라고 말하는 그런 해적처럼 굴었어요. 보고 싶은 것과 여행할 때 가지고 다니는 싶은 걸 빼고 모든 곳에 우리 물건을 잘 넣어뒀어요. 이 작은 물건들은 우리가 머무르는 호텔과 빌린 집을 조금 덜 누추하게 보이려고 있는 대로 꺼내서 정리한 거예요. 물론 위험하니까 지켜봐야죠. 하지만 아버지는 훌륭한 물건을 사랑하시고 몇 개 때문에 기꺼이 위험을 감수하시죠. 그리고 우리는 정말 운이 좋았어요. 아직 아무것도 잃어본 적이 없어요. 그리고 가장 훌륭한 물건들은 가끔 아주 작아요. 대부분 가치는 크기와는 아무런 관계가 없다는 것을 알아야 해요. 하지만 아무리 작은 것이라도 우리가 놓친 건 없어요."

그는 이 말에 웃으며 말했다. "당신이 날 어떤 부류로 생각하는지 마음에 드네요. 하지만 너무 커서 숨겨지기는 않겠네요."

"오, 내 사랑, 미국 도시로 가는 것을 묻히는 것이라고 여기지 않는 한, 당신은 죽을 때까지 묻히지 않을 거예요."

"선언하기 전에 내 무덤을 보고 싶네요." 그래서 그는 대화 시작 때 말하려다 그 후 확인하고 그에게 되돌아온 관찰의 결과를 제외하고는 자기 방식대로 결정적인 발언을 했다. "좋든 나쁘든 무관심하든, 당신이 나에 대해 믿어줬으면 하는 게 한 가지 있어요."

심지어 그 자신에게도 엄하게 들렸지만, 그녀는 그 말을 유쾌하게 받아들였다. "아, '한 가지'라고 꼭 정할 필요는 없어요. 대부분 깨지고 별로 남지 않아도 난 당신을 충분히 믿어요. 난 계속 신경 썼어요. 내 믿음을 빈틈없는 방수 칸으로 나눠놨고, 우리는 그 믿음이 약해지지 않도록 해야 해요."

"내가 위선자가 아니라고 생각해요? 내가 거짓말하거나 가식적으로 굴거나 속이지 않는다는 거예요? 그게 빈틈없는 거예요?"

상당히 격한 그의 질문에 그녀는 순간 쳐다봤고 그가 의도했던 것보다 더 낯설게 들리는 것처럼 그녀 얼굴이 붉어졌다. 그는 그 자리에서 진실성, 충성심 혹은 그것들의 부족에 대한 진지한 논의가 마치 그녀에게 새로운 것처럼 그녀가 준비되지 않았다고 여겼다. 그는 그전에 그걸 알아차렸다. '사랑' 같은 이중성에 대해 농담을 하는 영어로 된 미국식 말이었다. '받아들일 수' 없었다. 그래서 다른 말을 하기에는 그의 질문은 시기상조였지만, 그녀가 본능적으로 숨을 곳을 찾아 대답하는 상당히 과도한 농담으로서 할 가치가 있는 실수였다.

"방수칸이 가장 큰 칸일까요? 있죠, 최고의 선실과 주갑판과 엔진실과 식료품 저장실은 커요! 배 전체가 커요. 선장이 쓰는 탁자와 모든 사람의 짐, 여행용 읽을거리가 있어요." 그녀는 그렇게 '노선'을 잘 알고 '직접' 다니고 대륙과 바다의 경험에서 증기선과 열차에 대해 알았고, 그 점은 그가 아직 따라 할 수 없는 것이었다. 광범위한 기계와 시설에 대한 지식을 계속 알아야 했지만, 자신의 상황에 대한 관심의 일부였기 때문에 그는 전혀 움찔하지 않으면서 자신의 미래가 그런 것들로 가득할 것이라는 생각이 들었다.

사실 그가 약혼녀, 주로 우리 젊은이의 '로맨스'를 구성하는 가구들에 대해 자신이 상당히 똑똑하다고 느낄 만큼 대비를 이루는 내면의 상태까지 생각할 때 약혼과 매력적인 면에 만족했다. 그는 변변치 못하다고 느끼고, 조금도 까다롭게 굴거나 추잡하게 굴지 않고 자기 뜻을 고집하지 않고 즉 오만과 탐욕스럽게 굴지 말라고 자신에게 경고할 정도로 충분히 똑똑했다. 사실 이상하게도 이 마지막 위험에 대한 그의 생각에서 내부의 위험에 대한 일반적인 태도를 알 수 있을 것이다. 개인적으로 그는 문제가 되는 결점이 없다고 여겼고, 그건 매우 좋은 일이었다. 반면 그와 같은 부류는 결점이 상당했고, 그는 종종 그런 부류와 같은 모습으로 가득했다. 그의 존재는 옷, 온몸, 손과 머리카락을 화학 약품 욕조에 담갔던 것처럼 씻을 수 없는 냄새에 관한 생각과 같았고, 그 효과는 특별히 없었지만, 그는 끊임없이 대의명분에 따라 휘둘린다고 생각했다. 그는 자신이 태어나기 전 이야기를 자세히 알았고 이유를 잘 알고 있었다. 그는 겸손함을 키우는 부분이지만, 추한 이야기에 대한 자신의 솔직한 의견은 무엇인지 자문했다. 그가 조금 전에 내디딘 이 중요한 발걸음은 단호하게 불명예스럽고 낡았다고 해도 가능한 부정해야 할 새로운 이야기에 대한 바람이 아니면 무엇이겠는가? 만약 그에게 닥친 일이 일어나지 않았다면, 그는 뭔가 다른 것을 만들어 내야 한다. 그는 항상 겸손한 태도로 베버 씨의 수백만 달러를 바탕으로 뭔가를 만들어야 한다는 걸 아주 잘 알았다. 이 세상에서 뭔가를 만들 수 있는 다른 것은 그에게 없었는데, 예전에 시도했었지만, 주변을 둘러보고 진실을 알아야 했다. 그는 겸손했지만 동시에 자신이 하찮거나 어리석다고 알 만큼 그렇게 겸손하지는 않았다. 그는 역사학자가 즐거워할 생각이 있었는데, 당신이 그런 문제에 대해 틀릴 만큼 아둔할 때 당신은 그 점을 알았다는 것이다. 따라서 그는 틀리지 않았고, 그의 미래는 과학적일 수도 있다. 어쨌든 그 자신에게 그것을 막을 수 있는 건 아무것도 없었다. 그는 과학에 빠져 있었다. 과학이 돈이라는 존재로 뒷받침되는 편견의 부재가 아니라면 뭐였을까? 그의 삶은 기계로 가득할 것이고, 미신에 대한 해결책이며, 결국에는 너무 많은 결과를 낳았거나 적어도 기록 보관소가 숨을 쉬었다. 그가 가장 움찔했던 순간은 무의미함이 정말 그를 용서했을 거라고 생각하는 자신을 발견했을 때였다. 그 터무니없는 관점에서 그렇더라고 그는 충분히 좋았을 것이다. 베버 가에서 낭만주의 정신의 해이함이 바로 그런 것이었다. 불쌍한 이들은 사실 그 허무함의 선에서 진짜가 무엇을 의미하는지 알지 못했다. 그는 그걸 알았고 노력했고 행동했다. 이것은 사실 그냥 어렴풋한 기억으로, 마치 무더운 여름날 그가 걸어가는 동안 그의 앞에서 가게의 철제 덧문을 일찍 닫고 크랭크crank, 기계 장치의 일종를 돌려서 덜컥거리는 소리를 내는 것과 같았다. 그를 둘러싼 판유리가 돈, 권력, 부유한 사람들의 힘이었던 것처럼 다시 기계가 있었다. 뭐, 그는 이제 부유한 사람들에 속했다. 그들이 그의 편이었다고 말하는 게 예의가 아니라면, 그는 그들의 편이었다.

어쨌든 이런 종류의 일은 그의 발걸음에 대한 교훈과 속삭임이었다. 나의 기록으로 시작된 압박이 시간의 중력에 어떻게든 들어맞지 않았다면, 그런 원천에서 나온 교훈은 터무니없었을 것이다. 또 다른 특징은 고국에서 온 파견대가 곧 도착할 때가 됐다는 것이다. 그는 내일 채닝 크로스Charing Cross, 런던 중심가에서 그들을 만날 예정이었다. 그에게 먼저 결혼한 남동생이 있었는데 동생 부인은 히브리인으로 몸이 좋지 않아 여행할 수 있는 상태가 아니었다. 그의 누나와 남편은 밀라노에서 가장 영국식으로 지냈고, 외삼촌은 외교관이었고, 로마 출신 사촌인 돈 오타비오Don Ottavio는 전직 대리인과 친척 중에서 가장 제멋대로인 사람으로, 그 인색한 친족들은 매기의 혼인 보류 간청에도 그와 제단까지 동행할 것이다. 대단한 무리는 아니었지만, 다른 한편으로는 선택할 만한 친족들이 많지 않아 초대한다고 해도 채울 수 없는 신부 측보다 더 많은 사람이 모인 건 분명했다. 그는 그 문제에 대한 약혼녀의 태도에 관심이 있었고 심사숙고한 결과를 살피며 기뻐했고 전적으로 따랐는데, 그것은 상당히 그의 취향이었다. 그녀는 자신과 아버지의 관계가 자연스럽지 않다고 설명했고, 그래서 그들은 도로와 울타리를 뒤지며 부자연스럽고 그럴듯한 장소를 제공하려고 하지 않았다. 그렇다, 그들은 잘 사이였지만, 결혼은 친밀한 일이었다. 당신에게 친척이 있을 때 아는 사람에게 재차 부탁했다. 하지만 당신은 그들에게 당신의 민낯을 가리고 아닌 척해달라고 부탁하지 않았다. 그녀는 자신이 뭘 의미하고 뭘 좋아하는지 알았고, 그는 그녀에게서 받아들일 준비가 완전히 되어 있었고, 두 가지 사실 모두에서 좋은 징조로 여겼다. 그는 그녀에게 평판이 있기를 기대했고 바랐다. 자신의 아내는 그래야 했고 많은 평판을 받은 많은 걸 걱정하지 않았다. 그는 더 젊었을 때, 평판이 있는 많은 사람을 상대해야 했다. 4명 중 3

명은 유명한 성직자들이고 특히 종조부인 추기경은 그의 교육을 담당했는데, 그들이 끼친 영향으로 그는 절대 잘못되지 않았다. 따라서 그는 그녀가 등장하면서 자신의 동료 중에서 가장 친한 이들의 특징에 대해 상당히 주의를 기울였다. 그는 평판이 생기자 격려했다.

따라서, 그는 현재 자신의 서류를 잘 정리했고 그의 장부는 이전에는 전혀 그런 적이 없었던 것처럼 매우 수입과 지출이 딱 맞아 탁 소리를 내며 서류 가방을 닫을 수 있었다. 그것은 당연히 로마 사람들의 도착과 동시에 다시 펼칠 것이고, 어쩌면 베버 씨가 쳤던 아마도 다리우스Darius, 고대 페르시아 국왕의 전리품으로 장식된 알렉산더Alexander의 것으로 추정되는 텐트를 포틀랜드 플레이스Portland Place에서 오늘 밤 저녁 식사를 하면서도 펼칠 것이다. 그러나 내가 말했듯이 그사이에 그의 위기를 보여주는 건 당면한 두세 시간에 대한 생각이었다. 그는 건널목 모퉁이에 잠시 멈춰 섰다. 그 근원에 관해서는 예리하면서도 끝은 모호한 의식이 파도처럼 계속 떠올랐고, 그 의식은 너무 늦기 전에 자신을 위해 무언가를 하거나 다른 일을 하도록 호소하는 것이었다. 그 점을 그에게 언급했을 수도 있는 어떤 친구가 그 호소를 노골적인 호소로 바꿀 수 있었을 것이다. 자신과 높은 이점을 제외하고 그는 상냥함만큼이나 확실한 '미래'가 보장된 매우 매력적인 아가씨와 왜 결혼하려는 것일까? 그는 분명히 그녀를 위해 모든 것을 하려는 게 아니었다. 하지만 왕자는 그걸 깨닫기에는 너무 자유로웠고 아직 공식화하지 않았기에, 자주 아이러니하다고 생각했던 친구의 모습이 조금씩 확실히 그에게 떠올랐다. 그는 자신의 충동을 쌓을 뿐 지나가는 사람들의 관심을 즐기지 않았다. 그는 청년들과 미인들을 대부분 지나쳤지만, 어싱험Assingham 부인의 모습에 곧 이륜마차를 멈췄다. 그녀의 젊음과 아름다움은 거의 과거의 일이었지만, 아마도 집에서 그녀를 찾는 것은 그가 아직 시간이 있으면 하는 '행위'일 것이고, 초조한 그가 제정신을 차리고 진정시켜야 하는 것이었다. 그녀는 기다란 카도간 플레이스Cadogan Place, 런던 벨 그라비아의 거리에서 멀리 떨어진 곳에 살았는데, 이런 특별한 순례의 적절함을 인지한다는 건 사실 이미 조금 문제를 해결했다는 것이다. 그가 가고 있는 동안에도 그녀에게 공식적으로 감사를 표하는 것이 적절한지와 그가 우연히 하는 행동의 타이밍이 맞는지 인지하는 것 모두가 분명 그에게 문제였다. 그가 그 순간의 분위기를 그동안 한 약속들 말고 다른 것을 바란다는 충동으로 피상적으로 잘못 파악한 것은 사실이었다. 어싱험 부인은 정확하게 그의 약속을 대변하고 구현했고, 유쾌한 성격의 그녀는 그 약속들을 잇달아 지키도록 하는 힘이었다. 그녀는 교황이었던 그의 조상이 가족을 만들었던 것처럼 진심으로 그에게 결혼하라고 했지만, 그는 그녀가 지나친 낭만주의자라서가 아니라면 왜 그렇게 하는지 거의 알 수 없었다. 그는 그녀에게 뇌물을 주지도 않았고 설득하지도 않았고, 그녀에게 아무것도 주지 않았다. 심지어 지금까지도 고마움을 분명히 보여주지도 않았다. 그래서 저속하다고 생각되는 그녀의 이득은 모두 베버 가족에서 나왔어야 했다.

하지만 그는 그녀가 엄청난 보답을 받았다고 생각하기에는 아직 멀었다는 걸 떠올릴 수 있었다. 그는 그녀가 그렇지 않다고 완전히 확신했는데, 선물을 받는 사람과 받지 않은 사람이 있었다면 그녀는 자부심이 있는 계층의 올바른 편에 섰을 것이기 때문이다. 반면에 그때야 사심 없는 그녀가 오히려 대단했고, 신뢰의 심연을 암시했다. 그녀는 감탄스러울 정도로 매기에게 애정을 줬고, 더욱이 그런 친구가 있는 것을 자신의 '자산' 중 하나로 여겼다. 하지만 그녀의 애정에 대한 가장 큰 증거는 그녀의 설계에 따라 그들을 함께 만나게 하는 것이었다. 그녀가 처음부터 솔직하게 그에게 말했듯이, 겨울 동안 로마에서 나중에 파리에서 그를 만나고 그를 '좋아'하면서, 그녀는 자신의 젊은 친구에게 그에 대해 말하고 그때 틀림없이 그를 인식시켰다. 하지만 핵심은 매기에 관한 관심은 그녀가 그에게 관심이 없었다면 거의 얻지 못했을 것이다. 청하지도 않고 보상도 받지 못한 그 감정은 무엇이 바탕이며, 베버 씨에 대한 그의 의문도 매우 흡사한데 그가 그녀에게 잘 해줬어야 하는 건 무엇이었을까? 왕자가 여성에 대한 보상의 개념은, 호소에 대한 그의 개념과 비슷한데, 거의 여성들을 사랑하기 위한 것이었다. 이제 그는 어싱험 부인을 조금도 사랑하지 않았고, 그녀가 한순간도 그렇게 추측했다고 생각하지 않았다. 그는 요즘에 사랑하는 여자와 그렇지 않은 여자와 구분하는 걸 좋아했다. 그가 알고 있는 여자들을 구별하는 걸 좋아했던 시기와는 다른 존재의 단계를 나타냈고 그는 그것이 재미있었다. 이 모든 일에도 어싱험 부인은 공격적으로 굴거나 분개하지 않았다. 어떤 경우에 그녀는 그가 부족한 것처럼 보

26

였을까? 조금 놀라울 정도 그런 사람들의 동기인 이런 점들은 불명치 않았고, 그들은 그의 행운에 관한 생각을 조금이나마 인정해주는 불가해한 요소에 이바지했다. 그는 미래의 아내와 같은 나라 사람인 앨런 포Allan Poe, 미국 단편 소설가의 멋진 이야기를 어렸을 때 읽었다는 걸 떠올렸는데, 미국인들이 어떤 상상력을 가질 수 있는지를 보여줬다. 북극인가 남극으로 가다가 작은 배에서 표류하던 난파된 고든 핌의 이야기The Narrative of Arthur Gordon Pym of Nantucket에서 그 어느 때보다도 그의 앞에 눈부신 빛의 장막과 같은 흰 공기층이 어둠을 은폐하듯 우유나 눈雪의 색깔을 감추고 있는 것을 알았다. 자신의 배가 그런 미스터리를 따라 움직이는 거 같다고 느끼는 순간들이 있었다. 어싱험 부인을 포함해 그의 새로운 친구들의 정신 상태는 커다란 하얀 커튼과 비슷했다. 그는 검은색으로 보이는 자주색 커튼을 본 적 없었지만, 그것은 의도적으로 불길한 어둠을 걸어두는 듯했다. 그들이 놀라움을 감추려고 할 때, 그 놀라움은 충격받기 쉬울 것이다.

하지만 이렇게 완전히 다른 깊이에서 오는 충격은 그가 이해할 만한 이유가 되지 않았다. 그가 오히려 아직 판단하지 못한 것 같은 것의 이름을 찾으면서 자신에게 있는 신뢰의 양이라고 칭했을 것이다. 지난달 많은 순간에 가만히 서서 대략적이지만 자신에 대한 일반적 기대에 대해 새롭게 결심하거나 되새기면서 생각했다. 특이했던 건 어떤 특별한 것에 관한 기대라기보다는 글로 표현할 수 없는 본질적인 소양과 가치에 있어 크고 단조롭고 공허한 가정처럼 보인다는 것이다. 마치 그가 중세시대 경이로운 무기에 찍히고 더는 사용되지 않는 순도 금으로 된 오래된 양각 주화로, 현재 그 '가치'는 1파운드짜리 금화와 반 크라운half-crown, 옛 영국 주화인 것 같았고, 그것으로도 괜찮지만, 더 좋게 쓰일 방법이 있었기 때문에, 쪼개는 건 불필요한 일이었다. 그것은 그가 휴식을 취할 수 있도록 해준 안전에 대한 이미지였고, 그는 소유물을 구성해야 했지만, 자신의 구성 요소가 무너지는 건 피할 수 있었다. 현실적으로 그가 결코 시험당하는 것이 아니면 이건 무엇을 의미하겠는가? 사람들이 그를 '바꾸지' 않았다면 그가 얼마나 많은 파운드, 실링, 펜스를 주어야 했는지 정말로 알지 못할 것이다. 어쨌든 현재로선 이 질문들에 답할 수 없었고, 그의 앞에 놓였던 모든 것이 그의 자질에 부여됐다. 그는 진지하게 받아들여졌다. 그곳 하얀 안개 속에서 길을 잃은 건 그를 그렇게 받아들이는 사람들의 진지함이었다. 심지어 자주 모습을 보이면서 놀리는 기분이 더 들게 하는 어싱험 부인도 그랬다. 아직 그가 할 수 있는 말은 어떤 매력을 깨트리려고 아무것도 하지 않았다는 것뿐이었다. 도덕적으로 말해서 오늘 오후에 베일 뒤에서 무슨 일이 있었는지 그녀에게 솔직하게 물어봐야 한다면, 그는 어떻게 해야 할까? 사람들이 그에게 뭘 하기를 기대했느냐고 물어보는 것이다. 그녀는 아마 그에게 "아, 알다시피, 당신한테 바랐던 거예요!"라고 대답했을 것이고, 그는 자신이 알고 있는 걸 부정할 수밖에 없을 것이다. 그가 전혀 몰랐다고 말하면 주문을 풀 수 있을까? 사실 그는 무슨 생각을 할 수 있었을까? 또한 자신을 진지하게 생각하고 그렇게 했지만, 그것은 단순히 상상과 가식의 문제가 아니었다. 그는 종종 자신만의 해결 방법을 알았지만, 곧 사람들은 해야 할 말을 하며 실제적인 증거를 제시할 것이다. 그래서 실질적인 증거는 자연스럽게 그의 자질들과 비례할 것이기 때문에, 솔직히 그가 추정할 수 없는 척도에 도달할 것이다. 억만장자를 제외하고 누가 10억에 대한 공평한 교환이 무엇인지 말할 수 있겠는가? 그 척도는 장막으로 덮인 대상이었지만, 마차가 카도간 플레이스에 멈췄을 때 그는 장막에 조금 더 가까워졌다는 걸 느꼈다. 사실상 마지막에 그 장막을 잡아당길 것이라고 다짐했다.

2.

"안녕하지는 못해요." 그는 패니 어싱험Fanny Assingham을 보게 돼서 기분 좋다고 한 후 이렇게 말했고, 그 뒤에 차를 마시며 최근 소식을 전했는데, 한 시간 전에 양쪽에서 서명한 서류들, 전날 아침에 파리에 도착한 그의 후원자들이 보낸 전보를 이야기했고 그곳에 잠시 들린 불쌍한 사람들은 모든 말을 대단한 농담이라고 여기는 듯했다. "당신과 파리와 비교하면 우리는 아주 단순한 사람들에 그저 시골 사촌에 불과하고, 내 누나와 매형은 세상의 종말이에요. 그래서 런던은 또 다른 세상이 될 거예요. 많은 사람처럼 우리도 자신들만의 메카Mecca가 있었지만, 이곳은 첫 번째 진정한 캐러밴caravan이에요. 그 사람들은 대개 '올드 잉글랜드Old England'를 인도 고무와 가죽으로 만든 물건

29

을 파는 가게로 알고 있었고, 되는대로 옷을 입어요. 하지만 어쨌든 당신은 미소를 가득 머금은 그들을 보게 될 거예요. 우리는 그 사람들을 아주 편안하게 대해줘야 해요. 매기는 대단한 준비를 하고 있고 아주 굉장해요! 그녀는 신혼부부sposi, 이탈리아어와 삼촌을 맡겠다고 했어요. 나머지는 나한테 올 거예요. 난 호텔 방을 잡아줬고 한 시간 전에 서명하고 나니 실감이 나네요."

"걱정된다는 말인가요?" 그의 안주인은 재미있다는 듯이 물었다.

"너무나 걱정돼요. 이제 괴물이 오는 걸 기다려야만 해요. 좋은 날도 아니고, 이것도 저것도 아니에요. 난 정말 가진 게 없고, 잃을 것밖에 없어요. 여전히 어떤 일이 일어날지 몰라요."

그녀가 그를 비웃는 모습에 순간적으로 짜증이 날 뻔했고, 그의 생각에 하얀 커튼 뒤로 그 모습이 보였다. 그녀의 평온한 모습에 그는 위로받기보다는 걱정이 들었다. 그리고 그는 어쨌든 신비한 조바심 속에 위로를 받고 어려움을 극복하고 이해하고 믿음이 가는 말을 들으려고 왔다. "그럼 결혼이 괴물이라는 거예요? 기껏해야 두려운 일이라는 건 인정하겠지만, 그렇게 생각하는 거라면 제발 도망치지 말아요."

"아, 도망친다는 건 당신에게서 도망친다는 것이고 내가 버티기 위해서 얼마나 당신에게 의지하는지 이미 충분히 얘기했잖아요." 그녀가 소파 모퉁이에서 자신의 진심을 받아들이는 방식이 그는 아주 마음에 들었다. "나는 미지의 바다를 건너 위대한 항해를 시작했어요. 내 배는 이미 모든 준비를 마쳤고, 화물은 벌써 실렸고, 일꾼도 있어요. 하지만 문제는 나 혼자 항해할 수 없다는 거예요. 내 배는 한 쌍의 배

중 한 척이고, 파트너가 있어야 해요. 나와 배에 같이 있어 달라고 부탁하진 않겠지만, 방향을 알기 위해서 내 시야에서 당신의 돛을 놓쳐서는 안 돼요. 난 나침반 방위 표시를 전혀 몰라요. 하지만 본보기가 있으면 완벽하게 따를 수 있어요. 당신이 나의 본보기가 되어줘요."

"내가 어디로 데려갈지 어떻게 확신하죠?"

"여태까지 날 안전하게 이끌었으니까요. 당신이 없었다면 여기 절대 오지 않았을 거예요. 당신은 배 자체를 제공했고, 만약 내가 타는 걸 잘 보지 못했다면, 날 부두까지 친절히 데려다줬어요. 당신의 배는 편리하게도 다음 정박지에 있어요. 이제 날 버릴 순 없어요."

그녀는 그에게 다시 한번 재미난 말을 했지만, 너무 지나쳐서 그가 놀라듯 하자, 그녀 또한 조금은 불안해졌다. 그녀는 결국 그가 사실대로 말하지 않는 것처럼 대하면서도 주의를 딴 데로 돌리기 위해 멋진 모습으로 말했다. "내 배요, 왕자님? 도대체 나한테 무슨 배가 있다는 거죠? 이 작은 집이 우리의 배이고, 밥Bob, 로버트 약칭과 내가 가진 것이고, 이제 집을 갖게 돼서 감사하게 생각하고 있어요. 그러나 마침내 우리가 정착할 때가 왔네요."

이 말에 젊은이는 분개하며 항의했다. "나한테는 모험을 시작하게 해놓고는 쉰다는 거예요? 너무 이기적이잖아요!"

그녀는 상냥하면서 분명하게 고개를 저었다. "모험이 아니에요, 결단코! 내가 내 할 일이 있듯이 당신도 당신 할 일이 있어요. 그리고 우리는 다시 시작해서는 안 된다고 내내 생각했어요. 정확히 내가 마지막으로 하는 일은 당신이 그렇게 아름답게 말했던 모든 걸 당신을 위해 하고 있어요. 하지만 단순히 당신을 쉬게 하려는 거예요. 배에 대해 말했지만, 비교 대상이 아니에요. 당신의 항해는 끝났고, 사실상 항구에 있어요. 황금 섬Golden Isles의 항구 말이에요."

그는 그 장소와 조금 더 연관 짓기 위해서 주위를 둘러보았고, 망설이다가 다른 말 대신 어떤 말을 하려는 듯했다. "아, 내 처지를 알아요. 남고 싶지는 않지만, 당연히 당신에게 감사하기 위해서 온 거예요. 만약 오늘이 처음으로 준비 과정의 끝처럼 보였다면, 당신이 없었다면 정말 힘들었을 거예요. 처음은 전적으로 당신 덕분이에요."

"글쎄요, 그 일들은 매우 수월했어요. 내가 알던 일이었고 내가 까다롭게 굴었죠. 다. 모든 일이 저절로 진행됐어요. 그러니까 당신은 모든 것이 여전히 진행 중이라는 걸 알아야 해요."

왕자는 재빨리 동의했다. "오, 멋져요! 하지만 당신은 그런 이해를 잘했어요."

"아, 왕자님도 그랬어요!"

그는 잠깐 그녀를 더 뚫어지게 쳐다봤다. "당신이 먼저 했고, 가장 이해력이 높아요."

그녀는 그의 말이 의아하다는 듯이 그를 바라봤다. "당신 말이 그렇다면 마음에 드네요. 하지만 당신은 분명히 그걸 좋아했어요. 당신과 함께 하는 건 편했어요. 때가 됐다고 생각했을 때 비로소 당신을 대변했던 것뿐이에요."

"모두 사실이에요. 하지만 여전히 당신은 나를 떠나려고 해요. 나에게서 손 떼려고 하잖아요. 그렇지만 쉽지 않을 거예요. 내가 놔두지 않을 거니까요." 그리고 그는 그녀가 마지막 피난처라고 묘사했고 최근에 '밥'과 함께 은퇴한 세상 물정에 밝은 부부의 평화의 장소인 멋진 방으로 다시 시선을 돌렸다. "난 눈에 보이는 이 자리를 계속 지킬 거예요. 당신이 무슨 말을 해도 난 당신이 필요해요. 누구 때문에 난 당신을 포기하지 않을 거예요."

"물론 그렇지 않겠지만 당신이 무섭다면, 나도 똑같이 그렇게 느끼게 할 거예요?" 그녀가 잠시 후 물었다.

그도 역시 잠시 뜸 들이다가 질문으로 답했다. "내 약혼이 성사되도록 해주겠다고 약속하면서 '좋다'고 말했어요. 당신이 한 일은 여전히 나에게 훌륭하고, 매력적이고 잊을 수 없어요. 하지만 무엇보다도 신비롭고 멋져요. 당신은 왜 그게 좋다고 했어요?"

"그런 질문을 어떻게 이해해야 모르겠네요. 지금까지 스스로 알아내지 못했다면, 내 말이 당신에게 무슨 의미가 있겠어요?" 그가 아무 말이 없자 그녀는 말을 덧붙였다. "당신은 결국 내가 당신에게 안겨준 사람의 완벽함을 매 순간 느끼잖아요?"

"내내 감사하게 느끼고 있죠. 그러나 그게 내 질문의 바탕이에요. 당신이 나를 넘겨주는 문제만이 아니라 그녀를 넘겨주는 문제였어요. 늘 나보다 그녀 운명에 관한 문제였죠. 당신은 그녀가 다른 여자에 대해 생각하는 것이 장점이라고 생각했지만, 당신의 말을 들어보면, 위태로운 그녀를 돕는 걸 즐겼어요."

그녀는 그가 말하는 동안 계속 그를 바라봤고, 분명히 이 말에 그녀는 같은 말을 되풀이하게 됐다. "날 겁주려는 거예요?"

"아, 어리석은 생각이고, 그럼 내가 너무 천박하잖아요. 당신은 내 선의도 겸손도 이해 못 하는 거 같아요. 난 정말 보잘것없어요. 그게 오늘 내가 느꼈던 감정이었고 모든 게 다 끝났고 준비됐어요. 그리고 당신은 날 진지하게 받아들이지 않네요."

그녀는 마치 그가 정말 그녀를 조금 귀찮게 하는 것처럼 계속 그를 마주 봤다. "아, 당신 정말 구닥다리 이탈리아 사람이네요!"

"그거예요. 그게 당신이 해줬으면 했던 말이에요. 그게 책임지는 말이죠."

"그래요. 당신이 '보잘것없다고' 한다면, 당신은 분명 곤란해지겠죠."

그가 웃기만 하는 동안 그녀는 잠시 말을 멈췄다가 계속 이어 말했다. "난 전혀 당신을 잃고 싶지 않아요. 하지만 그렇다고 해도, 난 그게 잘한 일이라고 생각하지 말아야 해요."

"그렇게 말해줘서 고마워요. 당신한테서 듣고 싶던 말이었어요. 당신이 나와 함께 있을수록 결국 내가 더 많이 이해하게 될 거라고 확신해요. 내가 이 세상에서 원하는 건 하나뿐이에요. 내가 어리석다는 것만 빼면 모든 면에서 훌륭하다고 생각해요. 내가 아는 건 뭐든지 잘할 수 있지만 먼저 알아야 해요. 내가 알아야 하는 건 전혀 개의치 않아요. 사실 그게 더 좋아요. 그래서 내가 원하고 항상 바라는 건 당신의 시각이에요. 설마 내가 마음에 들지 않는 걸 알더라도, 당신의 눈을 통해서 보고 싶어요. 그래야 내가 알 수 있고, 절대 두려워하지 않을 거예요."

그녀는 그가 무슨 말을 할지 보려고 무척이나 기다리고 있었겠지만, 조금은 조바심을 내며 말했다. "도대체 무슨 말을 하는 거예요?"

하지만 그는 제대로 말할 수 있었다. "솔직히 언젠가 어긋나고 잘못될 내 현실에 대해 모를까 봐 두려워요. 그래서 내가 항상 당신을 믿을 수 있는 거예요. 내가 언제 그럴지 말할 수 있으니까요. 사람들에게 그런 감각이 없어요. 우리는 당신만큼 그런 감각이 없어요. 그러니까…!" 하지만 그는 할 말을 다 했다. "그런 거예요Ecco, 이탈리아어 -여기에 있다, 거기에 있다 등의 뜻" 그는 웃기만 했다.

그가 그녀에게 호소하는 걸 숨길 수 없었지만, 당연히 그녀는 늘 그는 좋아했다. "당신에게는 없다는 감각이 어떤 건지 알고 싶네요."

그는 그 자리에서 한 가지를 말했다. "도덕적 감각이죠, 친애하는 어싱험 부인. 내 말은, 다른 사람들은 늘 그걸 중히 여긴다는 거죠. 물론 나에게 볼품없고 퇴보하고 낙후된 로마에서 충분히 통하는 뭔가에 대해 알아요. 하지만 우리 15세기 성에 있는 반쯤 망가진 구불구불한 돌계단은 베버 씨 15층 건물의 '아주 빠른 엘리베이터'와 같지만, 당신 것과는 달라요. 당신의 도덕적 감각은 증기에 의해 작동하고, 당신을 로켓처럼 날려 보내요. 우리의 감각은 느리고 가파르고 빛이 들지 않으며, 중간중간 계단이 없어서 금방 되돌아서 다시 내려와요."

어싱험 부인은 웃으며 말했다. "다른 방식을 해보려는 건가요?"

"맞아요. 아니면 전혀 그러지 않아도 돼요. 하지만 내가 처음에 말했잖아요."

"마키아벨리!"라고 그녀는 간단히 외쳤다.

"나에게 너무나 과한 영광을 베풀어 주네요. 사실 그분의 천재성이 나에게 있었으면 좋겠어요. 하지만 당신은 내가 그분처럼 괴팍하다고 정말 그렇게 생각한다면, 당신은 말하지 않을 거예요. 그렇지만 괜찮아요." 그는 기분 좋게 말을 마무리했다. "난 항상 당신이 그럴 수 있게 할 거예요."

이 말에 그들은 잠깐 얼굴을 마주 보고 앉았다. 그 후 그녀는 아무 말을 하지 않고 그에게 차를 더 마실지 물었다. 그는 그녀의 말뜻을 곧바로 파악했다. 그는 작은 주머니로 뜨거운 물을 넣고 우리는 영국 차가 어쩌면 그들의 도덕성이라서 한 모금 더 마실수록 더 도덕적으로 된다고 말해서 그녀를 웃게 했다. 그의 농담으로 분위기가 바뀌면서 그녀는 그의 누나와 다른 사람들에 대해서 몇 가지 물었고, 특히 그녀의 남편인 어싱험 대령, 즉 밥이 왕자의 허락으로 곧 만나러 가는 신사들에게 뭘 할 수 있는지 질문했다. 그들이 이야기하는 동안 그는 자기 사람들에 대해서 재미난 이야기를 했는데, 그 사람들의 습관을 말하고, 버릇을 흉내 내고 행동을 예상하면서 지금까지 알았던 카도간 플레이스에서 그 어떤 것보다 더 로코코적이라고 했다. 어싱험 부인은 이런 이야기에 틀림없이 그들이 그녀의 환심을 살 거라고 공언했으며, 결국 그녀의 손님은 그녀에게 의존할 수 있는 모든 위안에 대한 새로운 맹세를 받아냈다. 그는 이 시점에서 그녀와 약 20분 동안 함께 있었다. 그러나 그는 훨씬 더 오래 머물렀고, 감사함을 보여주려는 듯한 태도를 보이며 현재 계속 남았다. 정말 한 시간이 되어갔고 그는 초조한 불안감을 느끼고 사실 그녀가 분명 달래줘야 했던 회의감이 상당히 들어도 머물렀다. 그녀는 그를 달래지 않았고, 놀랍게도 그렇게 하지 않는 이유가 밝혀지는 순간이 왔다. 그는 그녀 말대로 그녀를 겁먹게 한 것이 아니라고 생각했지만, 그녀 자신은 편치 않았다. 그렇게 보이고 싶지 않았지만, 불안했다. 그의 이름이 불리고 그가 모습을 보이자 그녀는 당황스러웠다. 그 젊은이에게 이런 확신이 더 깊어지고 선명해졌지만, 그런데도 그를 기쁘게 하는 효과도 있었다. 마치 그는 생각했던 것보다 방문하기를 훨씬 더 잘한 것 같았다. 왜냐면 현재 어싱험 부인에게 왠지 중요하고 실제로 그랬던 무슨 문제가 있었고, 그들은 꽤 친분이 있었기에 아주 사소한 문제는 결코 아니었다. 이렇게 기다리고 지켜본다는 건 사실 그에게 무슨 문제가 있다는 점이다. 이상하게 할 수 있는 게 너무 없어서 그의 심장은 긴장감에 뛰기 시작했다. 결국, 절정에 이르러서는 친한 사람들이 서로가 속이는 척하는 것을 거의 멈추게 됐다. 무언의 무슨 일이 일어났고, 얼마나 오래 계속됐는지 말할 수 없는 위기가 닥쳤고, 그동안 그들은 모든 걸 공유하기 위해 서로를 과도할 정도로 바라보기만 했다. 그들은 지금, 이 순간 분명히 불길한 적막감에서, 내기하거나, 사진을 찍으려고 앉거나, 심지어 타블로 비방tableau-vivant, 살아 있는 사람이 분장하여 정지된 모습으로 명화나 역사적 장면 모습을 취하는 것을 하고 있었을지도 모른다.

따라서 그들이 소중히 여겼을 관객은 그들 교감의 정도를 읽었을 수도 있고, 혹은 의미가 없더라도, 우리의 현대적 유형 감각에 관한 만족스러운 놀이에 대해 미학적 해석을 했고, 우리의 현대적 미적 감각과 거의 구별되지 않았다. 최악의 경우, 짙고 단정한 머리를 한 어싱험 부인의 생각에 검은 곱슬머리가 촘촘하고 많은 웨이브를 만들어서 그녀가 원하는 것보다 훨씬 더 그 시대의 유행에 맞게 보이는 유형이었다. 눈에 뻔한 것에 대한 차별적인 생각이 가득한 그녀는 아직 노골적인 모습을 받아들이지 못했고 오해의 소지가 있는 걸 최대한 이용하지 못했다. 그녀의 밝은 안색, 예쁜 코, 여배우처럼 두드러진 눈썹 등 이러한 모습들은 중년의 멋이 더해져서 남부 출신 아니면 오히려 동부 출신의 딸로 해먹과 긴 의자에서 셔벗을 먹고 하인을 기다리는 사람처럼 보이는 듯했다. 그녀는 누워서 만돌린을 연주하거나 달콤한 과일을 애완용 가젤과 나누어 먹는 것이 가장 적극적인 노력인 것처럼 보였다. 그러나 사실 그녀는 응석받이로 자란 유대인 여자도 게으른 크리올인Creole, 서인도 제도나 남미 초기 정착민의 후예. 또는 미국 남부에 정착한 프랑스나 스페인 정착민의 후예 도 아니었다. 기록상 출생지는 뉴욕이었지만 정확히는 '유럽' 계통이었다. 그녀는 노란색과 보라색 옷을 입었는데, 그녀 말대로, 중매인보다 시바의 여왕Queen of Sheba, 구약성서 등장인물, 솔로몬 왕에게 지혜를 구한 여왕처럼 보이는 것이 더 낫다고 생각했기 때문이다. 같은 이유로 머리를 진주로 장식했고 진홍색과 금색 다과회 드레스를 입었는데, 자연 자체가 그녀를 지나치게 돋보이게 했고, 누그러트려도 소용이 없기에 유일한 방법은 과도한 치장을 잊게 한다는 게 그녀의 지론이었다. 그래서 그녀는 주위에 '여러 물건'을 가득 뒀는데, 솔직히 장난감이나 모사품 같은 것이었고 친구들에게 주는 게 즐거움의 일부였다. 이 친구들은 그녀의 모습과 성격의 차이를 이용했다. 그녀의 성격은 얼굴의 두 번째 움직임으로 증명됐는데, 그녀가 세상의 유머에 무관심하지도 않고 소극적이지 않다는 걸 확신시켰다. 그녀는 우정의 따뜻한 분위기를 즐겼고 필요했지만, 왠지 미국 도시의 눈은 예루살렘의 뚜껑 아래에서 기회를 엿보았다. 거짓된 나태함, 요컨대 거짓된 나태함과 가짜 진주와 야자나무, 정원과 분수대를 즐기는 그녀의 인생에는 수많은 일이 있었고, 태연하지도 지치지도 않아서, 어느 때라도 그녀를 찾을 수 있었다.

그녀가 자주 쓰는 말은 "내가 교양있어 보여도"로, 그녀는 연민을 최고의 자산이라고 여겼다. 그 연민으로 그녀에게 많은 일이 생겼고, 그녀 말대로 일어나 않게 했다. 그녀의 인생에서 메워야 할 흠이 크게 두 가지가 있었고, 그 흠에 사회적 조각을 넣는 것은 미국 생활 초창기에 알았던 할머니들이 패치워크 누비이불 재료를 모으는 바구니에 비단 조각을 넣어두는 것으로 묘사했다.

어싱험 부인의 완벽함에서 두 가지 흠은 하나는 자녀가 없다는 것이고 다른 하나는 재산이 부족하다는 것이었다. 때가 되어도 둘 중 어느 쪽도 거의 보여주지 않은 것은 놀라웠다. 군 복무 시절에 연대의 모든 것을 '관리'했던 영국인 남편은 경제를 장미처럼 꽃 피울 수 있었던 것처럼, 연민과 호기심에 그들의 관심 대상들을 사실상 자식처럼 여기게 됐다. 밥 대령은 결혼 후 몇 년 뒤에 제대했고, 그 당시 개인적 경험을 풍부하게 하려고 모든 일을 확실히 해내서 감탄하게 했고, 그래서 그는 자신의 모든 시간을 문제의 정원 가꾸기에 할애할 수 있었다. 이 부부의 젊은 친구들 사이에서 역사적 비판에서 너무나 존엄한 전설이 있는데, 결혼 그 자체는 가장 행복한 부류의 일로, 미국 아가씨들이 '충분히 좋은 것'으로 받아들인 일들이 시작되지 않았던 그 시대의 먼 황혼기, 원시적인 시기에서 시작됐었고, 그래서 유쾌한 부부는 양쪽의 위험을 무릅쓰고 대담하고 독창적이었으며, 인생 말년에는 결혼의 북서항로를 발견한 사람들로 명예롭게 기억됐다. 어떤 젊은 영국인은 설불리 믿지 않고 어떤 미국인 아가씨는 몇 단계를 거쳐서 의구심을 샀을 때, 어싱험 부인은 포카혼타스Pocahontas, 존 스미스 선장이 인디언에게 처형당하는 것을 구했다는 아메리카 인디언 여성 이후로 어떤 역사적인 순간이 없다는 것을 더 잘 알고 있었다. 그러나 그녀는 실제로 지상에 자신이 이주시킨 부족의 여성 원로였고, 무엇보다도 밥의 것은 만들지 않았지만, 조합을 만들어 냈기에, 창시자의 월계관을 묵묵히 받아들였다. 더욱이 그는 처음 기이한 빛이 비칠 때부터 앞으로 몇 년 동안 그 자체로 훨씬 더 영리함을 충분히 증명하듯이 그 일을 스스로 완전히 어리둥절하게 만든 장본인이었다. 만약 그녀가 자신의 총명함을 유지했다면, 크게는 그가 완전한 신뢰감을 가져야 한다는 것이었다. 그녀는 자신이 공통의 한계를 보여줘야 한다는 점을 그가 얼마나 조금밖에 감당할 수 없었는지 개인적으로 느꼈던 순간들이 있었다. 그러나 어싱험 부인의 총명함은 현재 손님이 마침내 다음 말을 했을 때 실제로 시험대에 올랐다. "당신이 날 제대로 대하지 않고 있어요. 나한테 말하지 않은 뭔가가 있는거죠."

그녀는 아주 희미한 미소로 답했고 긍정의 의미였다. "내 생각을 전부 당신에게 말해야 하나요?"

"전부는 아니지만, 특히 나와 관련된 건 뭐든 숨기지 말아요. 내가 모든 점을 고려하고 그녀에게 상처 줄 수 있는 실수를 하지 않기 위해 내가 어떤 점을 조심해야 하는지 당신은 알잖아요."

이 말에 어싱험 부인은 잠시 후 이상한 질문을 했다. "'그녀'라고요?"

"그녀와 그분이요. 우리의 친구인 두 사람이요. 매기나 그녀 아버지요."

"마음에 걸리는 일이 있어요. 내가 대비하지 못한 일이 일어났죠. 하지만 그것은 사실 당신이 걱정할 건 아니에요."

왕자는 곧 기뻐하며 고개를 뒤로 젖혔다. "'사실'이라는 게 무슨 말이죠? 어쨌든 난 알게 될 거예요. 사람들은 그렇게 일을 해결하려고 하는데 잘못됐어요. 난 바로 잡을래요. 나한테 무슨 일이 생겼는데요?"

다음 순간 그의 안주인은 그의 말투에 기운을 냈다.

"오, 당신을 그 몫을 나눠 갖겠다니 기쁘네요. 샬롯 스탠트Charlotte Stant가 런던에 있어요. 막 여기에 왔어요."

"스탠트 양이요? 정말요?" 왕자는 확실히 놀랐고 충격으로 굳었고, 친구와 마주친 눈빛에서 투명하게 드러났다. 그러더니 재빨리 물었다. "미국에서 돌아온 건가요?"

"사우샘프턴Southampton, 영국 남부 해안 도시에서 돌아왔고, 오늘 오후에 호텔에 도착한 거 같아요. 점심 후에 갑자기 들려서는 여기 한 시간 넘게 있었어요."

젊은이는 자신의 유쾌함에 관한 관심만큼은 아니었지만, 관심을 가지고 들었다 "당신은 그게 내가 감당할 몫이라고 생각했어요? 내 몫이 얼마큼인데요?"

"뭐, 당신이 바라는 만큼이죠. 조금 전에 그러고 싶어 했잖아요. 고집부린 사람은 바로 당신이에요."

그는 의도적으로 모순된 시선으로 그녀를 바라봤고, 그녀는 이제 그의 낯빛이 변했다는 것을 알 수 있었다. 하지만 그는 항상 만만했다.

"그땐 무슨 일인지 몰랐잖아요."

"나쁠 수 있다고 생각 못 했어요?"

"몹시 나쁘다는 건가요?" 젊은이가 물었다.

그녀는 미소를 지으며 말했다. "당신에게 영향을 미치는 것처럼 보이니까요."

낯빛이 변한 그는 계속 그녀를 쳐다보면서 자세를 고치며 말을 머뭇거렸다. "하지만 당신이 화났다는 거 인정했잖아요."

"맞아요. 그녀가 올 거라고는 조금도 예상치 못할 정도였죠. 매기도 그랬겠죠."

왕자는 생각했고, 마치 아주 자연스럽고 진실한 말을 할 수 있어서 기쁜 듯했다.

"그렇고 말고요. 매기는 그 여자를 기대하지도 않았어요. 하지만 그녀를 보면 기뻐할 거라고 확신해요."

"그거야 그렇겠죠." 그리고 안주인은 조금은 다른 진지한 말투로 말했다.

"매기는 매우 기뻐할 거예요. 스탠트 양은 매기에게 갔나요?"

"짐을 가지러 호텔로 돌아갔어요. 호텔에 그녀 혼자 둘 수가 없어요."

"그렇죠. 알겠어요."

"만약 스탠트 양이 이곳에 있겠다면, 나와 함께 지낼 거예요." 그는 그 말뜻을 잘 이해했다. "그럼 지금 오는 중인가요?"

"금방 도착할 거예요. 기다리면 그녀를 볼 수 있을 거예요."

"오, 정말 잘됐네요!" 하지만 이 말은 조금은 다른 말을 대신하는 것처럼 갑자기 나왔다. 무심코 한 말로 들렸지만, 그는 확고하게 들리기 바랐다. 그에 따라 다음 말에 자신의 본심을 나타냈다. "만약 요 며칠 동안 일이 없었다면, 매기는 분명 그녀가 보고 싶었을 거예요. 사실 무슨 이유가 있는 거겠죠?" 어싱험 부인은 대답 대신 그를 쳐다보기만 했고, 다음 순간 이러는 것이 분명 말보다 더 효과가 있었다. 그가 어울리지 않는 질문을 했기 때문이다. "무슨 일 때문에 왔겠죠!"

그 말에 그의 친구는 웃었다. "뭐, 당신이 말한 대로예요. 당신 결혼 때문이에요."

"내 결혼식요?" 그는 의아해했다.

"매기의 결혼식요. 같은 말이지만요. 당신들의 엄청난 행사 '때문'이죠. 그리고 너무 외롭대요."

"그녀가 당신에게 그러던가요?"

"많은 이유를 말해줬는데 별로 기억이 안 나요. 불쌍한 그녀에게 많은 이유가 있었어요. 하지만 스탠트 양이 뭘 말했든 내가 항상 기억하는 건 하나 있어요."

"그게 뭐죠?" 그는 꼭 알아야겠다는 듯이 보았다.

"뭐, 사실 그녀에게 집이 없어요. 정말 아무것도 없어요. 정말 혼자예요."

다시 그는 그 뜻을 이해했다. "그리고 돈이 별로 없다는 거죠."

"몇 푼 없죠. 하지만 기차비나 호텔비 때문에 왔다 갔다 하는 건 아니에요."

"그 반대죠. 하지만 그녀는 자신의 나라를 좋아하지 않아요."

"그녀의 나라요? '그녀의 것'으로 부족해요."

그 말에 잠시 안주인은 재밌어했다. "그녀는 이제 되돌아왔지만 할 일이 달리 없어요."

왕자는 즐겁게 설명했다. "아, 이 시간에 내 일에 대해 말하는 것만큼 그녀 일에 대해 많이 이야기하네요. 장담하건대, 그 멋진 곳이 벌써 거의 내 것처럼 느껴지네요."

"그게 당신의 행운이고 견해예요. 당신은 많은 걸 가지고 있고 곧 사실상 가지게 될 거예요. 샬롯은 이 세상에서 커다란 짐가방 2개 말고는 가진 게 거의 아무것도 없고 이 집에 두라고 말했어요. 그녀는 당신과 당신 재산의 가치를 떨어트릴걸요."

그는 이 말뜻과 모든 일을 생각했다. 하지만 그는 언제나 모든 걸 쉽게 받아들였다. "그녀가 나에게 무슨 의도가 있나요?" 그리고 잠시 후 이 말이 아주 심각하더라도, 자신과는 전혀 상관이 없다는 듯이 말했다. "그녀는 여전히 아름답나요?" 어쩌면 그건 샬롯 스탠트에게 가장 동떨어진 말이었다.

어싱험 부인은 그 질문을 너그럽게 받아들였다. "예전 모습 그대로네요. 내가 보기에, 최고의 감탄이 나오는 대상이에요. 그렇게 그녀는 당신에게 영향을 미치고 있어요. 누군가는 그녀를 존경하고, 누군가는 비판하죠."

"그건 공평치 못해요!"

"비판하는 거요? 그것 봐요! 당신은 답을 알잖아요!"

"그렇네요!" 그는 유머러스하게 그 말을 교훈으로 삼았고 이전의 자의식을 감사해하는 온순함으로 훌륭하게 받아들였다. "나는 다만 스탠트 양을 비판하는 것보다 더 나은 일이 있을 거라는 의미였어요. 일단 당신이 누구와 그런 일을 해준다면…!" 그는 막연하게 말하면서도 친절했다.

"가능한 한 멀리서 두고 보는 게 낫다는 거에 동의해요. 하지만 누군가 반드시 해야 한다면…."

"네?" 그녀가 말을 멈추자 그가 물었다.

"그렇다면 당신 말이 뭔지 안다고요."

"그렇군요. 어쩌면 난 내가 뭔 말을 한 건지 몰라요."라며 그는 웃으며 말했다.

"흠, 현재로서는 당신은 특히 모든 점에서 알아야 해요." 그러나 어싱험 부인은 무엇보다도 조금 전 자신의 말투에서 분명 양심의 가책을 느꼈기에 더는 이 말을 하지 않았다. "물론 매기와 스탠트 양의 우정을 생각하면, 그녀가 참석하고 싶어 한다는 거 충분히 이해해요. 그녀는 충동적으로 행동했지만, 너그럽게 행동했어요."

"그녀는 아름답게 행동하죠."

"스탠트 양이 이렇든 저렇든 간에 대가를 치르지 않았기 때문에 '너그럽게'라고 말한 거예요. 이제 어느 정도는 대가를 치러야 할 거예요. 하지만 그건 중요치 않아요."

그는 조금 알 수 있었다. "당신이 그녀를 보살필 거군요."

"내가 돌봐줄 거예요."

"그렇다면 괜찮아요."

"그렇죠."

"그런데 왜 고민을 하죠?"

그 말에 그녀는 잠깐 말이 막혔다. "당신만큼은 아니에요."

왕자의 짙은 푸른 눈은 아주 아름다웠고, 때로는 축일에 멋진 분위기 속에 위대한 노장 디자이너 중 한 사람이 만든 역사적 로마 궁전의 열려 있는 높은 창문과 닮았다. 그의 외모는 어떤 모습을 연상하게 했는데, 거리에서 사람들에게 환호를 받고 그를 지지하는 사람들이 던져주는 낡고 귀중한 물건을 받으면서 명랑하고 씩씩하게 모습을 보여주는 아주 고귀한 인물의 이미지였고, 게다가 그는 주기적으로 관심을 받고 입이 딱 벌어지는 감탄을 바라는 사람들보다 자신에 관한 관심이 늘 적었다. 이런 인기를 얻은 후 젊은이의 표정은 생생하고 분명해졌는데, 즉 아름다운 개인적 존재, 진정한 왕자, 통치자, 전사, 후원자의 모습으로 화려한 건축물을 밝히고 기능에 관한 생각을 퍼트렸다. 그의 얼굴을 보면 훌륭한 뼈대에서 가장 자랑스러운 조상의 혼이 보이는 것이라고 기꺼이 말할 수 있었다. 조상이 누구든 현재 사람들이 보기에 어쨌든 왕자는 어싱험 부인에게 득이 됐다. 그는 진홍색 다마스크 직물damask, 실크나 리넨 등으로 양면에 무늬가 드러나게 짠 두꺼운 직물에 기대서 맑은 날을 즐기는 것 같았다. 그는 나이보다 어려 보였고, 잘 생겼고, 순진하고, 멍청했다.

"오, 아니에요!" 그가 분명히 소리쳤다.

"당신을 지켜보겠어요, 왕자님! 발뺌할 이유가 없으니까요." 그는 자신이 어찌할 바를 몰랐다는 것에 동의했고, 그들의 평온함은 사실 반대의 어떤 위험이 그들을 직접 위협한 것처럼 중요해 졌다는 걸 보여줬다. 그들이 환호하는 이유가 그렇게 확실하다면 어싱험 부인이 자신의 원래 태도에 대해 조금 해명해야 한다는 것이 유일한 일이었고, 그녀는 질문을 받기 전에 이런 말을 했다. "나의 첫 번째 충동은 항상 모든 것이 복잡해지는 걸 염려하는 것처럼 행동한다는 거예요. 하지만 난 복잡해지는 건 두렵지 않아요. 정말 좋아요. 나와 같은 부류예요."

그는 그녀의 의견에 따랐다. "하지만 문제가 없다면 그렇죠."

그녀는 망설였다. "아름답고, 영리하고, 특이한 아가씨와 함께 있으면 문제가 항상 복잡해지죠."

그 젊은이는 그 질문이 생소한 것처럼 여겼다. "그녀는 아주 오래 머물까요?"

그의 친구가 웃었다. "내가 어떻게 알겠어요? 별로 물어보지도 않았어요."

"아, 그러네요. 그럴 수 없었네요."

하지만 말투의 뭔가가 다시 그녀를 즐겁게 했다. "당신은 그럴 수 있었고요?"

"내가요?"

"나 대신 당신은 그녀한테서 체류 기간을 알아낼 수 있었을까요?"

그는 그 기회의 도전에 용감히 나섰다. "기회를 줬다면 아마 그렇게 했을 거예요."

"그렇다면 기회가 왔네요." 곧 문 앞에 마차가 멈추는 소리를 들었기에, 그녀는 답했다. "그녀가 돌아왔어요."

3.

농담으로 말했지만, 이후 그들은 침묵 속에서 친구를 기다렸고, 시간이 흐를수록 더 엄숙해졌고 왕자가 다음 말을 꺼냈을 때도 엄숙한 분위기는 사라지지 않았다. 그는 그 일을 고심했고 결정을 내렸다. 아름답고 영리하고 특이한 아가씨와 함께 지내는 건 복잡한 일이었고, 지금까지는 어싱험 부인 말이 맞았다. 하지만 학창시절부터 두 여자는 사이가 좋았고 그중 한 명이 도착했다는 건 분명한 사실이었다. "그녀는 언제라도 미국으로 갈 수 있어요."

어싱험 부인은 웃음이 나올 정도로 그 말을 비꼬아서 받아들였다. "당신 신혼여행에 그녀를 데려가고 싶어요?"

"오, 아니요. 그때는 당신이 데리고 있어야죠. 하지만 그 이후에 상관없겠죠?"

그녀는 그를 잠시 바라봤고, 복도에서 들리는 목소리에 그들은 일어났다. "상관없다고요? 정말 대단하네요!" 곧 샬롯 스탠트는 그들과 함께 자리했는데, 마차에서 내린 후 어싱험 부인이 혼자가 아니라는 걸 몰랐다가 계단에 있던 집사에게 물어서 알게 됐다. 그녀는 왕자가 그곳에 있다는 것을 알고 나서야 비로소 안주인을 똑바로 밝게 바라볼 수 있었는데, 순간의 차이였지만 그녀보다 그가 그녀를 훨씬 더 잘 받아들일 수 있었다. 그는 이 모든 일을 알고 있었기 때문에, 자신에게 주어진 기회를 이용했다. 그래서 그가 몇 초 동안 강렬하게 본 모습은 키가 크고 강인하고 매력적인 아가씨로, 처음에는 모든 움직임과 몸짓, 옷에서 모험으로 가득한 환경에서 자유롭고 활발하고 행복해하며 바람과 파도를 맞으며 먼 나라에 가고 오랜 여행으로 세관을 드나들면서 신발에 난 그을린 자국과 작은 모자에서 두려움이 없어지고 지혜를 얻었다는 점을 정확히 알 수 있었다. 동시에 그는 이런 조합이 '강단 있는' 분위기를 이해할 수 있는 바탕이 아니라는 걸 알았다. 그는 이제 영어로 말하는 방식에 상당히 익숙해졌고 차이점을 재빨리 파악하려고 있었을 법한 일들을 충분히 주의 깊게 들었다. 게다가 그는 이 젊은 아가씨의 강한 정신력에 대한 자신만의 생각이 있었다. 훌륭한 생각이었고, 믿을 만한 근거가 있었지만, 그녀의 지극히 개인적이고 즐거운 취향을 절대 해치지 않을 것이다. 그녀가 바로 그 자리에서 하나의 빛처럼 분명하게 내뱉었기 때문에 이 순간에 그의 걱정스러운 시선을 누그러트리려고 그녀가 다시 나타났을지도 모른다. 그녀가 친구에게 건넨 독특한 인사말에서 그는 그녀가 자신을 위하고 즐겁게 하려고 높이 들고 있는 램프와 같다고 여겼다. 그 말에서 그에게 모든 것을 보여줬는데, 무엇보다도 세상에서 그녀의 존재가 너무나 밀접하고 돌이킬 수 없을 정도로 그와 동시대 사람이라는 것이다. 어느 때보다 분명하고 심지어 그의 결혼보다 이 순간이 더 예리한 사실이지만, 어싱험 부인이 평가의 대상으로 이야기했던 인상에 대해 부수적이고 조심스러운 방식으로 살폈다. 그래서 그가 그들을 다시 만나게 되면서 바로 인연이 되었다. 만약 그 사람들을 이해해야 한다면, 최소한의 친밀감 때문이었다. 그에게 확실한 방법은 하나밖에 없고, 그건 이미 알고 있는 점으로 그들을 이해하는 것이다.

대충 표현하자면, 얼굴은 너무 좁고 길었고 눈은 크지 않았고, 반면에 입은 크고 입술은 두툼했고, 단단한 치아는 아주 조금 돌출되어 보였지만, 실제로는 고르고 하얗게 빛났다. 하지만 이상하게도 그의 소유 집합체로서 샬롯 스탠트의 이런 점들이 이제 그에게 영향을 미쳤다. 마치 오랜 시간 동안 전체 목록에 있는 물건들을 각각 확인하고 그것들을 포장하고, 번호를 매기고, 캐비닛에 넣어둔 것처럼 보였다. 그녀가 어싱험 부인과 마주 보고 있는 동안 장식장 문이 저절로 열렸다. 그는 하나씩 살폈고, 매 순간 그녀가 그에게 시간을 벌어다 주는 것처럼 점점 더 많이 살피게 됐다. 속된 말로 그녀의 머리는 짙은 색이지만 '평가'를 하자면 황갈색 단풍 같고, 형언할 수 없는 색에 그가 전혀 모르는 색깔로, 순간 숲의 요정 같은 여자 사냥꾼 머리처럼 보였다. 그는 그녀의 재킷 소매가 손목까지 내려와 있는 걸 봤지만, 소매 안쪽의 팔은 완전히 둥글고 윤이 나고 얇아서 위대한 시대의 피렌체의 조각가들이 분명 사랑했고 오래된 은과 청동 작품을 만들었을 거라고는 생각이 다시 들었다. 그녀의 가는 손과 기다란 손가락과 손톱 모양과 색, 그녀가 등을 돌렸을 때 움직임과 선의 특별한 아름다움, 그리고 모든 주요 장신구들이 완벽한 조화를 이뤄서 전시용으로 특별히 제작된 어떤 멋진 완성된 악기 같았다. 무엇보다도 그녀의 유연한 허리는 활짝 핀 꽃줄기 같고 또한 마치 금 조각으로 가득 채운 길고 늘어진 비단 지갑 같지만 손가락 사이로 잡히는 것이 없는 거 같았다. 그녀가 그에게로 돌아서기 전에, 그는 마치 손바닥으로 모든 물건의 무게를 쟀고, 심지어 금속이 쨍그랑거리는 소리도 조금 들은 것 같았다. 그녀가 그에게로 돌아섰을 때, 그가 무엇을 하고 있었는지 눈으로 확인했다. 그녀가 생각하기에 어쩔 수 없는 경우는 제외하고 그와 마주칠 수 있는 상황을 만들지 않았다. 만약 그녀가 움직였을 때 사냥꾼처럼 보였다면, 그녀가 더욱 가까이 다가왔을 때 모습은 뮤즈에 대해 그가 생각했던 것과는 맞지 않았다. 하지만 그녀가 한 말은 간단했다. "날 보고 있었네요. 매기는 어떻게 지내요?"

그녀가 들어오기 바로 직전에 어싱험 부인이 제안했던 질문을 할 수 있는 기회가 젊은이에게 자연스럽게 빨리 왔다. 그가 받아들이기로 했던 그 기회는 몇 분 안에 끝날 것이었고, 말 그대로 이 젊은 아가씨가 그들과 얼마나 오래 있을 것인지 물어보는 것이었다. 집안 문제를 빨리 정리해야 해서 어싱험 부인은 몇 분 동안 자리를 떠야 했고, 이에 손님들은 자유로워졌다. "배터맨Batterman 여사가 있던가요?" 부인은 샬롯을 맞이하고 짐 정리를 담당하는 집안사람에 대해 말했고, 이에 샬롯은 상당히 매력적인 집사만 마주쳤다고 대답했다. 그녀는 자기 때문에 무슨 일을 하려는 걸 거절했지만, 쿠션에서 몸을 일으킨 안주인은 무관심하게 굴기보다 베터맨 여사가 보이지 않는 점을 확인했다. 즉 아가씨가 자신 때문에 생긴 문제에 오랫동안 미소 짓고 흐느끼며 간곡하게 "내가 갈게요!"라고 했지만, 부인이 직접 나섰다. 왕자는 이 순간에 자리를 떠야 한다는 걸 아주 잘 알았다. 스탠트 양의 문제 해결에 필요없고, 남을 이유가 없기에 떠나야 했다. 하지만 그에게 이유가 있었고, 마찬가지로 그 이유를 알고 있었다. 그리고 그는 한동안 의식적으로 그리고 의도적으로 빨리 떠나려고 하지 않았다. 눈에 보이는 고집을 부리며 생각대로 하려고 마음에 안 드는 행동까지 하려고 했다. 즉 내일이나 앞으로 언제가 알 것이라고 기다리거나 궁금해 하지 않고 그 자리를 떠나기 전에 그가 자신이 너무나 알고 싶은 걸 알아내고자 했다. 게다가 이 특별한 호기심은 그가 어싱험 부인의 호기심을 충족시킬 기회와 마찬가지였다. 그 이유에 분명 무례한 건 없었기에, 그가 무례한 질문을 하려고 남았다는 것을 인정하지 않았을 것이다. 그 문제에 있어 오랜 친구에게 아무 말도 하지 않고 등을 돌리는 것이 무례한 일일 것이다.

일이 정리되고, 어싱험 부인이 신경쓰던 일이 사실상 간단해지자 그는 말 한 두마디를 건넸다. 작은 위기는 생각보다 짧게 끝나고, 자연스럽게 그는 모자를 집어 들게 됐다. 그는 샬롯과 단둘이 있게 되자, 그런 결과에 자신의 책임이 없다는 것이 왠지 기뻤다. 일관된 모습이 일종의 위엄인 것처럼, 허둥대지 않는 것이 그가 원하는 일관성이었다. 그리고 말 그대로 그토록 선한 양심이 있으면서도 그가 위엄을 가질 수 없었던 이유는 무엇일까? 그는 해서는 안 될 일을 하지 않았고, 사실 아무것도 하지 않았다. 다시 한 번, 많은 여자를 알고 있다는 걸 자각하는 남자로서, 그는 반복되는 예정된 현상, 일출이나 다가오는 성인들의 날, 그녀를 내보내는 여자의 행동과 같은 어떤 일을 늘 도울 수 있었다. 그녀는 그 일을 필연적으로, 틀림없이 해냈고, 하지 않을 수 없었다. 그것은 그녀의 본성이고, 그녀의 인생이었고, 남자는 언제나 손가락 하나 까딱하지 않고도 그 점을 예상할 수 있었다. 이것이 그 사람의, 남자의, 모든 남자의 지위와 힘이었고, 그에게 필연적으로 유리한 점이 되었고, 적당히 인내심을 가지고 자신도 모르게 그 일이 잘 해결되기를 기다리기만 하면 됐다. 다른 사람의 꼼꼼함은 그녀의 약점이고 깊은 불행이었고, 당연히 그녀의 아름다움도 그랬다. 그것은 그가 한낱 야수가 아니었을 때 그녀와의 관계에서 그에게 이상하게 연민과 이득의 감정이 뒤섞였고, 사실 그가 항상 그녀에게 친절하고, 그녀를 좋게 생각하고, 그녀에게 잘해야 하는 가장 적절한 근거가 됐다. 그녀는 항상 자신의 행동을 꾸며냈고, 당연히 그걸 감추고, 위장하고, 정리했으며, 사실 이런 위장으로 비참하지만 세상에서 자신이 가진 단 한 가지인 영리한 면을 보였다. 그녀는 진실을 제외하고 뭐든 모든 것을 알리려고 했다. 그것이 바로 샬롯 스탠트가 지금 하는 일이었고, 확실히 그녀의 표정과 몸짓에 대한 현재의 동기이자 관심이었다. 그녀는 20대 여성이었고 운명에 사로잡혔지만, 그녀의 운명은 또한 외모를 가꾸는 것이었고, 이제 그가 걱정하는 것은 그녀가 무엇을 의도하는지 아는 것이었다. 그는 그녀를 도울 것이고 이성적으로 그녀와 함께할 것이다. 유일하게 한 일은 어떤 모습을 가장 멋지게 보여주고 잘 지킬 것인지 아는 것이다. 물론 그녀가 그래야 한다. 다행히도 그 자신은 감춰야 하는 어리석은 행동을 하지 않았고, 행동과 의무 사이의 완벽한 일치를 이루면 됐다.

아무튼, 그들은 친구가 문을 닫고 나가자 의식적이고 긴장된 미소를 지으며, 마치 서로가 음을 내거나 가락을 넣는 걸 기다리는 것처럼 그곳에 함께 서 있었다. 그 젊은이는 무언의 긴장된 분위기 속에 가만히 있었다. 다만 그녀의 두려움을 느꼈기 때문에 더는 겁내지 않았다. 그러나 그녀는 자신을 걱정했다. 반면에 제정신을 차린 그는 그녀만을 걱정했다. 그녀는 그의 품에 안길까, 아니면 아주 멋지게 굴 것인가? 그녀는 말없이 있는 묘한 순간에서 그가 뭘 할지 알았고, 그에 따라 행동했다. 하지만 그가 할 수 있는 일은 그저 그녀를 위해 무엇이든, 모든 것을, 가능한 한 훌륭하고 편안하게 해 줄 것이라는 점을 그녀에게 알려주는 것뿐이었을까? 그녀가 그의 품에 안겨도 그는 쉽게, 즉 간과하고, 무시하고, 기억하지 않고, 후회하지도 않을 것이다. 비록 한 번의 손길도 없었고, 점차 그의 긴장감이 진정됐지만, 이런 일은 실제로 일어나지 않았다. "돌아오니 정말 좋네요!"라고 그녀가 마침내 입을 열었다. 그녀가 그에게 확실히 건넨 말은 그것뿐이었고, 게다가 다른 사람들도 했을 법한 말에 불과했다. 그의 대답에 따라 다른 두 세 가지 말을 했지만, 그녀의 말투와 전체적인 태도는 그녀의 실제 처 지와는 상당히 동떨어졌다. 본질적으로 그 사람에 대한 비굴함은 전 혀 드러내지 않았고, 그는 곧 그녀가 상황을 정리하는 중이라면, 그녀 는 그렇게 되리라고 믿을 수 있을 거라고 판단했다. 다행히 그가 물어 본 건 그게 전부였다. 오히려 그는 그녀를 존경하고 좋아하게 됐다.

그들 말대로, 그녀가 특히 인정하는 건 그에게, 사실 누구에게도 이 유나 동기, 오가는 것에 대해 아무것도 설명할 수 없다는 것이었다. 그녀는 예전에 그를 만난 적이 있는 매력적인 젊은 여성이었고, 또한 자신의 삶을 살아가던 매력적인 젊은 여성이었다. 그녀는 그 점을 높 이, 아주 높이 받아들였다. 그렇다면, 그는 똑같이 할 것이다. 어떤 높 이도 그들에게 너무 높지 않을 것이고, 심지어 매우 영리한 젊은이가 상상할 수 있는 가장 아찔한 높이도 아닐 것이다. 가장 아찔했던 순간 은 잠시 후 그녀가 자신의 경솔함에 대해 사과하려고 가까이 다가 왔 을 때였다.

"난 늘 매기를 생각해왔고, 이제 그 애가 그리워졌어요. 그 애가 행 복해 하는 모습을 보고 싶었고, 당신이 부끄러워서 나한테 말하지 못 한다고 생각하지 않아요."

"당연히 매기는 행복해요! 알다시피, 젊고 선하고 관대한 사람의 행복은 참 대단해요. 오히려 사람을 두렵게 하죠. 하지만 성모 마리아 와 모든 성인이 그녀를 지켜주고 있어요."

"당연히 그분들은 그렇죠. 그 애는 아주 소중한 사람이에요. 하지만 당신에게는 말하지 않아도 되겠죠."

그는 진지하게 답했다. "아, 아직 그녀에 대해 배울 것이 많아요. 매기는 당신이 우리와 함께 있으면 매우 기뻐할 거에요."

샬롯은 웃으며 말했다. "아, 당신에게는 내가 필요 없어요. 그 친구의 시간에요. 좋은 시간이고요. 여자들과 함께하면 그게 뭔지 충분히 알아요. 하지만 그게 바로 그 이유에요. 내가 놓치지 않았던 이유 말이에요."

그는 그녀의 상냥하고 이해심 많은 얼굴에 집중했다. "당신은 아무것도 놓치지 않을 거에요." 그는 필요로 하는 답을 모두 들었기에 정점에 달했고 이제는 그걸 지킬 수 있었다. 그 정점은 아내의 행복이었고, 그 행복은 오랜 친구의 기쁨이었다. 그것은 아름다웠고, 갑자기 그에게 진지하고 고귀하게 다가온 건 아니었다. 샬롯의 눈빛이 그에게 이걸 말해주는 듯했고, 그가 먼저 그것이 뭔지 알려고 하는 것을 간청하는 듯했다. 그는 그녀가 좋아하는 것을 알고 싶었고, 그녀에게도 그 점을 알려 주려고 노력했고, 매기에게 우정이 어떤 것인지 생각했기에 신경을 썼다. 젊은 상상력과 젊은 관대함의 날개로 무장되었다. 아버지에 대한 그녀의 열렬한 헌신을 항상 생각해보면, 그는 자신이 불어넣은 감정이 싹트기 전부터 그녀가 알았던 가장 생생한 감정이 있었다고 생각했다. 그가 아는 한 그녀는 결혼식에 그 상대를 초대한 적도 없었고, 그 상대에게 몇 시간 동안의 고되고 값비싼 여정을 제안할 생각도 하지 않았다. 그러나 그녀는 준비하고 몰두해야 했지만 매주 연락하고 소식을 알렸다. "아, 샬롯에게 편지를 썼어요. 당신이 그 친구를 더 잘 알았으면 해요." 매기의 바람에서 묘하고 불필요한 부분을 계속 의식했지만, 그녀에게 내비치지 못했기에 그는 최근 몇 주 동안 이 같은 말을 계속 들었다. 어쨌든 나이가 더 많고 아마도 더 똑똑한 샬롯은 단순한 형식적인 예의 이상의 충실함으로 응답하지 않을 이유가 있겠는가? 여자들의 관계가 가장 이상한 건 사실이었고 그는 아마 이곳에서 자기 부류의 젊은이를 믿지 않았을 것이다. 그는 엄청난 차이를 이유로 계속 나아갔는데, 사실 이 젊은이에게 그녀와 같은 부류 특성을 무너트리는 건 어려웠을지도 모른다. 무엇도 그녀에게 분명하게 맞지 않았다. 그녀는 희귀하고 특별한 산물이었다. 독신이고 쓸쓸히 지내며 돈이 부족한 그녀는 영향력과 장점이 부족했고, 그 점 때문에 묘하게 귀한 중립적인 태도를 지니게 됐고 적당히 거리를 두면서 자각을 하는 일종의 사회적 자산을 이루는데 이바지했다. 그것이 그녀가 가진 유일한 것이었고, 외롭고 사교적인 아가씨가 가질 수 있는 유일한 것이었는데, 왜냐하면 같은 수준의 사람이 거의 없었고 사실 이런 사람은 분명하게 이름을 붙일 수 없는 자연의 선물이라는 힘을 통해서 그 점을 이해했기 때문이었다.

공이나 후프, 불타는 물건을 저글링하는 공연에서 마술사처럼 속이는 그녀의 이상한 말투에 대한 문제가 아니었다. 그는 자기들의 공적이 흥미롭게 보이도록 실패했던 여러 언어를 구사하는 사람들을 알았기 때문에 적어도 절대 그런 문제는 아니었다. 그 문제에 있어서 많은 친구와 친척처럼 그 자신도 여러 언어를 구사할 수 있었고, 일반적인 편의에 지나지 않았다. 요점은 이 젊은 아가씨에게 그 자체가 아름다운 것이며, 거의 신비에 가깝다는 것이다. 그래서 분명 그는 교양 없는 사람들 사이에서 아주 드물게 정중하고 우아한 이탈리아어를 구사하는 그녀에게서 완벽한 행복을 여러 번 느꼈다. 그는 자신의 모국어를 유창하게 구사하는 낯선 사람 몇 명(대부분 남자)을 알았지만, 그는 샬롯처럼 신비롭고 타고난 소질을 보여주는 남자도 여자도 알지 못했다. 그는 그들이 처음 만났을 때부터 그의 영어가 그녀와 너무 잘 통해서 마치 영어가 그들의 불가피한 매개체인 것처럼 여겨서 그녀가 이탈리아어 실력을 전혀 드러내지 않았다는 점을 기억했다. 그녀가 다른 사람에게 이야기하는 걸 듣게 되면서 그는 자신들에게도 좋은 대안이 있다는 것을 우연히 알게 됐다. 사실 그녀가 절대 하지 않는 실수를 할지 지켜보는 게 더 큰 즐거움이었다. 그녀의 미스터리에 대한 설명은 충분치 않았다. 피렌체에서 태어난 것과 어린 시절에 대한 회상이었는데, 위대한 나라 출신인 그녀의 부모는 그녀가 태어나기 훨씬 전부터 이미 타락한 세대였고, 사기가 저하되고, 어긋났고, 여러 언어를 구사했으며, 그녀의 첫 번째 기억은 토스카나 출신 유모였고, 어린 시절 기억에서 별장의 하인, 농장의 농민들, 어린 소녀들과 옆 농장의 다른 농민들은 토스카나 언덕에 있었던 열악한 수녀원의 수녀들을 포함해서 초라하지만, 매우 인간미 넘쳤던 사람들이었고, 다른 어떤 곳보다 더 허름했으나 더 아름다웠던 그 수도원의 학교에 다니다가 5번째 과정이 끝나기 3년 전에 훨씬 작은 여자아이였던 매기는 상당히 겁먹은 채 파리로 와서 더 큰 학교에 다녔다. 당연히 그러한 회상이 바탕이 되었지만, 그녀의 혈통과 말투로 인해 잊을 수 없는 토스카나 출신의 몇 세대 전 조상에 관한 그의 주장을 막을 수 없었다. 그녀는 조상에 대해 아무 것도 몰랐지만 우정을 꽃피우는 작은 선물 중 하나로 그의 이론을 우아하게 받아들였다. 그러나 이러한 문제는 이제 모두 누그러들었지만, 그 점에 대한 생각이 당연히 자연스럽게 들었고, 그런 추측에 그는 신중함을 가지고 분명하게 말했다. "당신은 당신 나라를 별로 좋아하지 않죠?" 당분간 그들은 영어로 말하는 건 고집할 것이다.

"내 나라 같지 않아요. 그리고 좋든 싫든 누군가의 문제가 아니면 중요치 않죠. 하지만 난 좋아하지 않아요."라고 샬롯 스탠트가 말했다.

"그 말은 나에게 아무런 격려가 안 되는데요?."

"당신도 온다는 건가요?"

"아, 네, 당연히. 난 정말 가고 싶었어요." 그녀는 망설였다. "하지만 지금요? 당장이요?"

"한두 달 내로 갈 거예요. 이제야 알았군요." 그녀의 표정에서 뭔가가 있다고 생각하고 그는 다음처럼 말했다. "매기가 당신에게 편지 썼잖아요?"

샬롯은 분명히 말했다. "당신도 오는 걸 몰랐어요. 하지만 물론 당신도 와야죠. 그리고 가능한 한 오래 머물러야죠."

"당신은요? 오래 머물렀어요?" 그는 웃으며 말했다.

"뭐, 그럴까 했죠. 하지만 난 '이해관계'가 없었어요. 당신에게는 큰 도움이 될 거예요. 이해관계가 있는 나라잖아요. 나도 몇몇 이해관계가 있었다면 당연히 떠나지 않았을 거예요."

그는 잠시 기다렸고, 그들은 계속 서 있었다. "그럼 여기에는 있어요?"

"아, 내가 아는 사람들이죠!" 아가씨는 미소 지었다. "어디든 그렇게 많지 않아요."

그는 그녀에게서 이 말이 나온 상황과 그 상황이 그녀에게 미친 영향에 대해 알았고, 위태롭고 미심쩍은 분위기를 보이기 전에 할 말을 정했다. 그녀가 그에게 준 실마리로 변화가 생겼고 그는 자기 입으로 정직하고 자연스러운 말이 나왔다는 것에 정말 기분 좋았다. 두 사람 모두 대단한 용기를 낸 건 분명했다. "나는 줄곧 당신이 결혼했을 가능성이 크다고 생각했어요."

그녀는 순간 그를 쳐다봤고, 그는 몇 초 동안 뭔가를 망쳤을까 봐 걱정했다. "누구와 결혼요?"

"뭐, 유능하고 친절하고 영리하고 부유한 미국인이요."

그는 다시 불안해졌지만, 그녀는 기특했다.

"만나는 남자마다 그러려고 했죠. 최선을 다했어요. 아주 공개적으로 결혼을 위해서 왔다는 걸 알려줬어요. 어쨌든 소용없었고, 난 인정해야 했죠. 아무도 날 받아들이지 않았어요." 그러고 그녀는 그에게 당황스러운 이야기를 들려줘서 미안한 듯했다. 그녀는 그의 감정에 애석해했다. 만약 그가 실망했다면, 그 사람을 격려할 것이다. "그래도 사람의 존재는 결혼에 의해 결정되지 않아요. 남편감을 찾는 거 말이에요."

"아, 존재요!" 왕자는 모호하게 말했다.

"당신은 내가 단순한 존재 이상을 주장해야 한다고 생각해요? 당신이 단지 내 사람이 되기 원한다고 해도, 나는 내 존재가 그렇게 불가능한지 모르겠어요. 내가 가질 수 있는 것이 있고 내가 될 수 있는 것이 있어요. 오늘날 독신 여성의 지위는 매우 유리해요."

"무엇에 유리한데요?"

"결국 어떤 식으로든 많은 걸 담을 수 있는 존재가 되는 거요. 최악의 경우에 애정도 포함할 수 있어요. 특히 친구들에 대한 애정이요. 예를 들어, 난 매기를 아주 좋아하고, 사랑해요. 만약 내가 당신이 말하는 사람 중 한 명과 결혼했다면, 어떻게 그녀를 더 사랑할 수 있었겠어요?"

왕자는 웃었다. "그 사람을 더 흠모할지도 모르죠!"

"아, 하지만 그렇지 않잖아요? 그게 문제죠."

"남에게 상처를 주지 않고 자신을 위해 최선을 다하는 건 늘 문제예요." 그는 이때 그들의 관계 기반이 훌륭하다고 생각했고 확고함에 대한 제 생각을 솔직하게 보여주려는 듯 다시 말을 이었다. "그래서 난 당신이 훌륭한 사람과 결혼하길 재차 바라고, 결혼은 당신 말대로, 심지어 시대의 정신보다 당신에게 더 좋은 거라고 생각해요."

그녀는 처음에는 대답만 하려고 그를 바라봤고, 그녀가 조금 더 유쾌하게 받아들이는 것처럼 보이지 않았다면 얌전하게 받아들이는 것처럼 보였을 것이다. 그녀는 "정말 고맙네요."라고 간단히 말했지만, 그때 그들의 친구가 다시 자리를 함께했다. 어싱험 부인이 들어오면서 예리한 미소를 지으며 그들 한 사람씩 쳐다본 것이 분명했다. 그 시선을 의식한 샬롯은 안심시키려고 문제를 넘겼다. "왕자님은 내가 좋은 사람과 결혼하기를 간절히 바란데요."

어싱험 부인이 그 말을 받아들이든 말든, 왕자는 이 말에 어느 때보다 더 안심됐다. 한 마디로 그는 안심했고, 그게 다였다. 그리고 그는 안심하고 있는 게 필요했다. 그는 어떤 농담도 할 만큼 정말 안심이 됐다. 그는 안주인에게 설명했다. "스탠트 양이 나에게 해준 말 때문이에요. 우리는 계속 응원해주고 싶잖아요?" 노골적인 농담이었다면 그는 적어도 말도 꺼내지 않았겠지만, 진담이었고, 벗으로서 친구에게 한 말이었다. "미국에서 노력했지만, 뜻대로 되지 않았다고 하네요."

어싱험 부인이 예상한 분위기와 왠지 달랐지만, 최선을 다했고, 젊은이에게 답했다. "그렇다면 당신이 관심을 가지면, 반드시 이뤄질 거예요."

샬롯은 동요하지 않고 말했다. "부인이 예전에도 여러 일을 잘 도와 주셨던 것처럼 이번에도 도와주시겠네요." 어싱험 부인이 애원하기 전에 그녀는 왕자에게 훨씬 더 임박한 일에 관해 이야기했다. "당신 결혼식이 금요일이에요? 토요일이에요?"

"아, 금요일은 아니에요! 우리를 어떻게 생각하는 거예요? 우리는 통속적인 징조를 무시하지 않아요. 토요일 3시 예배당에서 정확히 보증인 12명 앞에서 해요."

"나 포함해서 12명인가요?"

그는 문득 깨달았고, 웃으며 말했다. "당신은 13번째가 되잖아요. 그래서는 안 돼요!"

"당신이 징조를 따른다면, 아니죠. 난 참석하지 말까요?"

"아니에요. 우리가 정리할게요. 숫자는 맞추면 되고, 노파를 데리고 올 거예요. 그럼 딱 맞을 거예요, 그렇죠?"

어싱험 부인이 돌아왔다는 건 마침내 그가 떠나야 한다는 것이었다. 그는 다시 모자를 챙겨서 부인에게 작별을 고했다. 하지만 샬롯에게는 다른 할 말이 있었다. "오늘 밤에 베버 씨와 식사를 할 거예요. 전할 말이 있나요?"

그 아가씨는 조금 의아해했다. "베버 씨에게요?"

"매기에게요. 당신을 일찍 만나는 것에 대해서요. 그 사람이 좋아할 거예요."

"그럼 내가 일찍 갈게요. 고마워요."

"그 사람이 당신을 부를 거예요. 마차를 보낸다고요."

"아, 그럴 필요 없어요. 괜찮아요." 그녀는 어싱험 부인에게 물었다. "1페니로 합승 마차omnibus를 타고 갈 수 있죠?"

어싱험 부인이 그녀를 무덤덤하게 보는 동안 왕자는 "아!"라고 말했다.

"그럼요. 내가 내줄게요. 마차 타고 가요."라고 부인은 그들의 친구에게 말을 덧붙였다.

하지만 샬롯은 그녀 말을 듣지 않고 다른 생각을 했다. "왕자님, 당신에게 부탁하고 싶은 큰 부탁이 있어요. 오늘과 토요일 사이에 매기에게 결혼 선물을 해주고 싶어요."

"괜찮아요." 왕자는 다시 차분하게 외쳤다.

"하지만 꼭 그러고 싶어요. 난 거의 몸만 왔어요. 내가 원하는 건 미국에서 찾을 수가 없었어요."

어싱험 부인은 불안감을 나타냈다. "그럼 뭘 해주고 싶은데요?"

하지만 그 아가씨는 상대방만 바라봤다. "왕자님이 괜찮다면 내가 선물 정하는 걸 도와줬으면 해요."

어싱험 부인이 물었다. "내가 도와줘도 될까요?"

"물론이죠, 부인, 잘 의논해봐요." 그러면서 그녀는 왕자에게서 눈을 떼지 않았다. "하지만 괜찮다면, 왕자님이 나와 함께 가서 봐줬으면 좋겠어요. 나와 같이 보고 골라주세요. 시간을 내준다면, 정말 고마울 거예요."

그는 그녀를 바라보며 눈썹을 치켜 올렸고, 멋진 미소를 지었다. "그래서 미국에서 돌아왔어요? 그렇다면 꼭 시간 낼게요!" 그는 멋진 미소를 지었지만, 결국 그가 생각했던 것보다 훨씬 더 큰일이었다. 다른 사람들과 함께 하는 일은 거의 없었기 때문에, 마음이 놓이지 않았다. 기껏해야 이런 평판을 지키고 널리 알리는 것뿐이다. 하지만 빠르게 널리 알리는 건 무엇보다도 그에게 더 좋았다. 심지어 곧 그가 원하는 것처럼 보였다. 그들의 관계가 올바른 기반 위에 형성되었기 때문인가? 어싱험 부인에 대한 이런 애원은 통했고, 그녀는 곧 받아들였다.

부인은 웃으며 말했다. "그래요, 왕자님. 꼭 시간을 내세요!" 정말 그녀가 허락한다는 말로, 샬롯을 본 후 우호적인 판단, 여론, 도덕규범, 예비 남편에게 허용되는 범위에 해당했고, 그녀가 아침에 포틀랜드 플레이스에 간다면, 그는 그곳에서 그녀를 만나기로 하고 시간을 정했고, 그가 어디에 있는지 정확히 알려주고 나서 떠났다. 이 때문에 그가 더 머물렀다. 자신이 있을 곳에 있었다.

4.

샬롯이 도착한 그날 밤 어싱험 대령이 부인에게 말했다. "난 정말 모르겠어요, 부인. 최악의 상황인데도 왜 그렇게 힘들게 받아들이는 정말 모르겠네요. 아무튼 당신 잘못은 아니잖아요. 어쨌든 내 일이었다면 결코 그러지 않았을 거요."

늦은 시간이었고, 그 날 아침 '특별 증기선'으로 타고 사우샘프턴에 와서 호텔에 잠시 있다가 몇 시간 후 개인 주택으로 다시 거처를 옮긴 젊은 아가씨가 지금쯤 편히 휴식을 취하기를 그들은 바랐을 것이다. 전날 대령과 우연히 마주친 같은 기수인 다소 초라한 모습의 전우 2명이 저녁 식사 자리를 함께 했고, 식사 후 응접실에서 두 여성과 다시 자리를 함께 했을 때 샬롯은 피곤하다면서 미리 사과를 하고 자리를 떴다. 그러나 마음이 뺏긴 전우들은 11시 넘어서도 남아 있었고,

어싱험 부인은 말로는 이제는 군에 대한 환상이 전혀 없었지만, 늘 나이 든 군인들에게 마음이 끌렸다. 그리고 대령은 저녁 식사 전에 겨우 시간 맞춰서 왔고, 그때까지 친구를 만날 거라는 연락을 정말 받지 못했고, 그때야 손님이 왔었다는 걸 알았다. 사실 자정이 넘었고, 하인들은 잠자리에 들었고, 바퀴의 덜컹거리는 소리는 8월 날씨 때문에 여전히 열려 있는 창문으로 더 이상 들려오지 않았고, 로버트 어싱험은 그 동안 자신을 알아야 하는 일을 차츰 알게 됐다. 그러나 그가 조금 전에 했던 말에서 순간 그의 기분과 태도의 본심이 나왔다. 그는 손을 뗐고, 그가 책임을 지지 않으면 천벌을 받았을 것이다(둘 다 그가 반복했던 쓰는 말이었다). 가장 단순하고, 가장 분별력 있고, 가장 친절한 남자인 그는 습관적으로 과장해서 말했다. 그의 아내가 한 번은 그에게 과격한 말에 대해 이야기한 적이 있었다. 그런 과격함은 그녀가 한때 장난감 병사들과 놀고, 싸우고 전투에서 승리하고, 포위하고, 나무로 된 작은 요새와 깡통으로 만든 작은 군대로 적을 전멸시키는 걸 본 적이 있는 퇴역 장군을 생각나게 했다. 남편의 지나친 강조는 장난감 병정으로 하는 군사 게임이었다. 그 게임은 그의 말년 동안 아무런 피해를 주지 않고 군사적 본능을 만족시켰다. 상스러운 말을 충분히 많이 하고 힘이 있으면, 대대, 중대, 엄청난 포격 및 기갑부대의 영광스러운 돌격을 대신할 수 있었다. 그것은 자연스러웠고, 즐거웠으며, 그녀에게도 야영 생활과 끊임없는 총격으로 모험 같았다. 끝까지 죽도록 싸우지만 죽는 사람은 없었다.

그의 풍부한 표현에도 불구하고 그녀보다 운이 덜했던 그는 아내가 가장 좋아하는 게임을 묘사하는 이미지를 아직 찾지 못했고, 그가 할 수 있는 일은 사실상 그녀만의 철학을 본받아 그녀에게 맡기는 것뿐이었다. 세심하고 생각이 많은 아내와 여러 상황들을 의논하려고 여러 번 늦게까지 앉아 있었지만, 그녀의 인생에서 어떤 일이든 자신의 일이 될 수 있다는 점을 결코 부인하지 않았다. 그녀가 원하면 바로 50대가 될 것이고, 결국 여자들이 좋아하는 건 편안하게 있는 것이었고, 잘 알겠지만, 너무 생각이 많으면 생각들을 내보이는 사람들은 늘 있었다. 그는 어떤 대가를 치르더라도 자신만의 생각을 하거나 그녀와 같은 생각을 하지 않았다. 그래서 그는 종종 수족관에서 그녀가 가장 좋아하는 걸 보며 그녀를 살폈는데, 수족관에는 조금은 꽉 끼는 수영복을 입고 양서류가 아니면 너무 차갑고 불편해 보이는 수조에서 공중제비를 하고 재주를 부리는 유명한 여자가 있었다. 그는 오늘 밤 전우의 이야기를 들었고 마지막 파이프 담배를 피우면서 마치 자신이 1 실링을 낸 것처럼 아내의 설명을 들으며 그녀를 지켜봤다. 하지만 이런 상황에서 그가 돈의 가치를 원했던 건 사실이었다. 경이로움이라는 명목 하에 그녀는 왜 그토록 책임을 지려고 할까? 그녀는 무슨 일이 일어날 거라고 가장한다면, 최악의 경우 그 불쌍한 아가씨가 뭐든 하고 싶다고 해도 뭘 할 수 있겠는가? 최악의 경우 그 문제에 있어서 아내는 어떤 생각을 떠올릴 수 있겠는가?

어싱험 부인이 대답했다. "그 애가 여기 도착하자마자 나한테 말했다면, 쉽게 알 수 있었을 거예요. 하지만 그 애는 그렇게 친절하지 않았고, 난 그렇게 될 거라는 낌새를 전혀 채지 못했어요. 확실한 건 그 애가 괜히 온 게 아니라는 거예요." 그녀는 여유가 생기자 결론을 내렸다. "왕자를 다시 보고 싶은 거예요. 그걸로 괴롭지는 않아요. 사실 문제도 아니고요. 하지만 내가 묻고 싶은 건, 그 애는 왜 그러고 싶을까요?"

"당신도 모르는데, 자문을 해잖아 무슨 소용이겠어요?" 대령은 한쪽 발목을 다른 쪽 무릎에 올려놓고 뒤로 편하게 기대앉았고, 시선은 곱게 짠 검은 비단과 깔끔한 가죽신발 속에서 계속 움직이는 매우 가느다란 발 모양에 집중했다. 그 모습은 군기를 따르는 거 같았고, 그에 따른 모든 것이 마치 열병식에 나온 반듯하고 깔끔한 병사처럼 세련되고 완벽했다. 군기가 제대로 잡히지 않았다면, 누군가 혹은 다른 사람이 막사에 감금되거나 봉급을 막지 못하는 무슨 일을 '당했을' 거라는 의미다. 밥 어싱험은 육체적 해이함과는 상당히 다른 야윈 모습으로 바로 알아볼 수 있었고, 우월한 힘에서 봤을 때 교통수단과 숙박 시설에서 봐도 알아볼 수 있었을 것이고, 사실 비정상에 가까웠다. 그의 친구들 대부분 알듯이 그는 잘 살았지만, 여전히 굶주린 것처럼 날씬했고, 움푹 팬 얼굴과 배 때문에 상당히 우울해보였고, 중국식 매트처럼 지푸라기 같은 질감과 기묘하게 밝은 색감의 헐렁한 옷에서 공급업자에 대한 경이로움이 일어났고, 열대 섬에서의 습관, 쭉 이어진 의자, 넓은 베란다에서 행사했던 지사직을 암시했다. 매끈하고 동그란 머리는 흰머리 때문에 뒤집어 놓은 은 냄비 같았고, 광대뼈와 콧수

염의 털은 훈족 아틸라왕 Attila the Hun 같았다. 그의 눈구멍안와,眼窩은 깊고 어두웠지만, 눈은 그날 아침 뽑은 작고 파란 꽃 같았다. 그는 인생에 대해 알 수 있는 모든 걸 알았고, 대부분을 금전적인 문제로 여겼다. 아내는 그가 도덕적이고 지적인 반응이 부족하거나 오히려 둘 다 완전히 못한다고 비난했다. 그는 그녀가 의미하는 바를 이해하려고 한 적이 없었고, 완벽하게 사회적인 생명체임에도 불구하고 그럴 수 있었기 때문에 그건 전혀 문제가 되지 않았다. 그는 인간의 허약함과 곤경에 놀라지도 충격 받지도 않았고, 어쩌면 검소한 생활에서 그가 유일하게 정말 잃은 것 때문에 사실 재미있지도 않았다. 그는 그런 점들을 두려워하지 않고 당연하게 여겼고 종류에 따라 분류하고 결과와 기회를 따졌다. 과거 혼란스러운 분위기에서, 잔학행위와 방종의 오래된 군사작전에서, 그러한 계시를 받았고, 더 이상 배울 것이 없어 놀랐을지도 모른다. 그러나 그는 애틋해도 집안일 의논이 최고 수준인 것에 매우 만족했다. 이상하게도 그가 친절히 구는 것은 경험과 아무 상관이 없는 거 같았다. 그는 필요에 따라 가까이 가지 않고도 일을 완벽하게 처리할 수 있었다.

그는 이런 식으로 아내를 대했고, 아내의 뜻을 상당 부분 무시했다. 알뜰하게 요금을 아끼려고 전보에서 불필요한 내용을 몽땅 연필로 수정하는 것처럼 그녀의 생각도 수정했다. 세상에서 그에게 가장 미스터리한 것은 자신의 클럽이었는데, 그는 왠지 너무 완벽하게 관리해야 한다고 여겼고 완벽한 꿰뚫어 보는 선에서 관리했다. 그와 클럽의 관계는 정말 편집의 걸작이었다. 사실 되돌아보면 이것은 현재 샬롯 스탠트에게 있을 수 있는 일들과 관련해 그들 앞에 놓인 문제에 대한 어싱험 부인의 생각에 적용하려고 했을지 모르는 과정이었다. 그들은 모든 호기심과 놀라움을 일어날 법한 일에 아낌없이 주지 않을 것이다. 확실히 그들은 소중히 아끼는 것을 그렇게 일찍 쓰지 않을 것이다. 게다가 그는 매력적이고 아담한 동거인이 샬롯이 마음에 들었고, 낭비를 싫어하는 본능을 지닌 그녀를 아내가 아닌 자신과 같은 부류라고 생각했다. 그는 샬롯에 대해 아내 패니와 이야기할 수 있는 것보다 패니에 대해 그녀와 이야기를 더 잘할 수 있었다. 하지만 조금 전에 자신이 한 질문의 압박에도, 현재 후자의 필요성을 최대한으로 이용했다. "뭘 걱정해야 하는지 생각이 안 난다면, 생각날 때까지 기다려요. 그러면 훨씬 더 잘 생각할 수 있을 거예요. 아니면 오래 걸릴 거 같으면 그 여자한테 알아봐요. 나한테서 알아내려고 하지 말고. 그 아가씨에게 직접 물어봐요."

우리가 아는 것처럼, 어싱험 부인은 남편이 장난을 쳤다는 걸 인정하지 않았고, 그래서 이런 말들을 마치 무의미한 몸짓이나 신경질적인 표정으로만 취급할 수 있었다. 그 말을 습관적으로 그리고 호의적으로 넘겼지만, 그녀에게 이런 개인적인 일들에 그렇게 끈질기게 이야기하는 사람은 아무도 없었다. "매기와의 우정 문제라서 매우 복잡한 거예요. 너무 당연한 거죠" 그녀는 다 들리도록 혼잣말을 했다.

"그렇다면 그녀는 왜 그 문제를 말하지 않았을까요?"

어싱험 부인은 계속 되새겼다. "말했어요, 미국을 싫어했으니까.

그곳에는 그 애가 설 자리가 없었고, 어울리지 않았어요. 연민을 받지 못했고, 그 애가 만나는 사람은 더는 없었어요. 그리고 무섭도록 돈이 많이 들었어요. 그 아이의 수입으로는 그곳에서 살 수 없었어요. 어떤 면에서는 여기서도 전혀 그럴 수 없어요."

"우리와 함께 사는 거 말이에요?"

"누구와 살아도요. 혼자서 찾아다니면서 못 살고 그러고 싶어 하지도 않아요. 그럴 수 있어도 너무 착해요. 그러나 조만간 그 사람들과 함께 있어야 해요. 매기가 그 애를 원할 것이고, 샬롯한테 있으라고 할 거예요. 게다가 그 아이도 바랄 거예요."

"그럼 그 아가씨가 온 이유라고 생각해 보지 그래요?"

"어떻게 될까요, 어떻게?" 그녀는 남편 말을 듣지 못하고 계속 말했다. "누군가 계속 느끼는 감정이요."

"잘되지 않을까요?"

부인은 곱씹었다. "과거의 뭔가가 지금 되살아난다고요? 어떻게 그럴 수 있죠? 어떻게요?"

대령은 담배를 피우며 말했다. "당신이 뭐라 할 일이 아니에요. 당신이 관여하지 않아도 되는 일을 언제 안 적이 있었나요?"

그녀는 곧바로 대답했다. "아, 이번에는 아니에요. 내가 그 애를 다시 데려온 게 아니에요."

"샬롯이 당신에게 은혜를 베풀려고 내내 그곳에 머물 거라고 기대했어요?"

"조금도요. 결혼 후에 왔다면 개의치 않았을 거예요. 그 전에 샬롯이 이곳에 왔어요." 그녀는 엉뚱한 말을 덧붙였다. "난 그 애한테 너무 미안해요. 당연히 즐겁게 지낼 수 없으니까요. 하지만 뭐가 그 애를 괴롭게 하는지 모르겠어요. 모든 걸 그렇게 마주할 필요가 없었고, 단순히 훈육하려고 그러는 게 아닌 거 같아요. 따분하지만, 거의 나에게 훈육이에요."

"아마도 그녀는 그렇게 생각할 거예요. 당신에 대한 훈육으로 받아들이고 끝내요. 나에게도 훈육으로 도움이 될 거예요."

하지만 부인은 끝내지 못했다. 그녀 말대로 다른 입장이 있는 상황이었고, 공평하게 말해서 누구는 모를 수 있었다. "예를 들어, 난 샬롯이 나쁘다고 생각하지 않아요. 절대, 절대로요. 그렇게 생각하지 않는다고요."

"그러면 된 거 아니에요?"

어싱엄 부인은 아무것도 충분하지 않다고 했지만, 제 생각을 발전시켜야 했다. "의도하지도 않았고, 전혀 복잡해지길 바라지도 않았어요. 샬롯이 매기를 소중하게 생각하는 정말 사실이에요. 누가 안 그러겠어요? 털끝 하나라도 건드릴 계획이 없어요. 하지만 샬롯은 여기에 있고 그 사람들은 저기 있어요."

그녀의 남편은 잠시 아무 말 없이 다시 담배를 피웠다. "도대체 그 사람들 사이에 무슨 일이 있었는데요?"

"샬롯과 왕자 사이에서요? 뭐, 아무 일도 없었어요, 아무것도 할 수 없다는 것을 알아야 하는 것 빼고는요. 작은 로맨스가 있었지만, 심지어 작은 비극이었어요."

"하지만 그 두 사람은 뭘 했는데요?"

"했느냐고요? 서로 사랑에 빠졌지만, 이루어질 수 없다는 걸 알고 서로를 포기했어요."

"그럼 로맨스가 어디 있는데요?"

"뭐, 좌절감과 현실을 마주하는 용기에 있죠."

"무슨 현실이요?"

"우선, 둘 다 결혼할 돈이 없었어요. 만약 샬롯에게, 그러니까 두 사람을 위해서 조금이라도 있었다면, 그가 용기 있게 나섰을 거예요." 대령이 이상하고 희미한 소리를 내자, 패니는 말을 바로 잡았다. "내 말은, 왕자로서 그가 조금이라도, 조금 더 많이 있었다면 말이에요. 방법이 있었으면, 그 친구들은 했을 거예요. 하지만 방법이 없었고 샬롯은 도의심에 따라 받아들였어요. 그는 돈이 있어야 했고, 그건 생사가 걸린 문제였어요. 가난한 그와 결혼하는 건 조금도 즐겁지 않았을 거예요. 왕자도 그랬듯이 샬롯도 그걸 알 만큼 이성이 있었어요."

"그리고 그 사람들의 이성이 당신이 말하는 그 사람들의 로맨스에요?"

그녀는 남편을 잠시 바라봤다. "무슨 말을 더 싶은 거예요?"

"그는 뭔가 더 원하지 않았어요? 아니면, 그 문제에 대해 가엾은 샬롯이 뭘 더 원하지 않았어요?"

부인은 남편을 계속 쳐다봤고, 그렇게 절반 정도만 답했다. "그 두 사람은 너무나 사랑했어요. 샬롯은 그 사람의…" 그녀는 말을 삼갔고 잠시 머뭇거렸다. "그 사람 아내가 되는 거 말고 아마 샬롯은 자신이 좋아하는 일을 했었을 거예요."

"하지만 그렇지 않았죠." 대령은 계속 담배를 피우면서 말했다.

"그러지 않았죠." 어싱험 부인은 따라 말했다.

크지는 않지만 깊은 메아리가 방을 조금 채웠다. 그는 그 소리가 점점 사라지는 걸 듣는 듯했다. 그러더니 그는 다시 말을 했다. "어떻게 확신해요?"

그녀는 뜸을 들였지만, 분명히 말했다. "시간이 없었어요."

그는 그녀의 이유에 약간 웃었는데, 다른 걸 기대했을지도 모른다. "시간이 그렇게 많이 걸리나요?"

그러나 그녀는 여전히 진지했다. "더 많이 필요해요."

그는 무심했지만, 궁금했다. "무슨 문제가 있었어요?" 그 후에 그녀는 모든 상황을 기억하고, 다시 한번 되새기고, 맞추면서 생각만 했고, 그가 따져 물었다. "당신 생각이 그렇다는 건가요?"

그 말에 그녀는 마치 자신에게 대답하려는 방법인 것처럼 재빨리 요점을 말했다. "조금도요. 하지만 당신도 분명 1년 전 모든 일이 일어났던 상황을 기억하잖아요. 왕자가 매기에 대해 알기 전부터 그 사람들은 헤어졌어요."

"왕자는 왜 샬롯한테서 매기 이야기를 못 들었어요?"

"샬롯이 매기에 대해 전혀 이야기를 안 했으니까요."

"그것도 그 아가씨가 당신에게 했던 말인가요?"

"그 아이가 나한테 했던 말에 관해 이야기하는 게 아니라, 내가 혼자 알고 있는 걸 말하는 거예요. 다른 거예요."

"다른 말로, 샬롯이 당신한테 거짓말을 한다고 생각해요?" 밥 어싱험은 조금 더 허물없이 물었다.

부인은 그 질문이 역겹다고 여기며 무시했다. "그때는 매기라는 이름을 절대 언급하지 않았어요."

너무 확신해서 그는 깨달은 듯했다. "그럼 왕자가 말했어요?"

그녀는 잠시 후 인정했다. "맞아요."

"그 사람은 거짓말 안 해요?"

"공정하게 말해서, 아니에요. 난 왕자가 절대 그렇지 않는다고 믿어요." 어싱험 부인은 보편적인 타당성을 위해 말했다. "내가 그걸 믿지 않았다면, 이 일에 있어 왕자와 아무것도 안 했을 거예요. 그 사람은 신사예요. 당연히 그래야 하죠. 그리고 그 사람은 이득을 얻을 게 없어요. 그건 신사에게 도움이 돼요. 왕자에게 매기 이름을 언급한 거 바로 나였고, 1년 전 지난 5월부터였어요. 그는 그전에는 매기에 대해 들어본 적이 없어요."

"그렇다면 심각한데요."

그녀는 주저했다. "나한테 심각하다는 거예요?"

"아, 당신에게 모든 게 심각하다는 건 우리가 당연하게 여기고 기본적으로 이야기하는 거잖아요. 샬롯에게 심각하다는 거예요. 매기에게도 심각해요. 왕자가 언제를 샬롯을 만났고 매기가 언제 왕자를 만나느냐에 따라 심각해요."

"당신은 내가 천 번도 생각하지 않은 건 전혀 생각하지 않고, 그리고 당신이 절대로 생각하지 않을 모든 걸 내가 생각하기 때문에 당신이 원하는 만큼 나를 괴롭히지 않아요. 모든 것이 옳지 않았다면 모든 게 심각했을 거예요. 우리가 2월 말 전에 로마에 도착했다는 걸 알잖아요."

그는 전적으로 동의했다. "인생에서 내가 이해할 수 있는 건 아무것도 없죠."

뭐, 살면서 정말 필요로 할 때 그녀는 분명 모든 일을 다했다. "그해 11월 초부터 거기에 있었던 샬롯은 4월 10일 즈음에 갑자기 떠났다는 거 기억할 거예요. 샬롯은 남아 있어야 했고, 자연스럽게 우리를 생각해서 남아 있어야 했어요. 겨울 동안 베버 씨 댁에서 머물려고 했지만, 파리에서 몇 주 지체했고, 마침내 온 거예요. 특히 매기가 만나러 오는 중이었고, 무엇보다도 샬롯과 함께 그곳에 있으려고 했어요. 샬롯이 피렌체로 가서 모든 게 바뀌었어요. 그 애는 어느 날 그렇게 갔는데, 당신은 모든 걸 잊어버렸네요. 이유를 말해줬지만, 난 그 당시에 이상하게 여겼어요. 분명 무슨 일이 일어났던 거예요. 힘은 일이 있었다는 건 조금 알았지만, 제대로 알지 못했고. 당신 말대로 왕자와의 관계가 '가까운' 관계였는지 몰랐어요. 그러니까 얼마나 가까운지 몰랐어요. 가엾은 아이가 도망쳤어요. 자신을 구원하려고 갔던 거예요."

대령은 내뱉는 말투와는 달리 귀를 기울여 들었다. "자신을 구원한다고요?"

"뭐, 내 생각에는 왕자도 살리기 위해서죠. 난 나중에야 알게 됐고, 이제야 모든 걸 알겠어요. 왕자는 미안해했을 거예요. 샬롯에게 상처 주고 싶지 않으니까."

대령은 웃었다. "아, 그 사람들 그러지 않았을걸요."

"어쨌든, 그 애는 도망쳤어요. 둘 다 그랬어요. 상황을 그저 받아들여야 했으니까요. 그들은 결혼할 수도 없었고, 만약 했다고 해도, 머지않아 그들 사이에 아펜니노 산맥Apennines, 이탈리아 서북에서 동남으로 뻗은 산맥이 있는 게 더 나았을 거예요. 둘 다 이걸 아는 데 시간이 걸렸던 거 사실이에요. 두 사람 그 겨울 동안 늘 공개적으로 만난 건 아니었지만 계속해서 만났고, 알려진 것보다 더 많이 만났어요. 내가 생각했던 보다 분명 더 많이 만났어요. 나는 무슨 차이인지 모르겠지만 말이죠. 난 왕자가 맘에 들었어요. 처음 알았을 때부터 매력적이라고 생각했죠. 그리고 1년이 지나도록 그 생각을 깨버리는 어떤 일도 하지 않았어요. 그리고 왕자가 저질렀을 수도 있는 일이 있지만, 많은 남자가 쉽게 저지른 일이에요. 그래서 난 그를 믿고, 처음에 내가 그렇게 확신한 건 옳았어요." 그리고 부인은 항목과 세로줄 숫자의 합계를 더한 후 석판에서 인용한 것처럼 이렇게 말했다. "그러니까 난 바보가 아니에요."

"내 말을 그렇게 받아들였어요? 어쨌든 당신은 그 사람들 그냥 내버려 둬요. 이제 그 사람들 일이에요. 이미 손에서 떠난 문제에요. 더는 당신이 참견할 문제가 아니에요."

"어떤 문제를 말하는 거죠?"

대령은 잠시 담배를 피우더니 투덜거리며 말했다. "세상에, 그렇게 문제가 많아요?"

"매기랑 왕자 문제도 있고, 왕자와 샬롯 문제도 있죠."

대령은 비웃었다. "아, 그러네요. 샬롯과 왕자의 문제가 있네요."

"매기와 샬롯도 있고 매기와 나와의 일도 있어요, 샬롯과 내 관계도 있죠. 샬롯과 나와의 문제는 확실해요. 한 마디로 문제가 많아요. 하지만 난 침착하게 굴 거예요"

"오늘 밤에 모든 문제를 해결할 거예요?"

"만약 내가 어리석게 군다면, 다른 일이 일어났다면, 난 그 관계를 망치게 될 거예요." 그녀는 남편의 질문에 귀를 기울이지 않고 진지하게 말을 이어갔다. "그렇게 되면 지금은 견딜 수 없을 거예요. 하지만 내 양심이 나의 강점이에요. 아무도 나를 비난할 수 없어요. 베버 가족이 홀로 로마에 왔고, 샬롯이 그녀와 피렌체에서 보낸 시간을 보낸 후 미국 일을 결정했어요. 매기가 도왔을 거고, 샬롯에게 멋진 선물을 해줬을 거고, 그래서 많은 일이 수월해졌어요. 샬롯은 그 가족을 떠나 영국으로 와서 누군가와 함께 뉴욕으로 배 타고 갔어요. 그 애가 아직도 밀라노에서 보낸 편지를 아직도 가지고 있어요. 그 당시에는 말해주지 않은 모든 일을 알지 못했지만, 그런데도 새로운 삶을 시작했다는 생각이 들었죠. 어쨌든 분명 우리가 깊이 빠져있는 그 늙은 로마인 같은 그런 분위기가 사라졌어요. 난 마음이 홀가분해졌고, 다른 두 사람 소개했을 때 다른 누구도 날 의심하지 않았어요. 게다가 그 두 사람에 대한 의문도 없었어요. 그러니까 내가 어떤 상황인지 알겠죠." 이렇게 말 한 후 부인은 마치 지나가야 하는 어두운 터널을 비추는 푸른 대낮인 양 일어났고, 다시 조심스러워진 그녀의 의기양양한 목소리는 마침내 터널 밖으로 나가는 기차의 날카로운 호루라기를 나타내는 것일지도 모른다. 그녀는 방을 돌아보고, 8월의 밤 풍경을 내다보다가, 화병이 있는 곳마다 발걸음을 멈췄다. 그렇다, 그녀는 마치 자신의 작전이 예상치도 못하게 성공한 것처럼 증거가 필요한 것을 증명하는 게 분명했다. 오래된 계산은 아마도 틀렸을지 모르지만, 새로운 계산으로 문제를 해결했다. 하지만 이상하게 그녀의 남편은 이러한 결과를 평가하지 않은 채 자리를 지켰다. 그는 진지하게 구는 아내 모습이 재미있었기 때문에, 아내가 안도하는 모습에 기분이 좋지는 않았다. 사실 생각보다 훨씬 더 관심이 있었던 것이다. "왕자가 샬롯을 벌써 잊었다는 말인가요?"

남편이 용수철을 건드린 것처럼 그녀는 고개를 돌렸다. "왕자는 당연히 그렇게 하고 싶었고, 그게 그 사람이 할 수 있는 최선의 일이었죠." 그녀는 진짜 문제를 파악했고, 이제 모든 걸 알았다. "왕자는 노력할 수 있었고, 최고의 방법을 택했어요. 그때 매기 모습이 어땠는지 기억해 봐요."

"매기는 매우 다정해요. 하지만 그 무엇보다도 내 눈에는 항상 그 아가씨는 1년에 백만 달러를 버는 젊은 여성으로 보여요. 만약 왕자에게도 특히 그렇게 보였다는 것을 말하는 거면, 당신은 당연히 그렇게 생각하겠죠. 샬롯을 잊는 게 그렇게 어렵지 않았을 거예요."

이 말에 부인은 잠시 말문이 막혔다. "그 사람이 처음부터 매기의 돈을 좋아하지 않았다고, 점점 그러지 않았다고 나는 말한 적 없어요."

"난 그 점을 좋아하지 말았어야 했다고 말한 적 없어요." 밥 어싱험은 대답 후 꼼짝도 하지 않았고, 담배를 더 피웠다. "매기는 얼마나 알고 있죠?"

"얼마나요?" 그녀는 마치 쿼트와 갤런 사이인 것처럼 양을 가장 잘 표현하는 방법을 고심하는 것 같았다. "피렌체에서 샬롯이 해줬던 말을 알아요."

"그럼 샬롯은 뭘 말했는데요?"

"아주 조금 말했어요."

"어떻게 그렇게 확신해요?"

"뭐, 이 상황을 샬롯이 매기에게 말할 수 없었던 거예요." 그리고 무슨 말인지 조금 설명했다. "당신처럼 상스럽고 누구도 매기에게 말할 수 없는 일이 있다는 걸 모르겠어요? 맹세코, 지금 매기에게 말도 꺼내지 말아야 하는 일들이 있어요."

대령은 그 소리에 담배를 피웠다. "그렇게 화나는 일인가요?"

"정말 겁이 날 거예요. 너무 이상한 방식으로 큰 상처를 받았어요. 그녀는 악을 알려고 태어난 게 아니에요. 그건 절대 모를 거예요."

밥 어싱험은 묘하고 음침한 웃음을 터트렸다. 그 웃음소리에 아내는 남편에게 집중했다. "우리는 그런 일이 일어나지 않게 훌륭한 방법을 쓰는 중이잖아요."

그러나 부인은 자리에 서서 반발했다. "우린 어떤 방법도 쓰지 않고 있어요. 모든 방법은 다 해봤어요. 매기가 로마에 있을 때 이틀째인가 사흘째인가 그날 왕자가 보르게세 저택Villa Borghese에서 마차를 타러 왔을 때 그랬어요. 당신은 베버 씨와 함께 어디론가 가고 우리와 함께 마차를 탔던 왕자는 차를 마시러 집에 같이 왔었던 그날이요. 두 사람이 만났고 서로에게 호감을 느끼고 사귀었죠. 나머지는 순리대로 일어났어요. 내 생각에, 사실상 우리 때문에 시작된 거예요. 매기는 우리가 지나갈 때 길모퉁이에서 어떤 사람이 로마식으로 그에게 인사하는 걸 우연히 듣고, 왕자의 세례명이고 친척들 사이에서 늘 불렀던 이름이 아메리고Amerigo라는 걸 알게 됐어요. (내가 죽은 후에도 아마 당신은 모르겠지만) 그 이름은 400년 전, 혹은 언젠가 콜럼버스를 따라 바다를 건너서 콜럼버스도 실패한 새 대륙의 이름을 짓는 데 성공한 사람의 이름이에요. 그래서 그와 관계있다는 생각에 지금도 우리의 천진한 마음이 설레기도 해요."

대령은 냉정하게 차분하게 있었고, 아내가 태생적으로 조금도 흔들리지 않고 부끄러워하지 않는 무식함에 대한 비난은 언제나 할 수 있었다. 현재도 이 알 수 없는 부분은 사과도 없이 호기심에 사로잡힌 의문으로 제대로 밝혀지지 않았다. "하지만 무슨 연결고리가 있다는 거죠?"

아내는 바로 답했다. "탐험가이고 환상의 발견자의 후손이자 그래서 왕자가 운 좋게 조상이라고 말할 수 있는 어떤 친절하고 늙은 여자가 있어요. 어쨌든 내 말은 그 당시 왕자가 처음부터 그 점을 이용해서 어떻게 베버 씨 부녀를 도왔는지 생각난다는 거예요. 매기가 받아들이는 순간 낭만적인 관계가 됐어요. 애매할 수 있는 모든 관계를 순식간에 채웠어요. 난 속으로 '그 징후로 그가 정복할' 거라고 말했지만, 물론 그는 운 좋게 다른 필연적인 징후가 있어요. 사실상 그건 쐐기를 박은 거예요. 솔직한 베버 씨 부녀가 멋지다는 생각이 들었어요."

대령은 그 말을 인정했지만, 말투는 무미건조했다. "아메리고는 자신이 누군지 알아요. 그리고 난 옛날 아메리고를 말하는 게 아니에요."

"무슨 말인지 알아요!" 아내는 용감하게 내뱉었다.

"그 옛날 사람은 그 집안에서 유일한 발견자가 아니에요."

"아, 얼마든지 그렇게 말할 수 있죠! 만약 그 사람이 아메리카 대륙을 발견했거나, 혹은 발견한 것으로 알려져 명예를 얻었다면, 머지않아 후손들이 아메리카 사람들을 발견했을 거예요. 그리고 당연히 우리가 얼마나 애국적인지 알게 된 사람은 특히 그 후손 중 한 명이라고요."

"이 사람이 당신이 연결고리라고 말하는 실제로 발견한 사람이 아닐까요?"

아내는 남편을 바라보았다. "그 연결고리는 사실이고, 역사적으로 아주 중요해요. 당신이 냉소적으로 생각해서 그런 말을 하는 거예요. 그런 사람들의 역사는 매 순간 철저하게 알려진다는 걸 모르겠어요?"

"아, 나하고 상관없어요."

"영국 박물관에 가 봐요." 아내는 씩씩하게 말했다.

"내가 거기서 뭘 해야 하죠?"

"왕자의 일가에 관한 책으로 가득 찬 거대한 방, 휴식공간이나 구역 같은 곳이 있어요. 직접 볼 수 있어요."

"당신은 직접 가봤어요?"

아내는 아주 잠깐 멈칫했다. "그럼요. 언젠가 매기와 함께 갔었어요. 그러니까 우리는 그 사람에 대해 찾아봤어요. 그 가문 사람들은 매우 예의 발랐어요." 그리고 아내는 다시 남편을 조금 정신없게 했다. "찾아본 보람이 있었고, 아무튼 로마에서 왕자가 우리와 함께 마차를 탔던 그때부터 매력을 뽐내기 시작했어요. 그 후 나의 유일한 길은 그 매력을 최대한 활용하는 것이었죠. 분명 그걸로 충분했고, 최악의 상황을 만들지 않는 것이 내 의무라고 생각했어요. 오늘 같은 상황도 별반 다르지 않았어요. 그때 나한테 일어났던 일에 대해 살폈고, 계속 그 문제를 살폈어요. 내가 그러고 싶었고, 온갖 생각을 했고, 심지어 지금도 그 문제를 생각하고 있어요."

대령은 여전히 의자에 앉은 채 파이프 담배를 피우며 말했다. "마음껏 생각할 수 있죠. 당신에게는 원하는 걸 뭐든 생각할 수 있는 소중한 힘이 있어요. 또 점점 필사적으로 다른 생각을 하고 싶어 하죠. 그래서 생각한 게 왕자와 사랑에 빠졌다고 나를 물러서게 할 수 없었기 때문에 우회적인 방법을 택해야 했어요. 당신은 샬롯처럼 그 사람과 결혼을 할 수 없었고, 그건 당신이 할 일이 아니에요. 하지만 다른 사람에게는 말할 수 있었고, 항상 왕자와 결혼에 대해서 말했죠. 아무런 반대도 하지 않는 당신의 어린 친구에게 그럴 수 있었죠."

"반대가 없었을 뿐만 아니라 모두 훌륭하고 매력적이라는 확실한 이유도 있었어요." 그녀는 자기 행동의 원천에 대한 남편의 폭로에 대해 전혀 부정하지 않았다. 그리고 확실하고 효과적인 이런 의식적인 회피로 아내는 분명 아무것도 희생하지 않았다. "언제나 왕자 때문이었고, 감사하게도 결혼에 대한 것이었죠. 그리고 이건 하느님이 허락한 것이고 언제나 그럴 거예요. 1년 전 내가 도울 수 있었던 일로 난 분명 행복했고, 계속해서 행복해요."

"그럼 가만히 있어요."

"가만히 있잖아요."

대령은 계속 자기 자리에서 창백한 얼굴로 아내를 바라봤다. 그녀는 다시 조금 움직였고, 동요하면서도 평온한 모습을 보였다. 그도 처음에는 아내의 대답을 이해하는 것처럼 말이 없었지만, 오래가지는 못했다. "샬롯이 매기에게 전부 말하지 못한 것에 대해서 어떻게 생각해요? 왕자가 매기에게 아무 말 하는 것에 대해서는 어떻게 생각해요? 당신 말대로 매기가 쉽게 겁먹고 충격을 받기 때문에 말 못 하는 일들이 있다는 거예요?" 그는 천천히 이렇게 반대 의견을 냈고, 잠시 말을 멈추고는 아내가 그만 배회하고 자신에게 돌아올 시간을 줬다. 하지만 남편이 질문을 끝냈을 때 아내는 여전히 떠돌았다. "샬롯이 떠나기 전에 두 사람 사이에 어떤 일도 있어서는 안 됐어요. 당신 말대로 정확히 말하자면, 그런 일은 있어서는 안 돼요. 이야기하기에 너무 안 좋은 일이 도대체 왜 일어났던 거죠?"

어싱엄 여사는 이 질문에도 계속 돌기만 했고 마침내 멈췄을 때 곧바로 답하지는 않았다.

"내가 가만히 있기를 당신이 원한다고 생각했죠."

"맞아요. 그리고 더는 걱정하지 말라고 당신을 이해시키려고 대단히 노력 중이에요. 그 문제에 있어서 가만히 있을 수 없어요?"

아내는 잠시 생각해 보려는 듯했다. "우리가 말하는 이유 때문에 샬롯이 '달아나야' 했다는 걸 말한다면, 설사 샬롯이 바랐던 게 매기를 위해서 달아나는 거였다고 해도, 샬롯이 그러고 싶지 않다는 걸 완벽하게 알 수 있어요."

"아, 그럼, 만약 매기를 위해서 했던 거라면…." 하지만 대령의 결론은 아내가 받아들이지 못한 '만약'에 막혔고, 다시 말을 꺼내기까지 시간이 조금 더 걸렸다. "그런 경우라면 샬롯이 그에게 돌아온 이유가 궁금하네요."

"그 사람에게 돌아온 게 아니에요. 정말 아니에요."

"당신이 그렇다면 그렇겠죠. 하지만 그러는 건 당신처럼 나한테도 도움이 안 돼요."

"아무것도 당신에게 도움이 안 되겠죠. 당신은 그 문제 자체를 신경 쓰지 않으니까요. 내가 손을 떼지 않으니까, 점점 재미만 신경 쓰잖아요."

"당신이 하는 모든 말이 전부 다 옳아서 이것이 당신이 할 일이라고 생각했어요."

그러나 그의 아내는 예전에도 종종 했던 말을 웃으며 말했다. "당신은 완전히 무관심하고 완전히 부도덕해요. 당신은 도시 약탈에 가담했고, 지독한 일을 한 게 분명해요. 하지만 당신이 원한다면, 신경 안 쓸게요. 이제 됐죠!"

그는 아내의 웃음을 봤지만 흔들리지 않았다. "뭐, 나는 가엾은 샬롯을 도와줄 거예요."

"그 애를 돕는다고요?"

"그 아가씨가 원하는 걸 알고 싶어서요."

"아, 나도 그래요. 그 애는 자신이 뭘 원하는지 알아요." 그리고 어싱험 부인은 때늦은 방황과 사색에 잠긴 결과로 마침내 그 아가씨를 대신해 이 정도의 결론을 냈다. 그녀는 자신들의 대화를 되짚어보고 이제 이해했다. "샬롯은 대단해지길 원해요."

"맞아요." 대령은 거의 냉소적으로 말했다.

그의 아내는 이제 재빨리 응수했다. "완전히 우월해지길 원하고 그렇게 할 수 있어요."

"원할 수 있다고요?"

"자기 생각대로 하는 거요."

"샬롯 생각이 뭔데요?"

"매기를 도와주는 거요."

밥 어싱험은 의아했다. "뭘 도와줘요?"

"모든 걸요. 그 애는 왕자를 알잖아요."

"매기는 그렇지 않아요. 그렇지 못해요." 어싱험 부인은 그 점을 인정해야 했다.

"그래서 샬롯이 매기에게 알려 주려고 왔다는 건가요?"

패니 어싱험은 계속 자기 생각을 정리했다. "샬롯은 왕자를 위해서 이런 큰일을 했어요. 1년 전에, 사실상 그렇게 했어요. 어쨌든 그 애는 실제로 그가 스스로 그렇게 하도록 도왔고, 내게 그 사람을 돕도록 했어요. 샬롯은 피했고, 멀리 있었고 그를 자유롭게 내버려 뒀어요. 게다가 매기에게 침묵하는 건 왕자에게 직접적인 도움이 되잖아요? 피렌체서 말했다고, 자신의 불쌍한 이야기를 했다면, 몇 주 전에 언제든

다시 돌아왔다면, 뉴욕에 가지 않고 그곳에 머물지 않았다면, 이런 일을 하지 않았다면, 그 후로 일어난 모든 게 분명 달라졌을 거예요. 샬롯은 왕자를 알아요". 어싱험은 똑같은 말을 되풀이했고, 이전에 인정했던 내용까지 포함했다. "그리고 매기는 그렇지 않아요."

아내는 거만했고, 명쾌했고 매우 직관적이었다. 그래서 평범한 생각을 하는 남편과 조금 더 차이가 있을 뿐이었다. "다시 말해서 매기는 자신의 무지로 위험에 처했다는 건가요? 그리고 만약 위험에 처했다면 위험한 거예요."

"샬롯이 알고 있으니까 위험하지 않아요. 그 애는 영웅적으로 행동할 수 있고 사실 숭고해질 수 있다고 생각해요." 이때쯤 부인의 얼굴이 상기됐다. "그 애는 가장 친한 친구에게 확실한 안전 요소가 될 거예요."

밥 어싱험은 그 말을 골똘히 생각했다. "그들 중 누가 가장 친한 친구라는 거죠?"

그녀는 짜증이 났다. "당신이 알아내요!" 하지만 그녀는 이제 엄청난 진실을 확실히 인정했다. "그러니까 우리가 그녀의 가장 친한 친구라는 거죠."

"그녀의?"

"나랑 당신이요. 우리가 샬롯의 친한 친구라고요. 우리가 그 아이를 지켜봐야죠."

"그 아가씨는 숭고하니까요?"

"고귀하고 외로운 인생을 살고 있으니까요. 외롭지 않아야 한다는 거, 그게 중요해요. 샬롯이 결혼하면 괜찮을 거예요."

"그래서 우리가 결혼이라도 시켜줄 건가요?"

"우리가 결혼시킬 거예요. 내가 할 수 있는 가장 훌륭한 일이 될 거예요. 그럼 만회가 될 거예요."

"뭘 만회해요?" 하지만 아내는 아무 말 하지 않았고, 남편은 다시 분명히 하고 싶어졌다. "모든 게 괜찮은데, 뭘 만회한다는 거죠?"

"뭐, 혹시라도 내가 그 사람들에게 잘못하게 된다면요. 실수하면 말이에요."

"다른 일로 만회하겠다는 거예요?" 그러자 그녀는 다시 뜸을 들였다.

"난 당신이 확신해서 그런 말을 했다고 생각했어요."

"누구도 완벽하게 확신할 수 없어요. 가능성은 늘 있잖아요."

"그렇게 내버려 둘 수 있는데, 왜 계속 참견하죠?"

그 말에 아내는 다시 남편을 바라봤다. "내가 간섭하지 않았다면 당신은 어떻게 됐을까요?"

"난 당신 사람이지 간섭이 아니에요. 내가 반대하지 않는 순간부터 당신 사람이에요."

"이 사람들은 반대하지 않아요. 그들을 너무나 아끼기 때문에 그 사람들도 내 사람이에요. 그들도 날 좋아한다고 생각해요. 우리의 관계는 모든 곳에 존재해요. 그게 현실이고, 매우 좋은 거예요. 말하자면 우리는 얽혀있고, 그걸 바꾸기에는 너무 늦었어요. 우리는 관계 속에서 살고 관계를 맺고 살아야 해요. 그래서 샬롯이 가능한 한 빨리 좋은 남편감을 얻도록 하는 게 내 삶의 일부가 될 거예요. 그걸로 모든 게 설명될 거예요." 그녀는 확신 있게 말했다. 남편의 신념과는 조금도 맞지 않는 거 같았다. "그래서 초조한 거예요. 사실 그건 내 의무고 의무를 다할 때까지 쉬지 않을 거예요." 이때쯤 되자 그녀는 의기양양해 졌다. "내년이나 내후년까지 그 일에 내 목숨을 걸 거예요. 내가 할 수 있는 걸 할 거예요."

남편은 마침내 그 말 그대로 이해했다. "당신이 '할 수 있는' 일에 한계는 없나요?"

"한계나 그런 것이 없다고 말 안 했어요. 좋은 기회들이 있고, 희망이 있다는 거로 충분해요. 결국, 그 아이가 있는 모습 그대로 살면 안돼요?"

"샬롯이 다른 사람과 사랑에 빠진 후를 말하는 건가요?"

대령은 침착하게 질문했지만, 아내를 비난하는 건 아니었다.

"지금 샬롯은 자기를 위해서 결혼하고 싶어 해요. 지금은 특히 그러고 싶어 해요."

"그렇게 말하던가요?"

"아직은 안 했어요. 너무 이르죠. 하지만 그럴 거예요. 하지만 들을 필요도 없어요. 샬롯의 결혼이 진실을 증명할 거예요."

"무슨 진실요?"

"내가 말하는 모든 것의 진실요."

"누구에게 증명하는데요?"

"일단 나 자신에게요. 샬롯을 위해 했다는 것만으로도 충분해요. 그 애가 치유됐고, 상황을 받아들였다는 것으로 증명될 거예요."

남편은 이 말에 담배를 길게 빨아들였다. "그녀가 할 수 있는 일로 행적을 정말 감출 수 있을까요?"

그의 아내는 착하지만 무미건조한 그가 이제 천박하기만 한 것처럼 처다봤다. "샬롯이 할 수 있는 한 가지 일은 정말 완전히 새로운 길을 만들 거예요. 다른 무엇보다도 현명하고 옳은 일이 될 거고요. 우월해 질 멋진 기회를 주는 일이에요."

그는 천천히 담배 연기를 내뿜었다. "게다가 샬롯과 함께 당신도 우월해지는 기회가 생기고요?"

"적어도 내가 할 수 있는 한 우월해질 거예요."

밥 어싱험은 일어났다. "나는 부도덕하고요?"

아내는 주저했다. "당신이 원한다면 어리석다고 할게요. 하지만 어리석음은 어느 정도 부도덕해요. 그렇다면 도덕성은 높은 지능 말고 뭘까요?"이건 그가 그녀에게 말할 수 없었고, 그래서 그녀는 더 확실하게 결론을 내렸다. "그 외에 최악의 경우 전부 재밌다는 거예요."

"아, 그렇게 단순하게 말하다니…!"

남편의 말은 이번에는 그들에게 공통점이 있다는 뜻이었지만, 그는 그녀를 붙잡을 수 없었다. 그녀는 문턱에서 말했다."아, 당신이 말하는 재미를 말하는 게 아니에요. 잘 자요." 그 말에 대한 대답으로 그는 전깃불을 끄면서 끙끙거리고 이상하고 짧은 신음을 냈다. 그는 분명 어떤 특별한 의미를 뜻했다.

5.

"저기, 이제 말할게요, 정말 정직하고 싶어요." 그렇게 샬롯은 그들이 공원에 들어선 후 조금 불길하게 말했다. "더는 아닌 척하고 싶지도 않고 할 수도 없어요. 당신이 날 어떻게 생각할지 모르지만, 난 상관없어요. 그러면 안 된다는 걸 알았고, 이제야 아주 조금 알게 됐어요. 그래서 난 돌아왔어요. 정말 다른 일 때문이 아니고. 이 일 때문이에요." 샬롯은 분위기 때문에 말을 되풀이했고, 그는 이미 발걸음을 멈췄다.

"이 일이요?" 그는 그녀가 말한 특별한 일이 자신에게 모호하고 잘 모르겠다는 듯이 말했다.

하지만 그녀가 말할 수 있는 것은 그 정도일 것이다. "당신과 단둘이 있는 거요." 밤에 비가 많이 내렸고, 깨끗한 산들바람 덕분에 이제 인도는 말랐지만, 떠다니는 짙은 구름과 상쾌한 공기로 8월 아침은 시원하고 우중충했다. 공원의 녹음이 짙어지고, 흙먼지와 관개 시설에서 나는 악취가 땅에서 피어올랐다. 샬롯은 처음 들어섰을 때부터 마치 아는 곳인 것처럼 애정을 갖고 공원을 살폈다. 런던 중심부인데도 부유하고 화려하고 입구가 낮은 영국식 유형이었다. 마치 그곳이 그녀를 기다리는 거 같았고, 그녀가 알고 생각하고 사랑하는 것처럼, 진짜 그녀가 돌아온 이유의 일부인 것 같았다. 이런 경우라면 그런 인상은 얼빠진 이탈리아인은 당연히 잊었을 수 있다. 그래서 당신이 다행히도 미국인이 되어야만 하는 이유 중 하나였고, 실제로 모든 면에서 축복받은 미국인이 되어야 했다. 다행이건 아니건 미국에 남지 않도록 한 말이다. 왕자는 약속 시각인 10시 30분에 정확히 맞춰서 카도간 플레이스에 들러 어싱험 부인의 손님을 찾았고 잠깐 꾸물거린 후 두 사람은 함께 슬로언가sloane street를 지나 나이트스브리지Knightsbridge, 하이드 파크와 인접, 부유한 주택 지역에서 곧장 공원으로 향했다. 어싱험 부인의 응접실에서 처음에 그 아가씨가 한 간청에 따라 며칠 뒤에 마지못해 이 목적이 이뤄졌다. 며칠 동안 아무 것도 망치지 않으려는 호소였다. 오히려 눈에 보이게 하는 것이, 분명 누구도 이의제기를 하지 않을 것이다. 어싱험 부인이 이야기를 듣고 분명 못마땅했지만, 그 문제에 관해 개입 안 하는 것에 반대하는 사람이 누가 있겠는가? 이 젊은이는 자신이 우습게 보일 수 있는 일에 대해 충분히 이해하면서 자신에게 이렇게 물었다. 어떤 두려운 모습을 보이면서 시작하지 않을 것이고, 적어도 그 점은 확실했다. 게다가 마음속으로 분명 두려워했더라고, 이미 벌써 두려움이 많이 사라졌다. 그는 이런 빠른 변화의 영향이라고 할 만큼 여러 모로 보나 너무 행복하고 너무 좋았다.

대부분의 시간에 그가 적극적으로 결혼식 하객들을 대접하고 매기는 포틀랜드 프레이스서 몇 시간 동안 친구들과 함께 즐겁게 보냈다. 편하지 않았을 수 있지만 거처를 옮기지 않아 완전히 초대된 것이 아닌 샬롯은 왕자 일행들과 함께 오찬을 하고, 차를 마시고, 저녁을 먹었고, 그가 들릴 때마다 (그는 평생 그렇게 많이 먹어야 하는 이유를 생각해 본 적이 없지만) 함께 계속해서 식사했다. 만약 이때까지 그가 잠깐을 제외하고 샬롯을 혼자 만나지 않았지만, 확실히 그동안 쭉 매기도 보지 않았을 것이고, 그래서 매기조차 보지 못했다면 샬롯도 보지 말았어야 하는 것만큼 당연한 일은 없었을 것이다. 예외적으로 포틀랜드 플레이스의 커다란 계단서 다른 사람들 뒤에서 잠깐 부딪혔을 때 샬롯은 왕자에게 그들이 뭘 해야 하는지 상기시키기에 충분했다. 그들에게 시간이 촉박했다. 모두가 선물을 가져왔고, 왕자의 친척들은 놀라운 선물을 가져왔는데, 그들은 어떻게 아직도 그런 보물들을 가지고 있었을까? 샬롯은 아무것도 가져오지 않아서 부끄러웠지만, 나머지 선물들을 보면서 계속 흥미를 가졌다. 그녀는 자신이 할 수 있는 걸 했고 왕자는 매기 모르게 그녀에게 도움을 줄 것이라고 명심했다. 그는 어떤 이유로 망설이다가 위험을 무릅쓰고 이유를 대고 시간을 끌었다. 그 위험은 그가 샬롯의 마음을 상하게, 만약 그런 분류의 사람이라면 자존심을 다치게 할 수 있었기 때문이었다. 하지만 그녀는 다른 방법만큼 상처를 받을지도 모른다. 게다가, 그런 종류의 자존심은 그녀에게 없었다. 그래서 그들이 머뭇거리는 동안, 그는 조금 망설였을 뿐이다.

"나는 당신이 그런 용도로 돈 쓰는 게 싫어요."

샬롯은 그보다 한두 계단 아래에 서 있었다. 홀의 반구형 조명 아래서 그녀가 아래에서 위로 그를 올려다보는 동안 그녀는 손바닥으로 18세기 영국식 고급 철제부속품이 달려있고 광이 나는 마호가니 계단 난간을 문질렀다. 그녀는 웃으며 말했다. "내가 돈이 별로 없으니까요? 아무튼 충분히 있어요. 우리의 시간을 가질 만큼이요. 마음껏 즐길 만큼 있어요. 물론 매기가 두르고 있는 값비싼 것만큼 아니지만요. 승부를 겨루느냐 더 빛나느냐의 문제가 아니에요. 값을 매길 수 없는 것 중에 당연히 매기에게 않는 게 뭘까요? 내 것은 빈곤한 이들에게 바치는 것이고, 정확히 말하면 어느 부자도 매기에게 줄 수 없고, 매기 자신도 너무 부자여서 살 수 없기에 결코 가질 수 없는 거예요." 샬롯은 많은 생각을 한 것처럼 그렇게 말했다. "그저 괜찮은 게 아니라 재미있어야 하고, 찾아다녀야 하는 거예요. 게다가 런던서 찾아다니는 건 그 자체가 재미있어요."

그녀의 말에 그는 자신이 얼마나 감명했는지 상기했다. "재미있다고요?"

"아, 웃기는 장난감이 아니라, 매력적인 작은 물건을 말하는 거예요. 하지만 비교적 저렴해요. 그래서 내가 재미있다고 한 거예요. 당신은 내가 로마에서 물건을 싸게 살 수 있도록 도와주곤 했었죠. 값을 깎는 거 멋졌어요. 그 물건들 여전히 다 가지고 있고, 당연히 당신에게 신세를 진 거예요. 8월 런던에 저렴한 물건이 나와요.

"아, 하지만 나는 영국인의 구매가 이해가 안 되고, 솔직히 말해서 따분해요." 그들이 함께 올라가려고 돌아섰을 때 그는 이의를 제기했다. "난 로마인들이 이해돼요."

그녀는 웃으며 말했다. "그 사람들은 당신을 이해하고 그게 당신의 힘이에요. 이곳에서는 사람들이 우리를 이해 못 한다는 것이 재밌는 거예요. 즐거울 거예요. 두고 봐요."

만약 그가 다시 망설였다면 그것은 그 점이 허용되었기 때문이다.

"그 재미는 분명 우리 선물을 찾는 거겠네요."

"그럼요. 말했잖아요."

"음, 만약 사람들이 내려오지 않으면요…?"

"그럼 우리가 올라가야죠. 항상 해야 할 일이 있잖아요. 그 외에도, 왕자님, 난 절대 궁핍하지 않아요. 그저 몇 가지 면에서 볼품없는 거죠." 그녀는 낯설었지만 대수롭지 않게 말했다. "하지만 다른 사람들과 비교해 너무 가난하지 않아요." 그리고 그녀는 계단 꼭대기에서 다시 멈췄다. "저축하고 있었어요."

그는 그 말이 정말 의심스러웠다. "미국에서요?"

"네, 그곳에서도 그랬어요, 동기가 있으니까. 그리고 우리는 내일을 넘겨서는 안 돼요."

열 마디가 넘는 그 말은 분명 지나간 말이었지만, 그는 어떤 식으로는 꽁무니를 빼면 일이 커질 뿐이라고 내내 느꼈다. 그 말을 따를지 모르지만, 일을 키우기보다는 뭐든 해야 했다. 게다가 샬롯이 자신에게 간청하도록 하는 모습이 측은했다. 왕자가 그렇게 만들었고, 그녀는 애원했다. 그리고 그의 어떤 특별한 감정 때문에, 이건 제대로 되지 않았다. 결국, 그래서 이런 상황에 놓인 것이다. 왕자는 가능한 한 일을 키우지 않으려고 했다. 매기는 당연히 모른다는 샬롯의 주장에도 (마치 제일 중요한 일처럼) 그는 계속 이 태도를 유지했다. 적어도 매기가 의심해서는 안 된다. 그래서 샬롯처럼 왕자는 그들이 어디서 함께 있었거나 5분 동안 단 둘이 봤다는 걸 매기에게 완전히 숨겨야 했다. 그들의 짧은 외도를 절대적인 비밀로 하는 것이 중요한 게 아니다. 샬롯은 그가 자신을 배신하지 않았다는 걸 가르쳐 달라고 그의 친절함에 호소했다. 솔직히 그의 결혼식 바로 전날 그런 시기에 그런 호소에 조금 당황스러운 면이 있었는데, 하나는 어싱험 부인의 집에서 우연히 그 아가씨를 만난다는 것이고, 또 하나는 그래서 예전에 로마에서 아침에 만났던 것처럼 사적이면서 은밀하게 그녀와 약속을 잡았다는 것이다. 약속을 잡은 그 날 저녁, 그는 매기에게 카도간 플레이스에서 보냈던 시간에 관해 이야기했지만, 어싱험 부인의 부재는 언급하지 않았고 그들의 친구들이 당시 조금 미뤄서 제안했던 걸 말했다. 그러나 현재 그는 어떤 신비스러운 일(그들이 계단 꼭대기에 서 있는 동안 그녀가 알아차릴 정도로 그를 머뭇거리게 만든 것)을 확실히 하는 데 있어 원할 수만 있었던 것과 상당히 동떨어졌던 과거의 작은 계획과 비슷하다고 잠시 생각했다. 그가 원했던 마지막 뭔가를 다시 시작하는 것과 같았다. 그의 실제 지위의 힘은 완전히 새롭게 시작할 수 있고 그 시작은 완전히 새롭다는 것이다. 왕자가 의식했던 일들이 너무 빨리 결집해서 샬롯은 그의 표정에서 그걸 읽었을 때쯤 그가 얼마나 대단한 존재인지 알게 됐다. 그녀는 그 표정을 읽자마자 반대 뜻을 나타냈고 어떻게든 그들을 우스꽝스럽게 만드는 "그럼 가서 매기에게 말할 건가요?"라는 질문을 했다. 그 말에 그는 바로 물러나서 '소란'을 최소화하려고 했다. 분명 양심의 가책 때문에 소란스러웠고 그는 바로 그 자리에서 이런 사실을 고려해 모든 경우에 적용되는 행복한 원칙에 매달렸다.

이 원칙은 그저 샬롯과 함께 있는 것으로 아주 단순했다. 그것으로 모든 걸 감출 수 있었다. 그때 분명히 그가 가장 분명한 것을 보고 바로 순종하는 모습을 감췄다. 샬롯이 부탁한 것은 그녀가 선사했던 것에 비하면 정말 작은 것이었다. 그녀는 정말 마음을 내려놨고, 모든 걸 포기했고 그녀에게 전부였던 것에 대해서 이제는 고집하지도 않았다. 그녀는 자신들의 약속을 지키는 것과 같은 작은 문제만 고집을 부렸다. 그녀가 단념한 '모든 것'을 대신하는 그런 문제는 아주 하찮은 것이었다. 따라서 그는 이끌려 다녔다. 관용을 베풀어 그들이 아직 공원에 있는 동안 그녀가 원하는 방향으로 발걸음을 옮기는 걸 동의했다. 실제로 그들은 잠시 앉아서 자신들이 있는 곳을 살폈다. 예의를 갖춰서 조금 더 큰 나무 아래에 있는 두 개의 의자에 앉아서 아주 정확히 10분 동안 있었다. 벌써 메마른 풀을 보고, 비를 맞아 싱그러워진 풀밭을 산책했다. 파크 레인의 넓은 오솔길과 주요 진입로 방향으로 의자가 등져서 그들은 어느 정도 더 마음껏 푸른 들판을 바라봤다. 그래서 의자가 있어서 샬롯은 자리를 더 정확히 잡았고, 그녀는 기회가 생기자 불쑥 자리에 앉았다. 왕자는 그녀가 예전에 강조했던 시간 낭비를 해서는 안 되는 중요성을 알려주려는 듯 그녀 앞에 잠시 서 있었다. 하지만 그녀가 몇 마디 하자 천성이 착한 그는 그 말에 따를 수밖에 없었다. 그는 이렇게 양보하면서 '재미있는' 일에 있어 그녀의 첫 번째 제안을 마침내 알게 된다면, 그녀가 했을 어떤 생각이 영향을 줬을 거라고 여겼다. 그 결과 그는 일관되게 그녀가 그 진실이 그녀에게 사실이라는 점을 재차 확인하고 재차 확언하는 것이 재미라고 생각했다.

"당신이 어떻게 생각하든 상관 안 하고, 이 일 말고는 아무것도 바라지 않아요. 그 말을 하고 싶었고, 그게 다예요. 그걸 말하는 걸 놓치고 싶지 않았어요. 당신을 한번 만나 지금과 예전처럼 한두 시간 동안 같이 있는 걸 몇 주 동안 생각했어요. 내 말은 물론 당신이 하려는 일 전에 그러려고 했다는 거예요. 그래서 당신은 그동안 쭉 내가 제시간에 그 일을 할 수 있을지가 궁금했을 거예요. 지금 오지 못했다면 아마 전혀, 어쩌면 평생 오지 않았을 거예요. 지금은 이곳에 왔지만, 그곳에서는 절망했던 순간들이 있었어요. 쉽지 않았고 여러 이유가 있었지만, 모 아니면 도였어요. 그래서 헛된 수고를 하지 않았어요. 아, 그렇고 싶지 않았어요! 그렇더라도 당신을 보는 게 기쁘지 않았다는 건 아니고, 언제든 당신을 만날 수 있어요. 하지만 결코 그것 때문에 오지 않았을 거예요. 이번에는 달라요. 이 일은 내가 원했던 것이고, 내가 한 일이예요. 이 일이 내가 늘 하고 싶었던 거예요. 만약 당신이 내가 피하길 바랐다면, 당연히 난 피했을 거예요. 만약 당신이 내가 지독하다고 생각하고, 오기를 거부했다면, 난 당연히 엄청 '실망'했을 거예요. 난 위험을 감수해야 했어요. 음, 당신은 내가 기대할 수 있는 전부예요. 그 말을 해야 했어요. 단순히 당신과 시간을 함께 보내고 싶었던 게 아니라 당신을 알고 싶었어요." 그녀는 조금 떨리는 목소리로 천천히 그리고 부드럽게 말했지만 생각이나 순서는 조금도 틀리지 않았다. "당신이 이해해 주길 바랐고 들어주길 바랐어요. 당신이 이해하든 말든 난 상관없어요. 내가 당신에게 아무것도 묻지 않는다면, 그것조차도 바라지 않는 거예요. 당신이 날 어떻게 생각할지 모르지만, 그건 전혀 중요치 않아요. 내가 원하는 건 항상 당신과 함께 있는 것이고, 그래서 당신은 내가 한 일을 완전히 떨쳐버릴 수 없을 거예요. 나는 당신이 그렇게 했다는 뜻은 아니에요. 당신은 원하면 이해할 필요 없어요. 하지만 난 우리 있는 그대로의 모습대로 당신과 함께 이곳에 있다고 말하는 거예요. 다시 말해서 나 자신을 내팽개치고 아무런 대가 없이 기꺼이 그럴 거라는 뜻이에요. 그게 다예요."

그녀는 마치 할 말을 다 한 것처럼 잠시 말을 멈추고 꼼짝도 하지 않았는데, 자연이 그곳에서 그들과 함께 전부 런던풍이 되고 전부 세속적으로 된 듯, 몇 분 동안 바람 소리를 듣고 장소를 둘러보고 자연의 환대를 느끼는 것에 빠져드는 듯했고, 소극적이고 신중한 친구보다 그녀가 더 귀를 기울이는 듯했다. 왕자는 줄 수 있는 모든 관심을 뒀고, 그의 잘 생기고 약간 불안하지만, 분명 더 '즐거워하는' 얼굴로 충분히 그 역할을 했다. 그러나 그는 그녀가 확실히 자신을 놔줬다는 사실을 확실히 파악했다. 그녀는 대답에서도 그를 놔주는 거 같았다. 그래서 그녀의 말에 미소로 답했지만, 마음속에서 연이어 일어나는 반론과 이의에 입술을 다물고 있었다. 샬롯은 마침내 다시 입을 열었다. "내가 어떻게 살았는지 알고 싶겠지만, 그건 내 일이에요." 그는 정말 이런 것조차 알고 싶지 않았거나 가장 안전하게 따라 몰랐던 것처럼 굴었다. 그가 도피로 여겼던 기분 전환에서 그저 말을 하지 않고 있었다. 샬롯이 만족할 만큼 인정받는 것처럼 보이도록 하고, 마침내 그의 인생에서 할 말이 없었던 순간을 끝낼 수 있게 되자 기뻤다. 그 후 덜 개인적인 이야기를 하고 다니면서 안도감이 들었다. 그래서 나들이를 하는 동안 그는 다시 적절한 말을 했다. 말하자면 분위기가 좋아졌다. 그들은 할 일을 의논했고, 런던의 기회, 멋진 장소에 대한 느낌, 그곳을 배회하는 즐거움, 예전에 각자 돌아다녔을 때 주목했던 가게들에 대해 질문했다. 각자는 상대방의 지식에 놀랐고, 특히 왕자는 자신의 친구가 런던에 대해 잘 알고 있는 모습에 의아해했다. 그는 정말 종종 마부에게 알려줄 수 있는 자신의 지식을 소중히 여겼다. 그건 그 자신의 변덕이었고, 영국 심취Anglomania의 일부였으며, 결국 깊은 속내보다는 겉으로 보이는 특징과 일치했다. 그의 동행이 다른 방문과 산책에 대한 기억으로 그가 보지 못한 장소와 그가 알지 못했던 것에 대해 말했을 때, 그는 실제로 어느 정도 약간의 굴욕감을 다시 느꼈다. 심지어 짜증이 조금 났을지도 모른다. 만약 이 자리에서, 그가 훨씬 관심을 받지 못했다면 말이다. 샬롯과 그녀의 호기심 많은 세계에 대해 새로이 알게 됐고, 그는 당연히 로마에 대해 알고 있었지만, 런던 무대는 확실히 더 컸다. 런던과 비교해 로마는 하나의 마을이고, 가족 모임이었고 한 손에 꼽을 수 있는 작은 오래된 세상이었다. 그들이 마블 아치Marble Arch, 런던 하이드 파크 동북쪽 입구에 도착했을 때, 그녀는 그에게 새로운 모습을 보여줬고 사실 새로운 즐거움과 더 확고한 기반을 안겨주는 것과 같았다. 그가 그녀 손바닥에 있다는 것이 정확한 말일 것이다. 그들이 방향과 기회, 가치 및 진정성에 대해 솔직하고 정직하게 조금 이견을 보인다면, 그 상황은 상당히 영광스럽게 피하게 될 것이다. 그래도 그들은 매기가 알 수 있는 휴양지를 멀리하는 것에는 마음이 같았다. 샬롯은 당연히 그 점을 상기했고 조건으로 달았기에, 그들은 그가 매기와 이미 함께 갔던 장소들은 멀리했다.

사실 별 차이가 없었는데, 왜냐하면 지난달 왕자는 미래의 아내와 함께 골동품 구매로 몇 번 함께 다녔고, 샬롯과 그에게 큰일이 아니었기 때문이다. 본드가Bond Street를 제외하고 매기는 사실 그들에게 아무런 도움이 되지 않았다. 사실 차편을 부르는 것도 매기 아버지를 신경 써야 했다. 세계에서 엄청난 소장가 중 한 명인 베버 씨는 딸이 혼자 다니도록 내버려 두지 않았다. 그는 구매자로서 상점과는 거의 관계가 없었고 개인적으로 그리고 멀리서 접촉했다. 유럽 전역의 대단한 사람들이 그를 소개받으려고 했다. 엄청난 고위 인사들은 그 어느 때보다 그런 일에 모든 사람처럼 신중히 하겠다고 엄숙히 다짐했고, 그는 제값을 줄 수 있는 짧지만 믿을 만한 고위 인사 명단을 만들었다. 따라서 그들은 걸으면서 아버지뿐만 아니라 딸, 베버 부녀의 행적을 피해야 한다는 걸 쉽게 알 수 있었다. 다만 중요한 건 그 문제에 있어 매기를 대상으로 잠깐 첫 대화가 이뤄졌다는 것이다. 아직 공원에 있는 샬롯은 자신이 시작했기 때문에, 10분 전에 했던 말에 이어서 확실히 특이하면서 평온한 감사의 마음으로 그 대화를 이어갔다. 이건 그가 자신의 동행에 대해 또 다른 모습이라고 말했던 또 다른 분위기로, 어떤 조짐을 보이지 않았지만, 그 대화를 이어가거나 설명을 할 때 아무런 문제가 없는 단순한 변화에 대해 감탄했다. 그녀는 잔디밭에서 잠시 다시 멈췄고, 갑자기 그의 앞에서 멈춰 섰다. "당연히 매기를 위해서 하는 거예요. 내가 만약 베이커가Baker Street 상점가에서 산 핀 쿠션을 준다면 말이죠."

"내 말이 바로 그거예요." 왕자는 포틀랜드 플레이스에서 그들이 대화에서 했던 이런 언급에 대해 웃음을 터트렸다. "바로 내가 제안했던 거예요."

하지만 샬롯은 어떤 것도 알아채지 못하고 자기 말만 계속했다. "하지만 그게 이유가 아니에요. 그런 경우 누구도 매기에게 어떤 것도 하지 않을 거예요. 만약 누군가 매기의 성격을 이용한다면 말이죠."

"매기의 성격이요?"

"매기의 성격을 이용해서는 안 돼요." 그 아가씨는 또다시 주의를 기울이지 않고 계속 말을 이었다. "그 애를 위해서가 아니면 적어도 자기 자신을 위해서도 그러면 안 돼요. 매기는 그런 수고를 덜어줘요."

그녀는 왕자의 눈을 바라보며 신중하게 말했고, 그와 비교적 관계가 없는 사람과 누군가에 대해 몰두해서 현실적인 이야기를 했을지도 모른다.

"확실히 매기는 사람들에게 폐를 끼치지 않죠."라고 왕자가 말했다. 그런 다음 이 말이 모호하거나 부적절하다는 듯이 말했다. "그 사람은 이기적이지 않아요."

"내 말이 그 말이에요. 이기적이지 않아요. 매기를 위해 할 일은 아무것도 없어요. 그 친구는 너무 겸손해요. 여러 일을 지나치지 않죠.

내 말은 당신이 매기를 사랑한다면, 또는 오히려 매기가 당신을 사랑한다면 말이죠. 매기는 내버려 둘 거예요."

왕자는 살짝 얼굴을 찌푸렸고, 결국 진지하게 말했다. "매기가 뭘해…?"

"무엇이든요. 당신이 하려는 일과 하지 않는 거 뭐든지요. 성격상 당신에게 친절히 대하고 모든 일은 내버려 둘 거예요. 매기가 애를 쓰는 건 그녀 자신이에요. 사람들에게 부탁해야 하지만, 그러지 않아요. 모든 걸 스스로 해요. 그리고 그건 안 좋아요."

왕자는 귀를 기울였지만, 늘 예의 있게 굴지는 않았다. "안 좋다고요?"

"뭐, 누군가 그녀만큼 착하지 않다면요. 누군가에게 너무 쉬운 말이죠. 품위와 관련해 그런 일을 견디는 데 여러 요소가 있어요. 그리고 종교나 그런 종류의 도움 없이는 그걸 견딜 만큼 누구도 품위 있고 훌륭하지 않아요. 많은 주의를 기울이지 않는 기도와 단식이 없으면 안 돼요. 확실히 나와 당신 같은 사람들은 그렇지 못해요."

왕자는 어쩔 수 없이 순간적으로 생각했다. "그것을 견딜 만큼 착하지 못하다고요?"

"뭐, 부담감을 견디기에는 부족하죠. 우리는 각자 쉽게 망가질 수 있는 부류의 사람이에요."

왕자는 다시 예의상 그 말에 따랐다. "난 모르겠어요. 매기에 대한 누군가의 애정이 누군가의 품위를 위해서 더 많은 일을 하지 않나요? 당신 말대로 매기의 관대함, 그러니까 그녀의 애정과 품위가 불행한 일을 돌이키는 것보다요."

"아, 물론 그 점에서는 그렇죠."

하지만 샬롯에게 든 의문은 그에게도 똑같이 흥미로웠다. "당신이 의미하는 바를 알 수 있다는 것이 그 친구가 누군가를 믿는 방식이에요. 매기가 적어도 믿는다면요."

"맞아요. 그렇게 되는 거죠."

그는 거의 누그러진 상태로 물었다. "그렇다면 왜 안 좋다는 거죠?" 그는 그 점을 이해할 수 없었다.

"항상 그랬으니까요. 사람들을 불쌍히 여겨야 한다는 생각 말이에요."

"사람들을 도와야 한다는 생각은 나쁘지 않아요."

"좋아요, 하지만 우리가 사람들을 도울 수 없다면요?"

"도울 수 있어요. 언제나 그럴 수 있어요. 우리가 사람들을 신경 쓴다면요. 그리고 우리는 그걸 이야기하고 있는 거고요."

"그럼 우리는 망가지는 걸 절대적으로 거부하는 문제로 돌아가요."

왕자는 그들이 계속 이야기하는 동안 웃었다. "물론이죠. 하지만 당신의 모든 '품위'가 그 문제로 돌아가는 거예요."

그녀는 잠시 그의 옆에서 걸었고 이성적으로 말했다. "내 말이 바로 그거에요."

6.

　이런 대화를 나눈 후 그들이 가장 오래 머물렀던 작은 가게의 남자는 블룸즈버리Bloomsbury가에서 키가 작지만 재미있는 상인으로 귀찮게 굴지는 않지만, 고집이 셌고, 상당히 말이 없지만 특이하고 너무나 고압적인 것으로 유명했다. 이 인물은 손님을 꾀려고 내놓은 물건을 보고 고민하는 그들 한 사람 한 사람씩 주시했다. 시간이 거의 다 되어가던 그들은 마지막으로 그에게 왔다. 마블 아치에서 2륜 마차에 탄 이후부터 적어도 맨 처음 한 시간은 제일 재미있었다. 물론 그 재미는 물건을 구하는 데 있었지만 발견한다는 것도 있었는데, 후자의 필요성은 그들이 물건을 너무 빨리 찾았을 경우에만 두드려졌을 것이다. 현재 문제는 변함없는 상인의 관심 속에서 블룸즈버리 상점에서 그들이 물건을 찾고 있는지와 서로에게 넘기느냐에 있었다. 그는 분명 일에 능했고, 장사에 헌신했다. 그의 생각에 손님을 거의 걱정시키지 않았기 때문에 손님과의 관계가 어느 정도 엄숙하다는 것이 바로 특별한 비법이었을지도 모른다. 그에게 물건이 많지 않았지만, 다른 곳에서 봤던 '별 볼일 없는' 중복되는 물건들이 없었고, 가게에 들어올 때 우리의 친구들은 충분한 생각하지 않았기에, 높은 가치를 알아보지 못해서 그 결과는 거의 한심했을지도 모른다. 그 후 생각이 바뀌었는데, 몇 개는 작은 창가에서 가져왔고 다른 몇 개는 유리문이지만 탁하고 약간 낮은 계산대 뒤 찬장에서 가져와 보여줬는데, 물건 그 자체는 수수했지만 그들을 환대하는 상인은 바로 허세를 부렸다. 그가 보여준 물건들은 여러 종류였고 전혀 눈에 띄지 않았지만, 그들이 지금까지 봤던 것과는 상당히 달랐다.

그 후 늘 즐거움을 찾는 샬롯은 여러 가지 인상을 받았고 나중에 동행에게 유익했다고 말했고, 그 상인에게 가장 큰 호기심이 갔다. 왕자는 자신은 그렇게 호기심 있게 보지 않았다고 답했는데, 정확히 말하자면, 보통 샬롯은 다른 날부터 왕자가 전혀 알지 못하는 일반적인 사회적 수준 아래인 그 상인의 장점에 대해 여러 번 언급했다. 그에게는 다른 상인과 별 반 다를 것이 없었고, 속으로 조금은 이상하게 논리적이지 않다고 느꼈다. 그는 항상 더 하찮은 부류를 당연하게 여겼고, 그들의 하찮은 밤이나 어떻게 부르든 그의 모든 고양이를 잿빛으로 만들었다. 그는 당연히 그런 사람들에게 상처를 주고 않았지만, 고개를 빳빳이 들고 바라보는 듯 했다. 그녀는 모든 인간관계를 직접 살폈고, 왕자는 이런 모습을 직접 쭉 봐왔는데, 샬롯은 거지들 이야기를 하고 하인을 기억하고 마부는 알아봤고, 그와 함께 있을 때 종종 지저분한 아이들한테서 아름다운 모습을 알아봤고, 노점 상인의 얼굴 '형태'를 보고 감탄했다. 그래서 이번에 그녀는 골동품점이 흥미롭다고 생각했는데, 부분적으로는 그 상인이 자신의 물건을 매우 아끼기 때문이었고, 일부는 그 상인이 자신들을 신경 썼기 때문이기도 했다. 그녀는 이렇게 말했다. "그 사람은 자기 물건을 좋아해요. 그리고 단순히 아니면 어쩌면 그 물건을 팔려고 좋아하는 건 아니에요. 내 생각에 그 사람은 할 수 있다면 그 물건들을 지키고 싶은 거예요. 어쨌든 적임자에게 물건을 파는 건 더 바라요. 분명 우리가 적임자고, 그 사람은 그런 사람들을 보면 알아봐요. 내가 말했듯이, 그래서 당신은 적어도 나는 그 사람이 우리를 신경 쓴다는 걸 알아요." 그리고 그녀는 고집을 피우며 물어봤다. "그 사람이 우리는 바라보고 대하는 거 봤죠? 그 전에는 우리 둘 중에 한 명이 그렇게 잘 대우를 받았는지 미심쩍어요. 그래요, 그 사람은 우리를 기억할 거예요." 매우 불안할 정도로 그 점을 확신한다고 주장하려고 했다. 이번에는 어쩌면 안심하려는 말을 했다. "하지만 결국 그 사람의 취향에 따라 우리가 마음에 들고, 우리에 대한 어떤 생각이 들었겠죠. 뭐, 사람들이 그렇죠. 우리는 멋지고, 그 사람도 알아요. 또한 그 상인은 자신만의 방식이 있어요. 당신이 무슨 생각을 하는지 안다는 걸 얼굴 표정으로 드러내고 당신을 압박하는 내내 아무 말도 하지 않는 게 그 사람의 일반적인 방식이에요."

오래된 금, 은, 동으로 되고 무늬가 새겨지고 보석 장식이 달린 품질이 괜찮은 물건들이 계산대 위에 수많이 놓였고, 손톱이 깔끔하고 가늘고 부드러운 상인의 손이 그 물건들을 잠깐 그리고 조심히 부드럽게 매만졌는데 체스 선수가 몇 초간 쉬면서 체스 판에서 움직일 수 있거나 없는 말을 생각하는 모습 같았다. 작고 화려한 골동품, 장신구, 펜던트, 로켓, 브로치, 버클, 어둑하게 빛나는 물건들, 핏기 없는 루비, 가치가 있기에는 너무 크거나 너무 불투명한 진주, 더는 눈부시지 않은 다이아몬드로 장식된 미니어처들, 스너프박스snuffbox, 서양의 가루담배를 넣는 통를 보여줬고, 컵, 쟁반, 촛대, 전당표를 연상시키는 낡고 갈색이 된 물건은 보존만 잘 된다면 그 자체로 귀중한 진품이 되었을 것이다. 테두리가 깔끔하지만 잘 팔리지 않는 몇몇 기념 메달, 세기 초반의 대표적인 한두 가지 기념품들, 집정관 물건, 나폴레옹 시대 물건, 사원, 오벨리스트, 아치를 작게 구현해 놓은 아기자기한 것들과 소리가 나는 작은 상자의 오래되고 색이 바란 새틴 위에 놔뒀던 여러 진기한 반지, 음각 무늬를 새긴 보석, 자수정, 카벙클carbuncles, 둥글게 다듬은 석류석은 임시로 보강을 하거나 희미한 아름다움이 적당히 보여도 크게 매력적이지 않았다. 손님인 그들은 구경하고 만지고 조금 고심하는 척 하지만 예의상 자신들의 관심 수준에는 회의적으로 굴었다. 그들은 조금 있다가 그런 물건에서 기념품으로 매기에게 주는 것이 맞지 않다고 암묵적으로 동의할 수밖에 없었다. '좋은 물건'이 아니라서 가식적으로 보일 것이고, 그건 어려웠다. 주는 사람이 보기에 보물로서는 너무 평범했고 어떤 면에서 공물로 받아들이기에는 너무 원시적이었다. 그들은 두 시간 이상 다녔지만, 확실히 아무것도 찾지 못했다. 샬롯은 그 점을 인정해야 했다.

"이런 거라면, 어떤 사람에게는 정말 별 가치가 없을 거예요."

"아!" 왕자는 의기양양하게 말했다. "그렇다니까요."

상인 뒤쪽에는 작은 벽장이 여러 개 있었다. 샬롯은 상인에게 그중에 두세 개를 열어 달라고 했고, 그래서 그가 보여주지 않던 물건들을 보았다. 하지만 완전히 인정했다. "여기에는 매기가 할 만한 게 없어요."

그녀의 동행은 바로 대답했다. "당신이 할 만한 거 있어요?"

그 말에는 샬롯은 놀랐다. 아무튼, 물건들을 보지 않고 그를 똑바로 바라볼 뿐이었다. "없어요."

"아!" 왕자는 조용히 외쳤다.

"뭔가를 주고 싶어요?"

"뭐, 작은 기념품 정도요."

"하지만 뭘 기념하는데요?"

"음, 당신 말로 '이 일'이요. 이런 작은 사냥이요."

"아, 내가 그렇게 말했죠. 하지만 당신에게 그렇게 해달라 부탁하지는 않았잖아요?" 그녀는 이제 그에게 웃으며 물었다. "그러니까 그런 논리가 어디 있어요?"

"아, 논리라…!" 그는 웃었다.

"하지만 논리가 전부에요. 적어도 내 생각은요. 당신이 나에게 주는 기념품은 깜짝 기념품이에요. 아무 관련이 없어요."

"아, 이런!" 그가 어렴풋이 항의했다.

한편 환대했던 상인은 그들을 바라보며 거기에 서 있었고, 샬롯은 지금, 이 순간 무엇보다 자신의 친구와 함께 하는 것에 더 관심이 있었지만, 다시 상인과 눈을 마주쳤다. 그들의 이질적인 발음으로 그들이 무슨 말을 하는지 모를 거라서 그녀는 안심했고, 왕자가 지금 손에 스너프박스 하나를 들고 있어서 당연히 구매 여부를 의논하는 걸로 보였을 것이다.

그녀는 동행에게 이어서 말했다. "당신이 부탁하지 않았어요. 내가 부탁했지."

그는 작은 상자 뚜껑을 열어 열심히 들여다보았다. "그럼 당신이 그러고 싶다는 건가요?"

"그러고 싶다고요?"

"나한테 뭘 주고 싶어요?"

이 말에 그녀는 더 오래 말이 없었고, 다시 입을 열었을 때 이상하게 상인에게 말하는 듯 보였을 것이다. "그래도 돼…."

"아뇨." 왕자는 작은 상자를 보며 말했다.

"나한테서 받아줄래요?"

"아뇨." 그는 똑같이 되풀이했다.

그녀는 신중한 한숨처럼 길게 숨을 내쉬었다. "하지만 당신이 내 생각을 알아버렸어요. 내가 원했던 거고, 내가 바랐던 거예요."

그는 눈을 사로잡았던 스너프박스를 내려놨다. 그는 분명 작은 남자의 관심을 알지 못했다. "그래서 날 데려온 거예요?"

"뭐, 어쨌든 내 일이잖아요. 하지만 안 될까요?"

"안 돼요, 친애하는 이여cara mia, 이탈리아어."

"난감해요?"

"난감해요." 그리고 그는 브로치 하나를 집어 들었다.

그녀는 다시 말을 멈췄고, 상인은 기다리기만 했다. "당신이 추천한 대로 이 매력적인 작은 장신구 하나를 당신한테서 받는다면, 난 그걸로 뭘 하죠?"

어쩌면 그는 마침내 조금 짜증이 났을지도 모른다. 그는 이해한다는 듯이 맞은편 상인을 멍하니 바라봤다. "달아야죠, 세상에per Bacco, 이탈리아어!"

"어디에요? 옷에요?"

"당신이 달고 싶은 곳에요. 하지만 이야기할 가치가 없죠?"

그녀는 미소지었다. "당신이 시작한 이야기는 말할 가치가 있어요. 내 질문은 타당할 뿐이고, 그에 따른 당신 대답에 따라 당신 생각이 달라질 거예요. 내가 당신을 생각해서 이것을 달면, 내가 집에서 매기에게 당신 선물이라고 보여줘도 돼요?"

그들은 가끔 '옛날 로마식'이라고 했던 흔히 하는 불평을 익살스럽게 나눴었다. 다른 때는 그가 그녀에게 모든 걸 설명해주는 게 즐거웠겠지만, 지금은 그가 어깨를 으쓱거리는 것이 옛날 로마식으로 보일 뿐이었다. "안 될 이유가 있어요?"

"우리 기준에서 보면 그녀에게 구실을 설명하는 게 대단히 곤란하니까요."

"구실요?"

"주는 이유요. 우리가 함께했고 이야기할 수 없는 이런 긴 산책이요."

그는 잠시 후 말했다. "아, 그랬죠, 우리가 말할 수 없다는 게 기억나요."

"당신이 분명 맹세했던 거예요. 그리고 다른 일도 포함되는 거예요. 그러니까 고집부리지 말아요."

그는 다시 장신구를 아무렇게나 내려놨고, 마침내 조금 지치고 짜증나는 것처럼 그녀에게 완전히 몸을 돌렸다. "고집부린 거 아니에요."

그것으로 문제의 시간은 정리됐지만, 그다음 분명히 일어난 일은 그들이 알지 못했다. 동요하지 않고 인내심을 갖고 그 자리에 아주 조용히 있던 상인은 거의 아이러니한 발언의 효과를 냈다. 더는 할 말이 없었던 왕자는 돌아서서 유리문으로 가서 조바심을 내며 거리를 살폈다. 그때 상인은 샬롯을 보고 순간적으로 침묵을 깼다. "당신은 불행히도disgraziatamente 너무 많은 걸 아는군요, 부인signóra principessa, 이탈리아어" 그 말에 왕자는 고개를 돌렸다. 중요한 건 그 뜻이 아니라 그가 하는 말이었다. 아주 갑작스러웠지만 분명 이탈리아어였다. 샬롯은 친구와 눈짓을 주고받았고 한동안 꼼짝 못 했다. 하지만 결국 그들의 눈짓으로 여러 가지를 이야기했다. 두 명 모두 철면피 같은 사람 때문에 자신들의 비밀스러운 대화에 대한 걱정으로 소리쳤고, 그녀가 서로를 안심시키는 말로 가능한 것과 어려운 일에 대해 말했던 것이 소용없어졌다. 왕자는 계속 문 쪽에 있었지만, 서 있는 자리에서 바로 상인에게 말했다.

"이탈리아 사람인가요?"

하지만 그 대답은 영어였다. "아, 이런, 아니에요."

"영국 사람이에요?"

이번에는 웃으면서 이탈리아어로 아주 짧게 대답했다. "네Che!"

상인은 질문을 무시하고, 돌아서서는 20인치 높이에 낡아 보이는 가죽으로 덮인 정사각형 상자를 열어서 꺼내고 나서는 아직 정리를 다시 않았던 그릇 쪽으로 곧장 향했다. 그는 상자를 계산대 위에 놓고 한 쌍의 작은 갈고리를 뒤로 밀고 뚜껑을 열고 그 안에서 일반적인 컵

보다 크지만 과하지 않은 크기의 음료용 그릇을 꺼냈는데, 외관상 오래된 질 좋은 금이나 한때 화려한 금박을 입은 재료로 되었다. 그는 작은 새틴 매트 위에 놓여놓으면서 작은 새틴 매트 위에 조심스럽게 그리고 예를 갖춰서 다뤘다. "내 황금잔입니다." 그는 그걸 살피면서 마치 모든 걸 말해준 것처럼 그렇게 말했다. 그는 그 자체가 중요하기에 어떤 효과를 내기 위해 그 중요한 물건을 내려봤다. 단순하지만 아주 우아한 그것은 밑쪽은 동그랗고, 바닥이 약간 퍼진 짧은 받침대가 있었고, 깊지는 않았지만, 표면의 색조와 매력적인 형태로 그 이름으로 불릴 만했다. 곡선을 더 돋보이게 하려고 원래 높이의 절반으로 만든 커다란 잔이었을 것이다. 순금으로 만들어져서 인상적이었고, 신중한 숭배자에게 접근하지 말라고 경고하는 거 같았다. 샬롯은 조심스럽게 바로 그것을 집었고, 잠시 후 위치를 다시 바꾼 왕자는 멀리서 그걸 바라봤다.

샬롯이 생각했던 것보다 더 무거웠다. "금이네요, 정말 금이에요?"

그 사람은 주저했다. "조금 더 보면 알 수 있을 거예요."

그녀는 고운 양손으로 그 잔을 들어서 빛에 비췄다. "저렴할 수 있지만, 나한테는 비싸겠네요."

"뭐, 그 물건의 가치보다 적은 금액에 줄 수 있어요. 더 싸게 해줄 수 있어요."

"그럼 얼마예요?"

그는 다시 평소대로 평온한 눈빛으로 기다렸다. "마음에 들어요?"

샬롯은 친구 쪽으로 돌아섰다. "마음에 들어요?" 그는 가까이 오지 않고 상인을 바라봤다. "뭐에요_{Cos'e}?"

"뭐, 아시겠지만, 그건 완벽한 크리스탈이에요."

"당연히 알죠, 제기랄_{per Dio}!"이라고 왕자는 말했지만, 다시 유리문 쪽으로 갔다.

샬롯은 잔을 내려놨고, 분명 마음이 뺏겼다. "크리스털로만 됐다는 건가요?"

"만약 그게 아니라면, 손님은 어떤 이음새나 접합 부분을 절대 찾을 수 없다고 장담할 수 있어요."

"금을 긁어내도요?"

상인은 그녀가 자신을 즐겁게 해줬다는 걸 정중하게 드러냈다. "부인은 그걸 긁어낼 수 없어요. 너무 잘 칠해졌거든요. 언제 어떻게 칠해졌는지 모르지만 아주 숙련된 사람이 뛰어나고 오래된 가공을 했다는 걸 알아요."

그 잔에 너무나도 매료된 샬롯은 이제 그에게 미소를 지었다. "잊혀진 기술인가요?"

"잊혀진 기술이죠."

"그렇다면 언제 거죠?"

"글쎄요, 시기도 잊혀졌네요."

그 아가씨는 고심했다. "그렇게 귀중한 거라면, 어떻게 저렴할 수 있죠?"

상인은 또다시 꾸물거렸고, 이때쯤 왕자는 인내심을 잃었다. "나는 밖에서 기다릴게요." 그는 짜증을 내지 않았지만, 그 말을 던지고 바로 거리로 나갔고, 몇 분 동안 다른 사람들은 그가 가게 유리창을 등지고 달관한 듯 서성이며 새 담배에 불을 붙이는 걸 봤다. 샬롯은 서두르지 않았는데, 그의 런던 거리 생활에 대한 괴상한 이탈리아 취향을 알고 있었다.

어쨌든 상인은 그녀 질문에 답했다. "아, 난 그걸 팔지 않고 오랫동안 가지고 있었어요. 내 생각에 당신을 위해서 가지고 있었던 게 틀림없어요."

"내가 어떤 건지 모를 거라고 생각해서 가지고 있었던 건가요?"

그는 계속해서 그녀를 마주할 뿐이었고, 그녀의 생각대로 계속 따라가는 것처럼 보일 뿐이었다. "그게 뭔데요?"

"아, 그건 내가 아니라, 당신이 나한테 정직하게 말해줘야죠. 물론 뭔가가 있다는 건 알아요."

"하지만 만약 당신이 알 수 없는 것이라면, 대단한 게 아닐 수 있잖아요?"

"나는 아마 돈을 내자마자, 알 수 있겠죠."

주인은 명쾌하게 밝혔다. "아뇨, 당신이 너무 많이 내지 않는다면 말이죠."

"얼마나 적게요?"

"음, 15파운드 정도는 어때요?"

샬롯은 최대한 바로 말했다. "그건 너무 많은 거 같아요."

상인은 천천히 그리고 아쉽지만 확고하게 고개를 흔들었다. "내가 정말 당신 물건이라고 생각했던 것이 정말 마음에 든다면, 그게 내가 제시하는 가격이에요, 부인. 너무 과하지 않아요. 너무 적어요. 거의 공짜예요. 더는 깎을 수 없어요."

샬롯은 이상했지만 참고, 다시 잔을 살폈다. "그럼 힘들겠네요. 내가 낼 수 있는 금액보다 비싸요."

"아, 사람은 때때로 자신을 위해서 감당할 수 있는 것보다 더 비싼 선물을 하기도 하죠."

그가 너무 잘 구슬리며 말해서, 그녀는 그 사람에게 면박을 주지 않고 계속 듣고 있었다. "아, 물론 선물용이죠!"

"그렇다면 멋진 선물이 될 거예요."

"누군가는 분명히 흠이 있는 물건을 선물로 하겠죠?"

그 남자는 미소 지으며 말했다. "뭐, 흠이 있는 걸 안다면, 이야기해 줘야겠죠. 선의는 늘 베풀어야죠."

"선물 받은 사람이 발견하도록 내버려 두라는 건가요?"

"어떤 신사분을 말하는 거라면 못 찾을 거예요."

"특별히 누구를 이야기하는 건 아네요."

"글쎄요. 그게 누구든 간에, 알 수도 있고, 노력도 하겠지만 못 찾을 거예요."

그녀는 비록 만족하지 못하고 혼란스러웠지만, 여전히 그 잔을 원하는 것처럼 그를 계속 봤다. "그 물건이 산산조각이 나더라고요?" 그는 여전히 말이 없었다. "황금 잔이 깨졌다고 나한테 말해야 할 때조차도 발견하지 못할까요?"

그는 계속 말이 없었다. 하지만 그 후 그는 아주 묘한 미소를 지었다. "아, 누군가 그걸 부수고 싶다면요…!"

그녀는 웃었고, 그 작은 남자의 표현에 거의 감탄했다. "망치로 부술 수 있다는 건가요?"

"네, 다른 방법이 없다면요. 아니면 힘을 주고 대리석 바닥 같은 곳에 내동댕이치던가요."

"아, 대리석 바닥!" 하지만 그녀는 생각하고 있었을지도 모른다. 대리석 바닥과 많은 것이 관련 있기 때문이다. 왕자의 옛 궁정과 그녀의 옛 작은 로마집과 관련 있었고, 그의 미래에 있을 수 있는 일과 호화로운 결혼과 베버 씨 부녀의 부와 관련성이 있었다. 하지만 그래도 다른 물건이 있었고, 그 물건들 모두 잠깐 그녀의 마음에 들었다. "그럼 크리스털인데도 깨지나요? 단단함이 장점이라고 생각했는데요."

상인은 자신의 방법으로 구별했다. "그것의 장점은 크리스털이라는 거예요. 하지만 확실히 단단해요. 유리처럼 깨지지 않아요. 균열이 있으면 쪼개져요."

"아!" 샬롯은 관심을 보이며 숨을 내쉬었다. "균열이 있으면요." 그녀는 다시 그 잔을 내려다봤다. "균열이 있으면, 크리스털이 쪼개진다는 거네요, 그렇죠?"

"선 따라 그리고 저절로 깨지죠."

"약한 부분이 있으면 그렇다는 거죠?"

상인은 머뭇거리다가 잔을 다시 집어 위로 들고는 열쇠로 두드렸다. 아주 아름답고 맑은소리가 났다. "약한 부분이 어딨죠?"

그 후 샬롯은 문제를 제대로 말했다. "나한테는 가격이 문제예요.

보시다시피 난 정말 가난해요. 하지만 감사해요. 생각해 볼게요." 가게 유리창을 등지고 있던 왕자는 마침내 되돌아봤고, 그녀가 일을 다 끝냈는지 보려고 비교적 침침한 가게 안쪽을 보려고 했다. "그게 마음에 들고 원해요. 하지만 내가 할 수 있는 걸 결정해야 해요."

그 남자는 공손하게 받아들였다. "그럼, 내가 보관해 둘게요."

그 짧은 15분은 분명 특이했고, 다시 야외와 블룸즈버리 모습에서 그녀가 받았던 느낌과는 반대되는 인상을 어느 정도 받을 때까지 그녀는 이런 특이함을 생각했다. 그러나 그 특이함은 그들이 훨씬 더 멀리 가기 전에 그녀가 동행과 함께 고려해야 했던 다른 영향에 비해 작게 기억될지도 모른다. 이 후자는 단순히 어떤 암묵적인 논리에 따라 어떤 기묘한 불가피성으로 계속 추구하겠다는 생각을 완전히 저버린 결과였다. 그들은 말하지는 않았지만, 실제로는 매기의 선물을 포기하는 것이고, 그 점에 대해 더는 언급하지 않고 포기하는 것이었다. 사실 왕자의 첫 언급은 상관없는 것이었다. "당신이 할 일을 끝내기 전에 그 잔에 대해서는 만족했길 바라요."

"사실 아니에요, 난 아무것도 만족 못 했어요. 적어도 그걸 보면 볼수록 마음에 들었고, 당신이 그렇게 불친절하게 굴지 않았다면, 당신이 그걸 받는 모습에 나는 기쁨을 느낄 기회였어요."

그는 이 말에 그녀를 아침 내내 봤던 것보다 더 심각하게 바라봤다. "농담으로 한 게 아니라 진지하게 말하는 거예요?"

"무슨 농담이요?"

그는 그녀를 더 열심히 쳐다봤다. "정말 모르는 거예요?"

"그런데 뭘 알아야 하죠?"

"그 잔에 대한 문제요. 내내 몰랐어요?"

그러나 그녀는 계속 쳐다보기만 했다. "어떻게 길에서 알 수 있었죠?"

"나가기 전에 봤어요. 그래서 알았던 거예요. 그 악당 앞에서 당신과 같이 있는 모습을 더 보여주고 싶지 않았고, 당신이 곧 스스로 알아낼 거라고 여겼어요."

"그 사람이 악당이라고요? 그 사람이 말한 가격은 정말 적당했어요." 그녀는 잠시 기다렸다. "5파운드였어요. 정말 얼마 안 되는 가격이죠."

그는 계속 그녀를 쳐다봤다. "5파운드라고요?"

"5파운드요."

그녀의 말을 의심했을지도 모르지만, 그는 그저 강조한 부분을 받아들이는 듯했다. "선물로 5실링은 비싸요. 5펜스밖에 안 든다고 해도 난 당신한테서 받지 않았을 거예요."

"그럼 뭐가 문제예요?"

"금이 나 있었어요."

그의 입에서 나온 그 소리는 너무나 날카롭고 권위적이어서 그 말을 들은 그녀는 얼굴이 붉어지고 놀랄 뻔했다. 자신감 있게 구는 건 멋졌지만, 마치 그가 옳았던 건 같았다. "보지도 않았잖아요?"

"봤어요. 그 물건 자체를. 그걸로 알 수 있어요. 저렴한 게 당연해요."

"하지만 정말 아름다웠어요." 그 물건에 관심이 생긴 샬롯은 이제 더 다정하고 더 낯설게 변했고, 고집 피우고 싶어졌다.

"물론 아름답죠. 그게 위험해요." 그때 왕자가 갑자기 그리고 강렬하게 내뿜는 빛이 샬롯에게 보였다. 그녀가 그에게 미소 지을 때 그녀 얼굴에 빛이 반사됐다.

"당신은 미신을 믿어서 위험해요."

"젠장, 내가 미신을 믿는다니! 금은 금이고, 불길한 건 불길한 거예요!"

"걱정돼요?"

"세상에 Per Bacco!"

"당신의 행복이?"

"그래요."

"당신의 안전은?"

"그래요."

그녀는 잠시 말을 멈췄다. "당신 결혼은요?"

"내 결혼도요, 모든 게 걱정돼요."

그녀는 다시 생각했다. "다행히 금이 있는지 우리가 알았네요! 하지만 우리가 모르는 물건의 금 때문에 죽을지도 모른다면…!" 그리고 그녀는 슬픔의 미소를 지었다. "그렇다면 우리는 서로에게 아무것도 줄 수 없네요."

그는 깊이 생각한 후 답했다. "아, 하지만 누군가는 알았잖아요. 적어도 내가 알았고, 본능적으로 그랬어요. 난 실패하지 않아요. 본능이 항상 날 보호해 줄 거예요."

그가 그런 말을 하는 게 재미있었고, 그래서 그녀는 그 점 때문에 그를 정말 더 좋아했다. 그녀는 보편적인 환상 아니면 다소 특별한 환상에 빠졌지만 다소 절망하며 말했다. "그렇다면 무엇이 날 보호해줄까요?"

왕자는 이제 꽤 다정하게 답했다. "내가 신경 쓰는 한 내가 보호할 거예요. 적어도 당신은 날 염려 안 해도 돼요. 당신이 나한테서 받아주기로 한 뭐든…." 하지만 그는 잠시 말을 멈췄다.

"네?"

"그러니까, 완벽할 거라고요."

"아주 좋네요. 당신이 나에게서 아무것도 받지 않으면서 내가 받아들이는 걸 이야기하는 것은 결국 헛된 일이에요."

아, 거기에 여전히 더 좋은 건 그가 그녀를 만날 수 있다는 것이다. "당신은 불가능한 조건을 붙이네요. 내 말은, 당신 선물을 내가 간직하는 거요."

그녀는 그 사람 앞에서 그 조건을 살폈고, 갑자기 몸짓을 취하며 그것을 포기했다. "아, 난 내 '조건'에 매달리지 않아요. 내가 한 일을 알려도 돼요."

"아, 그렇다면…! 그는 웃었고, 이것으로 모든 게 바뀌었다."

하지만 너무 늦었다. "아, 오, 이제 신경 안 써요! 그 잔이 마음에 들어야 했어요. 하지만 그렇게 못한다면, 아무것도 아닌 거예요."

그는 이 말을 고심했고, 다시 심각하며 바라보며 그 말을 받아들였다. 하지만 잠시 후 그는 단서를 달았다. "그래도 언제가 당신에게 뭔가를 줄 날이 오길 바라요."

그녀는 그를 보며 궁금해했다. "언젠가요?"

"당신이 결혼하는 날에요. 결혼하는 당신을 위해서요. 당신은 반드시 결혼할 테니까요."

그녀는 그 말을 이해했고, 아침 내내 밟고 있던 용수철이 뛰어나온 것처럼 어떤 말 한마디를 결정지었다. "당신 맘이 편해지려고요?"

"글쎄요." 그는 솔직하게 놀랄 듯이 답했다. "그렇겠죠. 아무튼, 당신 마차가 왔어요."

그가 신호를 보냈고 마차가 왔다. 그녀는 손은 내밀지 않았지만, 탈 준비를 했다. 하지만 그러기 전에 기다리는 동안 생각해뒀던 말을 했다. "있죠, 결혼을 해서 마음 놓고 당신한테서 뭔가를 받을래요."

PART II

7.

그 가을 일요일 폰스Fawns에서 애덤 베버Adam Verver가 자유롭게 당구장 문을 여는 모습이 목격됐을 수도, 현장에 구경꾼이 있다는 걸 알았을 수도 있었다. 하지만 그가 몰입해서 하려는 정당한 이유로 분명하게 스스로를 가두는 것에 다시 집중했는데, 이런 에너지의 근간은 정확히 그는 아침에 여기에서 아주 잠깐이라도 몇 장의 편지, 신문 및 다른 미개봉 우편물을 보며 혼자 있고 그 후에 눈길을 준 기회가 없다는 것이었다. 넓고 정돈되고 깨끗한 아파트는 텅 비어 있었고, 크고 투명한 창문은 테라스와 정원, 공원과 숲, 반짝이는 인공 호수, 풍요로운 수평선, 매우 짙은 푸른색 고지대와 교회가 우뚝 솟은 마을, 그리고 또렷한 구름 그림자를 바라봤는데, 그 풍경들은 교회의 다른 모든 사람과 함께 세상을 차지한다는 생각을 만들어 냈다. 그런데도 우리는 베버 씨와 한 시간 동안 이 세상을 함께 했다. 그의 말대로, 고독을 즐기려는 한다는 점, 길고 복잡한 꼬불꼬불한 복도를 거의 발끝으로만 조용히 다녔다는 점, 그리고 사실 거의 동정심에 가까운 우리가 그에게 관심을 보였다는 점에서 그는 자신이 이룬 고립 상황을 즐길 자격이 있었다. 왜냐하면, 이 상냥한 남자는 보통 다른 사람들이 다른 이점이 잘 주장할 때에만 자신의 개인적 이점이라고 생각하는 걸 바로 언급할 수 있기 때문이다. 또한, 그는 언제나 자기 본성의 법칙으로 다른 사람들을 수많은 무리로 여겼고, 그의 삶에 뿌리 깊이 배인 하나의 가까운 관계, 애정과 의무를 자각했지만, 몇 분 동안은 결코 자신이 포위되고 헌신적인 걸 느끼지 않는 건 결코 자신의 몫이 아니며, 색조의 단계적 변화, 강렬함의 동심원 감소로 대표 되고, 눈이 아플 만큼 정말로 비인간적인 순백으로 변한 다양한 사람들의 호소를 이해하려고 생기를 되찾은 것이 아니라고 할 것이다. 그 호소는 희미해졌고, 그도 그걸 인정했을 것이다. 하지만 그는 어느 부분에서 확실히 멈췄는지 여전히 말하지 않았다.

이처럼 애덤에게 작은 버릇이 생겼는데, 매기에게도 털어놓지 않는 가장 은밀한 비밀로, 딸이 아버지의 모든 생각을 이해하듯이 그 버릇을 이해할 거라 여겼는데, 그 버릇은 종종 그가 양심이 없다고 믿게 하거나 적어도 업무에서 한 시간 동안 공허함이 가득하다고 믿게 만드는 무고한 속임수를 만들어 냈다. 가까운 몇 사람이 그가 어떤 작은 게임을 하는 모습을 포착할 수 있었는데, 예를 들어 어싱험 부인은 어린 시절 장난감 하나를 가지고 있는 어른에 대해 진기한 생각을 하면서 사실 애처로운 사람의 매력을 상당히 봐줬다. 드물게 '쉴' 때, 47살 남자는 감동해서 고백하는 눈빛으로 망가진 병사 머리를 붙이거나 나무총 잠금장치를 빼려고 하는 듯 어릴 적 물건을 다루는 것에 사로잡혔다. 그에게 있어 그것은 본질적으로 타락의 모방이었고, 어쩌면 재미를 위해서 '계속하기'를 실천했다. 실천해도 그는 여전히 불완전했다. 이토록 소박하고 솜씨를 부리는 막간 시간은 특성상 짧을 수밖에 없기 때문이다. 그는 치명적으로 벌을 받지 않고도 방해받을 수 있는 남자로 자신의 모습을 보여줬고, 그건 그의 잘못이었다. 게다가 가장 경탄스러운 건 바로 이 점으로, 관용구로, 그렇게 방해를 받은 사람은 무엇보다도 일찍 자기 공간에 도착했다. 그것으로 특별한 천재성을 입증했고, 그는 분명히 그런 경우의 사람이었다. 교회 어두운 곳에서 성지 앞 램프가 빛나는 것처럼, 그의 내면 어딘가에 불꽃, 빛나는 부분이 자리 잡고 있었다. 본보기와 기회라는 거센 미국 바람이 불어 닥치는 동안 젊은 시절과 중년 초창기 시절은 낯선 작업 공간을 만들었다. 신비롭고 거의 특색 없는 이 공간에 있는 창문은 가장 압박이 심한 시간에 구경하는 사람들과 놀라워하는 사람들에게 전혀 빛나지 않았고, 사실 몇 년 동안 전례가 없고 기적적인 백열의 현장이었고, 실제로 대장간의 주인이 아무리 좋은 의도라도 의사소통을 할 수 없을 거라고 생각되는 곳이었다.

불꽃의 본질적인 파동, 대뇌 온도의 작용이 최고점에 이르렀지만 놀랍게 억제되었고, 이런 점들 자체가 엄청난 결과였다. 완벽한 기계 장치를 갖췄고, 소유욕으로 모든 활동에서 필연적 승리를 거두는데 몰두했다. 아무튼, 한때 생생했던 현상에 대한 희미한 설명만으로도 지금으로서는 우리에게 충분할 것이고, 우리 친구의 경제사를 보여준다는 중압감에 친구의 호의를 무시하는 것은 분명 문제가 안 된다. 분명히 친화력은 성공에 도움이 되고, 광범위한 축척의 원리라고 알려졌지만, 그렇더라도 그러한 규모에서 정신적인 그 연결고리는 어떤 분야에서 더 무례하게 굴지 않더라고 지속성의 증거와 다른 모든 분야에서 기분 전환의 접근성 사이에서 치명적으로 없어지고 있다. 다양한 상상력은 단조로움과 구별되지 않을 정도로 길들여지지 않는 한 세상사에서 치명적이기만 하는가? 한 해를 전혀 허비하지 않았던 생생하고 완전한 기간 동안 베버 씨는 무지갯빛 구름 뒤에서 이해하기 어려울 정도로 단조롭게 지냈다. 구름은 그의 타고한 외피였다, 즉, 온화하고 느긋한 그의 성미와 말투는 분명 의중을 직접적으로 충분히 표현하지 않지만 민감한 촉을 가진 사람들에게는 확실했다. 결국 그는 여전히 냉소적인 척하며 자기 자신과 귀한 시간을 함께 보냈다. 그러나 그런 척 해야 하는 그의 진정한 무능은 아마도 오늘날 그가 피할 수 없는 일, 즉 도착하고 나서 15분 후에 내내 그가 예상해야 한다고 알고 있는 의무의 요소를 받아들인 것이다. 15분간의 이기심은 그가 평소 다른 상황을 맞닥트리는 것과 거의 비슷했다. 랜스Rance 부인은 그가 조금 전에 문을 열었던 것보다 더 망설이며 문을 열었다. 그러나 한편 그녀는 이를 만회하려는 듯 그가 아무도 만나지 않을 때보다 더 그를 만나자고 더 힘차게 앞으로 밀었다. 그리고 나서 그 힘에 그가 확실히 일주일 전에 선례를 만들었다는 게 그에게 뼈저리게 와 닿았다. 그는 적어도 그 점에서 그녀를 공정히 대했고, 그가 항상 누군가를 대할 때의 일종의 정의이었다. 그는 지난 일요일에 집에 들르길 원했고, 그러기 위해 자신을 드러냈다. 이것을 가능하게 하려고 랜스 부인은 똑같이 원하기만 하면 됐고, 그 속임수는 아주 쉽게 먹혔다. 그녀의 부재에 대해 그는 어떤 식으로든 계획을 세우려고 하지 않았고, 그렇게 하면 어떻게든 원칙적으로 자기 존재의 적절성을 망가뜨렸을 것이다. 만약 그의 지붕 아래 있는 사람들이 교회에 가지 않을 권리가 없다면, 공정하게 그 자신의 권리는 어떻게 되었을까? 그의 가장 미묘한 움직임은 그냥 서재를 당구장으로 바꾸는 것이었고, 그의 손님, 그의 딸, 또는 (그가 거의 잘 알지 못하는) 루치Lutches 자매의 손님은 그때 당연히 자연스럽게 그와 함께 했다. 그때 랜스 부인이 방문했던 기간에 대한 자신의 기억으로 그는 반복의 법칙이 이미 만들어 졌을 거라고 확신하게 됐다. 그녀는 아침 내내 그와 함께 시간을 보내고 있었고, 그녀는 사람들이 베버 씨와 자신을 밖으로 데려가는 것에 미온적이었기 때문에, 다른 사람들이 돌아왔을 때도 여전히 그곳 서재에 있었다. 마치 그녀가 나가는 것을 거의 불성실의 한 형태로 일종의 속임수로 보는 것 같았다. 그러나 그녀가 염두에 두고, 이미 그에 대해서 알고 있는 거 말고 그에 대해 생각하는 점은 인내심이 있고 꼼꼼한 주인이 그녀가 원래는 전혀 의도적으로 혹은 초대를 받지 않고 이방인으로 도착했다는 점을 유념하다고 있다는 것으로, 그래서 누군가는 그녀의 감수성을 확실히 알수록 양심의 가책을 더 많이 받았다. 미국 중서부에서 온 루치 자매는 매기의 예전 친구들이었다. 그러나 랜스 부인은 루치 양들의 친구로서만 그곳에 있거나 나타났다.

이 부인은 중서부 출신이 아니라고 주장했지만, 미국서 가장 작고 가장 친숙한 주인 뉴저지, 로드아일랜드 혹은 델라웨어 중 한 곳에서 왔다. 그녀는 그렇다고 우겼지만, 베버 씨는 어느 곳인지 기억하지 못했다. 그녀의 몇몇 친구들이 자신들의 모임 구성원을 뽑았는지에 대해 궁금해 하는 건 그가 아니고, 우리가 그에게 궁금하다고 했을 것이다. 그리고 그녀 때문에 그는 이 점을 어느 정도 떠올렸는데, 사실은 실제적인 모임을 크게 키우기보다는 루치 자매들을 멀리하고 싶었기 때문이며, 부분적이면서 더 본질적으로 그는 평소 아이러니한 진실을 즐기는데 대체로 개인적으로 즐기는 보다는 다른 사람들에게 편하게 보이려는 습관과 관련이 있었기 때문이었다. 그는 자신의 불편함과 억울함을 분간할 수 있을 정도로 천성적으로 틀에 박혔고, 비록 이 후자의 경우가 늘 적었다 하더라도, 그것은 당연히 전자가 적었기 때문에 어느 정도 나타난 결과였을 것이다. 그가 인정하고 분석했을 가장 큰 불편함은 자신에게 돈이 있기에 당연히 힘도 있을 거라고 여긴다는 것이다. 그것은 그를 세게 압박했고, 확실히 사방에서 이 힘의 속성을 압박했다. 모든 사람들은 자신만의 힘이 필요했지만, 반면에 자신의 욕구는 기껏해야 의사소통을 하지 않으려는 속임수에 불과해 보였을 것이다. 말 없는 조용히 있으면 대부분의 경우 당연히 그 원인을 충분히 신뢰하지 못하기에 단순하고 너무나 빈약한 방어에 불과했다. 그런 이유로 영원히 한계가 없는 대리인으로 취급되는 것은 복잡하지만, 그 분노는 용감한 사람이 불평할 만큼 그렇게 큰일은 아니었다. 게다가 불평은 사치였고, 그는 탐욕의 오명을 두려워했다. 다른 하나는 '할 수 있다'는 끊임없는 전가로 그가 그렇지 않았다면 아마도 아주 편안한 일을 시작한 근거가 없었을 것이고, 이것이 핵심이었다. 어찌 된 일인지 그는 입을 다물었고, 게다가 눈은 용수철처럼 움직였다. 후 자는 그에게 그가 했던 일과 그가 어디에서 왔는지 알려줬다. 그가 스무 살 때 오르기 시작한 높고 가파르고 나선형의 둥근 꼭대기는 바로 자신의 고난의 언덕 정상이었고, 그 정상에 지상의 왕국들을 내려다 보고, 다른 왕국의 절반 정도 수용할 수 공간이 있었다.

어쨌든 그는 랜스 부인이 자신의 탐욕스러움에 대해 진실하지 못 하거나, 적어도 자신의 강렬함에 대한 끔찍한 인상에도 어떠한 의기 양양함을 보이는 데 순간적으로 실패하면서 다가오는 모습을 보았다. 사실상 최고는 그가 서재에서 벗어나서 그녀를 엉뚱한 곳으로 가도 록 했다는 그녀의 생각이며, 사실 그가 계획한 것과 거의 맞지도 않았 다. 체계적 실천으로 점점 허황되고 우스꽝스럽게 여겨지고 있지만, 그가 이제 부끄러워하기에는 편치 않았고, 비교적 쉬운 일은 그가 가 려는 길을 둘러대는 것이다. 당구장은 특정한 위기 상황에서 명목상 그렇게 큰 집의 주요 거주자가 물러나 있기에는 자연스럽거나 우아한 장소가 아니었고, 그가 편견 없이 이해한 대로, 그의 손님이 노골적으 로 그에게 야단법석을 떨지 않았다는 사실에도 그랬다. 그녀가 몰래 나간 것 때문에 그를 노골적으로 비난한다면, 그는 그냥 박살이 났을 것이지만, 곧 그걸 두려워하지 않았다. 차라리 그녀가 자신들의 교감 을 강조하면서, 그 변칙을 받아들이고 어느 정도 이용하고, 어쩌면 그걸 낭만적으로 심지어 재미난 일로 취급하지 않을까? 갈색 천이 덮인 어마어마한 탁자가 사막의 모래처럼 그들 사이에 있음에도 불구하고, 적어도 그들이 신경 쓸 필요가 없다는 것을 보여준다. 그녀는 사막을 건널 수는 없었지만, 그 주변을 아주 잘 돌아다닐 수 있었고 돌아다녔기에, 그래서 그가 사막을 장애물로 바꾸려면 어떤 유치한 게임이나 어울리지 않는 장난으로 뒤쫓기거나 순순히 사냥을 당해야 했었다. 이는 그가 그 기회를 무슨 일이 있어도 잡아야 한다는 걸 잘 알았고, 그에게 아주 잠깐 공을 치자고 분명히 제안할 가능성이 어렴풋이 보였다. 그 문제에 대해 왜 그에게 물리적인 혹은 다른 방어책이 필요했을까? 실제로 위험에 대한 문제라고 여기는 무엇인가? 그가 확실히 냉정하게 생각하는 유일한 깊은 위험은 결혼에 있어 랜스 부인이 그를 살피고 그들 사이에 그 소름끼치는 문제를 제기할 가능성이었다. 다행히도 여기서 그녀에게는 권한이 없었고, 그녀에게 남편이 건재해 있다는 게 너무나 명백해서 불리했다.

그녀가 그를 미국 텍사스, 네브래스카, 애리조나나 어딘가에만 데리고 갔다는 건 사실이었고 켄트 카운티의 오래된 폰스 하우스에서는 전혀 명확한 장소라고 여기지 않는 곳이었고, 값싼 이혼이라는 거대한 알칼리 사막에서 왠지 멀리서 길을 잃어버린 것처럼 너무나 희미하고 너무나 환상에 불과하다는 걸 보여줬다. 그녀는 심지어 가엾은 그를 속박하고, 경멸하고, 불완전한 사람이라서 거의 자기주장을 펼칠 수 없도록 했지만, 그런데도 흠잡을 데 없는 존재가 되도록 했다.

루치 자매는 그를 실제로 봤고 간절히 말하고 싶어 했다. 그들에게 따로 물어봤을 때 그들의 말은 일치하지 않았지만 말이다. 그가 최악의 상황에 부딪친다면 랜스 부인은 최악으로 어려워질 것이고 따라서 그는 다른 사람의 튼튼한 방어벽 역할을 충분히 했다. 이것은 흠 없는 진리였지만, 베버 씨는 마땅히 그래야 하는 것보다 위안이 덜 되었다. 그는 위험뿐 아니라 위험에 관한 생각을 두려워했고, 다시 말해서, 그는 겁에 질린 채 자신을 두려워했다. 무엇보다도 랜스 부인이 실제로 하나의 상징으로서 그의 앞에 떠올랐고, 그가 생각하기에 조만간 해야 할 최고의 노력 상징이었다. 이 노력은 거절을 말하는 것이었고, 그는 그렇게 해야 한다는 두려움 속에 살았다. 그는 어느 순간에 청혼을 받아야 하고, 그건 시간문제였으며, 그리고 나서 너무나 내키지 않는 일을 해야 한다. 그는 가끔 자신이 그렇게 할 것이라고 확신하지 않기를 거의 바랐다. 그러나 의문을 가지지 않을 만큼 자신을 잘 알았고, 위기에 처했을 때 어디에 선을 그을지 냉정하게 그리고 꽤 암울하게 알고 있었다. 그 차이를 만든 것은 매기의 결혼과 매기의 더 나은 행복이었고, 그는 딸이 전보다 행복하다고 생각했다. 예전에는 그런 생각을 할 필요가 없었지만, 이제는 그런 생각을 할 필요가 있어보였다. 딸과 사위는 그를 찾아오지 않았고 마치 분명 그녀 스스로 자제하는 거 같았다. 그녀는 단지 그의 자녀일 뿐이었고, 예전과 다름없었다. 그러나 그녀는 딸 이상인 것처럼 보호자였던 면도 있었다. 매기는 그가 알고 있는 것보다 더 많은 것을 해 줬고, 그가 항상 알고 있었던 것처럼, 훨씬 더 행복하게 해줬다. 만약 딸이 아버지에게 잘 보이기 위해 아버지 인생에서 변화라고 불리는 일을 하면서 그녀가 지금 그 어느 때보다도 더 많은 것을 했다면, 그의 상황은 여전히 딸의 움직임 과 보조를 맞추면서, 그 어느 때보다도 할 일이 많았을 것이다.

　미국에서 20개월을 보내고 돌아와 영국에 다시 정착한 후로, 모든 점에서 실험적이었지만, 결과적으로 그는 이제 상당히 자리 잡았고, 집안 공기는 맑아지고 가벼워졌고 일상에서 더 넓은 전망과 큰 대기 공간이 마련됐다. 마치 사위가 되기 전부터 왠지 사위의 존재가 모든 걸 말할 때 전혀 불편하거나 바라지 않던 방식으로 매우 화려하고 멋지게 풍경을 채우고 미래를 가로막은 것 같았다. 왕자가 이제 실질 적으로 취한 조치가 여전히 '대단한 사실'인 점을 생각하면, 하늘이 걷 히고 지평선은 멀어지고 그와 매우 잘 어울리는 전경 자체는 커져서 모든 것이 편안하게 유지됐다. 처음에는 물론 품위 있고 작고 오래된 조합인 매기와 그 자신은 구시가지 중심부에 있는 어느 쾌적한 광장 과 상당히 흡사했고, 팔라디오식Palladian, 건축 양식 일종 교회가 갑자기 떨 어져 나갔다. 그래서 그 장소의 나머지 구역, 앞쪽 공간들, 주변 길과 바깥쪽 길, 이스트엔드east end, 노동자 계층이 사는 런던 동부지역로 가는 길들, 그리고 거리와 복도의 끝, 수많은 아치가 일시적으로 위태로워졌다. 비판적이거나 적어도 지적인 눈을 가진 사람들에게 정면의 훌륭한 양 식과 그 계층의 높은 위치를 고려한다면 어떤 의미로는 당혹스러웠 고 사실도 아니었다. 그 후 일어난 현상은 원래 예측 가능하든 아니 든, 자연스러운 하룻밤의 기적이 아니라, 80개의 방, 넓은 공원과 정원, ('큰' 호수에 익숙한 사람 눈에는 다소 우습게 보이겠지만) 웅장한 인공 호수가 있는 넓고 숲이 우거진 폰스Fawns라는 이곳에서부터 아주 서서히, 조용하게, 쉽게 일어났는데, 돌이켜 보면 바뀌는 것이 눈에 띄지 않았고 적응하는 것도 힘들지 않았다. 팔라디오식 교회는 항상 그곳에 있었지만, 광장은 자연스럽게 해결됐다. 태양이 충분히 비쳤고, 공기를 순환되고 대중도 마찬가지였다. 경계는 없어지고, 돌아오는 길은 쉬웠고, 이스트 엔드는 웨스트엔드west end, 극장, 상점, 호텔들이 있는 런던 중심지의 서쪽 지역처럼 멋졌고, 훌륭한 모든 교회처럼 두 곳 사이 입구에는 옆문이 있었는데, 크고 기념비 같은 장식물이 달렸다. 그러한 과정을 커져 결국 왕자는 장인에게 굳건한 존재로 남으면서, 불길한 방해물이 전혀 되지 않았다.

앞으로 더 언급할 수 있겠지만 베버 씨는 어떤 순간에도 자신을 안심시키는 말을 자세히 기록하려는 충분한 경각심이 없었지만, 그런데도 그는 그 문제의 역사에 대한 자기 생각을 적임자에게 비밀리에 전할 수도 없었고 내키지도 않았을 것이다. 적임자이자 그와 동시에 눈에 띄는 사람은 이런 깨달음이 부족하지 않았지만 패니 어싱험의 모습으로 마주쳤으면, 사실 처음으로 그의 조언을 받아들이지 않고, 어쨌든 현재 많은 관심과 동등한 보장을 받아 의심할 여지없이 그의 비밀을 반복해서 말했다. 그런 후 왕자가 다행히도 모난 사람이라고 증명되지 않았다는 한 가지 중요한 사실로 모든 것은 잘 정리되었다. 그는 인간과 사회적 관계에서 스스로 터득한 말과 문구를 자주 사용하면서 딸의 남편에 대한 설명을 고수했다. 마치 그 표현들이 자신에게 세상을 혹은 길을 비추는 것처럼, 심지어 일부 대화 상대방이 아는 것이 별로 없더라고 끊임없이 이런 표현을 사용하는 것이 그의 방식이었다. 어싱험 부인과 더불어 그가 알고 있는 것에 대해 확신하지 못한 게 사실이었다. 그녀는 그와 거의 언쟁을 하지 않았고, 그의 말에 완전히 동의했으며, 체계적인 배려심과 타고난 부드러움으로 그를 감쌌는데, 마치 그녀가 마치 아픈 아기를 간호하고 있는 것 같다면서 그가 짜증스럽게 그녀에게 말한 적이 있었다. 그는 그녀가 자신을 진지하게 생각하지 않는다고 몰아세웠고, 그녀는 그를 놀라게 할 수 없었기에 그를 세심하고 사랑스럽게 대했다고 대답했다. 그녀는 예전에 웃었던 것처럼 그가 왕자와의 행복한 관계에 대한 좋은 말을 하자 다시 웃었고, 아마도 그 가치관에 그녀가 이의를 제기하지 않았기에 더 묘한 결과를 낳았다. 하지만 그녀는 기껏해야 그가 아는 것만큼만 즐길 뿐이었다. 그는 훨씬 더 했고 자신이 편한 데로 말했다. 사실 그것은 종종 마찰이 일어났을 때 일어날 수 있는 일의 교훈을 공개적으로 지적하는 것에 가까웠다. 그는 어느 날 문제의 인물에게 솔직하게 그 점을 지적했고, 왕자에게 그 사람이 내린 특정한 정의를 언급했으며, 심지어 그들의 놀라운 관계에서 그들이 벗어난 위험에 대해서도 분명하게 말했다. 아, 만약 그가 모난 사람이었다면! 그때 무슨 일이 일어났을지 누가 말할 수 있겠는가? 그는 어싱험 부인에게 말했던 방식대로 말했고, 마치 그가 예외 없이 모가 났던 점을 이해했다는 듯이 말했다.

그는 분명히 마지막 생각으로 가장 최근 생생했던 일을 이해하게 됐다. 그는 날카로운 모서리와 단단한 가장자리, 돌처럼 모든 뾰족한 것, 넓은 팔라디오식 교회의 웅장하고 정확한 기하학을 의미했을지도 모른다. 그렇게 그는 묘하고 당황스럽게도 실제 곡선과 굽은 표면이 절묘하게 들어맞는 특징에 둔감하지 않았다. "자네는 둥글어, 내 사위, 매우 둥글지. 정말 네모났을 때도 다양하고 지칠 줄 모르고 둥글어. 그 문제에 있어서 형편없든 아니든 자네가 보통 사람들에게 딱딱하게 굴지 난 모르겠어. 혐오스러운 건 문제가 안 돼. 왜냐하면, 자네는 세세한 부분까지 뿌리 깊게 둥그니까. 자네에 대해서는 적어도 난 그렇게 생각해. 베니스의 멋진 공작 궁전처럼 피라미드 같은 마름모꼴 속에 곳곳에 자네가 만들어졌다고 생각해보면, 건물 안은 매우 아주답지만, 한 남자가 특히 가까운 친척이 문지르는 건 특히 지긋지긋하지. 나는 부드러운 면을 긁어냈던 모든 건축용 컷 다이아몬드가 튀어나와 있는 걸 여기서 다 볼 수 있어. 하나가 다이아몬드에 긁혔을 건데, 물론 이왕 긁혀야 한다면 가장 깔끔한 방법이지만, 조금 조각이 났을 거야. 있는 그대로 자네는 순수하고 완벽한 크리스털이야. 자네가 나한테 왔으니 내 생각을 이해하겠지." 왕자는 이때쯤 상당히 익숙해졌기에 그 생각을 자기 방식대로 받아들였고, 그리고 아마도 이 황금 방울이 표면 위로 고르게 흘러내리는 방식만큼 표면에 대한 베버 씨의 설명을 더 확실히 확인할 수 있는 건 없을 것이다. 황금 방울은 틈에 끼지 않았고 오목한 곳에 모이지 않았다. 한결같은 매끄러움은 잠깐 더 화려한 분위기를 내면서 이슬을 드러냈다. 다시 말해 그 청년은 원칙과 습관에서 자신이 이해한 것보다 더 많이 동의하는 것처럼 혼란스럽지 않게 미소를 지었다. 그는 일이 잘 풀린다는 조짐을 좋아했지만, 그 이유는 그다지 신경 쓰지 않았다.

베버 씨가 결혼한 이후로 함께 살았던 사람들에 관해서, 사람들이 그토록 자주 말하고 그가 전보다 훨씬 더 자주 들었던 생각들은 대체로 그와 그들 사이에서 가장 다른 요소가 되었고, 그리고 장인과 아내는 어쨌든 그가 함께 살았던 사람 중에서 으뜸이었다. 그는 이 시점에서, 또는 다른 시점에서, 그가 그들에게 어떻게 인상을 남겨야 할지 확신조차 하지 못했다. 그들은 보통 그가 의도하지 않았던 일에는 놀라워했고, 그가 가지고 있는 물건에는 그다지 놀라워하지도 그리워하지도 않았다. 그는 일반적인 말로 "우리는 가치관이 달라요."라고 했고, 이로써 중요성에 대한 같은 척도를 이해했다. 그의 '곡선'은 예상치 못하거나 상상도 못 한 것이기에 분명히 중요했다. 반면, 그의 퇴보한 옛날 세계에서처럼 누군가 항상 곡선을 그리고 훨씬 더 많은 양을 취하는 것이 당연시할 때, 누군가는 교류를 통한 결과적인 타당성보다는 계단이 있는 집의 위층에 있다는 사실에 더 놀라워했다. 그는 사실 이번 기회에 베버 씨의 찬성이라는 주제를 충분히 주의 깊게 다루었다. 우리는 사실 그의 신속한 대답이 특정한 기억에서 튀어나온 것이 전혀 아니라는 걸 추측할 수 있고, 이 점에서 그는 아주 쉽게 인정했다. "오, 만약 제가 크리스털이라면, 완벽한 크리스털이라는 점에서 기쁘네요. 왜냐하면, 전 크리스털이 때때로 금이 가고 결점이 있다고 생각하고, 이런 경우 매우 저렴해요!" 그는 분명히 자신을 저렴하게 여겼던 적은 없었다고 덧붙이며 농담이라고 강조하며 말을 멈췄다. 그리고 베버 씨가 그 기회를 잡지 않은 건 당연히 그들 사이를 실질적으로 지배하고 있다는 것을 뜻했다. 그러나 이제 우리가 가장 우려하는 것은 그가 그러한 측면에 대한 후자의 관계와 대표적으로 소중한 대상인 아메리고의 성격에 마찰이 없다는 점에 만족해한다는 것이다. 베버 씨 주위에서 금, 은, 에나멜, 마졸리카Majolica, 이탈리아산 도자기, 상아, 청동으로 만든 대표적인 귀중한 물건들, 위대한 고대 그림들과 다른 예술 작품들, 뛰어난 '작품들'이 몇년 동안 상당히 늘어났고, 그는 수집과 감상이라는 일반적인 과제에 모든 정신력을 동원했고, 본능, 특히 수집가의 날카로운 욕구가 왕자의 옷을 받아들이는 바탕이 되었다.

매기가 받은 인상의 귀중한 사실에 덧붙여, 자기 딸의 손을 노리는 출세를 염원하는 사람은 어쩐지 대단한 표시와 기색을 보여 주었고, 매우 진실하게 그의 앞에 서서는 최고의 작품들을 찾는 법을 배웠다. 애덤 베버는 이때쯤 완전히 알았다. 그는 개인적으로 유럽이나 미국의 누구도 이런 저속한 실수를 저지를 수 없다고 생각했다. 자신은 절대 틀리지 않는다고 말한 적이 없었고, 그건 그의 방식이 아니었다. 그러나 타고난 애정을 제외하고는 그는 원래 느끼게 되는 즐거움보다 더 친밀하고 개인적 즐거움에 익숙하지 않았고, 예기치 않게 감정가의 정신을 갖게 됐다. 다른 많은 사람과 마찬가지로 그는 태평양을 찾은 용감한 코트레즈Cortenz에 관한 키츠John Keats, 영국 시인, 키츠는 On First Looking into Chapman's Homer(채프먼의 호메로스를 처음 읽고)에서 코르테즈가 태평양을 처음 발견했다고 착각함의 소네트를 읽고 감명을 받았지만, 시인의 웅장한 이미지를 경험의 사실에 그토록 절실하게 맞춰보는 사람은 아마 거의 없을 것이다. 어느 순간 자신의 태평양을 바라보던 방식에 대한 베버 씨의 생각과 걸맞았고 불멸의 시구절을 두세 번 정독하면서 그의 기억 속에 각인시키기에 충분했다. 그의 '대리언의 꼭대기peak in Darien, On First Looking into Chapman's Homer에 나오는 문구'는 그의 삶을 변화시킨 갑작스러운 시간이자 불안한 정열을 낮게 앓는 소리와 비슷한 마음속 무언의 헐떡거림으로 세상은 그가 정복하고자 한다면 정복할 수 있다고 깨닫는 시간이었다. 그 시간은 생명의 책 한 페이지를 넘기는 것으로, 마치 오랫동안 활력이 없던 잎사귀가 한 번의 손길에 움직이고 열렬히 뒤집으며, 거꾸로 공기의 파동을 일으켜 황금 제도의 숨결을 그의 얼굴로 보낸 것 같았다. 그 자리에서 황금 제도를 샅샅이 뒤지는 것이 미래의 일이 되었고, 가장 놀라운 건 그 달콤함과 함께 여전히 행동보다 생각이 훨씬 더 컸다. 이 생각은 그에게 있는 뭔가와 함께 천재, 혹은 취향의 친밀감으로, 그가 매우 격렬하게 알게 된 잠재적 지능과 모든 지적인 면의 단순한 변화로 그에게 영향을 주었다. 왠지 그는 위대한 현자, 아름다움을 끌어내는 사람들과 대등했고, 아마도 위대한 제작자들과 창작자들보다 훨씬 아래에 있지 않았을 것이다. 그는 전에는 그런 부류의 사람이 아니었고, 너무 단호하게, 너무 지독하지도 않았다. 하지만 이제는 자신이 왜 그렇게 됐는지, 심지어 큰 성공에도 실패하고 부족한 이유를 알게 되었고, 이제 그는 어느 정말 아름다운 밤에 자기 경력에 대해 그토록 기다려온 엄청난 의미를 이해했다.

딸이 10살일 때 아내가 세상을 떠난 후 처음으로 유럽을 방문했을 동안 마음속 빛이 그렇게 깨졌고, 그는 심지어 그 당시에 왜 자신의 신혼여행의 여정을 일찍이 그리고 아직도 감췄는지 알았다. 그때 그는 할 수 있는 한 '물건을 샀지'만 대부분 자신의 옆에 있는 연약하고 떨고 있으며 분명 예술에 대한 환상을 가진 생명체를 위해서 샀으며, 그 후 두 사람 모두에게 멋진 페 가Rue de la Paix, 프랑스 파리 중심부 쇼핑가의 양장점과 보석상의 값비싼 진품을 샀다. 아내는 실제로 창백하고 불안한 유령이었고, 지금 생각해보면 황당하게도 대로에서 큰 새틴 '나비 리본'을 하고 부러진 하얀 꽃을 묶고 있었는데, 주로 리본, 프릴, 그리고 고급 천을 펄럭거렸고, 기회가 있는 한 쌍의 부부로서 자신들을 압도하는 당혹감에 몹시 재미있고 한심했던 흔적이 기억에 남았다. 그는 그 가엾은 여자가 느꼈던 압박감이 자신의 애정 어린 격려 속에 구매와 호기심으로 발휘됐던 것을 떠올리면 아직도 상당히 움찔했다. 이 기억들은 이른 황혼에 떠돌아다니는 이미지로, 그의 연민으로 그들이 같이 보낸 과거와 젊은 시절 애정이 생기길 바랐던 것보다 그녀는 더 먼 과거로 등을 돌렸다. 끈질긴 비판에도 아내는 너무 이상하게 믿음을 잃지 않았고 믿음을 올바르게 보였다는 걸 인정받아야만 했을 것이다. 그녀는 열성적으로 쉼 없이 믿음을 보였기에, 철학적 시기에 대한 악의 없는 외고집의 구실이 되었고, 모든 탄식을 관대함으로 이르게 했다. 그리고 그들은 서로를 사랑했기에 그의 지성이 더 높은 선에서 한때 희생을 당했다. 허무함, 극악무도함, 타락함, 장식과 독창성의 타락함이 그의 의식이 제대로 돌아오기 전에 그녀는 그가 사랑스럽게 생각하도록 만들었다! 작은 남자가 무언의 고통에 쉽게 접근하듯 무언의 기쁨에 빠졌다는 걸 곰곰이 생각하면서, 점점 더 독점적으로 노는 것을 배우는 영역에서 만약 이상한 계획에서 그의 아내의 영향이 그렇게 빨리 없어지지 않았다면 그의 지성은 어떻게 되었을지 종종 궁금했다. 그가 아내를 사랑하기에 그녀는 완전히 그를 단순한 실수의 황무지로 이끌었을까? 그녀가 그가 자신의 아찔한 꼭대기에 오르는 것을 막을 수 있었을까? 그렇지 않으면 그녀는 코르테즈가 동료들에게 알려줬던 계시처럼 베버 씨가 가리켰을 수도 그 고지까지 그와 동행할 수 있었을까? 코르테즈 동료는 아마 진짜 숙녀가 아니었을 것이다. 베버 씨는 그 역사적 사실에 따라 자신의 추론을 끝냈다.

8.

어쨌든, 그에게서 영원히 숨겨지지 않았던 것은 암흑기 시절의 훨씬 덜 불쾌한 진실이었다. 그건 또다시 이상한 계획으로, 광명의 세월이 가능하기 위해 암흑의 세월이 필요했다. 베버 씨가 처음에 알고 있던 것보다 더 현명한 손길은 다른 것을 얻기 위한 완전한 예비 단계로 어떤 물건을 구매하는 걸 힘들게 했고, 만약 선의가 적었다면 예비 단계는 약하고 부족했을 것이다. 그의 비교적 맹목적인 태도는 선의가 되었고, 그 결과 최고 아이디어라는 꽃을 피우기에 적합한 토양이 되었다. 그는 대장간 일을 하고 땀을 흘리는 것을 좋아해야 했고, 무기 광을 내고 쌓는 걸 좋아했어야 했다. 자신이 탁월한 계산력과 창의적인 도박을 좋아한다고 믿었던 것처럼, 적어도 그가 다른 관심사의 소멸, 심지어 먼저 들어가거나 나가거나 하는, 시퍼런 천박함 같은 '관심'의 창조를 좋아한다고 믿어야만 했던 것들이었다. 물론 그것은 실제와는 달랐고, 최고의 생각은 그동안 내내 모든 만물 아래서 따뜻하고 풍요로운 땅에서 커가고 뿌리를 내렸다. 그는 자신도 모르게 그 생각이 묻힌 곳에 서 있고, 걷고 일했으며, 그리고 그의 성쇠인 사실 그 자체는 만약 처음의 뾰족하면서 부드러운 새싹이 종일 고군분투하지 않았다면 충분히 척박한 사실이 되었을 것이다. 한 편에는 중년의 추함이 남았고, 다른 한편에는 모든 불길한 징조에서 벗어나 그의 나이에도 여전히 왕위에 오를 수 있는 아름다움이 있었다. 그는 당연히 분에 넘치게 행복했다. 하지만 어쨌든 사람이 행복하면, 그렇게 되기 쉬웠다. 그는 부정한 방법으로 일했지만, 그 자리에 이르렀고, 누군가의 인생에서 현재 그 자리를 차지하는 데 있어 그의 방법보다 더 똑바른 방법이 어디 있겠는가? 단순히 그의 계획, 모든 문명사회의 승인이 아니었다. 그것은 확실히 응축되고, 구체적이고, 완벽한 문명이었고, 바위 위에 있는 집처럼 그의 손에 의해 정해졌고, 감사할 줄 사람과 목마른 수백만 명에게 문과 창문이 열려 있는 집은 더 높은 곳에서 가장 최고의 지식으로 땅을 축복하며 빛날 것이다. 주로 그가 지냈던 도시와 고국 사람들에게 선물로서 설계된 이 집은 추함의 굴레에서 해방된 그의 긴박함을 가늠할 수 위치에 있었고, 여러 박물관 중에 이 박물관은 그리스 신전처럼 아담한 예술의 궁전이었고, 긍정적인 신성함으로 걸린 보물들의 그릇이었고, 오늘날 그의 정신이 거의 함께했고, 그가 말했듯이, 잃어버린 시간을 만회하며 마지막 의식을 기대하며 현관을 배회했다.

이것은 그 장소의 위엄있는 헌정인 '개관식'이 될 것이다. 그는 자신의 상상력이 판단력보다 더 빨리 땅을 디뎠다는 걸 잘 알고 있었다. 첫 번째 결과를 내기 위해서는 아직 해야 할 일이 많았다. 토대를 만들어 벽을 세우고 외관의 구조가 모두 결정됐다. 그러나 인내와 경건의 효과를 가장 크게 내는 것과 매우 밀접하게 연관되었기 때문에 조급하게 서두르는 건 금했다. 그는 최소한 자신이 전파하기를 원하는 종교에 대한 기념비, 모범적인 열정, 어떤 대가를 치르더라도 완벽함에 대한 열정을 미루지 않고 완성함으로써 자신을 착각하게 만들어야 했다. 자신이 어디서 끝날지 아직 알지 못했지만, 어디서부터 시작하지 않을지는 감탄스러울 정도로 확고했다. 작은 허세로 시작하지 않고 멋지게 시작할 것이고, 그러고 싶어도 자신이 그린 경계선을 거의 보여 주지 못했을 것이다. 그는 고국과 주변 영연방에서 주제넘은 달팽이 경쟁에서 지면서 동료 시민, 납품업자, 소비자에게 대문자로 매일 '준비'하고 인쇄하고 출판하고 종이를 접고 배달하면서 재미난 문제를 알리는 수고를 전혀 하지 않았다. 달팽이는 이런 모순적인 암시로 그에게 자연에서 가장 사랑스러운 동물이 되었고, 우리가 지금 목격하고 있는 그가 영국으로 돌아가는 모습은 그렇게 확고한 감상과 무관하지 않았다. 그가 알리고 싶었던 것, 즉 그 문제에 있어서 세상 누구의 지시가 필요가 없다는 걸 나타냈다. 다시 몇 년간 변화와 기회에 새로 접근하고 시장의 흐름에 대해 새로운 감수성을 지닌 유럽은 그가 관찰하고자 했던 지혜의 일관성 즉, 계몽된 신념의 특별한 그늘을 받아들일 것이다. 그의 손자가 태어난 후 이제 그들은 일가를 이뤘고, 온 가족이 기다림은 개의치 않아 보였다. 그래서 그는 세상에 오직 한 가지 이유만이 있으며, 그 이유로 겉모습에 대한 문제가 다시 한번 정말로 중요해질 거라고 생각했다. 그는 기만을 당해서 값비싼 작품을 갖게 된 주인처럼 '보여야 된다'라고 생각했지만, 그러나 전반적으로 겉모습만으로는 남은 인생의 어떤 일도 알 수 없었다.

베버 씨는 전반적으로 상류층 삶을 살았고, 실제로 수집가로서가 아니라, 확실히 할아버지로서 삶을 살았다. 귀한 작은 작품들을 다루는 방식에서 그는 딸의 맏아들인 프린시피노Principino만큼 귀하게 다루지는 않았는데, 이탈리아식 이름을 가진 손자는 그를 끝없이 즐겁게 했고, 그는 희귀한 초창기 연질도자기Pâte tendre, 서양의 도자기 용어, 연자(軟磁)와는 견줄 수 없을 만큼 손자를 보살피고 흔들어서 어르고, 던지는 듯하면서도 다시 잡았다. 높은 캐비넷의 유리문 옆에서 아주 언짢은 표정을 짓고 있는 보모의 품에서 동의하에 손을 움켜쥐고 있는 작은 아이를 데리고 올 수 있었다. 더욱이 이 새로운 관계에서 분명 더

없이 행복한 것은 사람들의 험담과 일부 저속함에 대한 무언의 대답은 그가 폰스에서 쉬는 몇 주 동안 보여 준 단순한 태도만큼 정당하고 직설적인 건 없다는 걸 확인시켰다. 태도의 요소는 그가 최근 몇 주 동안 원했던 전부였고, 그 자리에서 바라던 것보다 훨씬 더 그 점을 즐기고 있었다. 랜스 부인과 루치 자매들이 있어도 즐겼고, 패니 어싱험이 그에게 뭔가를 숨기고 있다는 작은 걱정에도 즐겼다. 의식이 온전한 데도, 포도주를 너무나 아낌없이 부어서 잔이 넘쳐흐르지만, 만약 딸의 결혼을 허락했다면, 그래서 현재 그의 주변에 일어난 변화로 확실히 활기가 일어났고, 결혼으로 결국 확실한 차이가 생겼다는 걸 입증했다. 그는 결혼에 대한 예전 생각을 떠올릴 수 있었는데, 여전히 막연한 성찰에서 벗어나지 못했다. 그는 무엇보다도 자신의 아내가 누구와도 결혼할 수 있다고 생각했지만, 지금 자신 앞에 있는 부부가 그 문제를 끌고 갈 정도로 그들의 상태가 명성에 걸맞은지 혹은 그들의 결합이 아름다운지 궁금했다. 특히 뉴욕에서 아들이 태어난 후(그들의 최근 미국 생활의 가장 절정기였고, 문제를 제대로 해결했다) 행복한 부부는 그 문제를 어쨌든 그의 상상력이 미치지 못하는 곳까지 더 높이 더 깊이 더 멀리 끌고 갔다고 인상을 그에게 줬다. 의심할 여지 없이 대단한 건 그의 독특한 말 없는 경탄으로, 그것은 무엇보다도 그 주제를 앞세운 그의 겸손함을 특징지었다. 매기의 어머니가 결국 최고의 낯설고 희미한 의구심을 지녔는지에 대해 몇 해가 지나고 나서야 그는 깨달았는데, 그를 위한 말을 존재하는 것처럼 다정함의 최대, 결혼이라는 사실에 대한 몰입의 최대를 뜻했다. 매기 자신은 유능했고, 이 시기에 그녀 자신은 우아하고 거룩하게 최고였다. 현실적이고 재치 있는 배려로 조금 미루는 것이 그를 고취시켰고, 아름다움과 신성함에 대한 존경심은 거의 경외심을 불러일으킨다는 인상이 바로 매일 딸에게서 그가 받는 인상이었다. 그렇다, 그녀는 자기의 어머니와 같았지만, 그 이상이었으며, 이렇게 그에게 새로운 빛이 되었고 매우 묘한 방식으로 가능한 이때 그녀의 어머니 이상이라는 걸 증명해야 했다.

그는 거의 조용한 순간에도 현재 관심을 불러일으킨 긴 과정을 다시 한번 되새길 수 있었고, 자격 없이 상사에게 다가가거나 지인을 차에 태우거나 길거리의 행인에게 말을 걸어 진정한 친구를 만드는 젊은이의 '뻔뻔함'처럼 관심이 생기는 건 전적으로 그 자신에게 달렸다. 모든 일에서 그의 진정한 친구는 아무하고도 관계를 맺지 않은 자기 마음이었다. 그는 그렇게 근본적으로 개인 소유의 집 문을 두드렸고, 사실 그의 부름에 바로 응답은 없었다. 그래서 기다렸다가 돌아와서야 당황한 낯선 사람이나 열쇠를 시험해 보던 밤도둑처럼 모자를 돌리면서 마침내 안으로 들어갔다. 그는 시간이 지나서야 자신감을 얻었지만, 실제로 자리를 잡은 후에는 다시는 물러설 수 없었다. 성공을 상징하는 모든 것으로 그의 유일한 자존심의 원칙이 허용됐다. 본래 원천에 대한 자부심, 돈에 대한 자부심은 상대적으로 쉽게 갖게 된 것에 대한 자부심이었을 것이다. 의기양양한 이유는 통달한 어려움이었고, 그의 겸손함 덕분에 자신의 능력을 믿는 것이 어려웠다. 이것이 그가 해결한 문제였고, 삶을 안정되고 윤택하게 만들기 위해 현재 다른 모든 것보다 더 많은 걸 하는 해결책이고, 미국 도시 사람들 말 대로, 그가 '좋은' 기분을 느끼길 바랄 때, 자신의 엄청난 발전을 되짚어보기만 하면 됐다. 그가 얼마나 비굴하게 굴었는지 생각한 건 절대적으로 자신을 존경하는 것이지만, 실제로는 그가 바라는 만큼 마음껏 자신을 존중하고 존경하는 것이다. 그의 손길에 반응했던 가장 아름다운 봄은 언제나 붙잡으려고 하는 자유에 대한 기억으로, 아내가 죽은 지 약 3년 후 피렌체와 로마, 나폴리를 다녔던 겨울 동안, 온통 분홍빛과 은빛으로 가득한 일출처럼 그를 비추고 있었다. 무엇보다도 왕자와 교황이 자신보다 먼저 서 있던 곳에서 그의 능력에 대한 점_占괘를 최고로 치는 방법으로 그가 가장 잘 회복할 수 있었던 건 특히 로마 계시록의 고요한 새벽이었다. 그는 평범한 미국인이었고, 때때로 그와 비슷한 다른 20명이 머무는 호텔에 며칠 동안 함께 묵었지만, 그들 중 어떤 교황도, 어떤 왕자도 예술 후원자의 특성에 대한 더 다채로운 뜻을 읽지 못했다고 생각했다. 그는 정말로 그들을 부끄럽게 여겼는데, 헤르만 그림Hermann Grimm, 독일 학자이자 작가이 교황 율리우스 2세Julius II와 레오 10세의 미켈란젤로Michael Angelo에게 한 대우를 평가한 것을 정독하면서 정상에 오른 적이 없었더라면, 그는 정말로 그들을 부끄럽게 여겼을 것이다. 적어도 이 인물이 애덤 베버라고 하기에는 너무 평범하지 않았고, 평범한 미국인보다 훨씬 동떨어졌다. 게다가 우리 친구의 생각을 들여다보면 당연히 그런 비교의 결과 일부가 있을 것이었다. 더욱이, 그러한 비교의 결과 중 일부는 틀림없이 그 친구의 머리에 남아있는 것으로 그려질 것이다. (일부 비교해서) 그의 자유는 꾸준히 늘어나는 것 외에 무엇을 할 수 있겠는가?

모든 자유를 위해 그와 맞서는 건 어쩌면 너무 힘든 일일지도 모른다. 예를 들어, 랜스 부인이 그 사람에 대한 모의를 꾸미는 바로 그때 아침 폰스에서 일요일 아침 당구장에서 우리가 원을 너무 넓게 그렸을 때도 그랬다. 거의 랜스 부인이 적어도 현재와 가까운 미래의 일을 각각 관리했는데, 베버 씨가 편하다고 생각했을 시간을 보내는 일을 승낙하고, 비록 큰 뜻이 있는 이 사람이 아니라 다른 누군가가 의도해서 그가 어리석다고 증명하지는 않을 것이지만 그런데도 지혜의 증명은 오히려 잔인하게 조건화되어 있다는 걸 떠올리는 걸 잠시 멈추도록 했고, 특히 그의 편지에서 일기로 넘어가고, 휴식시간에 그가 끊임없이 폐를 자극하는 운동으로 입이 많은 괴물 같은 소리에 새롭게 다시 그를 보호하고 적응하도록 했다. 랜스 부인은 다른 사람들이 교회에서 돌아올 때까지 그와 함께 있었고, 그때쯤 닥치게 될 시련이 정말 가장 불쾌할 거라는 걸 그 어느 때보다 더 분명했다. 이것이 핵심으로, 베버 씨는 왠지 랜스 부인이 알고 있는 것보다 그녀 건물의 장점을 더 잘 강조했다 그것은 사실상 무의식적으로 그녀가 그의 특별한 결핍, 마음을 다할 아내의 부재를 상징하는 것이었다. 랜스 부인이 그에게 잠재적으로 곤두세우며 열심히 하고 만일의 사태에 대비하는 건 혼자서는 할 수 있는 것이 아니었다. 손님이나 손님과 마찬가지인 사람이 "난 랜스 씨 때문에 그리고 내가 자부심과 품위가 있어서 참는 거예요. 하지만 랜스 씨를 위해서지 나의 교양과 자부심을 위해서는 아니에요!" 말했을 때 일어날 수 있는 일이었다. 그 가능성 있는 일들은 앞날을 가득 채울 웅성거림으로 바뀌었다. 페티코트가 바스락거리는 소리, 향기가 나는 여러 페이지의 편지지 소리, 서로를 구별하는 목소리 등으로 그들이 굉장한 나라의 어느 지역에서 스스로 이기는 걸 배웠는지는 큰 문제가 되지 않았다. 어싱험 부부와 루치 자매는 공원을 가로질러 '사유지에 있는' 작고 오래된 교회로 걸어갔는데, 그곳은 우리 친구가 종종 그 단순한 아름다움 때문에 있는 그대로 자신의 전시실 한 곳의 유리 진열장으로 옮길 수 있기를 바랐다. 매기는 그런 관습에 인색하지 않은 자기 남편에게 마차를 타고 가장 가까운 제단까지 다소 긴 순례를 하도록 했는데, 우연이지만 쉽지는 않은 어느 정도의 믿음으로 (자기 어머니처럼 어느 정도 믿음이 있었고 베버 씨는 늘 막연히 받아들였다) 무대를 단단하고 순조롭게 만들었다면, 매기의 결혼처럼 드라마 같은 일은 일어나지 않았을지도 모른다.

그러나 마침내 흩어졌던 일행들이 같은 시간에 돌아오면서 밖에서 만나 함께 빈방에서 방으로 돌아다녔지만, 막연하게 집에 남아있던 두 사람을 찾아다니지 않았다. 그들은 당구장 문까지 왔고, 문을 열고 들어선 그들의 모습에 애덤 베버는 세상에서 가장 기이한 방식으로 새롭고 예리하게 인식했다. 정말 놀랍게도 이러한 인식은 그 자리에서 낯선 꽃 한 송이가 한 번의 숨결에 갑자기 피어난 것처럼 확대되었다. 그 점에 있어서 딸의 눈에 비친 표정으로, 딸을 보는 그의 표정을 보니 그녀가 없는 동안 무슨 일이 있었는지 알았다. 랜스 부인이 이 외딴곳까지 그를 찾아오는 건 그가 문제를 복잡하게 받아들이는 정신과 특유의 모습으로, 요컨대 틀림없이 매기의 걱정거리 중 하나가 되었다. 비록 전해지지는 않았지만, 그 불안감은 각자가 느꼈을 것인데, 똑같은 충격에 패니 어싱험은 그에게 전혀 표정을 감추려고 하지 않았고, 루치 자매의 4개의 예쁜 눈은 잘 어울리는 희한한 빛깔로 빛나기 때문이다. 신경 쓰지도 않고 다른 사람들이 하는 걸 알지도 못한 왕자와 대령을 제외하고, 세 사람은 각자 뭔가를 알았거나 어쨌든 각자 생각이 있었고, 정확히는 이것이 랜스 부인이 교묘하게 기회를 기다리며 할 수 있는 일이라는 생각이었다. 루치 자매의 특별한 불안의 그림자는 사실 정말로 최고라고 주장하는 기운의 환상을 시사했을지도 모른다. 만약 그렇다면, 사실 루치 자매의 위치는 우스꽝스러웠다. 그들이 직접 와서 랜스 부인을 악의 없이 소개했고, 랜스 씨가 말 그대로 그들을 살피고 있었다는 점은 큰 영향을 미쳤다. 이제 그들에게 마치 랜스 부인이 한 줌이었기 때문에 마치 그들의 한 줌의 꽃이 위험한 뱀의 이동 수단에 불과한 것 같았다. 베버 씨는 비난하는 루치 자매의 기운을 상당히 느꼈고, 그 강렬한 기운에 정말 자신의 적절성이 관련됐을지도 모른다.

그렇더라도 하나의 스쳐 가는 일에 불과했다. 내가 넌지시 말했듯이, 진정한 변화는 매기와 말없이 지내는 것이었다. 딸 혼자서만 깊이 걱정했고, 그에게는 완전히 새로운 모습으로 더 크게 보였다. 그러나 과거와 현재 이 순간까지 그녀는 그의 개인적 삶에 대해 바보 같은 걱정을 했었나? 그들은 함께 기뻐하고 함께 걱정했고, 적어도 딸은 자신들에 대해 똑같이 걱정했었다. 이 순간에 갑자기 그에게만 관련된 문제가 하나 있었는데, 그 문제가 소리 없이 터지면서 왜인지 모르지만 어떤 시기가 확인됐다. 베버 씨는 딸의 마음에 있었고, 심지어 어느 정도 딸의 손에 있었다. 즉, 그가 항상 확실한 존재로서 그저 그녀의 마음과 삶의 깊숙한 곳에 있었고, 이를테면 객관적으로 보여 주기에는 너무 깊어서, 거리를 두거나, 대조하거나 반대할 수 없었다. 하지만 마침내 시간이 해결해줬다. 그들의 관계는 변했고, 그는 다시 딸에게 일어난 변화를 보았다. 그 변화는 그 자신에게 새겨졌고, 그리고 단순히 랜스 부인의 문제가 아니었다. 단숨에 매기에게도 상당히 다행스럽게도 불편해지려는 자신들의 손님이 신호가 되었다. 그들의 결혼으로 왕자와 왕자비가 되었고, 베버 씨의 바로 옆에 눈에 잘 띄는 자리를 떴다. 그들은 다른 사람들을 위해 그곳에 공간을 만들었고, 그래서 다른 사람들도 알게 된 것이다. 베버 씨 매기가 말하기 전에 그 자리에 서 있는 동안, 그 문제에 대해 스스로 깨닫게 되었고, 게다가 딸에 관한 생각과 더불어 딸이 자신을 어떻게 보는지도 알았다. 덧붙여 말하자면 다음 순간에 패니 어싱엄이 그를 위해 있지 않았다면 이 마지막은 가장 강렬한 자각이 되었을 것이다. 그는 패니의 표정에서 알 수 있었다. 그녀는 무엇보다도 빠르게 그 두 사람이 어떤 생각을 하는지 알았다.

9.

지금껏 내내 그토록 많았던 무언의 소통은 당연히 놀랄 만큼 좋았고, 우리는 그런 곳에서 성장하는데 더 오랜 시간이 걸렸던 비판적 인물을 성급하게 이해하려고 하는지도 모른다. 그러나 그날 오후 아버지와 딸이 보냈던 조용한 재회의 시간에 교회 신자들이 돌아오면서 동요가 일어났고 각자가 분명히 소개받은 부류의 사람들과 지내는 것 외에는 거의 아무것도 하지 않았다. 사실 그들이 곧 다시 만나지 못하는 것 자체가 하나의 일이라는 것 외에는 점심 식사 전이나 직후에 그들 사이에 어떠한 암시도, 어떤 강요도 오가지 않았다. 점심 후 한두 시간, 그리고 일요일에 꼭 매기는 집안의 여러 가지 이유로 왕자비로서 어린 아들과 함께 시간을 보냈는데, 그녀의 아파트에 자주 아버지가 이미 와 있거나 곧 함께했다. 베버 씨는 모두가 말려도 자신이 내키는 시간에 손자를 방문했고, 손자가 자신을 방문하는 건 생각하지도 않고 명령하고 시간을 정했고, 그들을 부를 때는 그들이 함께 갈 수 있을 때를 거의 명령하고 시간을 정했고, 대부분 테라스, 공원이나 공원에서 교류했고, 반면 프린시피노는 화려한 유모차에 탄 채 파라솔 들고 고급스러운 레이스 베일을 한 청렴한 여성의 보살핌 속에 산책했다. 저택 대부분을 차지하는 개인 아파트는 왕실이나 어린아이가 후계자인 것처럼 훨씬 더 쉽게 접근할 수 없었고, 이렇게 제도화된 시기에 놀이방에서 그곳 주인에 관한 이야기가 늘 지배적이었기에 다른 관심사나 주제는 무시되거나 부적절한 것으로 취급됐다. 그들이 기껏와도 어린 남자아이의 미래, 과거 혹은 포괄적인 현재에만 관여하고 자신들의 가치를 호소하고 무시당하는 것에 대해 불평할 기회를 전혀 얻지 못했다. 사실 어쩌면 연장자로서 삶의 의미가 중단되지 않을 뿐만 아니라 더 깊이 연관되어 있고 애덤 베버를 대신해서 우리가 언급했듯이 더 많이 결부되어 있다는 걸 확인하는 데 있어 더 마음을 모으고 지지했다. 물론 아름다운 아기가 아내와 남편 사이의 새로운 연결고리로 된다는 건 오래된 이야기이고 친숙한 생각이었지만, 매기와 그녀 아버지는 모든 독창성을 발휘해 그 소중한 생명체를 엄마와 할아버지 사이의 연결고리로 바꾸어 놓았다. 이런 과정의 우연한 구경꾼이 된 프린시피노는 뜻밖의 일로 불행히도 반쯤 고아가 되어 직계 아빠의 자리가 비게 되자 그다음으로 가장 가까운 연민에 마음을 열었을지도 모른다.

마음이 같은 숭배자들인 사람들은 왕자가 그의 아들을 위해 무엇이 되거나 무엇을 할 수 있는지에 대해 이야기할 기회가 없었다. 더욱이 그가 다른 주장을 신중하게 판단하는 순간에 솔직한 이탈리아 방식으로 아이를 다루는데 눈에 보일 만큼 빠졌기 때문에, 그에 대한 의구심이 조금도 없었다. 실은 매기가 남편의 사치에 대해 아버지에게 이야기하는 것보다 남편에게 아버지의 사치에 관해 이야기할 기회가 대체로 더 많다는 점이 눈에 띄었다. 애덤 베버는 이와 관련해 전반적으로 평온했다. 그는 사위의 종속적인 흠모, 그러니까 자신의 손자에 대한 흠모를 확신했다. 우선, 후자가 아이를 흠모할 수 있을 만큼 확고하게 아름답게 만드는 본능 (혹은 전통) 외에 다른 어떤 게 작용했겠는가? 그러나 이 관계에서 조화를 이루는 데 가장 크게 이바지한 것은 그 젊은이가 전통을 위한 전통이라 할 수 있는 할아버지의 방식이 쓸데없는 것이 아니라고 이해하도록 내버려 두는 방식이었다. 왕자비 자신에게 미리 꽃을 피운 전통이든 뭐든 아메리고는 그 점을 고려하는 재량권이 있었다. 자신의 후계자에 대한 안목은 결국 그에게서 관찰되는 다른 어떤 것보다 튀지 않았고, 베버 씨는 이런 양육 시간을 문제 삼지 않는 것처럼 아마도 어떤 원천으로부터도 이상하고 중요한 현상이라는 뚜렷한 인상을 받지 못했을 것이다. 마치 할아버지 특유의 성격은 관찰자가 연구해야 하는 다른 면이고 주목해야 할 다른 사항인 거 같았다. 이 후자의 인물은 왕자가 관련된 어떤 문제에서도 결론을 내릴 수 없다는 예전 생각으로 되돌아왔다. 그는 각 단계에서 그 특이한 성격을 증명해야 했지만, 그걸 훌륭히 받아들였다. 결국, 이 마지막이 핵심인데, 그는 인정받기 위해 정말 열심히 했는데, 그는 포용을 위해 끊임없이 일했기 때문이다. 그리고 그 점에 있어, 말이 견인 기관차traction engine, 화물 열차나 여객 열차를 뒤에 달아서 끌고 가는 기관차에 겁먹지 않기 때문에 시골길에서 브라스밴드에 겁먹지 않을 것이라고 알 수 있겠는가? 그래서 매달 조금씩 왕자는 장인어른이 어떻게 자랐는지 알게 되었고, 이제 그 점을 살필 수 있었고 프린시피니principini의 낭만적인 관점에 도달했다. 누가 그런 생각을 생각했을 것이며, 모든 건 어디에서 멈출 것인가? 베버 씨에게 다소 예민한 유일한 두려움은 낯설어서 그를 실망시킬 것이라는 어떤 두려움이었다. 왕자는 자신이

제시한 증거가 지나치게 긍정적인 면이 있다고 생각했다. 그는 자신이 배운 것이 얼마나 많은지 몰랐다. 그는 배우고 있었고, 재미있었다. 왕자는 해보지 못한 일에 부딪힐 수만 있다면! 그에게 이건 평온한 상태를 건드리지는 않지만 약간은 흥미를 더하는 것처럼 보였다.

아무튼, 이제 아버지와 딸에게 분명한 건, 말하자면 어떤 대가를 치르더라도, 그 시간 동안 함께 있기를 원한다는 걸 알았으며, 그들은 불가피하게 집에서 나와 친구들이 모여있는 곳에서 보이지 않는 것으로 갔고, 따라오는 사람 없이 눈에 보이지 않게 '옛' 정원 안 포장길을 따라 거닐었는데, 그 정원은 오래된 양식의 유물들, 키 큰 회양목과 모양을 낸 주목 나무yew, 벽돌벽을 쌓은 넓게 트인 곳으로 곧 보라색과 분홍색으로 바뀌었다. 그들은 벽에 난 문으로 나갔는데, 그 문 석판에 1713년 날짜가 새겨져 있었지만 여러 옛 글자가 새겨져 있었고, 온통 푸르른 가운데 아주 희고 깨끗한 작은 문이 있었는데, 그 문을 지나 점차 가장 큰 나무가 넓게 모여있고 가장 조용한 곳 중 한 곳으로 향했다. 아주 오래전에 놓인 벤치 하나가 있었는데, 그 벤치는 완만한 언덕에 우뚝 솟은 참나무 아래에 있었고, 땅은 그 아래로 경사를 지었다가 반대쪽으로 다시 올라와서 거리를 두고 쓸쓸한 곳을 에워싸고 숲이 우거진 지평선을 알아보기에 충분했다. 다행스럽게도 아직 여름이었고, 낮아진 태양이 비추는 햇살이 느슨해진 가림막을 뚫고 비쳤다. 매기는 내려오면서 매력적인 맨머리를 가릴 양산과 요즘 자기 아버지가 항상 뒤로 젖혀서 쓰고 다니는 큰 밀짚모자를 챙겼기에, 분명 산책할 뜻이 있었다. 그들은 그 벤치를 알았다. 그것은 '후미졌는데', 예전에는 함께 찬사를 보냈고 그 단어를 좋아했다. 그리고 그곳에 더 머물기 시작한 후에, (만약 그들이 정말 너무 진지하지 않고 더는 의문점이 없다면) 그들이 어떻게 될지 다른 사람들이 궁금해하는 모습에 미소 지을 수 있었을 것이다.

그들이 의식儀式의 결여에 대한 어떤 평가에도 무관심함을 즐기는 정도, 그 자체가 말하려는 것은 일반적으로 그들이 거의 똑같이 다른 사람들을 생각하고 있다는 점을 제외하고 뭘 뜻했는가? 그들은 둘 다 '마음이 아프지' 않다는 미신으로 가득 차 있다는 것을 알았지만, 사실 지금, 이 순간 결국 그들의 양심적 성장의 마지막 말인지를 서로에게 묻고 있을지도 모른다. 어쨌든 서쪽 테라스에 딱 적당한 장소에서 차를 마시는 데 어싱엄 부부와 루치 자매와 랜스 부인 외에 4~5명으로 완벽하게 모임이 구성됐는데, 그들은 비교적 가까운 집 중 두 집에서 왔는데 그중 한 사람은 집주인의 작은 집에서 왔는데, 수익을 생각하고 조상의 집을 임대하는 동안 검소하게 지냈고, 그 사람들 사이에 너무 어여쁘고 전형적인 아일랜드인인 매덕Maddock 양이 와서 뽐냈다. 또한, 때때로 문제의 모임이 자신들이 알게 된 모든 일을 받아들여야 하는지 확실하지 않았다. 패니 어싱엄은 그 문제와 관련하여 언제든지 베버 씨와 그의 딸을 보고, 어떤 순간의 위험에도 품위 있는 친절에 대한 그들의 평판을 알 수 있다고 완벽하게 믿을 수 있을 것이고, 아메리고의 기이한 이탈리아식 걱정 때문에, 아메리고 때문에 그들이 자리 비우는 것 또한 믿을 수 있었다. 왕자비가 잘 알고 있듯이, 아메리고는 항상 이 친구의 설명, 기만, 안심시키는 말을 잘 받아들였고, 새로운 삶이 자신의 평판이기에 사실 그런 말에 덜 의존했다. 사실 매기에게 공공연한 농담이었는데, 어싱험 부인이 설명하는 것처럼 그녀가 설명하지 못하는 것과 왕자는 마친 장서표(서적의 소유를 명시하기 위하여 책에 붙이는 표)나 우표를 수집해서 이런 사치스러운 일의 요구를 충족하는 것처럼 그런 설명들을 좋아한다는 것은 비밀이 아니었다. 그는 그 수집품들을 쓰기보다는 장식품과 재미를 위해서였고, 상상했던 순수한 즐거움이었고, 행복하고, 아름답고, 일반적이고, 방탕하지 않고 약간 나태하고 혹은 더 세련된 취향이었다.

하지만 그런데도 사랑스러운 여성은 특히 혼자서 늘 한직이 아닌 자리로 친밀한 작은 모임을 채우는 것으로 솔직하고 재미난 사람으로 인식되었다. 마치 그녀가 친절하고 우울한 대령과 책임 있는 일을 하는 듯했다. 말하자면 대화와 여유에서 많은 매력이 튀어나온 게 분명했다. 그녀가 말한 대로 자연스럽게 집안에서 그녀는 상당한 존재감 있는 위치가 되었고, 훌륭한 부부가 자유롭게 방문하는 것이 반복되고 오래 지속됐고, 심지어 반발도 없었다. 그녀는 그곳에 있어서 아메리고는 조용해졌고, 그런 점이 그녀의 영향력에 대해 아메리고가 직접 말한 것이었고, 그 말이 완벽하게 들어맞으려면 그를 불안하게 만드는 더 눈에 띄는 기질만 있으면 됐을 것이다. 패니 어싱험은 사실 자신의 역할을 제한하고 최소화했는데, 분홍색 리본으로 묶인 길들어진 새끼 양 때문에 교도관이 필요하지 않다고 주장했다. 이건 통제되어야 할 동물이 아니었고, 기껏해야 교육받아야 할 동물이었다. 따라서 그녀는 자신이 교육적이라는 것을 인정했고, 매기는 아니나 다를까 그녀 자신은 그렇지 않았다는 걸 너무나 잘 알고 있었고, 그래서 그녀가 가장 많이 책임지는 건 그의 단순한 이해력이라는 게 사실이 되었다. 이에 매기에게 충족시켜야 하는 많은 요구가 생겼고, 상징적인 분홍색 리본을 그 생명체에게 아끼지 않았다. 어쨌든 왕자의 아내와 장인이 그들만의 소박한 소풍을 간 동안 이제 그를 계속 조용시키는 건 전부 어싱험 부인의 몫이었고, 더욱이 거의 처음으로 함께 사라진 두 사람처럼 확실히 그들과 함께 하는 모임 구성원들에 대해서도 마찬가지였다. 왕자가 아내와 함께 있을 때, 왕자가 자기 자신처럼 대단하지 않지만 편함을 넘어서 그를 따분하게 하는 이상한 영국인들 같은 사람들의 어떤 기괴함도 참게 하는 건 매기였고, 이 점이 아내가 사실상 지탱하는 하나의 방법이었다. 하지만 그녀는 자신이 없는 동안 그럼 모임에 나가는 남편을 아직 보지 못했다는 것을 명확하게 알고 있었다. 그가 어떻게 행동하고 말을 했을까, 그리고 무엇보다도 고상하고 잘생긴 얼굴이고 멋진 모습인 그가 경이로움의 대상들과 단둘이 남게 되었을 때, 그는 어떻게 보였을까? 바로 이웃들 사이에서 불가사의한 주제였고, 사람들은 그녀를 이상하게 여기는 것에 비례해 오직 매기 만이 그들을 좋아하는 자신만의 특이한 방식이 있었는데 게다가 그건 조금도 그를 짜증 나게 하지 않았다. 그것은 유전적 영향이었고, 그는 시누와즈리chinoiseries, 17세기의 후반부터 18세기 말까지 유럽의 후기 바로크, 로코코 양식의 미술에 가미된 중국풍의 미술품에 대한 이런 사랑을 드러내면서 즐겼지만, 사실 매기는 남편이 할 수 있는 것만큼 그녀의 중국 물건을 대할지는 신경 쓰지 않았다.

　매기는 실제로 그런 순간이 늘 있었을 것이고, 만약 그런 순간들이 자주 일어났다면, 어싱험 부인에게 했던 말 한 한마디, 정확히는 우리가 조금 전에 알게 된 아메리고의 취향에 대한 말 때문에 생긴 인상이었다. 그녀가 도움을 받지 않고는 몰랐던 남편에 관해 안다고 해서 이 친구처럼 영리한 친구라도, 다른 사람에게 고마워할 수 있는 건 아니었지만, 지금까지 옳은 방향이었던 걸 알았기에 자신의 작은 한계보다 진실에 대한 더 나은 설명을 겸허한 감사함으로 받아들이려고 했다. 따라서 어쨌든, 그녀는 사람들의 흔한 위로에서 알게 된 아주 명쾌하게 표현된 사실, 즉 왕자가 어떤 매우 신비롭지만 아주 훌륭한 궁극적인 목적을 위해 모든 지혜, 그의 질문에 대한 모든 대답, 모든 인상과 일반화를 모았으며, 자신의 큰 총을 발사하기로 정해야 하는 날 가장자리에 장전되기를 원했기 때문에 그것들을 집어놓고 다졌다는 사실에 비추어 다소나마 살 수 있었다. 그는 먼저 자기 앞에 펼쳐져 있는 주제 전체를 확실히 하고 싶었고, 그 후 그가 수집한 무수한 사실들의 쓰임새를 찾을 것이다. 자신이 어떤 사람인지 알고 있고, 따라서 마침내 어느 정도 목소리를 크게 낼 수 있다고 믿었다. 그리고 어싱험 부인은 그가 그 자신이 어떤 사람인지 안다고 반복해서 말했다. 매기에게 남아있었던 것은 이런 확신의 행복한 형태였고, 아메리고가 자신이 누군지 알고 있다는 것은 항상 그녀에게 먹혔다. 그는 때때로 얼빠져 보이고, 부족해 보이고, 심지어 지루해 보일 수도 있었고, 존경심 외에는 아무것도 보여 줄 수 없는 그녀 아버지에게서 멀어졌을 때, 그는 개인적인 휴식을 취하거나 환상적으로 애처로운 노래를 부르거나 심지어 엉뚱하고 무의미한 소리를 내며 타고난 유쾌함을 내보였다. 그는 때때로 잠깐이지만 여전히 본국에 자신의 것이 있는 것과 관련하여 완전히 해결된 상황에 대해 매우 솔직하고 명료하게 생각했었는데, 애정의 본거지인 로마의 집이자 네로 궁전Palazzo Nero이라고 부르길 좋아했던 크고 어두운 왕궁에 대한 것, 그녀가 약혼 시기에 보고 갈망했던 사빈Sabine, 고대 이탈리아 중부 지역 언덕의 별장에 관한 질문과 아내가 알고 있는 것처럼 이전에는 산비탈의 주춧돌 위에 있었고 그가 항상 '걸터앉는' 곳이라고 말했고 멀리서부터 아름답고 파랗게 보였던 자기 영토의 본질인 카스텔로Castello에 대한 것이었다. 그는 이런 건물들에서 오랫동안 떨어져 있어서 분명 기뻐할지도 모른다. 되돌릴 수 없을 정도로 멀어진 건 아니지만, 계속된 임대와 각종 요금, 고집 센 입주자, 사용하기 어렵다는 점에 시달렸고, 먼 옛날부터 그들을 베수비오Vesuvius 산기슭의 마을에 깔린 두꺼운 장막, 분노와 회한의 잿더미 밑에 묻어버린 수많은 융자금을 계산하지 않았고, 그리고 실제로 현재의 복원 노력을 더딘 발굴과 매우 유사한 과정으로 여겼다. 그렇게 그는 그 건물들을 되찾는 데 필요한 희생 즉, 분명 어디서든 베버 씨 손에 달린 희생과 마주할 수 없는 바보라고 선언하면서, 또 한 번의 유머로 잃어버린 낙원의 가장 눈부신 장소들에 대해 거의 통탄

할 뻔했다.

한편 남편과 아내 사이에서 그저 즐겁다고 할 수 있는 확신 중 하나 이자 가장 편안한 것 중 하나는 다른 여성들이 단번에 자신의 실체를 이루기 시작한 수동적인 살덩어리가 되는 것을 봤을 때 그녀는 그를 그렇게까지 감탄한 적이 없거나 그가 원래 돌이킬 수 없을 정도로 그 녀를 생각했던 정도까지 가슴 미어지게 그가 잘생기고, 현명하고, 거 부할 수 없다고 생각한 적이 없었다는 것이다. 그들이 서로를 위해 정 한 방종과 특권, 무한히 행복한 여유만큼 친밀하고 스스럼없이 유쾌 하게 이야기한 것은 정말 없었다. 그녀는 심지어 그가 언젠가 술에 취 해 그녀를 때리더라도, 증오하는 경쟁자들과 그가 함께 있는 광경은, 아무리 극단적이라도 그녀를 매우 깊이 감동시키는 최상의 매력 때문 에 늘 그녀를 설득하기에 충분할 것이라고까지 말했다. 그러므로 그 녀가 그를 계속 사랑하도록 하는 것보다 그에게 더 솔직한 게 무엇일 까? 그는 이렇게 힘들지 않은 순간에 모든 귀중한 질문을 매우 단순히 받아들였기에 자신이 살아 갈 과장이 어렵지 않을 것이라는 데 진심 으로 동의했고, 그 점을 부끄러워해야 이유가 있는가? 그는 타당하게 단 한 가지 방법밖에 몰랐다. 자신들은 공평해야 했고 그는 까다롭고 꼼꼼했으며 자신의 기준은 높았다. 그러나 이럴 때 사람들과 어떤 관 계를 맺을 수 있으며, 어떤 관계가 적절하고, 기본적이며, 올바른 사 람답고, 공정성에 대해 명백한 관심을 두는 관계이겠는가? 매기는 남 편의 관심은 '단순한' 것이 아니라 모든 면에서 그와는 반대로 가장 다양한 색깔로 특징지어진다고 항상 대답했다. 어쨌든 기반은 마련됐고, 인생에서 매덕 양 가족은 그에게 사람들의 중요성을 확신시켰다. 그를 너무 가볍게 받아들이라는 말에 얼마나 쉽게 확신을 얻었는지를 매기는 아버지에게 여러 번 말했다. 그녀가 기억하려는 성향의 유연함에 쉽게 빠져들었기 때문에, 때때로 친밀한 신뢰로 그를 기쁘게 할 수 있었다. 그녀는 원칙, 고려사항, 조항이 거의 없었기 때문에 이것이 그녀의 원칙 중 하나였다. 물론 그녀는 아메리고와 자기 자신에 대해서, 자신들의 행복과 결합, 가장 깊은 속마음에 대해서 아버지에게 말할 수 없는 것들이 많았고, 말할 필요도 없는 다른 것들도 있었다. 하지만 진실이면서도 재미있는 것, 소통할 수 있으면서 현실적인 것, 그리고 이런 것들은 매기가 딸로서 그렇게 의식적이고 섬세하게 세운 행동 계획으로 마음대로 이득을 얻을 수 있었다. 그녀가 동반자와 떨어져 지내는 동안 대부분의 일에 대해 예의 있게 침묵했고, 이런 평온함에는 무수한 완전한 가정들을 포함됐다. 그렇게 질서정연하고 멋진 휴식을 취했기 때문에, 그들 주위에 퍼져있고 자신감으로 충만한 모든 징표는 빈곤한 사람들에게 오만불손함으로 보였을지도 모른다. 그래도 그들은 무례하지 않았고, 우리의 부부는 그들은 그렇지 않다고 깊이 생각할 수 있었다. 그들은 단지 행복했고 감사했고, 개인적으로 겸손했고, 위대한 것이 위대하고, 좋은 것이 좋고, 안전한 것이 안전하다는 점을 능력껏 아는 걸 부끄러워하지 않았고, 그러므로 무례해서 미치지 못하는 것만큼 심한 소심함으로 운이 없었던 거 아니었다. 그들은 그럴 만했고, 우리의 최근 가능한 분석에 따르면 각자는 상대방이 그들 본모습을 느끼도록 바랬던 것처럼, 그들이 눈이 부드럽게 마주쳤을 때 마침내 저녁 공기 속으로 숨을 내뱉은 건 그들의 행복에 대한 일종의 무력감이었을지도 모른다. 그들의 올바름, 모든 것의 정당성, 즉 그들이 맥을 짚는 뭔가가 자신들과 함께 그곳에 있었지만, 그토록 완벽한 것을 더는 무엇에 쓸 수 있을지 있는지 멍하니 자신에게 물어보고 있었을지도 모른다. 그 완벽한 것을 불러일으키고, 살피고 확고히 했으며, 품위 있게 이곳에 데려와 편안하게 앉혔지만, 하지만 그 순간 그들에게 혹은 적어도 우리가 그들 앞에서 그들의 모든 운명을 지켜보는 동안 중요시되는 건 그것이 항상 모든 우연을 충족시키는 게 아니라는 발견의 새벽이 아닐까? 그렇지 않다면 왜 매기는 몇 시간 전에 결심한 날카로운 고통의 표현인 확실한 의심의 말을 잠시 후 내뱉었을까? 게다가 그녀는 자신의 질문이 단지 모호하다는 것만으로도 모든 것을 말할 수 있다는 의구심에 대한 동반자의 지성을 당연하게 여겼다. "결국, 그 사람들이 아빠에게 하고 싶었던 건 뭐죠?" '그들'은 왕자비에게도 역시 랜스 부인을 상징하는 맴도는 힘이었고, 그녀의 아버지는 이제 편안하게 미소를 지으며 딸의 말뜻을 모르는 것처럼 보이려고 애쓰지 않았다. 일단 딸이 말했을 때 그 의미를 충분히 잘 드러낼 수 있었지만 실제로는 아무것도 아니었고, 핵심에 도달한 후에 훌륭한 방어 활동의 기반이 될 수 있었다. 대화의 물결이 조금씩 퍼졌고 매기는 다음과 같이 말하며 생각을 내보였다. "우리한테 실제 일어난 일은 균형이 바뀌었다는 거예요." 그는 한동안 다소 아리송한 이 말을 똑같이 받아들였고, 그가 너무 젊지 않다면 그다지 문제가 되지 않을 것이라고 말을 덧붙였음에도 여전히 딸에게 이의를 제기하지 못했다. 딸로서 예의상 기다려야 한다고 말했을 때야 그는 투덜거렸다. 하지만 그때쯤 딸은 이미 오래 기다려야 한다는, 즉 아버지가 늙을 때까지 기다려야 한다는 걸 인정했다. 하지만 방법이 있었다. "아버지는 너무나도 젊으시니까, 우리는 그 점을 마주해야 해요. 왠지 그 여자 때문에 그런 생각이 들어요. 다른 사람들이 있을 거예요."

10.

이처럼 대화를 나누면서 마침내 베버 씨는 상당한 안도한 듯했다. "그래, 다른 사람들이 있을 거야. 하지만 네가 날 끝까지 지켜줘야지."

그녀는 망설였다. "손드신다는 거예요?"

"아, 아니지. 버티는 거지."

매기는 다시 기다렸지만, 갑작스레 말을 꺼냈다. "왜 언제나 버티셔야 해요?"

그런데도 그는 놀라지 않았고, 이건 딸에게서 무엇이든, 모든 걸 조화롭게 받아들이는 습관이었다. 하지만 그 일에 있어 버티는 건 완전히 타고난 것이거나 어쨌든 후천적 형태는 아닌 건 분명했다. 그의 모습에서 오랫동안 남자로서 그렇게 몹시 괴로움을 느꼈다는 걸 증명하는 건지도 모른다. 즉 그가 작고, 여위고, 약간 진부한 사람이고 존재의 일반적인 특권을 박탈당했지만, 이 모습은 아직도 부족한 나머지와 단순화된 감각에 대해 거의 이야기하지 않았다. 그가 과거에 했던 것처럼 앞으로 고집하거나 반대하거나 우세를 점하는 것은 질량이나 무게 또는 저속하게 눈앞에 보이는 양이 아니었다. 심지어 자신의 위치를 정하고 어떤 경우에는 어떤 장면이나 어떤 그룹, 무대 뒤 어떤 문제와 주목받는 친화력이 거의 눈에 띄게 의식적인 결핍의 문제와 관련 있는 무엇인가가 그에게 있었다. 그는 중요한 위치를 차지하는 무대 감독이나 극작가보다는 많이 생각하지 않았을 것이고, 기껏해야 옆에서 자신의 관심사를 지켜보는 금전적 '후원자'일 수도 있지만, 오히려 모방의 신비에 대해서는 무지하다고 인정했다. 딸보다 키가 겨우 조금 더 컸던 그는 더 큰 체구가 적당한지는 전혀 언급하지 않았다. 젊은 시절 곱슬머리는 대부분 빠졌고, 짧고 깔끔한 수염은 '풍성'하다고 하기에는 촘촘하지 못했고, 입술과 뺨과 턱은 별 특징이 없었다. 그의 아기자기하고 창백한 얼굴은 없어서는 안 되는 이목구비만을 갖추고 있어서 묘사하자면, 깔끔하고, 청소하고 가구를 들이지 않은 작고 괜찮은 방과 비슷하지만 크고 커튼이 없는 창문에서 내다봤을 때 곧바로 주목받는 특별한 이점을 끌어내고 있었다. 애덤 베버의 눈에는 아침과 저녁 모두 이례적으로 많은 점을 인정했고, 주연들에게 한정했을 조차에도 '거창했던' 관점의 외연 확장을 이 적당한 구역에 하게 되는 무언가가 있었다. 짙고 변화무쌍한 파란색, 비록 낭만적으로 크지는 않지만, 사람들이 소유주의 환상을 실천하거나 당신의 환상에 자신들을 내보일 건지는 당신이 거의 모르는 모호한 상태에서 사람들은 아직 열정적이고, 거의 낯설게 아름다웠다. 당신이 무엇을 느끼든, 그들은 부동산 중개업자가 말했듯이 자신들의 중요성을 그 장소에 새겼다. 그래서 어느 쪽이든, 당신은 그들의 범위를 벗어나지 않았고, 공동체와 기회, 그들의 앞이나 뒤에 무엇이 있는지 당신은 거의 알지 못하는 모습 때문에 돌아다녔다. 만약 문제를 확대하는 게 아니라 다른 중요성을 스스로 억제한다면, 사람들이 마치 사치를 억제하는 양심의 가책처럼 우리 친구의 옷차림처럼 눈에 띄지 않았다. 그는 어떤 경우든 일 년 내내 젊은 시절 유행했던 것과 같은 작고 '절개한' 검은색' 코트를 입었다. 검은색과 흰색의 체크 무늬가 있는 멋진 바지를 입었고, 그는 하얀 점무늬의 파란색 새틴 넥타이가 잘 어울린다고 쭉 생각했다. 날씨와 계절에 구애받지 않고 쏙 들어간 작은 배 위에 하얀 오리 조끼를 걸치고 있었다. "넌 정말 내가 결혼했으면 좋겠니?" 그는 마치 딸이 하는 말이고 생각인 것처럼 말했다. 그 문제에 있어 딸이 확실하게 말하는 대로 따를 준비가 됐다.

하지만 비록 그녀가 생각한 대로 관련된 진실이 있다는 게 강하게 다가왔지만, 그녀는 분명히 아직 말할 준비가 되어 있지 않았다. "내 생각에 예전에 옳았는데 내가 망쳤던 뭔가가 있어요. 아빠는 결혼하지 않았고 원치 않는 거 같았던 게 맞았어요. 그리고 문제를 제기하지 않는 게 편했어요. 바로 그 점이 틀렸어요. 일이 생겼고 생길 거예요."

"내가 조용히 있을 수 없을 거라고 생각했니?" 베버 씨의 어조는 상당히 수심에 빠졌다.

"글쎄요, 내 행동으로 아버지한테 모든 걱정을 안겼어요."

그는 딸의 애정 어린 생각이 맘에 들었고, 근처에 앉을 때 팔로 딸을 감싸 안았다. "넌 아주 멀리 '이사한'게 아니라 바로 옆집으로 이사한 거 같구나."

"음, 아버지를 밀어내고 그대로 놔두는 건 공평하지 않다고 생각해요. 아버지랑 의견 차이가 있었다면, 내가 다르게 생각해서예요."

그는 너그럽게 물었다. "그렇다면, 넌 어떻게 생각하니?"

"아직 모르겠어요. 하지만 알아낼 거예요. 언제나 함께 생각했듯이 우리 함께 생각해야 해요. 적어도 아빠한테 어떤 대안을 제시해야 한다고 생각이 들었다는 말이에요. 아빠한테 대안을 생각해 내야 했어요."

"무엇에 대한 대안인데?"

"아빠가 상실한 것에 대해 아무 조치도 하지 않고 놓친 거요."

"하지만 내가 뭘 상실했는데?"

그녀는 말하기 어렵지만, 점차 그걸 아는 것처럼 잠시 생각했다. "그게 뭐였든, 우리는 그전에는 생각을 못 했고, 아빠 말씀대로, 관심을 멀리했어요. 아빠가 날 결혼시켰을 때 관심을 가질 수 없었던 것 같아요. 아니면 내가 아빠를 결혼시키면서 악의 없이 사람들을 멀리하는 것처럼요. 이제 난 다른 사람과 결혼했고, 결과적으로 아빠는 누구하고도 결혼을 안 했어요. 그러니까 아빠는 누구하고든 결혼하세요. 사람들은 아빠가 결혼을 안 하는 이유를 몰라요."

그는 부드럽게 물었다. "내가 원하지 않는다는 거로 충분하지 않을까?"

"충분한 이유는 되겠죠, 맞아요. 하지만 충분한 이유가 되려면 문제가 많아야 해요. 진심이에요. 많이 싸워야 해요. 아빠가 뭘 상실했는지 물으셨죠. 문제로 삼지 않고 싸우지도 않는 거, 그게 상실하실 거예요. 내가 있는 그대로 모습으로 행복하기에, 장점이었던 있는 모습 그대로의 행복을 놓치신 거예요."

"그러니까 예전의 나처럼 되기 위해 결혼하는 게 더 낫다는 거니?"

그 말을 수용하는 모습을 보이며 순수하게 딸을 즐겁게 해주려는 듯한 초연한 말투에 심각한 딸은 짧고 가볍게 웃음을 지었다. "아빠가 의식하지 않았으면 하는 건 아빠가 결혼했다면 난 이해할 수 없을 거라는 생각이에요. 이해해요. 그뿐이에요."라고 왕자비는 다정하게 말했다.

베버 씨는 기분 좋게 그 말을 되돌렸다. "내가 원치 않는 사람을 나보고 데려오라고 하는 건 아니지?"

그녀는 한숨 쉬었다. "아, 아빠, 내가 할 수 있을 만큼 할 거라는 아시잖아요. 하지만 난 아빠가 누군가를 좋아하신다면, 내 감정을 의심하지 않을 바랄 뿐이에요. 내 잘못이라는 걸 내가 안다는 걸 아빠는 항상 아실 거예요."

그는 고심하며 말을 이었다. "네가 그 결과를 감수하겠다는 뜻이니?"

매기는 그렇게 생각했다. "아빠한테는 좋은 일만 생기게 하고, 나쁜 일은 내가 책임질 거예요."

"그래, 좋구나." 그는 딸을 더 가까이 끌어당기고 더 부드럽게 안으면서 자기 생각을 강조했다. "내가 너한테 기대하는 거 그게 다란다.

그러니까 네가 날 오해했으니 동점이구나. 그런 일이 생길 거 같으면 바로 알려줄게. 하지만 내가 무너지면 날 보살필 준비는 했겠지만 내가 버티는 거에는 대비 못 했다고 이해해도 되겠니? 네가 고무되기 전에 난 주기적으로 죽는 소리를 내야 하는 거니?"

딸은 아버지의 말투에 이의를 제기했다. "아버지가 마음에 드신다면, 그건 무너진 게 아니에요."

"그럼 도대체 왜 날 끝까지 보살피는 걸 이야기하는 거니? 내가 그걸 원한다면 무너지게 될 거야. 하지만 난 그러고 싶지 않아. 그럴 가능성이 매우 커 보여도 내가 더 확신이 들지 않는 한 그래. 정말 내키지 않는데 마음에 든다고 생각하고 싶지 않아. 다른 문제면 때에 따라 그렇게 해겠지. 난 실수하도록 그냥 있지 않을 거야."

"아빠가 두려워하고 불안해하며 상상하는 건 너무 끔찍하네요. 그건 결국 아빠는 내면에서 욕망을 느낀다는 거잖아요? 아빠가 정말 민감하다는 거 말고 뭐가 있죠?"

"글쎄. 알게 되겠지." 그는 아무것도 아닌 것에 자신을 감쌌다. "하지만 내 생각에 우리가 현재 사는 인생에서 매력적인 여성들이 정말로 많다는 거겠지."

매기는 잠시 그 명제를 즐겼지만, 재빨리 일반적인 사람에게서 특정한 인물로 넘어갔다. "랜스 부인이 매력적이라고 생각하세요?"

"그 사람은 대단하지. 사람들이 주문을 걸 때도 그래. 난 그녀가 뭐든 할 거라고 생각해."

왕자비는 결단력 있게 말했다. "아, 글쎄요, 난 그분과 견주어서 아빠를 도울 거예요. 바라시는 게 그게 전부라면요. 랜스 부인이 여기 온 건 너무 웃겨요. 하지만 아빠가 우리의 인생에 대해 말씀하신다면, 전체적으로 보면 많은 일이 너무 재미있죠. 결국, 다른 사람들의 어떠한 인생도 우리가 이끈다고 생각하지 않아요. 어쨌든 우리는 인생의 절반도 못 살았어요. 아메리고도 패니 어싱험도 그럴 거예요."

베버 씨는 이 사람들을 상당히 신경 쓰는 것처럼 잠깐 고심을 했다. "그 사람들은 우리가 어떤 인생을 살길 바랄까?"

"아, 그건 그 사람들이 함께 알아야 하는 문제는 아니에요. 패니는 우리가 더 대단해 져야 한다고 생각해요."

"더 대단하게…." 그는 희미하게 되뇌었다. "아메리고도 그렇게 생각하니?"

"아, 네, 하지만 아메리고는 개의치 않아요. 우리가 하는 일을 신경 쓰지 않아요. 그이는 우리가 원하는 대로 하는 게 우리를 위하는 거라고 생각해요. 패니는 그이가 훌륭하다고 생각해요. 모든 걸 있는 그대로 받아들이고, 우리 삶의 '사회적 한계'를 받아들이고, 우리가 그에게 주지 않는 걸 아쉬워하지 않는 게 훌륭해요."

베버 씨가 관심을 기울였다. "그걸 아쉬워하지 않는다면, 태평해서 훌륭한 거구나."

"태평스럽다는 거, 제 생각도 그래요. 만약 아쉬워하는 일이 있고, 그런데도 그이가 늘 다정하다면 틀림없이 그 사람은 거의 인정받지 못하는 영웅이 될 거예요. 그 사람을 필요한 경우에는 영웅이 될 수 있어요. 하지만 그건 우리의 쓸쓸함보다는 나은 뭔가에 관한 거예요.

난 그이가 어느 점에서 훌륭한지 알아요." 그리고 그 말에 잠깐 뜸을 들였지만, 시작했던 대로 끝을 맺었다. "그래도 우리는 어리석은 일은 안 해요. 패니 생각대로 우리가 더 위대해져야 한다면, 더 위대해질 수 있어요. 방해하는 건 없어요."

"그게 엄격한 도덕적 의무니?"

"아뇨, 재미를 위해서요."

"누구를 위해서? 패니를 위해서?"

"모두를 위해서요. 패니가 큰 몫을 차지하죠." 그녀는 머뭇거렸지만, 언제가 해야 하는 말이기에 마침내 내뱉었다. "특히 아버지를 위해서죠, 그걸 묻고 싶은 거라면요." 심지어 용기 있게 말을 덧붙였다. "어쨌든, 많이 생각해보지 않아도 아빠를 위해서 더 많은 일을 할 수 있다는 걸 알아요."

베버 씨는 이상하고 모호한 말을 내뱉었다. "나한테 이런 식으로 말하면 좋을 거good deal라고 생각하니?"

그의 딸을 미소 지으며 말했다. "아, 우리는 좋은 거래good deal를 참 많이 했죠! 좋은 일이고 자연스러운 일이지만 훌륭한 건 아니에요. 우리가 공기처럼 자유롭다는 것을 잊어버렸어요."

"음, 그렇지. 우리가 그 생각에 따라 행동하며 좋은 거고, 그렇지 않으면 안 좋은 거지."

그녀는 계속 미소를 지었고, 그는 그녀의 미소를 받아들였지만, 이 때쯤이면 다시 한번 의아해졌고, 가벼운 분위기라고 착각하게 만드는 강렬함에 점점 더 충격을 받았다. "나한테 뭘 하고 싶은 거니?" 그녀가 말이 없자 그는 덧붙였다. "무슨 생각이 있구나." 개인적인 비밀과 수수께끼에 대한 권리를 보편적으로 그리고 이론적으로 존중함에도 대화를 시작할 때부터 딸이 뭔가를 숨기고 있었다는 인상을 분명히 여러 번 받았다. 처음부터 그녀의 불안한 눈빛에서 뭔가가 있었고, 가끔 넋을 잃으면서 완벽하게 설명이 됐다. 그래서 그는 이제 꽤 확신했다.

"무슨 꿍꿍이가 있구나."

그녀는 침묵했고, 그의 말은 맞았다. "흠, 내가 말씀드리면, 이해해 주세요. 오늘 아침에 받은 편지가 있어요. 맞아요, 온종일 그 생각을 했어요. 아빠가 현재 다른 여자를 견딜 수 있는지 묻는 게 적절한 때인지 아니면 공평한 방법인지 자문하고 있었어요."

그 말에 베버 씨는 조금 안도했지만, 딸의 태도에 잘 생각해보니 조금은 불안했다. "견디다니…?"

"그 여자가 오는 걸 유념하시라고요."

그는 빤히 쳐다보다가 웃었다. "누구냐에 따라 다르지."

"그거에요! 어쨌든 아빠가 이 특정 사람을 받아들일지 생각했고 걱정을 더 했어요. 친절을 베풀어야 하는데 아빠가 그 여자와 함께 있을 수 있는지 말이에요."

이 말에 그는 아주 빨리 발을 흔들었다. 딸은 어디까지 생각했을까?

"뭐, 샬롯 스탠트를 어느 정도 아시잖아요."

"샬롯이라고? 그 아이가 온다고?"

"실제로 나한테 편지를 보냈어요. 우리가 부탁한다면 오고 싶다고요."

베버 씨는 더 많은 답을 기다리는 것처럼 계속 응시했다. 그리고 모든 이야기를 다 듣고, 그의 표정은 풀어졌다. 이게 전부라며 답은 간단했다. "안 될 게 뭐 있니?"

매기의 낯빛이 다시 밝아졌지만, 이제는 다른 낯빛이었다. "요령이 부족하지 않을까요?"

"샬롯에게 부탁하는 거?"

"아빠한테 그걸 제안하는 거요."

"나보고 그 아이에게 청하라고?"

그 질문으로 애매해 졌지만, 효과는 있었다. 매기는 순간 당황했지만 뜻을 알아차리고는 받아들였다. "아빠가 그래 주시면 정말 멋질 거예요."

이건 분명 그녀가 했던 처음 생각은 아니었지만, 그의 말이 계기가 되었다. "내가 직접 그녀에게 편지를 쓰라는 거니?"

"네. 그럼 좋겠어요. 그럼 정말 보기 좋을 거예요. 물론 아빠가 진심으로 하시겠다고 하면요."

그는 자신이 진심이지 않을 이유가 무엇이며 그 문제에 있어 진정성이라는 문제가 어디서 나온 건지 순간적으로 의아해하는 듯했다. 자신과 딸의 친구 사이에서는 이런 미덕은 당연했다. "애야, 난 샬롯을 싫어하지 않아."

"있죠, 그게 바로 아빠의 좋은 점이에요. 괜찮다고 하시니까 바로 그 아이를 초대할게요."

"그런데 도대체 샬롯은 어디에 있니?" 그는 아주 오랫동안 샬롯에 대해 생각해본 적도 없고, 그녀의 이름을 오랫동안 듣지 못한 것처럼 말했다. 그는 사실 꽤 우호적으로 즐겁게 그녀에게 관심을 보였다.

"브리타니Brittany, 프랑스 중서부에 위치에 있는 해수욕장에 내가 모르는 사람들이랑 있어요. 그 불쌍한 애는 항상 사람들과 함께 있어요. 그다지 좋아하지 않는 사람들인데도 가끔 같이 있어요."

"음, 그 아이는 우리를 좋아하는구나."

"맞아요. 다행히 우리를 좋아해요. 그리고 아빠 기분을 망치지 않는다면, 그 애가 가장 안 좋아하는 사람은 아빠가 아니에요."

"그걸로 왜 내가 기분이 나쁘겠니?"

"아, 알겠어요. 우리는 또 무슨 얘기를 했죠? 호감을 사려면 아빠는 많이 노력해야 해요. 그래서 아빠한테 편지에 대해 말하기를 망설였던 거예요."

그는 갑자기 상대방을 알아보지 못하는 것처럼 잠시 응시했다. "샬롯이 예전에 여러 번 방문했을 때도 난 괜찮았어."

"맞아요, 지켜보기만 하시면 돼요." 매기는 미소를 지었다.

"그게 전부라면, 그럼 난 샬롯이 쭉 있어도 상관없어."

그러나 왕자비는 대단히 양심적이기를 바랐던 것이 분명했다. "글쎄요, 그게 전부가 아닐 수 있어요. 만약 내가 샬롯과 함께 있는 게 즐겁다고 생각한다면, 그 친구로 변화가 일어날 것이기 때문이에요."

"음, 더 나은 것을 위한 변화일 뿐이라면 뭐가 나쁘겠니?"

"아, 그거에요." 왕자는 미소를 지으며 자신의 작은 의기양양한 현명함을 보여줬다. "만약 더 좋은 쪽으로의 변화를 인정하신다면, 결국 우리는 대단하게 잘 있지 않다는 거예요. 우리가 그렇게 만족해하지 않고 즐겁지 않다는 뜻이에요. 더 대단해질 방법이 있다는 걸 알아요."

그녀 아버지는 놀라서 물었다. "하지만 샬롯 스탠트가 우리를 더 대단하게 만들까?"

이 말에 매기는 아버지를 잘 살피면서 놀라운 대답을 했다. "네, 그렇게 생각해요. 정말 더 대단할 거예요."

그는 생각했고 만약 이것이 갑작스러운 시작이라면 맞추고 싶었다. "그 아이가 너무 아름다워서니?"

"아뇨, 아빠." 그리고 왕자비는 상당히 심각했다. "그 애가 매우 대단해서요."

"대단해…?"

"본성, 성격, 정신적 면에서 대단해요. 멋진 인생이에요."

"그래서? 샬롯이 살면서 뭘 했는데?"

"음, 그 친구는 용감하고 영리해요. 별거 아닌 것처럼 들리겠지만, 다른 많은 아가씨한테는 힘들었을 일에도 용감하고 맞섰어요. 세상에서 진정으로 그 애를 위하는 사람이 없어요. 갖은 방법으로 그 친구를 이용하려는 지인들과 그녀가 자신들의 덕을 볼까 할까 봐 두려워하고 전혀 만나주지 않는 먼 친척들만 있어요."

베버 씨는 평소처럼 꽤 충격을 받았다. "우리 상황을 나아지게 하려고 그 친구를 여기로 데려온다면, 그럼 우리도 이용하는 거잖니?"

그 말에 왕자비는 말 문이 막혔지만 잠깐뿐이었다. "우린 오랜 친구고, 우린 그녀에게도 도움이 돼요. 아무리 최악의 상황에서도, 난 그 애를 이용하기보다는 존경해야 한다는 게 내 생각이에요."

"그렇지. 그건 늘 좋은 일이야."

매기는 머뭇거렸다. "물론 그 애도 알아요. 내가 그 친구의 용기와 영리함을 얼마나 멋지다고 생각하는지 말이에요. 그 아이는 어떤 것도 두려워하지 않아요. 하지만 전전긍긍하며 산만큼 아빠와 친하게 지내려는 것뿐이에요. 그리고 샬롯은 흥미로워요. 훌륭한 점이 많은 다른 사람들은 전혀 그렇지 않아요." 깜빡함 사이에 진실은 왕자비의 견해를 넓혔다. "물론 나도 맘대로 하지 않았지만, 천성적으로 항상 내 인생을 위해서 전전긍긍했어요. 그렇게 살았어요."

"아, 그랬구나, 내 딸!" 그녀 아버지는 희미하게 중얼거렸다.

"네, 난 두려움 속에 살아요. 빌붙어 사는 작은 존재예요."

"샬롯 스탠트만큼 착하지 않다는 말로 날 설득하지 마." 아버지는 여전히 차분하게 말했다.

"착할 수는 있지만 그렇게 대단하지는 않고, 그게 우리가 얘기하고 있는 거예요. 샬롯은 뛰어난 생각을 하고 모든 면에서 태도도 훌륭해요. 무엇보다 양심이 대단해요." 매기는 인생 어느 때보다 이 순간에 아버지에게 확고한 어조로 말했고, 그가 딸한테서 무엇을 믿어야 하는지 이렇게 가까이 말한 적이 없었다. "그 애는 이 세상에서 겨우 몇 푼밖에 없지만 개의치 않아요. 오히려 모든 걸 가졌어요. 신경 쓰지 않아요. 자신의 빈곤한 상황에 웃기만 해요. 그 친구 인생은 사람들이 아는 것보다 더 힘들어요."

게다가 이례적으로 긍정적인 제 자식이 영향을 미친 것처럼 베버 씨는 정말 새로운 점이라고 생각했다. "그럼 전에는 왜 그 친구에 대해서 말 안 했니?"

"음, 우린 늘 알고 있었는데요?"

"우리가 그녀를 잘 안다고 생각했었지."

"당연하죠. 우리는 오래전에 그 친구를 당연하게 여겼어요. 하지만 시간이 지나면서 상황은 변했고, 이 시기가 지나면 그 친구를 그 어느 때보다 좋아하게 될 거 같아요. 난 혼자서 더 많이 지냈고, 나이가 더 많고 판단도 더 잘해요. 좋아요, 내가 지금까지 만나왔던 것보다 샬롯을 더 많이 만날 거예요." 공주는 높은 기대감으로 말했다.

"그럼 나도 그래 보도록 할게. 너와 가장 잘 어울리는 친구 중 한 명이라고 생각했어."

하지만 딸은 자신의 허락된 감상의 자유에 너무 빠져서 잠시 아버지의 말을 거의 듣지 못했다. 샬롯과는 다른 길에 대한 상상으로 정신을 빼앗겼다.

"예를 들어 그 애는 결혼하기를 원했을 거고, 매우 좋아했을 것이라고 확신해요. 그리고 애처롭지만, 하려고 했지만 할 수 없었던 여자만큼 말도 안 되는 일은 없어요."

그 말에 베버 씨의 관심이 쏠렸다. "'하려고' 했다고…?"

"결혼하고 싶었던 사람들이 있었어요."

"하지만 할 수 없었다고?"

"뭐, 유럽에서 가난한 아가씨들이 그러지 못한 경우는 더 많아요. 특히 미국인이면요."

그녀의 아버지는 그제야 말의 말뜻을 이해했고 모든 면에서 유쾌하게 받아들였다. "만약 그 아가씨들이 미국인일 때 가난한 사람들보다 부자들과 결혼하는 경우가 더 많다는 걸 의미하는 게 아니라면 말이구나."

딸은 아버지를 기분 좋게 바라봤다. "그럴지도 모르죠. 하지만 난 아니에요. 내가 바보같이 굴어야 한다면 샬롯 같은 사람들에게 더 잘해 줄 거예요. 어렵지 않아요. 완전히 다른 방식이 아니라면, 내가 어리석게 굴지 않는 건 어렵지 않아요. 대단한 일을 했다고 구는 것이 분명 우스울 거예요. 어쨌든, 샬롯은 아무 짓도 하지 않았고, 누구나 그걸 알 수 있고, 그 점이 조금 이상하다는 것도 알 수 있어요. 그리고 그 친구가 아주 올바르게 행동하기 때문에 누구도 그녀에게 주제넘게 굴거나 모욕적으로 대하지 않을 거예요. 바로 그 말을 아빠한테 하고 싶었어요."

이 이야기에 베버 씨의 침묵으로 딸의 이야기에 관심을 보인다는 신호를 보냈지만, 그래도 그가 말할 때 그 신호가 더욱더 분명해졌다. "그리고 그 말 또한 샬롯이 '훌륭하다'라는 뜻이겠지?"

"뭐, 음, 그 애의 한 가지 면모죠. 하지만 많은 면이 있어요."

그녀 아버지는 다시 잠시 고심했다. "그 친구가 결혼하려고 했던 사람은 누구였니?"

매기 입장에서 감명 깊게 말하고 싶었지만 몇 분 후 단념하거나 장애물에 부딪혔다. "확실하게는 몰라요."

"그럼 어떻게 아는데?"

"글쎄요, 모르겠어요." 다시 화를 누그러뜨리며 매기는 진심으로 단호하게 말했다. "오직 혼자 힘으로 이해했어요."

"하지만 넌 특정한 누군가를 알아냈겠지."

딸은 다시 말을 잠시 멈췄다. "나 스스로 이름과 시기를 정하고 베일을 벗기로 싶지 않아요. 나와 친분이 없고, 알 필요도 알고 싶지도 않은 누군가가 있었다는 생각이 여러 번 들었어요. 어쨌든 모든 게 끝났고, 샬롯의 모든 걸 믿기로 한 이상 내가 상관할 바가 아니에요."

베버 씨는 그 말을 이해했지만, 명확히 했다. "사실을 모르는 채 어떻게 믿을 수 있는지 모르겠구나."

"보통 자존감을 위해서 그럴 수 있죠? 그러니까 불운 속 자존감이요."

"먼저 그 불운을 가정해야지."

"뭐, 그렇게 할 수 있어요. 아빠가 그렇게 괜찮은데, 불운은 항상 그렇게 허비돼야 하는 건가요? 그리고 불운에 대해 통탄하지도 않고, 그걸 아는데도 쳐다보지도 않고요?"

베버 씨는 처음에는 큰 문제로 받아들이는 것처럼 보였지만, 잠시 후 다른 관점으로 호소했다. "허비해서는 안 되지. 우리는 적어도 그러지 않아야지."

매기는 다시 고마워했다. "내가 원하는 거 그뿐이에요."

그리고 잠시 후 그녀 아버지가 다시 이야기를 꺼내지 않았다면, 그들은 문제를 해결하고 대화를 끝냈을 것이다. "그 친구가 몇 번이나 결혼하려고 했다고 생각하니?"

이 말에 다시 한번 그녀는 그런 예민한 문제들이 없고, 있을 수 없으며, 싫다는 듯이, 말 그대로 힘이 빠졌다. "오, 그 애가 꼭 그러려고 했다고는 말 안 했어요!"

그는 당혹스러웠다. "하지만 그렇게 완전히 실패했다면, 그럼 그 친구는 뭘 했다는 거니?"

"괴로워했어요. 사랑했었고 그 사랑을 놓쳤어요."

그러나 베버 씨는 여전히 궁금했다. "하지만 몇 번이나."

매기는 머뭇거렸지만, 분명히 했다. "한 번이면 충분해요. 그 친구에게 친절히 대해주는 것으로 충분해요."

그녀의 아버지는 귀 기울였지만 맞서지는 않았고, 단지 새롭게 알게 된 점에 대해 분명히 너그럽게 굴기 위해 어떤 근거가 필요했을 뿐이었다. "하지만 너한테는 아무 말도 안 했어?"

"아, 세상에, 안 했어요!"

그는 빤히 쳐다봤다. "그럼 아가씨들이 말해주지 않아?"

"아가씨들은 그래야 한다는 말씀이세요?" 딸은 다시 한번 얼굴을 붉히며 아버지를 바라봤고, 또다시 주저했다. "젊은 남자들은 말해줘요?"

그는 잠시 웃었다. "애야, 젊은이들이 뭘 하는지 내가 어떻게 알아?"

"아빠, 그럼 내가 천박한 여자들이 뭘 하는지 어떻게 알겠어요?"

"알았어. 알겠다고."

그러나 딸은 다음 순간 몹시 불쾌해서 예민하게 굴었던 것처럼 말했다. "적어도 자존심이 세면 침묵하는 것도 많아요. 내가 외롭고 아프다면 어떻게 해야 할지 몰라요. 내 인생에서 어떤 슬픔을 겪어 본 적이 있다고 말할 수 있냐고요? 자존심이 강한지도 모르겠어요. 내가 보기에 어떤 의문도 생기지 않아요."

"아, 넌 자존심이 강해, 매기." 그녀 아버지는 기분 좋게 끼어들었다. "넌 충분히 자존심이 강해."

"뭐, 그렇다면 난 겸손해져야겠네요. 어쨌든 타격을 받아 절망적일 수 있으니까요. 누가 알겠어요? 아빠는 내가 한 번도 충격을 받은 적 없다는 거 아세요?"

아버지는 딸을 오랫동안 그리고 조용히 바라봤다. "내가 모르면 누가 알겠니?"

"그렇죠, 충격받을 일이 생기면 아시겠죠!" 딸은 조금 전 아버지와 비슷하게 짧게 웃으면서 외쳤다. "어떤 경우에도 그 애가 나에게 지독했을 일을 말하도록 하지 않을 거예요. 그런 상처와 부끄러움은 끔찍해요. 적어도 그렇다고 생각해요. 무슨 이유로 내가 그걸 알아야 하죠? 난 알고 싶지 않아요!" 그녀는 아주 열정적으로 말했다. "기쁨이든 고통이든 성스러운 일들이 있어요. 하지만 안전을 위해 옳다고 생각될 때 항상 친절할 수 있어요."

딸은 이 마지막 말을 하고 일어났고, 아버지 앞에 서서 그들이 오랫동안 함께 살았고 매년 종류와 모양을 대조하고 정교한 모양의 예술품들을 비교하는 감각이 예리해졌던 그가 알지 못했던 모습으로 그런 특별한 의견을 말했다. 바티칸이나 캄피돌리오 언덕Capitoline, 로마의 일곱 언덕 중 하나에 얇고 가느다랗게 드리워진 '고풍스러운' 그 예술품의 외관은 하나의 기록으로 최근이면서 세련됐고 희귀했고, 하나의 연결고리로 불멸이었고, 현대적 충동의 기적적인 주입으로 활기를 띠었지만 수 세기 동안 동상을 완벽하게 지탱하고 있던 받침대에서 갑자기 층부분과 디딤대가 없어졌고, 흐릿하고 멍한 눈동자와 매끄럽고 우아하며 말로 다 할 수 없는 머리를 하고 이국적 시대에 길 잃은 생물체가 인간미 없이 돌아다니고 귀중한 꽃병 주위를 안도하는 모습으로 빙빙 돌았다. 그녀는 딸로서 그에게 충격을 주는 이상한 순간들이 늘 있었고, 그래서 품위 면에서 단순하고 '일반적인' 모습이었고, 그의 인맥은 수줍은 신화적이고 정령 같은 변화와 태도에 대한 어떤 모호한 유사점 때문에 상당히 방해받았다. 그 혼란은 그가 만족스럽지는 않았지만 주로 자신의 마음에서 나왔다. 귀한 딸들만큼 소중한 꽃병을 돌보는 데서 나왔다. 그리고 더 중요한 것은 매기가 아름다운 미모에도 불구하고 (랜스 부인이 열심히 쓰는 말인) '고지식'하다고 묘사된다는 걸 동시에 깨달았고, 한편 그는 자신 앞에서 딸이 수녀와 닮았다는 이야기를 들었을 때, 딸이 그 말을 들으니 기쁘고 분명히 그렇게 되어보겠다는 대답했던 걸 기억했고, 예술적인 면에서 오랫동안 고귀함을 지니고 빠르게 변하는 유행 덕분에, 마침내 그녀는 조금도 신화적 인물 같지 않았던 자기 어머니의 변함없는 태도를 따라 자신의 머리를 관자놀이 위로 아주 똑바로 고르게 내려뜨리는 모습을 보였다. 정령과 수녀는 확실히 별개의 유형이었지만, 베버 씨는 정말로 즐거워할 때, 일관성을 내버렸다. 어쨌든 환상의 놀이는 그에게 뿌리를 두고 있어서 긍정적으로 생각하는 동안에도 감각적인 인상을 받을 수 있었다.

그는 매기가 거기 서 있는 동안 긍정적으로 생각했고, 결국 다른 질문으로 이어졌다. "넌 조금 전에 말했던 그 상황이 그 친구가 처한 상황이라고 여기는 거니?"

"상황이요?"

"네 말대로 그녀가 '모든 것을 초월'할 정도로 열렬히 사랑한 이유가 뭐니?"

매기는 바로 답했다 "아, 아니에요. 아무것도 초월하지 않았어요. 그 애는 아무것도 가진 게 없으니까요."

"알았다. 네가 그렇게 말하는 이유가 있겠지. 일종의 원근법이구나."

매기는 법에 대해 몰랐지만, 그녀는 계속 단호하게 말했다. "예를 들어, 그 애는 도움이 될 거예요."

"오, 그렇다면 우리가 줄 수 있는 모든 걸 줘야지. 기쁜 마음으로 편지 쓸게."

"정말 천사 같으세요!" 기분 좋고 상냥하게 아버지를 바라보며 대답했다.

사실이었지만 한 가지 더 말하자면, 그는 인간적 호기심을 가진 천사였다. "그 애가 날 많이 좋아한다고 말했니?"

"물론 말했죠. 하지만 난 아빠 응석을 받아주지 않을 거예요. 내가 그 애를 좋아하는 이유 중 하나로 충분하니까요."

"그렇다면 확실히 모든 걸 초월한 건 아니네." 베버 씨는 다소 재미나게 말했다.

"오, 세상에, 아빠와 사랑에 빠진 게 아니에요. 처음에도 말했지만,

아빠가 걱정할 그런 일은 아니에요."

그는 기쁘게 말했지만 이렇게 안심시키는 말을 듣고는, 나중에 한 말이 자신의 경고를 너무 과장한 거 같아서 바로 잡아야 했다. "오, 난 항상 그 애를 딸처럼 생각했어."

"딸은 아니죠."

"그럼 훌륭한 숙녀로서 편지를 써야겠네."

"바로 그거에요."

베버 씨는 말하면서 일어났고, 발걸음을 돌리기 전에, 마치 그들이 정말로 뭔가를 정리하는 것처럼 잠깐 서로를 바라보며 서 있었다. 그들은 함께 나섰지만, 무엇인가가 더 있었고, 그건 그가 상대방의 마지막 강조를 충족시키는 말로 표현됐다. "그 애는 너라는 유명한 친구가 있구나, 왕자비님."

매기는 항의하기에는 명백한 거라서 이 말을 받아들였다. "내가 정말 무슨 생각을 하는지 아세요?"

이제 이야기할 수 있어서 만족한다는 딸의 눈빛에 그는 의아했지만, 그는 그렇게 아둔하지 않아서 곧 알아차렸다. "음, 네가 직접 그 아이의 남편감을 찾는다는 거구나."

매기는 미소지었다. "맞아요! 하지만 조금 더 찾아봐야 해요."

"그럼 지금 당장 함께 찾아보자." 그녀의 아버지가 걸어가면서 말했다.

11.

9월 말에 폰스를 떠났던 어싱험 부인과 대령은 나중에 돌아왔고, 몇 주가 지난 현재 다시 떠났지만 이번에는 돌아올 것인가 하는 문제는 급박하게 확인시켜 주기보다는 넌지시 알렸다. 샬롯 스탠트 도착으로 루치 자매와 랜스 부인도 조금도 흥미로운 곳은 아니지만, 여전히 분위기가 있고, 커다란 돌과 떡갈나무 판이 깔려있고 관람석이 있는 홀에서 울리는 소리로 재빨리 활기를 찾아서 더 머물고 싶고 그러자는 의견이 있었지만 떠나기로 했다. 10월 오후가 저물기 전에 패니 어싱험이 편안한 집주인과 잠시 보내면서 자신과 남편이 마지막으로 떠나는 것을 말하는 동시에 자신이 헛된 반향의 도덕성을 가리키기에는 이곳은 훌륭했다. 그 집의 이중문은 흐릿한 가을 햇살과 바람 한 점 없지만 멋진 황금 시간을 기다리면서 열려있었고, 애덤 베버는 우체통에 넣으려고 두툼한 편지 뭉치를 손에 들고 가는 상냥한 친구를 만났다. 그 후 그들은 곧 함께 집을 나와 테라스에서 30분 정도 시간을 보냈고, 마치 길을 가다가 정말로 헤어지는 사람들처럼 돌아가는 건 나중에 다시 생각하기로 했다. 그는 그녀가 샬롯 스탠트에 대한 이야기를 시작할 때 했던 단 몇 마디에 대한 자신의 느낌을 더듬었다. 그녀는 간단하게 "그것들을 다 정리했어요."라고 했고, 샬롯이 도착한 후 켄트 주의 10월이 완전한 아름다움을 발하는 '평온한' 날에 접어들기 시작해 전반적으로 소중한 평화에 대해서 내뱉었던 세 마디였다. 랜스 부인과 루치 자매가 출발하려고 모여 있는 모습이 목격된 건 이때쯤이었고, 그런 변화로 전체적 상황에 관한 생각, 즉 넓은 집을 구해서 가을을 만끽하는 기쁨을 누리는 게 얼마나 좋은지에 대한 생각은 상당히 옳았다. 이런 일이 생겼고 교훈을 얻게 됐으며, 어싱험 부인은 샬롯이 없었다면 절반밖에 얻지 못했을 것이라고 누누이 말했다. 랜스 부인과 루치 자매가 한때 일이 있어서 그들과 함께 있었다면 확실히 교훈을 얻지 못했을 것이다. 따라서 샬롯의 약간의 개입은 은밀하지만, 활발히 작용하는 원인이 되었고, 패니 어싱험이 조금 덧붙였던 말은 거부할 수 없는 뭔가의 표시로서 그를 놀라게 할 정도로 맘속에서 반향을 일으켰다. 그는 이제 이 우세한 힘이 어떻게 작용했는지 알 수 있었고 기회를 되찾는 걸 상당히 좋아했는데, 생각했던 것처럼 별다른 피해가 없었고, 결국 팽팽했던 시기 동안 숙녀 3명을 즐겁게 해줬다. 멋진 샬롯은 그 일에 대해 너무 애매하게 굴고 조용했기 때문에 자기로 인해 무슨 일이 일어나고 있는지 몰랐다. "그녀를 알면서 사람들의 불길이 연기로 변했어요."라고 어싱험 부인이 말했고, 그들이 산책하는 동안 그는 정말 그 말을 곰곰이 생각했다. 그는 매기와의 긴 대화(자신이 직접 딸의 친구를 초대하는 문제를 해결한 이야기) 이후 특이한 작은 경험을 하게 됐는데, 말하자면, 이 젊은 아가씨에 관한 이야기, 그녀에 대해 말할 수 있는 것을 들었기 때문이었고, 어떤 저명한 사람이 그녀의 초상화가 그린 것처럼, 여러 번의 손길을 거쳐 이야기가 퍼지는 걸 보았다. 어싱험 부인은 그들의 젊은 친구에 대해 두세 가지를 이야기했는데, 아버지로 너무 큰 소리를 내거나 잼을 너무 많이 먹어서는 안 된다고 하면서 두 아이가 함께 있도록 했던 때를 떠올리게 하는 매기의 어릴 적 소꿉놀이 친구와는 전혀 다른 인물이었다. 그의 말벗은 샬롯의 즉각적인 영향력에 비추어 볼 때 그녀는 최근 방문한 손님들이 보이는 연민의 아픔을 모르는 사람이 아니라고 공언했다. "사실 개인적으로 그 사람들이 너무 안타까워서 여기 있는 동안 다른 사람들이 모르길 바라서, 내 생각을 감추고 있었어요. 몰랐다면, 매기도, 왕자님도, 당신도, 심지어 샬롯도 아니에요. 당신은 그렇지 않으니, 이제 내가 과장한다고 느끼시겠죠. 하지만 아니에요. 모든 걸 지켜봤어요. 보르자 가문Borgias, 르네상스 시기 이탈리아 귀족 가문 사람들이 가장과 함께 포도주를 마시는 영광을 누린 후 서로를 이상하게 보기 시작한 것을 지켜봤던 것처럼 누군가는 내가 말하는 생각이 초라한 상황에 대한 거라는 걸 알아요. 내 비유가 조금 이상하지만 샬롯이 그 사람들 잔에 독을 일부러 떨어트렸다는 뜻은 전혀 아니에요. 그 사람들과 매우 생각이 달라서 그녀 자신이 그들에게 독이지만, 그녀를 그걸 모르죠."

"모른다고요?" 베버 씨는 솔깃해하며 물었다.

"그렇다고 생각해요." 어싱험 부인은 다급하게 그녀가 말한 건 아니라고 인정했다. "샬롯이 뭘 아는지에 대해 전부 확신하는 척은 안 할게요. 그 아가씨는 확실히 사람들이, 그러니까 우리 중 대다수 심지어 다른 여자들이 괴로워하는 것을 좋아하지 않아요. 보통은 사람들과 편안하게 지내는 건 훨씬 더 좋아해요. 모든 유쾌한 사람들이 그렇듯이 호감을 사는 걸 좋아해요."

"호감을 사는 걸 좋아한다고요?"

"동시에 우리를 돕고 싶어 하고 우리를 편하게 대하고 싶어 해요. 샬롯도 매기도 당신에게 그러고 싶어 했고 여기까지 그 아가씨의 계획이었어요. 하지만 그 계획은 자신이 얼마나 실제로 영향을 미쳤는지 알았던 후였다고 생각해요."

베버 씨는 다시 그 말을 이해해야 한다고 생각했다. "우리를 돕고 싶고, 나를 돕고 싶어 했다고요?"

"놀랐어요?"

"아, 아뇨."

"샬롯은 당연히 오자마자 우리 모두가 있는 곳을 재빨리 살폈어요. 우리를 두근거리게 하는 이야기를 하려고 우리 각자를 자기 방으로 부르거나 들판으로 나갈 필요가 없었어요. 분명 안달이 났을 텐데 말이죠."

"가엾은 사람들에 대해서요?" 베버 씨는 기다리는 동안, 이 순간에 질문했다.

"뭐, 당신 가족들에 대해서는 아니죠. 특히 당신은요. 분명 샬롯은 당신이 너무 온순하다고 생각할걸요."

"내가 너무 온순하다고요?"

"그리고 표면상으로 어울리기 위해 그 자리에 왔고, 결국 그 아가씨가 해야 할 일은 당신에게 잘해주는 것뿐이었어요."

"나한테요?"

그는 친구가 자기 말투에 분명히 웃었다는 걸 이제야 기억할 수 있었다. "당신과 모두한테요. 샬롯은 모두에게 자기답게 굴면 돼요. 매력적이면, 큰 도움이 되겠죠? 그러니까 보르자 가문의 와인처럼 그렇게 '행동'하기만 하면 돼요. 누군가는 샬롯이 특별한 방식으로 다른 여성과 다른 사람들보다 매력적일 수 있다는 걸 알아요. 누군가는 사람들이 이해하고 눈빛을 교환하는 걸 봤고, 낙담한 사람들이 나아가기로 마음먹은 걸 봤어요. 사람들이 알아야 하는 건 바로 샬롯이 진짜라는 거예요."

"진짜라고요?" 그는 지금까지 루치 자매와 랜스 부인만큼 완전히 받아들이지 않았기 때문에 당연히 이제는 호소하며 조금은 굽히는 것처럼 보였다. "알겠어요. 알았다고요." 적어도 이제 그 점을 받아들일 수 있었지만 동시에 진짜는 무엇인지 확인하고 싶지 않은 건 아니었다. "그럼 당신이 확실하게 이해하는 건 뭔가요?"

그녀는 순간 말하기 어렵다는 걸 알았다. "음, 그 여자들이 정확히 뭐가 되고 싶은지 그리고 그 아가씨 영향으로 결코 자기들은 그렇게 되지 못한다는 걸 인정하게 됐죠."

"당연히 결코 그렇게 되지 못한다고요?"

그 영향은 그들에게만 미친 것이 아니라고, 이 대화 후 사회적으로 말하자면, 딸의 결혼으로 결론적으로 풍요로워지지 않았다고 생각할 수 있었던 것처럼 그의 개인적 존재의 호사스러운 면은 '진짜'로 구분되고 명확해지는 것으로 다시 갖춰지면서 커지고 깊어졌다. 빛이 너무 많이 투영된 현실은 위대한 '발견'에서 종종 최대치에 도달했던 매력과 중요성을 그에게 안겼고, 무엇보다도 그가 계속 관심을 기울이고 만족하게 했다. 우리가 그걸 살펴볼 시간이 있다면, 예를 들어, 오래된 페르시아 카펫처럼 새롭게 구매한 다양한 물건에 동일한 가치의 척도를 적용하는 것만큼 우리에게 더 기이한 영향을 미치는 것은 없을 것이다. 오히려 상냥한 남자의 처지에서 인생을 경험한 사람으로서 자신이 살뜰히 생각한다는 사실을 깨닫지 못한 게 아니었다. 그는 입술에 가져다 댄 모든 걸 작은 유리잔에 담았고, 장사의 도구처럼 늘 주머니에 지니고 다녔는데, 정교하게 세공된 이 작은 유리잔은 사라진 지 오래됐고 망한 왕조의 무기와 함께 지워지지 않는 금박으로 새겨진 오래된 모로코 상자에 보관했다. 말하자면 그는 딸의 약혼을 승낙할 때 우연히 알게 된 아메리고와 베르나디노 루이니_{Bernadino Luini,} 16세기 초 이탈리아 화가에 대해 둘 다 만족했던 것처럼, 현재 그는 샬롯 스탠트와 최근 알게 됐고 자극적인 전설이 전해지는 동양풍의 타일에 대해 만족감을 느꼈고, 브라이튼_{Brighton, 영국 남동부 해안 마을}에 사는 구터만-수스_{Gutermann-Seuss} 군한테서 더 많은 소식을 듣게 돼서 만족스러웠다. 그의 내면에는 차갑고 고요한 불꽃으로 타오를 수 있는 곳, 직접 관련된 바탕, 즉 (차용을 받아야 하는) 조형적 아름다움과 눈에 띄게 완벽한 것에 관한 생각으로 충족되는 곳, 뻗으려고 하는 '강렬한 요소'의 일반적 경향에도 불구하고, 수수하고 여기저기 산재하고 무의식적으로 보살피는 그의 나머지 정식적인 가구가 신성모독적인 재단의 불을 지나치게 지키려는 것에서 비롯되는 많은 경우에 소모되지 않으려고 하는 곳에 미학적 원칙이 자리 잡았다. 다시 말해 애덤 베버는 대체로 경제 활동 전반에 작은 스캔들도 일으키지 않고 소책자를 끝까지 보며 감각을 익혔고, 이 점에서 특히 운이 좋은 독신남이나 즐거움을 즐기는 다른 신사들과 다를 바 없는데, 낯부끄러운 손님의 환대를 너무 깐깐히 관리해서 아래층에 살며 유능했던 가장 근엄한 가정부도 경고할 필요성을 못 느꼈다.

하지만 비록 우리가 대략적인 부정적인 가치 때문에 유지하더라도, 그 인물은 확실히 경우에 따라 거의 요구하지 않는 자유가 있었다. 11월 초순이 지나기 전에 내부의 전반적인 상황에 가해진 압박으로 그는 사실상 폰스에 젊은 친구와 단 둘이 있다는 걸 알게 됐다. 그의 위안이 안심하는 것만큼 만족스럽게 보장되지 않기 때문에 아메리고와 매기는 다소 갑작스럽게 한 달간 해외로 가는 것에 대해 그의 동의를 구했다. 왕자는 맘속에서 매우 자연스러운 충동이 일었고 자기 인생은 한동안 아주 따분했고 그래서 전반적으로 자신이 가장 바랐던 것이지만, 그러나 갈망의 작은 돌풍이 휩쓸고 조금 오래갔고, 남편이 매기에게 이번에 겪었던 경험에 대해 말한 후에야 그녀는 무한한 존경을 표하며 아름다운 말을 아버지에게 반복해서 말했다. 베버 씨는 그 말을 '세레나데'라고 불렀는데, 밤에 잠자는 집의 창밖에서 휴식을 방해하는 은은한 음악이었다. 소심하고 구슬프지만 했지만, 그는 그것 때문에 아직도 눈을 감을 수 없었다. 그리고 마침내 발끝으로 일어서서 밖을 내다보았을 때, 아래쪽에서 어둑한 옷을 걸치고 위를 올려다보는 호소력 짙은 눈과 그리고 영원히 사랑 받을 이탈리아의 너무 유혹적인 목소리를 내며 만돌린을 들고 있는 모습을 보았다. 곧 그렇게 누군가는 귀를 기울였는데, 그건 마치 누군가에게 잘못을 저질러서 맴돌고 잊히지 않는 유령으로 위안을 받고 싶어서 외치는 불쌍한 망령이었다. 최고의 로마 사람이 로마를 다시 보고 싶어 한다는 단순한 사실에도 많은 말이 있었기 때문에, 여기에는 분명 한 가지 방법밖에 없었다. 그래서 그들은 조금 노력했고, 더 좋아지지 않았는가? 한편 매기는 아버지에게 너무 터무니없이 기교적인 말을 했고, 이때쯤 많은 언급을 했다는 걸 의식하면서 생각했을 때, 베버 씨는 재미로 아메리고가 매기에게 부탁한 첫 번째 일을 샬롯 스탠트에게 자꾸 말했다. "딸은 당연히 사위가 자신에게 청혼한 것으로 여기지 않았어요."가 베버 씨의 너그러운 비판이었다. 그러나 그는 샬롯이 천진난만한 매기에게 똑같이 감동해서, 그 문제에 대해 쉽게 동의한다는 걸 알았다. 만약 왕자가 일 년 내내 매일 아내에게 무언가를 청했다면, 이것은 여전히 그 불쌍하고 사랑하는 남자가 향수병에 시달리면서도, 책망도 하지 않고 고향을 다시 방문하지 않을 이유가 되지 않을 것이다.

아메리고의 장인이 솔직하게 조언했던 것이 너무 합리적이어서 그 부부가 떠나려면 3, 4주 동안 파리에 있어야 했는데, 베버 씨는 어떤 연민으로 늘 파리를 입에 올렸다. 하지만 그들이 돌아가는 길에 혹은 또는 선호하는 장소로 가려면 했다면, 샬롯과 그가 잠시 구경하려고 그 부부가 있는 곳에 합류하려고 했을 것이고, 단둘이 남겨지는 것이 지루하다고 느꼈었다면 마음속으로 그리고 싶었겠지만, 전혀 그러지 않았다. 이 마지막 제안의 운명은 현재로서는 매기의 부정적인 분석의 공격에 휘둘렸는데, 매기는 자신이 인정하는 것처럼 이상한 딸이나 이상한 어머니가 될 것인지 선택해야 했고, 전자를 선택해서 집에서 하인을 제외한 떠나면 프린시피노가 어떻게 될지 알고 싶었다. 그녀의 문제는 상당히 알려졌지만, 수많은 문제와 마찬가지로 그걸 제기되었던 때보다 사실상 더 힘을 잃었다. 부부가 출발하기 전에 이 문제의 가장 큰 도의는 노블 부인과 브래디 박사가 그 으리으리한 작은 아기침대를 무조건 지키는 것이다. 마치 그녀의 관심이 마치 커튼을 치는 것처럼 무성한 선례와 회상에 관심을 두는 것처럼, 경험이 많은 보모의 위풍당당한 가치를 절대로 믿지 않고, 신뢰할 수 없었다면, 자신은 남고 남편을 여행에 보냈을 것이다. 마찬가지로, 만약 (그녀가 적합하다고 여겼던) 작은 시골 의사들 중 가장 친절했던 의사가, 어떤 날씨에도 특히 비 내리는 날에 호출 빈도에 정비례해서 자신의 지혜를 증명하지 않았다면, 그녀는 그가 집에 있는 다섯 살 아이와 함께 답을 찾은 것에 있어 원인과 결과에 대해 몇 시간 동안 그와 대화했을 것이고, 할아버지와 훌륭한 친구가 있었다면 응원을 별로 받지 못했을 것이다. 그녀가 우위에 있었기에 따라서 이 사람들은 당분간은 어느 정도 쉽게, 그리고 무엇보다도 서로를 도우면서 책임 의식을 가질 수 있었다. 그들의 역할에 무게를 두는 한 그 사람들은 서로를 도울 수 있었고, 사실 노블 부인은 그 부부에게 더 큰 존재였기에, 단순히 안도감과 기분 전환 대상이 아니었다.

베버 씨는 특정 시간에 놀이방에서 아이의 다정한 어머니를 정기적으로 만났던 것처럼 젊은 친구를 만났는데, 매기에게 똑같은 약속을 했던 샬롯은 매기 쓰기로 약속한 편지에서 마지막 말을 절대 어기지 않길 바랐다. 놀랍게도 그가 쓰지 않았기에 샬롯은 매우 충실하게 편지를 썼고 벗에게 알렸다. 그 이유는 부분적으로는 샬롯이 '베버 씨에 대해 전부 얘기했기' 때문이기도 했고(그에게도 그랬다고 알려줬다), 그는 결과적으로 사람들 말대로 '다 됐다'라는 느낌을 일반적이면서 체계적으로 편안해지는 느낌을 즐겼기 때문이다. 말하자면 매력적이고 영리한 이 젊은 아가씨가 집안의 힘이 되면서 그는 헌신했고, 그에게 사실상 새로운 사람이 되었는데, 특히, 베버 씨의 집에서 일어나는 일을 더 깊이 알았으며, 그는 그 연결고리가 얼마나 멀리까지 자신의 맘을 움직이고 자신을 이끌 수 있는지 알아보고자 했고, 패니 어싱엄이 최근에 한 말대로 그 아가씨가 만들 수 있는 변화를 시험해 보고 즐겁게 확인하는데 관심이 있었다. 패니가 보기에 그 아가씨가 실재한다는 걸 느낄 수 있도록 도움이 되는 사람은 랜스 부인도, 키티Kitty 루치와 도티Dotty 루치도 아니었고, 비교할 상대가 없었지만, 그녀는 단순한 존재들 속에서 정말 상당히 중요한 사람이 되었다. 그녀는 다른 이유로 분명 실재했고, 베버 씨는 시간이 지나면서 어싱엄 부인이 지적할 필요가 있다고 생각한 기계 장치의 양에 조금 즐거워했다. 그녀는 바로 옆에 실재했고, 기분 좋게 줄인 친밀한 규모에서 현실적이었고, 우리가 얼핏 보았을 때, 그동안 노블 부인이 왕대비가 없는 동안 그녀가 왕국의 섭정자이자 후계자의 가정교사라는 점을 두 사람에게 함께 알렸다. 기껏해야 자리를 유지하고 명목상의 궁궐 관리들이며 보육시설로 시작해서 끝나는 상황을 물려받는 하찮은 사람들처럼 취급당하면서, 금도금처럼 볼품없는 것들을 소화하고 진정한 집행관에 관해서는 무릎에 앉히는 중국 작은 개들 사이에 돌아다니는 로코코 시대 시종과 같이 코담배를 피는 아이러니한 상황이 만들어지는 궁으로 붙임성이 좋은 그들은 자리를 뜰 수 있었다.

매일 저녁, 저녁 식사 후에 샬롯 스탠트는 그에게 연주를 들려줬다. 악보 없이 피아노에 앉아서 그가 '좋아하는 곡들'을 연주했고, 어느 정도 재능이 있어서, 그는 간헐적으로 목소리를 냈다. 그녀는 무슨 곡이든 연주할 수 있었고, 모든 곡을 연주할 수 있었고, 그의 모호한 기준에서 늘 놀랍기는 하지만, 날씬하고 유연하고 힘도 있고 연습에 대한 열정으로 마치 테니스를 치거나 리드미컬하게 왈츠를 쳐왔던 거 같았다. 음악에 대한 그의 사랑은 다른 사랑들과 달리 막연했지만, 비교적 그늘진 소파에서 젊은 시절 어디에서나 담배를 피우며 연장자들과 나란히 했던 것처럼 큰 폰스 집 응접실에서 담배를 계속 피우면서, 악보는 없었지만 불 밝힌 양초, 장식용 그림이 있고 끝없는 카펫처럼 막연함이 그의 주위에 퍼지고 관심을 부드럽게 밖으로 내보이는 곳에서 샬롯의 피아노 연주에 귀를 기울였다. 대화를 대신해서 시간을 보내는 방식이었지만, 결국에는 헤어지기 전 분위기는 대화의 메아리로 가득 차 있는 것처럼 보였다. 그들은 넓고 어두운 공간에서 반짝이는 촛불이 있는 조용한 집에서 아주 편하지는 않지만 아주 어색하지도 않게 헤어졌고, 대부분 너무 늦게 헤어져서 마지막에 남아있는 근엄한 하인에게는 자라고 보냈다.

　10월 말로 향하는 어느 저녁 늦은 시간에 여전히 요동치는 다른 목소리들의 파도 속에서 한 두 마디가 들렸고, 그때 우리 친구에게 영향을 미쳤던 그 말은 오히려 이상하게도 이전의 어떤 소리보다도 더 크게 사방에서 들렸고, 그런 다음 그는 복도에서 벗과 헤어지고 나서 계단을 올라가는 희미한 그녀 모습을 본 후에 열린 창문을 확인한다는 구실로 머뭇거렸다. 그는 잠자리에 드는 것 말고 다른 충동을 느꼈다. 그는 복도에서 모자를 집어 들고 소매가 없는 망토에 팔을 집어넣고 다른 시가에 불을 붙이면서, 기다란 응접실 창문 중 한 곳으로 나가서 테라스에서 날카로운 가을 별빛 아래에서 한 시간 동안 왔다 갔다 했다. 그가 패니 어싱엄과 함께 오후 햇살을 맞으며 걸었던 곳으로, 우리가 넌지시 비췄던 모든 맛보기에도 불구하고, 아직 그런 적 없었던 것처럼 다른 시간, 도발적인 아가씨에 대한 생각이 다시 났다. 그는 긴장감이 풀어지고 거의 흥분된 상태로 많은 걸 생각했고, 빨리 잠들지 말아야 한다는 확신이 들었다. 정말로 잠깐 자신에게 무슨 일이 닥칠 때까지 다시는 자지 말아야겠다고 생각했다. 그가 원하기 시작했지만, 지금까지 원하기만 하고 특히 최근 이틀 동안 헛되이 찾아다녔던 것은 어떤 광명, 어떤 생각이나 단순하고 행복한 말일 지도 모른다. "그럼 우리가 일찍 시작하면 정말 올 수 있니?" 그 아가씨가 침실의 불을 켰을 때 그가 그녀에게 한 말은 사실상 그것이 전부였다. 그리고 "할 일도 없는데 안 될 건 없죠. 그리고 정말 좋은데요?" 그녀 입장에서 분명 그 짧은 상황에서 할 말은 한계가 있었다. 사실 이렇다 할 상황도 없었다. 비록 그녀가 계단을 반쯤 올라가다가 말고 돌아서서 그를 내려다보면서 그들이 이동하는데 자신은 세면도구면 충분하다고 한 게 왜 으름장인지 그는 어쩌면 잘 몰랐어도 말이다. 아무튼 그가 걷는 동안 그의 주위에는 이미 친숙한 모습과 새롭지만 조금도 생생하지 않은 두세 개의 모습이 맴돌았는데 그것은 장인이 되면서 보상받을 만한 일들 중 하나로 사려 깊은 대우를 받고 있다는 느낌과 예전에 연결된 것이었다. 여태껏 이런 특별한 위안이 일종의 세습적 특권으로 그 비결을 아메리고만이 가지고 있다는 점에 그는 놀랐고, 그래서 사위가 그 비결을 흔쾌히 넘겨주고 샬롯이 분명히 받았기에 그녀에게 온 것이 아닐까하는 생각이 들었다. 그녀는 매우 조용하고 고마운 집주인을 위했지만, 이것은 일종의 관심과 인식으로 중요도 면에서 그를 높이 평가하는 동등한 수준의 규정되고 발달된 기교를 지닌 안주인이었다. 자신의 생각에도 그것은 사람들이 각각 알맞게 그에게 유사성의 요소를 표현하는 서투른 방법이었고, 그것은 절묘하게 잘 맞는 이런 우연의 일치에 그는 잠깐 전통, 훈련, 요령 혹은 기타 등등으로 말할 수 있는 어떤 다른 문제에 있어 자신들을 막연하게 연결 짓거나 결부 지었다. 만약 그들 사이의 그러한 연결고리가 그려진다면, 아메리고가 젊은 친구를 약간 '지도했'거나 자극했었고 아니면 어쩌면 오히려 패니 어싱험이 칭찬했던 완벽함을 지닌 그녀가 여행을 나서는 사람들이 떠나기 전에 왕자가 개인적 방식으로 즐기는 모습을 짧은 틈에 관찰을 해서 그냥 이득을 본 것이었다. 그는 사람들이 자신을 대하는 것이 왜 그렇게 정확히 서로 비슷한지 궁금했겠지만 절묘한 '중요성'이 너무 극도로 기인되거나 너무 극도로 부인되지 않는 경우에는 고결하고 널리 퍼진 관습에서 명확한 교훈을 얻었지만, 그 어려움은 당연히 여기서 결코 알 수 없었고, 자신이 교황, 왕, 대통령, 귀족, 장군 혹은 그저 훌륭한 아름다운 작가 같은 인물이 되지 않고서는 알 수 없었다.

그런 의문이 들기 전에, 다른 여러 사람들이 되풀이했을 때처럼 그는 잠시 멈추고서는 오래된 난간에 팔을 기댄 채 생각의 여행에 빠졌다. 그에게 의견이 엇갈리는 문제들이 많았고 불안함을 느끼는 그는 아주 상쾌한 밤중에 도달하게 된 생각이 바로 이것이었고, 밤의 숨결을 느끼며 그 의견 차이는 융합됐고 그런 생각을 펼치면서 그렇게 자신이 떠돈다고 느꼈다. 불안하게도 그가 되돌아보게 되는 건 새롭고 친밀한 관계를 형성할 때 어느 정도 자신의 딸과 거리를 두거나 분명히 딸을 밀어내야 한다는 점에 대해 무엇보다도 숙고해야 한다는 것이었다. 딸의 결혼으로 그녀를 잃었고 사실 필연적인 일이라는 걸 분명히 해야 했고, 마음의 상처를 입거나 기껏해야 불편을 겪을 것이기에 그 점을 만회하고 생활을 바꿔야 한다는 생각을 분명히 해야 했다. 중요한 건 이런 생각을 더 많이 해야 했고, 너그러운 매기가 매우 확신을 가지고 즐기고 충분히 표현하는 감정을 과장을 보태서 괴롭더라도 받아들인다는 걸 보여줘야 했다. 그녀가 과장스럽게 말했다면, 그 과장은 여전히 진심이었는데, 어렸을 때 항상 그에 대해 생각하고, 느끼고, 이야기하는 집요함에서 비롯되었기 때문이다. 그래서 딸의 말을 들을 때 그녀가 전혀 죄책감이 없다는 걸 그는 순간적으로 알아챌 수 있었고, 그녀가 그에게 저지른 잘못된 행동으로 그는 언제나 신음해야 한다는 걸 누군가는 짐작했을 것이다. 그녀는 부모를 희생시켰고, 자신보다 나이가 많지 않은 부모의 귀중한 것을 희생시켰다. 일반적인 부모 나이 대였다면 그렇게 문제되지 않았을 것이다. 그는 그렇지 않았고 그는 그녀와 같은 사람이었고 동시대 사람이었고, 그 점은 그녀의 행동에 오랜 영향을 미쳤다. 마침내 그에게 빛이 비쳤는데, 바로 그녀의 이런 무성한 정신적 정원에 냉기를 불어넣는 것에 대한 두려움의 결과였다. 미로를 한 바퀴 돌고 나서 그는 자신의 문제가 너무나 커진 것을 알고 잠시 동안 놀라 숨을 제대로 쉬지 못했다. 그는 바로 그때 가을 밤 기묘한 백야 아래에서 주위의 모든 것, 그가 서 있는 넓은 테라스, 그리고 다른 사람들이 있는 계단과 아래쪽 정원, 공원, 호수, 빙 둘러싼 숲이 얼마나 선명하게 보였는지 나중에 떠올렸다. 그는 이 순간에 그 모든 것을 광활한 발견의 세계로 여겼고, 그 세계는 매우 밝아 보였고, 너무나 새로웠고, 친숙한 물건들이 마치 아름다움, 관심, 중요성에 대해 큰 소리로 말하는 것처럼 뚜렷해 보였고, 그가 무엇을 아는지 거의 알지 못했기 때문에, 그것들은 엄청난 양의 특성과 진정으로 엄청난 규모로 느껴졌다. 이 환영 혹은 그가 뭐라고 불렀던 그것은 숨이 턱 막힐 만큼 충분히 오래 계속됐다. 그러나 감탄의 숨 막힘은 이때쯤 빠르게 뒤따랐던 강렬함으로 사라졌고, 문제의 경이로움은 진정으로 그의 환영에 묘하게 오래 남았다. 그는 며칠 동안 자신의 발밑에 놓여 있는 관심의 대상을 계속 더듬었고, 어리석게도 먼 곳을 바라보려고 맹목적으로 굴었다. 그것은 줄곧 재받이돌Hearth stone, 벽난로 밑에 대어 재를 받게 하는 돌에 있었고, 현재 그의 얼굴을 쳐다보고 있었다.

일단 그가 그 점을 인식하자, 모든 게 일관성을 띄었다. 모든 빛이 집중된 날카로운 끝은 아버지로서 미래의 모든 판단이 그에게 달려 있고, 매기가 그를 져버렸다는 걸 점점 덜 여기게 되는 건 그가 처신을 잘 했다는 것이었다. 그리고 그녀가 이 안도감을 쉽게 느끼지 못하는 건 상당히 인간적이지 않고 가능하지 않을 뿐 아니라 그 이상이라는 생각이 그에게 흥미롭고 고무적이었고 희망을 줬다. 그 생각은 다른 식으로 가능한 것과 아주 멋지게 어울렸고, 충족될 수 있는 물리적 방법과 완전히 대치됐다. 그것이 충족되는 방법은 그의 자녀를 평온하게 하는 것이고, 딸을 평온하게 하는 건 그와 딸의 미래가 생기는 것이었고, 비례해서 말하면 딸만큼 좋은 결혼을 하는 것이었다. 이렇게 기운을 되찾으면서 그는 최근 불안감의 의미를 살폈다. 그는 샬롯이 원인이 될 수 있다는 걸 알았지만 그 이유는 몰랐다. 모든 것이 완전히 정리되고 그가 젊은 친구의 여가의 올바른 방향으로서 딸에 대한 이런 생각을 간단히 해결했을 때, 서늘한 어두움이 다시 그를 감쌌지만, 정신은 명료해졌다. 더군다나 그 단어는 한 번 딸깍하면서 수수께끼에 딱 들어맞았을 뿐만 아니라 그 수수께끼도 완벽하게 그 단어에 들어맞았다. 그는 똑같이 원했지만, 아직 해결책이 없었던 건지도 모른다. 아, 샬롯이 그를 받아들이지 않는다면, 물론 그 해결책은 실패하겠지만, 모든 것이 엉망이 다 같이 무너졌으니까, 적어도 시도를 해야 했다. 그리고 매기에게 영향을 주는 위안이 그의 실제 행복으로 증명이 된다면, 대단한 성공일 것이고, 그것이 그가 최근에 느낀 떨림이었다. 그는 살면서 더 행복한 일을 언제 생각했는지 정말 몰랐다. 그저 자신만을 위해서 그걸 생각하는 것은 그가 최근에 느꼈듯이, 심지어 그 상황에서 모든 일을 제대로 한다고 해도 불가능했을 것이다. 하지만 자기 자식을 위해서 더 행복한 일을 생각하는 것과는 상당한 차이가 있었다.

12.

무엇보다도 브라이튼에서 이런 차이가 드러났다. 그가 그곳에서 샬롯과 함께 3일간의 멋진 날을 보내는 동안, 자신의 장엄한 계획의 가치를 비록 지금도 완전히는 아니지만, 더 많이 알게 된 건 분명했다. 그리고 게다가 우선 위태로운 낡은 항아리를 고정시키거나 광을 낸 그림에 빛이 잘 비치도록 살피는 것처럼, 자신의 생각을 확고히 하고 흔들리지 않도록 했는데, 그래서 그에게 유리한 외부 추정, 그 자신이 원인이 될 수 있는 것과 관계없는 것은 자신이 '말할' 때까지는 어쩔 수 없이 계속 애매했는데, 공기가 맑고 햇빛이 잘 드는 브라이튼에서 분명히 그 차이는 분명해지고 유혹적으로 느껴졌다. 그는 이 예비 단계에서 자신이 말할 수 있어야 하고 말할 거라고 생각하는 게 좋았고, 그 단어 자체는 낭만적이었고, 제복, 타이즈, 망토를 입고 부츠를 신은 잘생기고 열정적인 젊은이들이 독백으로 내뱉는 이야기와 행동을 그에게 압박했고, 두 번째 날이 끝나기 전 첫 번째 날에 큰 걸음을 내디뎠어야 한다는 생각에 그는 이미 동행에게 하루 이틀 더 있었으면 한다고 말했다. 그는 어쨌든 눈앞에서 자신이 바랐던 일이 펼쳐지자 마음이 편해졌고, 차근차근 진행되고 있다는 느낌이 강하게 들었다. 그는 어둠 속이 아니라 황금빛 햇살이 비치는 아침에 행동했고 계속 그렇게 행동했으며, 열정의 길이라고 할 수 있는 급격하고 소란스럽고 흥분한 상태의 위험한 상황이 아니라, 열정보다는 덜 하지만 신중한 계획에서 행동했고, 어쩌면 상실감에 대한 보상으로서 품위를 갖추면서 만일의 사태에 대비하는 본질적인 속성을 가져야 한다고 깨달았다. 현지 말로 그 계절에는 비바람the elements이 몰아쳤다. 바람이 많이 부는 호텔에 바람이 들어오는 연회장에는 샬롯이 계속 쓰던 말로 '사람들types'로 붐볐고, 카르파티아 산맥Carpathian의 크로아티아 달마티아Dalmatia 출신 밴드가 연주하는 이국적이고 향수를 불러일으키는 음악 소리는 코르크 마개를 계속해서 터트리는 소리와 구분돼서 울려 퍼졌다. 우리의 친구들을 더 놀라게 하는 일이 압도적으로 전부 일어나지 않았다면, 그들은 많은 부분에서 당황스러웠을 것이다. 폰스의 고귀한 사생활은 그들에게 적어도 베버 씨에게 공공장소에서 기분이 들뜨고 얼굴이 붉어졌을 때 쓸 수 있는 조금 축적된 내성을 남겼다. 그에게 그랬던 것처럼 그리고 매기와 패니 어싱험이 모두 증명했

듯이 폰스는 세상에서 벗어나 있는 데 반해 실제로 그를 둘러싼 광경
은 여행과 수족관의 큰 매개체인 바다로, 앞으로 잊지 말아야 하는 주
제에 대해 편안하게 의견을 같이하는 인생의 맥박을 나타냈는데, 이
보다 더 완벽한 것이 있을 수 없다는 의식의 중심에서 너무 노골적으
로 그에게 영향을 미쳤다. 삶의 맥박은 최근 집에서 샬롯이 다시 만들
어낸 것이었고, 현재 동행은 그녀가 받아줘서 그녀에게 다시 신세를
졌다고 분명히 느꼈을지도 모른다. 대충 표현하자면, 그는 그녀를 '데
려왔지'만, 그녀가 더 들떠 하고, 더 생생한 호기심과 열정으로, 더 준
비하고 더 행복해하며 아이러니하게도 그를 데리고 돌아다니면서 그
장소를 보여준 것과 같았다. 생각해보면 전에는 아무도 정말로 그를
데리고 다닌 적이 없었다. 다른 사람들을 특히 매기를 데리고 돌아다
닌 건 언제나 나이 든 자신이었다. 이것은 경험의 일부로 빠르게 그와
관계를 형성했고, 당연히 그에게는 사람들이 신중하게 말하는 인생의
시기를 나타냈고, 새롭고 즐거운 질서, 우쭐해 하면서 소극적인 상태
는 어쩌면 미래의 위안 중 하나가 될 수 있다.

이틀째 날 (우리의 친구는 그때까지 기다렸다) 구터만−수스 군은
해안지역서 멀리 떨어진 구역에 있는 아담하고 깔끔한 집에서 거주하
며 가족 품에서 사는 매우 상냥하고 빛이 나는 청년이라는 걸 바로 알
수 있었다. 우리의 손님들은 가까운 이웃에게 나이 든 신사 숙녀들과
크고 작은 아이들을 소개받았는데, 그들이 나중에는 한 집에서 각자
자리에서 떨어져 지내고 사실은 구터만−수스 군에게 직접 큰 신세를

지고 있었지만, 대부분 환대를 베풀고, 생일 파티처럼 다 함께 그리고 종교 기념일 파티를 했다. 평범한 시각에도 보자면, 30번째 여름도 보내지 않은 그저 말쑥하고 빛나는 젊은이로서, 모든 면에서 흠잡을 곳이 없지만, 전부 11명이나 되는 자손들 사이에 있었는데, 모두가 조금 햇빛에 찬 맑은 얼굴에 정감 없는 눈빛과 인간미 없는 코를 가졌다고 그는 숨도 안 쉬고 인정했다. 반면 그는 오랫동안 만나기를 바랐던 훌륭한 미국 수집가와 그의 매력적인 동행인 아름답고 솔직하고 격의 없는 젊은 부인을 즐겁게 했으며, 짐작건대 베버 부인은 졸업한 후손들, 뚱뚱하고 귀고리를 한 이모들과 광이 나고 런던 토박이에 거리낌 없으며 흉내 낼 수 없는 억양과 거만함, 그리고 더 대충 행동하는 회사 대표보다 더 대충 행동하는 삼촌들을 주목했고, 요컨대 그는 그 장소와 보물에 주목했고, 살면서 터득한 지혜로 대부분 '재미난' 생각으로 언제든 자신의 말로 표현하면서 모든 걸 살폈다. 그녀의 친구는 그 자리에서 보기 드물게 재미난 점을 파악하면서 이렇게 자유롭게 살폈고, 그 후로 편집광으로 꼬치꼬치 캐물으면서 상당한 물건을 습관적으로 탐구하는 그런 경험이 그에게 정말 다르게 느껴졌을 것이다. 그 차이는 어쩌면 더 가볍고 아마도 조금 더 떠들썩하게 생기를 되찾는 형태의 스포츠일 수 있다. 어쨌든 구터만-수스 군이 처음에는 거의 없을 것 같았던 예리한 안목으로 나머지 무리가 한결같이 비틀거리며 그 현장에서 떨어져 나가는 문턱 앞에 있는 다른 방으로 부부를 초대했을 때 그런 조짐들이 생생하게 와 닿았다. 이곳의 보물, 관심을 보이는 베버 씨를 대신해서 찜해둔 물건은 베버 씨 주의를 사로잡을 거라고 사람들이 말할 정도로 확실했다. 그러나 어느 자리에서 인위적으로 보여주는 물건들보다 전혀 상관없는 존재를 생각하고 되돌아봤을 때 과거의 어느 시점에서 우리 친구의 기억은 그를 붙잡았을까? 사기꾼들이 대다수 사는 해수욕장 도시에 조금은 불길한 잿빛을 띠고 북쪽 빛으로 음침하거나 보다 음흉한 부르주아 빈민가 같은 그러한 장소들은 그에게 낯설지 않았다. 그는 때때로 위험을 무릅쓰면서 어느 곳이나 다녔고, 여기저기 깨물었고, 종종 목숨, 건강과 명예의 꽃을 위태롭게 한다고 생각했다. 그러나 세 번 잠갔지만, 가끔 조잡한 서랍과 오래된 동양풍의 부드러운 주머니에서 하나씩 꺼낸 귀한 물건들이 그의 눈앞에 인상 깊게 놓여 있는 동안, 지금까지 멍하게 돌아다니는 사람처럼 그의 의식은 어디서 방황하고 있었는가?

그는 자신이 알고 있다는 걸 드러내지 않았지만, 동시에 두 가지를 인식하게 했고 그중 하나는 혼란으로 인한 상냥함에 조금 시달렸다. 구터만-수스 군은 그 위기상황에서 보기 드물게 자신의 카드를 내려놨는데, 베버 씨와 같은 사람에게 말을 가리는 건 완벽했지만, 중요한 건 특징 없는 마호가니 가구와 탁자 사이를 너무도 무관심하게 계속해서 오가면서 부산하게 움직였고, 가장의 찻잎을 연상시키는 빛바랜 적갈색과 남색 옷을 입고 상당히 의기양양해 보였다. 그곳에 연속적으로 그리고 부드럽게 깔린 물결무늬 타일은 마침내 그곳에서 완벽한 조화와 숭고한 장관을 이뤘지만, 구경꾼이 숙고하는 동안 감탄과 결단력의 찬사는 그런 문제에서 논의라고 불리는 본질적인 매력을 부끄

럼 없이 인정하는 남자의 모습에 경솔하게 굴지 않는다는 것으로 간
단해졌다. 아주 오래되고 태곳적부터 쓰였던 유약의 자줏빛 청색은,
왕족의 뺨만큼 뚜렷하게 보였는데, 이렇게 질서정연하고 조화로운 배
열의 속성은 필연적으로 그가 모든 결정을 내렸지만, 아마 일생 처음
으로 하는 순종은 빠른 두뇌회전으로 내리는 그 과정 자체로 완벽하
고 훌륭했다. 그래도 그는 한두 시간 후에 '말'을 해야 한다고 예견했
다. 그러므로 자신의 배를 환하게 하면서 늘 단단하고 감각적인 손으
로 기회를 만들려고 아주 가까운 곳에서 기다렸고, 샬롯이 바로 그 자
리에서 그럴 수 있는 것처럼 바로 그 사람이 우세한 상황에서 어떻게
든 기다렸다. 구터만–수스 군이 그 모든 걸 통해서 그의 정부가 연인
에게 약속했었던 기쁨이나 그녀 뒤에서 인내심을 갖고 들었던 커다
란 신부의 부케처럼 향기로운 미뤘던 비판을 쉽게 받아들이면서 침묵
으로 적당한 기쁨을 누릴 수 있었던 것처럼 말이다. 그는 자신이 이룬
행복과 수표 액수가 똑같이 크다는 것보다 상당히 많은 문제를 더 기
쁘게 생각하는 이유를 확실히 설명할 수 없었을 것이다. 그 후 그들이
환영받았던 방으로 돌아오고, 새로운 사람들을 포용하면서, 그는 그
젊은 여성이 모두가 반짝이는 눈빛으로 보살펴 주는 것에 대해 자유
롭게 반응하고, 마무리 과정으로 옛 유대교의 신비로운 의식을 치른
묵직한 케이크와 포트와인을 친절하게 받아들이자 자신이 의기양양
한 집단에 상당히 어우러진다고 느꼈다.

날이 저물어가는 오후에 산들바람이 불고 북적거리는 바닷가로 다

시 갔다가 밤의 가면을 쓰고 호객행위를 하는 눈치 빠르고 시끄럽고 수완이 좋은 상점가로 돌아와서 함께 걸을 때 이런 특성이 그녀한테서 나타났다. 구터만-수스의 생각대로 그들은 불을 밝힌 배를 볼 수 있는 곳까지 점점 더 가까이 걸어갔고, 한편 이 붉은 불빛은 조화로운 시간에 그의 선의에 굉장한 웅장함을 가져다줄 것 같았다. 한편 보물과 그 주인의 방에 그들이 단둘이 있어 상당히 딱딱한 분위기에서 그녀가 북쪽 빛을 받도록 하면서, 굉장하게 들리겠지만, 감정의 연결고리, 섬세함의 의무, 혹은 그 반대편의 벌칙 중 하나를 알게 된다는 건 종종 그에게 일어나는 일종의 감수성 표시였다. 그녀는 그가 얼굴을 직접 보고 말할 수 있는 액수를 들었다. 그와의 친밀한 관계를 생각했을 때 그녀는 전부 취소가 아니라 그 높은 금액으로 다른 곳에서 생긴 동요된 분위기를 이미 받아들였고, 그가 사과한 만큼 그녀가 소리 지르거나 반발하는 순간부터 그에게 단 한 가지 일만 남았다고 생각했다. 점잖은 태도를 보이는 남자는 논리적으로 책임을 따지지 않고 그렇게 자신의 큰돈을 (빈곤한 상황이 어느 정도 그의 환대를 즐기는 바탕이 되는) 가난한 여자의 눈앞에 밀어 넣지 않는다. 그렇더라도 20분후 그가 횃불을 붙이고 한두 가지 고집을 부리고 나서 어떤 결과일지 바로 명확해지지 않는 건 여전히 그대로였다. 그들이 산책하는 동안 봤고 몇 분 동안 기억하고 있던 외딴곳에 있는 벤치에 앉아 있는 것처럼 말했다. 그 벤치는 격렬한 멈춤과 격렬한 전진 사이에서 그녀를 일관되게 이끌었던 특정한 장소였다. 크고 견고한 절벽 아래에 건축학적으로 스타코stucco, 치장용 벽토를 발라서 자리를 잡은 곳으로, 해변은 물결이 거세고 앞쪽과 위에는 새로운 별들이 떠 있고, 램프와 의자가 있고 포장된 산책로가 있어 전체적으로 안전한 장소였고, 위쪽 가까운 동네에서 접시 덮개를 치우는 걸 다시 도와주려고 했다.

"함께 상당히 멋진 날을 보낸 건 같은데, 남편으로서 내가 만족스러운지 물어도 너무 놀라지 말아요." 샬롯이 전혀 우아하게 대답하지도 않을 것이고 물론 그럴 수 없거나 급하게 답을 할 거라는 걸 안다는 듯이, 베버 씨는 조금 더 말해야 했고, 미리 그 점을 염두에 둬야 한다고 느꼈던 거 같았다. 그는 되돌아갈 수 없는 것과 그래서 자신들의 배를 희생시키는 것에 해당하는 질문을 했고 더 나아가 연소를 확실하게 하는 화염을 두 배로 하는 거에 찬성한다고 말했다. "이건 나한테는 갑작스럽지 않은데, 가끔 당신이 내가 그리할 걸 생각지 못했는지 궁금했어요. 우리가 폰스를 떠난 이후로 난 그랬어요. 우리가 그곳에 있는 동안 난 정말 놀랐어요." 그는 그녀에게 생각할 시각을 주고 싶어서 천천히 말했다. 오히려 그 말은 그녀가 그를 한결같이 바라보게 했고, 그러는 동안 그녀는 놀랍도록 '좋아' 보였고, 지금까지는 비교적 좋은 결과였다. 어쨌든 그녀는 전혀 충격을 받지 않았고, 그는 흘끗 보기는 했지만 겸손하게 그녀가 원하는 만큼 시간을 줬다. "내가 젊지 않다는 걸 잊었다고 생각하지 말아요."

"오, 그렇지 않아요. 내가 나이를 먹었죠. 당신은 젊어요." 이것이 그녀의 첫 대답이었고, 공을 들인 말투였다. 핵심에 완전히 이른 건 아니었지만 친절한 말이었고, 자신이 가장 원했던 것이었다. 그리고 그녀는 분명하고 낮은 목소리와 당당한 얼굴로 친절하게 다음 말을 했다. "나도 요즘이 참 좋았던 거 같아요. 그 사람들이 우리를 이곳까지 데려오는 걸 생각하지 못했다면, 그들에게 고마워할 필요가 없죠." 왠지 그에게는 마치 그녀가 그를 만나려고 한 걸음 내디뎠지만 동시에 가만히 서 있는 것으로 보였다. 하지만 당연히 그녀가 진중하고 이성적으로 생각하고 있다는 건 의미할 뿐이었고, 그가 정확히 바랐던 거였다. 그녀는 충분히 생각한다면 그에게 좋다고 생각할 것이다. "내가 보기에 당신은 그 점을 확실히 하려는 같네요."

애덤 베버가 말했다. "아, 아, 하지만 내가 자리에 없으면 절대 말하지 않는 중요한 문제에 대해서는 확신하는 거예요. 그래서 만약 당신이 그러한 결합을 마주할 수 있다면, 조금도 곤란해 할 필요 없어요."

그녀는 다시 말을 멈췄고, 가로등과 땅거미, 온화하고 약간 축축한 남서풍 사이로, 그의 눈을 피하지 않는 동안 문제를 마주하고 있다고 생각했을 것이다. 그러나 잠시 후 이렇게 겨우 말했다. "결혼이 좋지 않다고 생각하는 척 안 할게요. 결혼은 좋은 일이에요. 왜냐면 난 너무나 외롭고, 조금 덜 방황하고 싶고 가정이 생겼으면 좋겠어요. 존재감이 있었으면 해요. 다른 것보다 한 가지에 대한 동기를 갖고 싶어요. 나 이외의 동기요." 그녀는 고통스러울 정도로 진심으로 말했고 너무 명쾌해서 농담 같았다. "사실, 난 결혼하고 싶어요. 상황이 그래요."

"상황…?" 그는 막연해했다.

"그러니까 내 상황이요. 난 내 자신이 싫어요. 우리 사이에 '아가씨'라고 부르는 건 여자 점원을 제외하고 너무 끔찍해요. 끔찍한 영국 노처녀가 되고 싶지 않아요."

"보살핌을 받고 싶은 거네요. 좋아요, 그렇게 할게요."

그녀는 미소 지었다. "무척 그러고 싶어요. 다만 내 상황에서 벗어
나는데 많은 것을 해야 하는지 그 이유를 모르겠어요."

"특히 나와 결혼하는 만큼이나요?"

그녀의 미소는 참으로 직접적이었다. "별 노력을 안 해도 내가 원
하는 건 가질 수 있을 거예요."

"당신이 할 일이 너무 많다고 생각해요?"

"네, 엄청 많다고 생각해요."

비록 그녀가 매우 상냥하고 그와 아주 잘 맞았지만, 그는 자신이 멀
리 왔다고 느꼈고, 갑자기 무언가가 무너지는 거 같았고 자신들이 어
디에 있는지 전혀 몰랐다. 그는 이 말로 그들의 차이를 확인하지만,
그녀가 원하는 만큼 다행히도 그리고 심술을 부리며 부인하려고 했
다. 그는 그녀의 아버지가 됐을 수도 있었다. "물론, 맞아요. 그게 내
단점이죠. 난 타고난 사람이 아니고, 당신의 젊음과 아름다움에 맞은
이상형과는 거리가 멀어요. 당신에 늘 봐왔던 단점이 나에게 있고, 그
건 달리 보자면 너무 불가피해요."

그러나 샬롯은 천천히 고개를 흔들면서 부드럽게 반박을 했고, 너
무 완벽해야 한다는 사실에 거의 슬퍼졌다. 그녀가 말하기 전에 마음
속에 작지만, 이상할 정도로 깊게 생각했던 것과 견줘 일부 반대를 한
다는 걸 그는 희미하게 느꼈다. "당신은 날 이해 못 해요. 그건 당신이
할 일이라는 게 내 생각이에요."

아, 이 말에 그는 더 분명해졌다! "그런 생각 안 해도 돼요. 난 뭘 해야 할지 알 만큼 알아요."

하지만 그녀는 다시 고개를 저었다. "당신이 아는지 그리고 당신이 할 수 있을지 의문이에요."

"왜 그렇죠? 내 앞에 있는 당신을 잘 이해하는 데? 내가 나이가 들었다는 사실은 적어도 당신을 오래전부터 알고 있다는 점에서는 좋아요."

샬롯 스탠트는 물었다. "날 '안다'고 생각하세요?" 그는 머뭇거렸고, 그녀의 말투와 표정에 의문이 들었을 것이다. 하지만 현재 그의 확고한 목적, 헌신적인 행동, 그의 배들, 분명 그의 뒤에서 빛을 내고 탁탁 소리 내면서 붉은 광채에 앞으로 나아가는 배와 함께 이 모든 것들이 그녀가 그에게 할 수 있는 어떤 경고의 말보다 그를 더 세계 밀어붙였다. 게다가 그녀 자신의 모든 것이 분홍빛으로 너무 빛났다. 그는 광적이지는 않지만, 제정신인 남자로서 겁먹을 사람도 아니었다. "그렇다면 만약 내가 인정한다면, 무슨 확실한 이유로 내가 당신을 알고 싶어 할까요?"

샬롯은 계속 솔직하기 위해서 동시에 이상한 방식이지만 자비를 구하려고 항상 그를 마주 봤다. "당신이 그렇다는 걸 어떻게 말해 줄 수 있죠?" 자신의 감정을 내보였기 때문에 잠깐 말이 애매모호해졌다. "배움에 대한 문제라면, 누군가는 종종 아주 늦게 깨닫잖아요."

"이런 말을 해도 당신을 더 좋아하느냐가 문제군요. 내가 당신을 좋아하는 걸 알아줘요."

"전부 이해해요. 하지만 당신은 모든 방법을 다 써봤다고 확신해요?"

사실 이 말에 그의 눈이 커졌다. "하지만 무슨 다른 방법이요?"

"뭐, 내가 아는 누구보다 당신은 친절하게 대하는 방법을 많이 알아요."

"그럼 내가 그 모든 방법을 당신에게 썼다는 걸 받아들여요." 샬롯은 다시 베버 씨를 한참 쳐다봤다. 말하자면 자신이 그에게 시간을 주지 않았거나 그의 시야에서 한 치도 벗어난 게 아니라는 듯이 말이다. 적어도 이렇게 자신을 완전히 드러냈다. 이상하게도 그녀가 양심적이라는 걸 나타냈고, 그는 어떤 의미로 자신에게 영향으로 미쳤는지 거의 알지 못했다. 하지만 전반적으로 감탄이 나왔다. "당신은 정말 고결해요."

"그렇게 되고 싶어요. 나는 당신이 왜 옳지 않은지, 당신이 행복하지 않은 이유를 모르겠어요. 보편적 관대함이 당신이 가정하도록 이끄는 만큼 그렇게 정말 자유로운지 나한테도 당신한테도 물어볼 수 없어요. 다른 사람들을 조금 생각해야 하지 않을까요? 충성심에서 어쨌든 사려 깊게 적어도 매기를 생각해야죠?" 그에게 너무 많은 의무를 가르쳐 주지 않으려고 아주 부드럽게 설명했다. "그 애는 당신에게 전부이고 늘 그랬어요. 당신 인생에 사랑할 여유가 있다는 걸 그렇게 확신해요?"

"다른 여자를 사랑할 여유, 그거 말하는 거예요? 그녀가 길게 말하지만 않았지만, 그는 재빨리 샬롯의 말뜻을 이해했다.

그러나 그는 그녀를 당황시키지 않았다. "딸 또래와 비슷한 또 다른 젊은 여자죠. 그리고 우리의 결혼으로 매기와의 관계가 매우 달라졌잖아요. 또 다른 동반자를 위해서요."

그는 상당히 격렬하게 물었다. "그럼 한 남자가 평생 아버지로만 있어야 하나요?" 샬롯이 대답하기 전에 이어서 말했다. "당신은 변화에 대해 말하지만 이미 그 변화가 일어났고, 그건 매기가 제일 잘 알아요. 그 아이의 결혼 생활로 나한테 변화가 일어났다고 생각해요. 쉬지 않고 늘 그 점을 생각해요. 그래서 그 애를 안심시키려고 내가 당신과 함께하려는 거예요. 나 혼자서는 할 수 없지만, 당신이 도와주면 할 수 있어요. 당신은 딸이 분명 나에 대해서 기뻐하도록 할 수 있어요."

"당신에 대해서요?" 그녀는 생각에 잠겼다. "하지만 내가 매기에게 어떻게 할 수 있죠?"

"딸이 안심한다면 나머지는 저절로 해결될 거예요. 당신 손에 달렸어요. 내가 그 애가 날 버렸다고 생각한다는 걸 그 애 마음에서 완전히 지우는 거예요."

이제 확실히 그가 그녀의 관심을 끌었지만, 그녀가 그의 신념의 각 단계를 보고 싶다고 말했기 때문에 그녀에게 더욱더 명예로웠다. "당신이 날 '좋아하게' 된 거라면, 그것으로 당신이 정말 버림받았다고 느낀다는 걸 보여주는 게 아닐까요?"

"동시에 위로 받고 있다는 걸 보여주죠."

"하지만 정말 그렇게 느꼈어요?"

그는 머뭇거렸다. "위로받는다고요?"

"버려졌다고요."

"아뇨, 그렇지 않아요. 하지만 딸의 생각이 그렇다면…!" 즉 샬롯의 생각이라면 그것으로 충분했다. 그러나 그다음 순간, 이런 이유에 대한 선언이 그에게 조금은 부족하게 들렸고, 그래서 그는 다시 한 번 언급했다. "내 생각도 그래요. 그 생각 마음에 들어요."

"음, 아름답고 훌륭한 생각이죠. 하지만, 어쩌면 나와 결혼할 이유로 부족하지 않나요?"

"왜죠? 결혼하는 남자들 생각이 보통 그렇지 않나요?"

샬롯은 이 말이 어쩌면 대단한 질문일 수도 있다고 생각하거나 어쨌든 그들이 바로 걱정하는 질문의 연장선인 것처럼 여겨졌다. "어떤 것이냐에 따라 달려 있지 않나요?" 그녀는 결혼에 관한 생각이 다를 수 있다고 말했지만, 곧 다른 질문을 했다. "매기를 위해서 내가 당신의 제안을 받아들일 것이라고 여겼나요? 어쩌면 매기가 안심하고 싶은지 심지어 그럴 필요가 있는지조차도 정확히 모르겠어요."

"매기가 우리를 떠날 준비를 하는 것도 전혀 이해가 안 돼요?"

샬롯은 반대로 너무나 잘 알고 있었다! "그래야 하니까 우리를 떠날 준비가 된 거예요. 왕자가 원하는 순간부터 함께 갈 수밖에 없었어요."

"당신이 그렇게 완벽하면 안다면, 매기도 원하는 만큼 '사위와 함께' 갈 수 있을 거예요."

샬롯은 잠시 매기의 관심에서 이런 특혜를 살피는 듯했고, 그 결과 조금 양보하는 것이었다. "당신을 확실히 그 문제를 해결했네요!"

"물론이죠, 그게 바로 내가 한 일이에요. 매기는 오랫동안 당신이 나와 함께 지내는 걸 행복해했어요."

"난 그 친구를 안심시키려고 당신과 있었죠."

애덤 리버는 큰 소리로 말했다. "뭐, 이렇게 있는 것이 그 애를 안심시키는 거죠. 모르겠다면, 딸에게 물어봐요."

"물어보라고요?" 그 아가씨는 놀라서 그 말을 되뇌었다.

"분명히 말하는 거죠. 당신이 날 믿지 않는다고."

그녀는 여전히 곰곰이 생각했다. "편지를 보낼 거예요?"

"그래요. 바로. 내일요."

"편지를 쓸 수 있을지 모르겠어요." 그녀는 전혀 다른 이야기에 즐거워 보였다. "내가 편지를 쓰면, 프리시피노의 식욕과 브래디 의사 선생 방문에 관한 거예요."

"그렇다면 아주 좋아요. 직접 얼굴 보고 알려줘요. 곧장 파리로 가서 그 부부를 만나요."

샬롯은 이 말에 조금 우는 것처럼 일어났다. 그러나 그를 계속 바라보며 서 있는 동안 입 밖에 내지 않았던 생각이 사라졌고, 그는 조금 더 호소하는 데 도움이 되는 것처럼 계속 앉아있었다. 하지만 곧 새로운 생각이 들었고, 그에게 다정하게 표현했다. "당신이 날 상당히 '좋아한다'고 생각해요."

"고마워요. 그럼 매기에게 당신이 직접 말할 건가요?"

그녀는 또다시 주저했다. "그 부부 만나러 가자는 거죠?"

"폰스로 돌아가는 대로요. 필요하다면, 그 애들이 올 때까지 거기서 기다려요."

"폰스에서 기다린다고요?"

"파리에서 기다려요. 그 자체로도 정말 좋을 거예요."

"날 좋은 곳으로 데려가 주시네요. 나한테 아름다운 걸 제안하시네요."

"아름답고 멋진 일로 만드는 건 당신에게 달려 있어요. 당신이 브라이튼을…!"

"아!" 그녀는 상냥하게 항변했다. "내가 지금 하는 일로요?"

그는 일어나면서 강조했다. "지금 내가 원하는 걸 약속하고 있잖아요. 매기가 말하는 건 지킬 거라고 약속했잖아요?"

아, 그녀는 확실히 하고 싶었다. "그 친구가 나에게 물어볼 거라는 거죠?"

사실 그는 이야기를 나누면서 자신이 확신하다고 느꼈다. 하지만 무엇을 확신하는 걸까? "딸이 당신에게 말할 거예요. 날 생각해서 말할 거예요."

이 말에 그녀는 마침내 만족한 듯 보였다. "아주 좋아요. 매기가 말할 때까지 그 이야기하는 걸 다시 기다려도 될까요?"

그는 두 손을 주머니에 넣고 어깨를 들썩이며 실망스러운 기색을 보였다. 그런데도 얼마 지나지 않아 다시 상냥해졌고, 다시 인내심을 보였다. "물론 시간을 줄 거예요. 특히 당신과 함께 시간을 보내야 하니까요. 우리가 계속 함께하면 당신이 아는 데 도움이 될 거예요. 내 말은, 내가 당신이 얼마나 필요한지 아는데 말이죠."

"당신 스스로 그렇다는 걸 어떻게 납득했는지 난 벌써 알아요. 유감스럽게도 그게 전부는 아니에요."

"그럼, 어떻게 매기의 오해를 풀 건가요?"

"풀어요?" 그녀는 그 말이 이해 안 된다는 듯이 되뇌었다. "음, 아!"
그리고 그들이 함께 자리를 뜰 때 여전히 비판적으로 중얼거렸다.

13.

일주일 후에 베버 씨는 샬롯에게 파리에서 기다리는 것에 관해 말
했지만, 그 자리에서 이 인내심의 시간은 크게 부담되지 않았다. 그는
딸에게 편지를 보냈는데, 브라이튼이 아니라, 폰스로 돌아오고 나서
바로 보냈으며, 그들이 다시 여행을 떠나기 전에 그곳에서 겨우 48시
간을 머물렀다. 매기가 답장으로 로마에서 보낸 전보는, 4일째 되는
날 정오에 배달되었고, 그는 그때 점심 식사를 함께하려고 호텔 코트
court, 건물 내부에 흔히 유리 지붕이 덮여 있는 툭 트인 공간에 앉아 있던 샬롯에게 가
져갔다. 폰스에서 그가 보낸 편지는 몇 페이지 분량으로 명쾌하고 거
리낌 없이 쓰려고 했고, 사실 의기양양하게 소식을 알려주려고 했던
것인데, 의미의 무게를 제대로 의식해도 그가 앉아 있는 동안 그리고
조금 놀랍게도 그렇게 단순한 편지가 아님이 드러났다. 하지만 의심
할 여지없이 이건 그런 의식의 풍요로움 속에 자연스럽게 잠재된 이
유들 때문이었고, 그래서 그의 메시지에 그들의 조급함이 나타났다.
우선 그들 대화의 주요 결과는 그와 젊은 친구와 차이뿐만 아니라 그

218

녀와 그 자신과의 관계에서도 차이가 있다는 걸 똑같이 인식한다는 것이고, 다시 그렇지 않겠다고 했지만, 그가 다시 '이야기하기'시작했고 로마에 있는 딸에게 했던 연락도 이야기했다. 샬롯이 원했을 더 사려 깊으면서 여전히 아름다운 분위기가 그들 사이에 가득했고, 매기가 그녀를 안심시킬 때까지 더는 걱정하지 말아야 하는 게 실제로 가장 기본이었다.

하지만 100배 높은 강도로 브라이튼을 연상시키는 파리에서 그와 그의 동반자 사이에 긴장감을 일게 하고 그가 아마도 현재 상황의 잠재적 특성이라고 말하는 것은 바로 미묘함이었다. 사실 그는 어떻게 표현해야 할지 거의 몰랐을 이런 환경들로 어느 정도 그들은 수없이 자제하고 주의를 기울이며 20가지 걱정을 하고 상기했는데, 모든 단계서 현실을 받아들였다. 그는 다른 사람이 자신들을 도우려고 끼어들 때까지 샬롯과 함께 뒤로 물러나 있었지만, 이미 벌어진 일로 다른 사람들이 어쩌지 못하는 것에 끌려다녔다. 이상한 건 일반적인 관례로, 이 관례를 바탕으로 더 많이 생각해야 했고, 브라이튼 가를 지나가기 전에 그는 자신들이 못 본체 넘어가는 걸 즐겼다. 파리에서는 더 목소리를 내고 많은 주의를 하기 때문에, 만약 당신이 멀리 갔다면 사람들이 생각했던 것처럼 꽃으로 뒤덮인 많은 덫이 놓여 있을 것이라는 설명을 그는 덜 불안해하며 생각했거나 이해했을 수도 있다. 낯선 사람들이 등장하면, 당신이 알기도 전에 틀림없이 사람들과 대적했을 것이다. 그래서 베버 씨는 인생에서 어떤 게임이든 완전히 공정하게 하는 신사의 모습만을 닮고 싶었기에, 매기의 편지를 받고 나서 어떤 모순으로 크게 기뻐했다. 딸이 집에서 보낸 내용 중 그에 대한 여러 가지 부분에서 그는 그 자리에서 펜을 물어뜯었지만, 자신의 개인적인 겸손함과 딸의 마음의 준비 상태에 대해 섣불리 생각하는 건 별로 중요치 않았고, 딸 부부가 곧 도착하면 질질 끌지 않고 더 빠른 변화를 더 간절히 바랐다. 가게에서 말했지만, 그 나이 또래의 남자가 허락을 구하는 건 결국 조금 불쾌감의 징후였다. 분명 매기는 이 일을 분명 원하는 한 샬롯도 확실히 그랬고, 매기가 아버지를 진정한 가치로 여기는 한 샬롯 입장에서도 그랬다. 그녀 때문에 그는 이렇게 안절부절못했고, 양심의 가책을 느꼈다.

그래도 자신의 마음을 이렇게 인정하는 건 그가 겪은 시련의 기간을 봤을 때 큰 기쁨이었는데, 의문과 의심이 들었다는 것에 그가 동의한 듯처럼 보였기 때문이다. 그는 마음속으로 이 일을 더 곰곰이 생각할수록 자신들이 정말 추해지기만 한다는 생각이 더 들었다. 지금 생각대로 그가 가장 잘 참을 수 있었던 것은 샬롯이 그를 그렇게 많이 좋아하지 않는다고 자신에게 말하는 것이었을 것이다. 달갑지는 않지만, 그는 그 점을 상당히 이해하고 유감스러워하며 받아들였을 것이다. 샬롯은 베버 씨를 상당히 좋아했고, 그에게도 부정하지 않았다. 그래서 그는 자기 자신만큼 그녀에게도 안절부절못했다. 그가 전보를 건네자 샬롯은 그를 빤히 쳐다보았고, 어둡고 수줍은 두려움이 담겼다고 느꼈던 시선에서 그는 아마도 남자로서 자신이 그녀를 충분히 기쁘게 했다는 확신하는 최고의 순간을 맞았다. 그는 아무 말도 하지 않았는데, 그가 다가가자 의자에서 일어난 샬롯이 중얼거렸고 그것으로 충분했다. '아버지에게 우리의 모든 사랑과 기쁨과 동정심을 전하려고 오늘 밤 떠날 거예요.'라는 말이 적혀 있었고, 그녀는 무슨 말을 더 원했을까? 그러나 그녀는 펼쳐진 전보를 그에게 돌려주면서 그것으로 충분하다고 말하지 않았다. 다음 순간 그는 그녀의 침묵이 눈에 띄게 창백해진 것과 연관이 있다는 걸 알았지만 말이다. 그가 늘 유난히 아름답다고 생각했던 그녀의 눈이 낯빛이 바뀌자 더 어둡게 빛났다. 그가 편안하게 그리고 타당한 이유 없이 알린 상황에 대한 그의 생각에 그녀는 다시 솔직하게 굴고 그를 마주했다. 어떤 감정에 그녀가 침묵한다는 걸 깨닫자마자, 그는 깊이 감동했는데, 그녀가 거의 말이 없는 건 아주 기대하고 있다는 걸 증명했기 때문이었다. 이런 모습에서 베버 씨는 분명 그녀가 자신을 상당히 좋아한다는 걸 알게 됐고 얼굴이 붉어질 정도로 기뻐하는 동안 그들은 그곳에 잠시 서 있었다. 그 기쁨에 그가 먼저 말을 꺼냈다. "조금 만족이 돼요?"

그러나 그녀는 계속 생각해야 했다. "우리 때문에 그 사람들이 서두르네요. 왜 이렇게 급하게 출발하죠?"

"우리를 축하해 주고 싶으니까요. 우리가 행복해하는 거 보고 싶을 거예요."

그녀는 이번에는 그를 보며 대놓고 다시 궁금해졌다. "그만큼이나요?"

"무리한다고 생각해요?"

그녀는 분명하게 생각을 이어갔다. "일주일은 더 있다가 출발해야 했어요."

"그래서요? 우리 상황에서 그 정도 작은 희생을 감수할 만하잖아요? 당신이 그 애들과 함께 하는 대로 우리는 로마로 돌아갈 거예요."

이 말에 그녀가 관심을 보이는 듯 했다. 전에도 만일의 상황에 그들이 함께 뭘 해야 하는지에 대한 언급에 그녀가 헤아리기 어려울 정도로 조금 관심을 보이는 것을 본 적이 있었다. 그녀는 다소 희미하게 웃으며 말했다. "누구한테 작은 희생의 가치가 있죠? 우리겠죠, 당연히, 그렇죠. 우리한테 이유가 있으니까 그 사람들을 보고 싶은 거죠. 그게 바로 당신 일이고요."

"당신도요, 내 사랑!" 그는 용감하게 말했다.

"그래요, 내 일이기도 하죠." 그녀는 잠시 후 어느 정도 진심으로 인정했다. "하지만 우리 입장에서 어떤 일이 그 일로 좌우돼요."

"좋아요! 하지만 그 애들한테는 아무것도 좌우되지 않잖아요?"

"우리 사이를 싹부터 자르고 싶지 않은 순간부터 뭘 할 수 있을까요? 우리 사이를 막으려고 급하게 오는 생각도 들어요. 그런데 잠시도 기다리지는 못하는 우리에 대한 그런 강렬한 열정은 솔직히 잘하면 조금 이해할 수 없어요. 내가 무례하고 의심스럽다고 생각할지 모르지만, 왕자님은 전혀 그렇게 빨리 돌아오고 싶지 않을 수 있어요. 그분은 너무나도 벗어나길 원했어요."

베버 씨는 곰곰이 생각했다. "글쎄요, 안 벗어났잖아요?"

"그렇죠, 그 분이 얼마나 마음에 드는지는 알기에는 충분히 멀리 벗어나 있죠. 게다가 왕자님은 당신이 딸에게 책임을 지운 우리의 일을 낙관적으로 보지 않을 수 있어요. 지금까지 당신이 자신의 아내에게 씩씩한 새엄마를 데려올 거라고 전혀 생각지 못했잖아요."

이 말을 들은 애덤 베버는 심각해 보였다. "딸이 인정하니까 사위가 우리를 그냥 받아들일까봐 걱정이네요. 자기 아내가 받아들인다는 이유로 받아들이는 거죠. 그게 사위가 할 일이에요."

그의 말투에 잠시 그녀는 그의 얼굴 살폈다. 그녀는 갑자기 "그거 다시 볼래요."라고 말하더니 자신이 돌려줬고 그가 손에 들고 있었던 전보를 가져가서 다시 읽었다. "이게 다 시간을 벌려는 다른 방법이지 아닐까요?"

그는 다시 빤히 쳐다보며 서 있었다. 하지만 다음 순간, 당황스러우면 늘 하던 대로 어깨를 으쓱하고 주머니에 손을 집어 놓고는 휙 돌아서서는 조용히 그녀에게서 멀어져 갔다. 조금 절망한 채 주위를 둘러봤다. 그는 호텔 코트를 지나갔는데 그 곳은, 아치형에 유리창이 있어 큰 소리를 막고 칙칙한 풍경을 가리고 난방이 됐으며, 도금을 하고 천으로 장식되고 대부분 카펫이 깔리고 화분에는 이국적인 나무가 심어져 있고, 외국 억양을 내뱉는 이국적인 아가씨들이 의자에 앉아 있었고, 위쪽에는 날개를 접거나 미약하게 펄럭이는 생명체가 떠다녔고, 파리의 분위기를 담은 아주 큰 방은 일부 '치과', 진료실과 수술 대기실 같고, 야만인들이 모여 불안과 욕망이 뒤섞인 채 절단 수술이나 사마귀를 제거하고 미개한 부분을 정리하고 준비하는 곳 같았다. 그는 출입구까지 가서 평소에 하던 낙관적인 생각을 새로이 살피고, 바로 이곳에서 느낀 분위기로 더욱 분명히 하고는 웃으면서 샬롯에게 돌아왔다. "한 남자가 아메리고만큼 계속 사랑에 빠질 때, 특별한 장애물이 없다면, 가장 자연스러운 충동이 자신의 아내가 느끼는 것을 느끼고, 믿는 것을 믿고, 원하는 것을 원한다는 걸 당신은 믿을 수가 없겠죠."

그 말을 하는 태도에서 그녀는 이런 자연스럽게 일어날 수 있는 상황을 바로 인정했다. "아뇨. 너무나 사랑하는 사람들에게 놀라운 일은 없어요."

"아메리고는 대단한 사랑을 하고 있지 않나요?"

그녀는 그 정도가 올바른 표현인지 망설였지만 결국 베버 씨의 표현을 받아들였다. "대단하죠."

"그럼 됐어요!"

하지만 그녀는 또다시는 미소를 지었고 아직 끝난 게 아니었다. "원했던 건 그게 전부가 아니에요."

"뭐가 더 있어요?"

"왜 매기는 남편에게 자기가 정말로 그렇게 믿는다고 생각하도록 만들었을까요?" 샬롯은 훨씬 더 명쾌하고 논리적으로 되었다. "그런 경우 왕자님의 믿음은 그 친구의 믿음의 실체에 좌우될 거예요. 예를 들어 왕자님은 현재 매기가 당신이 뭘 하든 당신에 대한 생각으로 넘치길 바라는 걸로 만족했을지도 몰라요. 자기 아내가 다른 걸 하는 것을 본 적이 없다는 것을 기억할 거예요."

"글쎄요. 어떤 경고를 알게 되죠? 주도하는 딸의 성향을 보면서 크게 곤란해진다는 건가요?"

"바로 이거요!" 그녀는 지금까지보다 더 솔직하고 더 분명하게 나섰다.

"우리의 작은 문제요?" 사실 그 순간에 그녀의 모습에서 상당한 영향을 받아서 그는 놀라울 정도로 온화하게 대답할 수 있었다. "곤란해진다고 말하기 전에 조금만 더 기다려보는 게 어때요?"

이 말에 비록 그가 의도한 건 길게는 아니었지만, 그녀의 대답을 기다려야 했다. 하지만 그녀가 곧 입을 열었을 때 그 말도 역시나 온화했다. "뭘 기다리고 싶은데요?" 이런 질문의 여운은 그들 사이에 오래 맴돌았고 명백한 아이러니의 징조를 주시하고 있는 것처럼 한동안 서로 눈빛을 주고받았다. 베버 씨의 얼굴에 너무나 분명히 드러나서, 너무 대놓고 하는 것이 조금은 부끄러운 듯했고, 그리고 어떤 압박감에 그녀가 그동안 줄곧 숨겨왔던 것을 마침내 꺼내려는 듯이 아주 분명한 논리로 건너뛰었다. "당신은 스스로 알아채지 못했지만, 당신 생각에도 (당신이 원한다면 우리 생각에도) 불구에도 나는 매기가 당신에게만 전보를 쳐서 기쁨을 전했다는 사실에 주목할 수밖에 없어요. 나에게는 어떤 기색도 보이지 않았어요."

그것이 핵심이었다. 그리고 그는 잠시 응시하며 그 점을 생각했다. 하지만 당연히 친절하게 기분을 맞춰주면서 전처럼 침착했다. "음, 당신은 가장 매력적이고 결정적인 바로 그 점에 대해 불평하네요! 매기는 벌써 우리를 하나로 여기고 있어요."

명료함과 타당성에도 불구라고 분명히 매기가 보기에 그가 말하는 방식에 뭔가가 있었다! 그녀는 그의 기분을 좋게 해주고 싶어 마주 바라봤고, 그리고 간단하고 분명한 말을 했다. "난 당신이 정말 좋아요."

이 말로 그의 기분을 자극하는 것 외에 뭐 할 수 있겠는가? "당신에게 뭐가 문제인지 알겠어요. 왕자한테서 직접 들을 때까지 마음이 놓이지 않겠죠." 그 행복한 남자는 말을 덧붙였다. "내가 사위에게 답장으로 몰래 전보를 쳐서, 당신이 요금 수취인 지불로 직접 몇 마디하고 싶다는 걸 전할게요."

그 말에 확실히 그녀는 더 미소를 지었다. "요금 수취인 지불은 왕자님을 위해서인가요? 아니면 날 위해서인가요?"

"당신을 위해서 내가 기꺼이 낼 거예요. 당신이 하고 싶은 말을 전해요. 당신이 보내는 메시지를 보고 싶다고 요구하지 않을게요.

그녀는 그가 뜻한 대로 그 말을 분명히 받아들였다. "왕자님의 메시지도 볼 건가요?"

"전혀요. 그것도 혼자만 알고 있어요."

하지만 그가 넌지시 알리는 말을 진짜 문제인 것처럼 말해서, 그녀는 괜찮은 것처럼 굴었고 농담이 지나쳤다고 생각하는 듯했다. "문제없어요. 왕자님의 자신의 행동을 말하지 않으면요. 그리고 그럴 일이 있겠어요?"

"당연히 그러지 않을 거라고 생각해요. 사위는 당신이 병적이라는 걸 몰라요."

그녀는 그저 궁금했지만, 인정했다. "맞아요. 그 분은 몰라요. 나중에 알 수 있지만, 아직은 모르죠. 그 사이에 난 그 분의 말을 믿어주려고 해요." 그래서 그녀가 보기에 너무 빨리 불안해하지 않았다면, 이 상황은 해결된 것처럼 보였을 것이다. "하지만 매기는 내가 병적이라는 걸 알아요. 득 볼게 없어요."

애덤 베버는 마침내 지친 듯이 말했다. "그래도 그 애한테서 연락이 올 거예요." 되풀이되는 의견에 딸이 빠트렸다는 것이 놀랍다는 생각이 들 정도였다. 그리고 매기는 평생 3분 이상 잘못한 적이 없었다.

"아, 내가 연락을 받을 자격이 있다고 고집 피우는 건 아니에요." 다음 순간 샬롯은 다소 이상하게 자격 이야기를 했고 그 모습에 그는 다소 밀어붙였다.

"좋아요. 그 말 마음에 드네요."

이때쯤 끊임없이 그의 방식에 마음이 바뀌고, 그의 주장에 거의 맞서 생각을 바꾸는 것처럼 그녀는 자신이 늘 얼마나 조심했는지 보여줬다. "난 그저 잃어버린 은혜에 대해서 말하는 것이고, 매기가 한 모든 일에서 베풀었던 은혜를 말하는 거예요. 내가 마땅한 받아야 하는 건 아니지만 우리는 여전히 그걸 기대한다는 당신 의견을 따라서, 연락을 하는 거죠. 멋질 거예요."

"그럼 밥 먹으러 가요." 베버 씨는 시계를 보며 말했다. "우리가 돌아오면 여기 로 연락 올 거예요."

샬롯은 방에서 내려올 때 풀어놨던 깃털 목도리를 찾으며 미소 지었다. "연락이 없으면, 약간의 착오가 있는 거겠죠."

그는 그녀가 자신을 보기 위해 자리를 떴던 의자의 팔걸이에 목도리가 있는 걸 봤고, 그걸 가져와서는 탐스러운 부드러움에 얼굴을 가져다 댔다가 곧 손에 들었는데, 그건 전날 자신이 직접 구매했던 파리의 훌륭한 제품이었다. "그럼 편안하게 있을 거라고 약속해 줄래요?"

그녀는 곰곰이 생각하는 동안 그의 훌륭한 선물을 바라보았다. "약속해요."

"영원히요?"

"영원히요."

그는 자신의 요구를 정당화하기 위해 말했다. "당신에게 전보를 칠 때 딸은 당연히 나에게 전보를 칠 때보다 당연히 자기 남편을 대신해서 더 많은 말을 할 거라는 거 기억해요."

샬롯이 이의를 제기한 것은 단 한 마디였다. "'당연히'요?"

"우리의 결혼으로 나와의 관계를 변화가 없는데, 사위는 당신과 새로운 관계를 맺는 거잖아요. 그래서 당신에게 사위에 대해 더 많이 이야기하는 거죠."

"내가 새 장모나 뭐 그런 게 되는 거요?" 잠시 그녀는 골똘히 생각했다. "그러네요. 한 신사가 그 점에 대해서 젊은 여자에게 충분히 할 쉽게 할 말이네요."

"뭐, 아메리고는 경우에 따라 당신처럼 항상 재밌거나 진지할 수 있어요. 그리고 당신에게 메시지를 보낼 때 뭘 보내든 그게 전부일 거예요." 그리고 샬롯이 아주 짙고 낯설면서도 너무나 다정하고 위태로운 눈빛으로 그를 바라보자, 그는 막연한 불안감에 질문을 덧붙였다. "사위가 매력적이라고 생각해요?"

"오, 매력적이죠. 안 그랬으면 난 신경도 안 썼어요."

"나도요!"

"아, 하지만 당신은 신경 안 써도 되요. 그럴 필요 없어요. 나처럼 안 그래도 된다는 뜻이에요. 별 일 아닌 일을 불안해하며 신경 쓰는 건 어리석어요. 만약 내가 당신이라면, 내 인생에서 행복과 힘과 평화 심지어 당신이 가진 아주 작은 부분이라도 있다면, 그건 상당히 쓸데없는 걱정일 거예요. 행운이 따라주지 않는 이 세상에서 무슨 고민을 해야 하는지 모르겠어요."

"당신 말 잘 알겠어요. 하지만 그건 당신이 말하는 사람의 운에 달려 있지 않나요? 정확히는 내 운을 말하는 거예요. 당신이 날 괜찮은 사람으로 만들어줄 때, 난 당신처럼 숭고해질 거예요. 한 사람이 올바를 때 비로소 당신이 말하는 것을 진정으로 하는 거죠. 그 애들이 그렇게 만드는 것이 아니에요. 그 애들을 바르게 되도록 하는 건 내가 원하는 다른 거예요. 내가 부탁한 걸 당신이 해준다면, 알게 될 거예요."

그녀는 깃털 목도리를 어깨에 걸치고 여전히 꾸물거리는 동안 베버 씨에게서 시선을 돌려서 다른 관심사에 사로 잡혔는데, 이때쯤 호텔 코트는 점심 식사를 하려고 사람들이 흩어지는 시간으로 너무 황량해서 그들은 큰 소리로 자유로이 대화를 나눴을 것이다. 그녀는 잠시 쉴 준비를 했지만 길을 건너 호텔 컨시어지로 와서 어깨에 걸친 작은 가방에서 편지를 건네는 젊은 우체부 또한 알고 있었다. 코트 건너편 문턱에서 그를 만난 여자 도어맨도 우체부 방문에 관심을 보이는 샬롯 모습을 똑같이 봤고, 그래서 곧 그녀는 모자 띠를 날리며 넓은 하얀 앞치마처럼 환한 미소를 보이며 우리의 친구들에게 다가왔다. 그녀는 전보를 높이 올렸고 그걸 배달하면서 붙임성 있게 굴었다. "이번에는 부인께 왔어요!" 그녀는 샬롯에게 주고는 친절하게 자리를 떴다. 그걸 받은 샬롯은 처음에는 뜯지 않고 들고 있었고, 바로 옆에서 의기양양하게 그 모습을 본 동행에게 다시 시선을 돌렸다. "아, 왔군요!"

그녀는 그때 아무 말 없이 봉투를 뜯었고, 그가 전했던 메시지처럼, 잠시 서명이 없는 내용물을 살폈다. 그는 묻지도 않은 채 그녀를 바라봤고, 마침내 그녀는 고개를 들어서 그냥 이렇게 말했다. "당신이 부탁한 거 드릴게요."

샬롯의 얼굴 표정은 이상했다. 하지만 언제부터 여자의 표정이 최고의 순간에 변하지 않을 권리가 없었는가? 그는 그걸 받아서 오래 살피면서 침묵했고, 그래서 한 동안 그들 사이에 대화가 없었다. 그들은 이해했고, 그는 그녀가 벌써 자신을 바로 잡아주는 거 같았다. 그러나 그는 매기가 그녀도 그렇게 만들었다는 사실도 알고 있었다. 그러므로 항상 매기가 없으면 결국 그는 어떻게 됐을까? 그녀는 은빛 용수철을 딸각 거리는 소리를 내며 정신을 차리게 됐고, 그런 생각을 하던 그의 눈에 모호한 감사함에 더 이상해진 샬롯의 표정이 들어왔다. 하지만 내내 그는 미소 지었다. "내 자식이 나에게 보낸 게…!"

그리고 여전히 모호하게 굴면서 그는 샬롯을 봤고, 그녀 말을 듣기보다는 답하려고 했다. 그녀는 펼친 종이를 들고 있었지만, 시선은 온전히 그를 향했다. "매기가 아니에요. 왕자님이에요."

"아!" 그는 즐겁게 소리쳤다. "그럼 최고죠!"

"그렇네요."

"그렇게 생각해줘서 고마워요. 아침은 잘 먹었어요? 점심 먹으러 가요."

하지만 이런 간청에도 그들 앞에 놓인 편지 때문에 그녀는 그 자리에 서 있었다. "안 읽고 싶어요?"

그는 생각했다. "아뇨. 난 필요 없어요."

하지만 그녀는 양심상 그에게 다시 한번 기회를 줬다. "읽고 싶으면 읽어요."

그는 호기심 때문이 아니라 호감 때문에 다시 망설였다. "언짢아요?"

그래서 그녀는 약간 입술을 내밀며 다시 그 위로 시선을 떨어뜨렸다. "아뇨. 진지해요."

"아, 그렇다면, 난 읽고 싶지 않아요."

"정말 진지하다니까요."

"내가 사위에 대해 뭐라고 말했죠?" 그들이 출발할 때 그는 기뻐하며 물었고, 그 질문에 대한 답으로 그녀는 그의 팔을 잡기 전에 자신의 코트 주머니에 편지를 구겨 넣었다.

PART III

14.

'기념비 같은' 계단을 반쯤 올라온 샬롯은 친절한 동행이 할 일을 끝내고 자신을 찾아 다시 함께하기를 기대하며 혼자 기다리기 시작했다. 한편 그녀를 누가 봐도 알 수 있었지만 아마도 완전히 알려지지는 않았다. 하지만 그녀가 물리적으로 자각하고 아주 자신감 있게 사교계에 나섰다면 별로 개의치 않았을 것이다. 몇 년 동안 샬롯은 '매력적으로' 보인다는 것이 무엇인지 전에는 결코 알지 못했고, 먼 옛날부터 항상 느꼈듯이 특정한 상황에서는 그렇게 보였을 것이다. 봄날이 절정인 런던에서 오늘처럼 멋진 공식 파티가 열리는 저녁에, 모든 것이 샬롯과 그녀의 신경, 감각, 상상력에 영향을 미쳤다. 그래서 우리가 샬롯에게 다시 관심을 두게 된 특별한 순간에, 그녀는 서 있던 자리에서 우연히 더 높은 곳을 봤고, 큰 갤러리에서 돌출된 계단 난간에 팔꿈치를 대고 가장 솔직하고 친숙한 신호를 보내는 어싱험 대령의 차분한 눈빛과 마주쳤을 때만큼 그녀의 믿음이 그렇게 정당화된 순간은 없었을 것이다. 대령이 이렇게 단순히 바라보는 모습은 생각할 다른 일들과 함께 모든 고음 속에서 가장 조용한 음처럼 그녀에게 와 닿았는데, 마치 코드나 조성을 눌러서 몇 초 동안 진동을 억누르거나 보다 약한 쿵 소리를 내는 듯했다. 사실 그는 눈빛으로 패니가 그곳에 있었을 거라고 암시했지만, 샬롯은 패니를 보지 못했다. 이런 방법으로는 알리는 데 한계가 있었다.

그러나 그 분위기로 충분했다. 우리의 젊은 부인은 시간이 찬란하게 빛나게 하는 여러 조건을 이루는데 무엇보다도 많은 도움이 됐다. 실제로 찬란하게 빛난 것은 그녀 자신이었고 빛과 색과 소리와 전부 한데 어울려 녹아들었다. 머리에 장식된 화려한 다이아몬드와 장신구, 개인적 계획을 성공으로 이끄는 완벽히 정돈된 모습, 그녀에게 필요한 전부이고 이해하고 이용하는데 너무나 세심하지 않은 입증된 개인적 생각, 마지막으로 위기 상황에 짙은 향기가 나는 꽃 같은 상냥함, 간단한 지식, 큰 즐거움이 추가될 것이다. 그녀는 위기를 받아들일 각오가 되어 있었고, 기다리는 동안 올바른 확신, 올바른 무관심, 올바른 표현, 그리고 무엇보다도 제 생각대로 행복의 기회에 대한 올바른 관점을 형성하는데 확실히 도움이 되었다. 실제로 그 기회 자체가 그 단순하고 이상한 진폭에서 원인을 만들고 촉발하지 않는 한 말이다. 사람들은 훙청거리고, 옷자락은 바스락거리며 바닥을 휩쓸고, 별은 반짝이고 칼이 쨍그랑하는 소리가 났고, 너무나 희미하고 너무나 흐릿한 목소리들이 그녀가 서 있는 자리를 스쳤고, 사람들은 어색하게 침묵하거나 조잡스러운 말을 하거나 손을 내밀었거나 환영받지 못한 채 잠시 멈춰서기도 했다. 그러나 그녀는 얼굴을 가리지 않았고 보호를 청하지도 않았다. 가능한 한 있는 그대로의 모습으로, 당연히 동행이 없는 상태에서 사람들에게 나타나는 것을 상당히 좋아했다. 칙칙한 런던에서 약간 뻔뻔하고 다소 경솔하게 굴어도 보다 괜찮은 사람으로 인식되었다. 그녀는 아무도 멈추지 않기를 바랐고, 적극적으로 자신을 지켰고, 방금 일어난 일의 중요성을 특정한 방식으로 나타냈다. 그 중요성을 어떻게 보여줘야 할지 알았고, 그 곳에서 자신이 할 일을 이미 시작했다.

그래서 현재 자신의 관점에서 왕자가 돌아오는 것을 보았을 때 모든 장소가 중요한 순간을 위해 더 높고 더 넓으며 물건이 더 잘 갖춰졌다는 인상을 받았다. 광택이 나는 돔에 위풍당당함이 더해졌고, 대리석 층은 더 선명하게 돌출되었고, 수많은 국내외 왕족들이 전례 없이 많이 모여서, '국가' 환대의 상징이 모두 강조되고 세련되어졌다. 이것은 의심할 여지없이 상당히 친숙한 원인의 큰 결과였고, 사람들 사이에 있는 아메리고의 단순한 시각에서 시작된 상당한 내적 동요였다. 하지만 샬롯은 자기만의 이유가 있었고, 그 이유로 고개를 들고 큰 티아라를 하고, 부채를 접은 채 무관심하게 그곳에 있었다. 그리고 아메리고가 샬롯에게 다가왔을 때, 그녀는 그의 팔을 붙잡아 친척인 것처럼 보였고, 지극히 그럴 만하다고 생각했다. 이런 눈에 띄는 행동의 근거를 거의 내세우지 않는 것이 그녀의 생각이었고, 사실 가장 명백한 것은 혼자라는 것이었다. 하지만 샬롯은 개인적 가치와 모든 모습에서 어떻게 자신이 영감을 끌어내고 지지를 끌어내는지 절반 정도는 알아낼 수 있었고, 남편의 사위는 사람들이 득실득실 거리는 사교 현장에서 무의식적으로 사람을 무색케 하고 못 본척하고 능가하려고 한다. 그녀는 아주 짧게 떨어져 있는 순간에도 그가 자신의 모습에 어떤 영향을 미치는지 반쯤 잊거나 믿지 않는 듯 했고, 그래서 그의 재등장은 매번 미덕을 지녔고, 초자연적인 원천과 그의 관련성을 보여주는 일종의 불균형이었다. 그녀가 "더 있을 거예요?"라고 말하는 것처럼 그는 그녀한테서 떨어져 있다가 늘 돌아오면 쳐다보기만 했다. 어떤 뜨내기 배우cabotinage보다 뛰어난 그는 필요에 따라 연극 중간에 탈의실을 다시 찾아서 거울 앞에서 분장을 손보는 배우와 거의 비슷했다. 예를 들어, 왕자는 10분 전에 샬롯를 떠났지만 지금은 누구보다도 그녀가 함께 있고 싶었고, 위층 방에 함께 돌아가는 눈에 띄는 행동에 그녀가 신경 쓰게 만들었다. 가엾고 멋진 남자는 그들이 즐길 수 있는 어떤 소망보다 확실한 소망을 빌 수밖에 없었다. 그리고 올라가는 계단에서 샬롯이 여전히 갤러리에서 자신을 내려다보는 밥 어싱험을 다시 바라봤을 때, 내면의 경고에도 샬롯은 자신이 내뿜는 광채를 외로이 지켜보는 그의 모습을 스스로 즐기고 있다는 것을 인식했다.

대령은 성대한 파티에서 항상 외로웠다. 집에서 뿌린 씨앗을 거두는 곳은 그런 곳이 아니었다. 그러나 아무도 그 점을 덜 신경 쓰고 더 무관심하지는 않았다. 그는 손님들 중 한 명이라기보다는 안전 관리나 전등을 담당하는 사람처럼 꽤 눈에 띄게 움직였다. 앞으로 알게 되겠지만 베버 부인에게 그는 겉으로 무표정이었지만 완벽한 선의를 가지고 확실한 무언가를 대표했다. 그래도 몇 분 내로 그 곳을 떠나는 매기를 마차로 안내하려고 그가 부리는 마술을 보면서 그를 부르는 용기가 그녀에게 전혀 없는 건 아니었다. 어쨌든 패니의 존재 가능성을 알게 된 샬롯은 이 후 한동안 어떻게든 판단하고 처리해야하고 신중히 굴어서 피해야 한다는 무력감과 또 다른 감정 즉 만연된 성급함과, 만약 시기가 안 좋은 순간을 끝내고, 패니 어싱험 부인은 물론이고 자신에게도 좋은 일이 될 거라고 보여준다면 의심받고 비난받고자 하는 열의 사이에 빠졌다. 간단히 말해서, 사람들 말대로 그녀의 질문에 '정직'하다면 말이다. 특히 샬롯 자신에게는 그건 문제가 아니었지만, 패니는 하나의 문제로 취급할 것이라는 것을 직감으로 알았고, 이 친구로부터 예의를 차리며 받아들 수 있는 것을 진정 없었다. 감사한 마음과 확신을 가지고 애정 어린 예방책으로 몇 가지 물건을 돌려 줄 수 있었지만, 어쨌든 그 사람들에게 빚을 졌고 어싱험 부인이 해 준 모든 일에 신세를 졌고, 포장을 잘 풀지 않고서는 물건을 치우고 돌려 줄 수 없었다.

오늘 밤 그리고 시간이 흐르면서 점점 샬롯은 그녀에 대한 모든 영향력을 인식했고, 정확히 오늘 밤, 이유를 알았기에 당연히 좋은 기분과 분위기로 그 과정을 겪기를 바라는 만큼 단호하게 굴었다. 잠시 후, 샬롯은 계속 주의를 돌리는 왕자를 계속 붙잡으려고 "나와 함께 있어요. 아무도 당신 못 데려가요. 그 여자가 함께 있는 우리를 봤으면 좋겠어요."라고 말했고, 그 말에 그는 순간적으로 모호한 말을 내

뺄었다. 샬롯은 왕자에게 봤으면 하는 사람이 분명 그 곳에 있을 패니 어싱험이라고 설명해야 했는데, 대령은 샬롯이 없어도 절대 동요하지 않았고, 일이 일어나도 그녀의 운명에 대해 걱정하지 않았기 때문이다. 그리고 아메리고가 "우리를 봐요? 도대체 왜요? 그 부인은 우리를 같이 있는 걸 자주 보잖아요?"라고 하자, 샬롯은 더 나아가 다른 곳에서 일어난 일을 알려주고 어쨌든 자신이 잘 알고 있는 일을 말해줘야 했다. "이상하네요, 당신." 그는 충분히 동의했다. 그러나 그 이상함에 그들이 돌아다니는 동안 그가 예전에 종종 말했던 '혼잡한' 런던의 고유한 특이함, 즉 모호하고 느리고 무의미한 소용돌이 같은 것을 그녀가 새로 언급하는 걸 막았고, 대화를 중단하게 하는 어떤 위험한 존재에 대한 두려움이 맴돌아 결과적으로 물보라나 물방울이 결코 일어나지 않았다. 물론 그녀는 이상했다. 샬롯 스스로도 알았다. 그녀와 그를 붙들고 있는 상황에서 자신이 달리 뭐 어찌할 수 있겠는가? 우리가 이미 언급했듯이 그들 모두에게 위기가 닥쳤다는 점을 그녀는 이미 의식했다. 그리고 그러한 시간이 그녀가 주로 알고 있었던 형태인 우울한 상태가 아니면, 분명 매우 즐거운 시간이었다.

나중에 어싱험 부인이 한쪽 구석에서 빈 소파를 주의 깊게 살핀 후 어느 정도 진지해 졌는데, 이런 비판적 시각은 흐릿하기보다는 훨씬 더 날카로웠다. 그렇다, 샬롯은 아메리고와 단둘이 그곳에 있었고, 매기는 그들과 함께 왔다가 10분도 안 돼서 마음을 바꾸고 후회하고 떠났다. "그래서 매기 없이 함께 있는 거예요?"라고 그 나이든 여자가 물었다. 그리고 이 질문에 대한 샬롯은 자신들을 위해 내린 답을 했다. 확실히 후자는 예상대로 약간의 은둔이 필요했고 상대방은 소파에 몸을 던졌다. 그들은 단 둘이 함께 있었고, 오 분명히! 매기가 혼자마차를 타고 나갔고, 그녀의 아버지는 여느 때처럼 오지 않았다. "평소처럼요?" 어싱험 부인은 궁금해 하는 듯 했다. 베버 씨가 꺼려하는 것에서 그녀는 어느 정도 짐작했고, 지금까지도 그런 생각이 들었다. 어쨌든 샬롯이 인정했듯이 오늘 밤은 그가 몸이 좋지 않다고 했지만, 요즘 남편이 외출을 내켜 하지 않는다고 대답했다. 매기는 아버지와 함께 있었고 싶었다. 왕자와 매기는 외식 후 포틀랜드에 플레이스에 연락 했고, 사실상 샬롯을 데리러 왔다. 매기는 아버지를 도와주려고 갔고, 다른 두 사람에게 자신은 두고 가라고 했다. 그리고 그녀는 아버지 베버 씨의 설득에 굴복했다. 하지만 마차에서 오랜 기다린 후에 이곳에 도착했다. 계단을 올라가서 방에 다다랐을 때 매기는 후회했다. 그녀는 다른 불평들은 듣지 않았고, 샬롯 말대로 현재 두 사람은 집에서 작은 파티를 하고 있었다. 하지만 괜찮았다. 샬롯도 그렇게 말했다. 세상에서 "내일 제가 갈게요."와 "아냐, 내가 갈게."라고 하며 더할 나위 없는 행복해 하고 함께 있고 긴 대화를 나누면서 예전의 삶을 다시 누리는 것보다 더 좋은 건 없었다. 가끔 방문하면, 아이들이 '톰슨 씨'와 '페인 부인'으로 노는 것처럼 서로가 정말 차를 마시며 있어 주기를 바랐다. 샬롯은 집에 도착하면 그 곳에서 매기를 찾을 수 있을 것이라고 확신했다. 베버 부인은 부인의 질문에 바로 대답해 절정에 이르렀다. 그래서 샬롯은 그 자리에서 어싱험 부인에게 생각할 거리를 가득 줬고, 어싱험 부인은 예상했던 것보다 더 알아보고 싶었다. 샬롯도 자신에 대해 생각할 것이 많았고 패니에게도 이미 뭔가 더 많이 생각할 것이 있어 보였다.

"남편이 아프다고요? 거동 못할 만큼 너무 아파요?"

"아뇨, 부인, 아닌 거 같아요. 그이가 너무 아팠다면, 두고 오지 않았죠."

"그런데도 매기가 걱정하는 거예요?"

"부인도 알다시피 매기는 쉽게 걱정하잖아요. 예전에 여러 번 심하지는 않았지만 걸렸던 독감 때문에 염려하는 거예요."

"당신은 걱정 안 돼요?"

샬롯은 잠시 머뭇거렸다. 아주 개인적인 문제를 세상 사람에게 실제로 '공개'하면 방해받기보다는 도움이 될 거라는 사람들이 말이 계속 떠올랐다. 그리고 그런 생각에 뒤로 감출 것도 없는 기회에 솔깃해서 한두 가지 일은 털어놓고 싶은 듯했다. 게다가 패니가 절반 정도는 예상하고 절반 정도는 알고 '싶어 하지' 않았는가? 그래서 조금 전의 대화 후 젊은 부인이 얼핏 봤을 때 이미 다른 사람 인생에 억누를 수 없는 관심을 보이고 싶을 그녀에게 목소리를 죽여 고심할 거리를 안 겨주지 않는다면 실망할 것 같았다. 샬롯 생각에 조금 전에 있었던 일로 다른 사람들처럼 무기력한 어싱험 부부는 갤러리, 방 어딘가에서 갑자기 충격을 받았다. 대령이 계단 난간에서 샬롯이 공개적으로 왕자와 함께 하는 모습을 또렷이 목격한 후였다. 이런 모습을 마주한 것에 너무나 무미건조하게 구는 남편 모습에 아내의 호기심은 폭발했고, 여러 일을 알았던 아내의 그런 모습에 익숙한 남편은 젊은 친구들이 다른 사람과 함께 '어울리고' 있다고 알려주면서 이야깃거리를 던져줬다. 샬롯이 앞서서 추측한 대로 대령은 그녀가 누구와도 친하게 지내지 않는다는 것을 너무나 잘 알았지만, 샬롯 또한 특별한 부부의 재미나 교류에 어떻게든 자신이 희생될 수밖에 없다는 것도 알고 있었다. 한편 왕자도 강제로 그녀를 희생시켰다. 대사가 왕자를 데리고 가서 왕실에서 받은 전언을 전했다. 샬롯은 존 브린더John Brinder 경과 5분 동안 이야기를 나눴는데, 그는 대사의 일행으로 그녀와 함께 우직하게 남아있었다. 그들은 패니는 몰랐던 사람이지만 패니도 알고 존 경도 알았던 어떤 사람과 동시에 패니가 도착한 것을 봤다. 샬롯은 바로 친구에게 다른 두 사람을 맡겼고 더 가까운 곳에서 친구를 재밌게 할 방법을 찾았다. 그녀는 소중한 기회를 빨리 알아봤는데, 그 기회는 곧 다시 하나의 주장을 분명히 하는 데 좋지 않을 수도 있었다. 무엇보다도 그녀는 예리하고 확실하고 정확하게 자기주장을 내세웠다. 샬롯은 혼자서 그 주장에 도달했다. 누구도, 심지어 아메리고 (특히 아메리고는 그 주장과 관련이 없을 것이다) 조차도 도와주지 않았다. 패니 어싱험의 이익을 위해 힘 있게 주장을 내세우면서 샬롯은 불쑥 나서려는 것을 억누르면서 빛이 비치는 방향에서 그녀를 더 멀리 내다볼 수 있었다. 그 방향은 더 큰 자유의 방향으로, 그녀가 늘 생각하는 세상 전부였다. 따라서 어싱험 부인이 경솔한 관심의 표정을 지은 몇 분 후에 샬롯은 원하는 바를 확실히 얻었고, 강렬함이 계속되는 동안 오히려 팔 길이만큼 작은 거울을 내밀고 특이하게 고개를 돌려서 거울을 보는 사람과 비슷했다. 한 마디로 샬롯이 패니의 최근 질문에 답할 때 영리하게 굴었기 때문에, 이러한 기회가 가치 있었다. "일전에 무슨 일이 있었을 때 나에게 한 말을 기억나세요? 내가 걱정하는 것이 없다고 생각하셨죠? 맞아요, 부인, 내가 어떻게 알겠어요!"

"당신 남편은 어떤지 물어봐도 되죠?"

"그럼요. 단, 내가 무슨 생각을 해야 할지 모르는 것처럼 물으시면, 난 무슨 생각을 해야 할지 잘 알고 있다고만 말할 거예요."

어싱험 부인은 망설이다가 눈을 조금 깜짝이며 위험을 감수했다. "아파하는 사람에 돌아가는 문제라면, 당신이 직접 가는 게 더 났다고 생각 안 해봤어요?"

이 질문에 대한 샬롯의 대답에서 최고로 고심해야 할 부분에 관한 관심이 눈에 띄게 나타냈다. 최고로 고심한 것은 훌륭한 유머, 솔직함, 명료함 그리고 진정한 진실이었다. "우리가 서로에게 완전히 솔직하고 다정하지 못하다면, 아무것도 이야기하지 않는데 훨씬 더 낫지 않을까요? 하지만 그러면 끔찍할 거예요. 그리고 어쨌든 우리는 분명 결론을 내리지 못했어요. 당신은 날 화나게 만들 일은 없으니까 뭐든 물어볼 수 있어요."

패니 어싱험은 웃으며 말했다. "물론이죠. 샬롯. 당신을 화나게 하고 싶지 않아요."

"사실, 불가피하다고 생각하셨더라고 그냥 날 화나게 할 수 없다는 뜻이에요. 아무도 내 상황을 헤아릴 수 없었어요. 쿠션 헤드에 꽂힌 핀처럼 나에게 그 변치 않는 상황 말이에요. 그렇게 됐어요. 나보다 더한 사람은 없을 거예요. 그럼요!"

사실 패니는 이런 호소를 전혀 듣고 있지 않았고, 배신으로부터 그 사람들을 지키려고 노력하는 이유가 있겠지만, 그녀가 보기에 그 말은 일종의 지성 불안이었다. "그렇겠죠. 하지만 그 답은 내 질문에 대한 대답이 아니에요. 동시에 솔직히 말하자면 더 많은 이유가 있어서예요. 당신은 우리가 솔직해져야 한다고 했죠. 그 외 뭐 어찌할 수 있겠어요? 매기가 계속 남아있기에는 너무 괴롭고, 당신과 자기 남편을 두고 여기를 떠났다면, 그리 집착하는 이유가 있지 않겠어요?"

"이유가 없다면, 어느 면에서는 그 사람들 때문이라는 게 너무나 분명하죠. 오늘 밤 애덤은 내가 그 사람 없이 가기를 더 원했고, 애덤이 바라는 바를 따르는 이유는 나 때문이 아니에요. 정해진 규칙처럼 남편이 더 바라는 걸 전부 받아들일 뿐이에요. 그렇다고 해서 자기 아내보다는 딸이 자신이 함께 있어 주어야 한다고 생각하는 사실은 변함없어요. 특히 그 딸이 자기 남편이 와 있는 걸 알면서도 말이죠. 문제의 진실을 봐야죠. 전반적으로 매기가 자기 남편 일보다 아버지 일을 더 생각한다는 진실이요. 그래서 내 상황이 바로 이렇게 된 거라는 걸 이해 못 하겠어요? 내가 생각해야 하는 일이요."

어싱험 부인은 조금 몸이 떨리고 숨이 조금 가빴지만 그런 모습을 내보이지 않으려고 자기 자리에서 애썼다. "매기가 왕자를 좋아하지 않는다는 뜻이라면…!"

"그렇다는 게 아니에요. 매기가 자기 남편 생각을 안 한다는 거죠. 모든 단계에서 하나의 조건이 다른 조건을 항상 포함하는 건 아니에요. 그냥 이게 매기가 왕자를 사랑하는 방식인 거예요. 어쨌든 내가 왕자와 함께 있지 못할 이유가 뭐죠? 우리는 예전에도 함께 한 적이 있었는데요."

그녀의 친구는 잠깐 그녀를 바라보기만 했다. 그리고 무뚝뚝하게 말했다. "당신은 정말 행복해야 해요. 정말 좋은 사람들과 살고 있네요."

그 말에 샬롯도 멈칫했지만 예민하고 조금은 굳어있었던 얼굴은 보다 밝아졌다. "어리석고 경솔한 누가 말했어요? 책임을 질 정도로 훌륭한 사람이 신중하게 말해야 하는 일이에요. 반박하지 않으면서 항상 최고의 예의를 더 보여줄 기회가 되죠. 물론 부인은 내가 불평하는 것을 듣는다고 괴롭지는 않을 거예요."

"그럼요, 모든 양심을 걸고 그러지 않을 거예요!" 연장자인 부인은 사생활에 대한 조언보다 큰 울림을 주는 웃음에서 안도감을 찾았다.

샬롯은 이 말에 주의를 기울이지 않았다. "결혼 후 우리 모두 자리를 비웠고, 특히 미국에서 수개월 동안 떨어져 지낸 후로, 매기는 얼마나 오랫동안 아버지를 그리워했는지 보여주려고 만회하는 거예요. 매기는 아버지와 함께 있는 게 그리웠고, 다른 게 다 있어도, 가장 먼저 필요한 건 많은 허용이었어요. 그래서 할 수 있을 때 여기에도 잠깐, 저기에도 잠깐 있고 상당히 만회했어요." 샬롯은 말하기 주저했다. "분명한 건 그 사람들이 같이 살 때보다 실제로 더 많이 보면서 아무래도 매기에게 유리해졌다는 거예요. 매기는 그 두 사람이 함께 살

때는 할 필요가 없었던 일을 항상 처리하고 그 일을 망치지 않도록 확실히 해요. 하지만 매기는 그렇게 하는 걸 좋아하고, 그 친구에게 특히 잘 맞아요. 그리고 그 결과 두 집이 정말 연락을 더 자주하고 더 친해졌어요. 예를 들어 오늘밤 일도 사실상 합의한 거예요. 매기는 혼자 계시는 아버지를 가장 좋아하고, 그 아버지도 그런 딸을 가장 좋아해요. '그렇게 됐다'는 건 바로 그 뜻이에요. 그리고 사람들 말대로 누군가의 처지를 '안다'는 건 좋은 일이예요. 왕지도 그런 처지가 됐다고 생각하지 않으세요?"

패니 어싱험은 이 순간 이 놀라운 말의 의도에 살피기에는 접시가 쌓여있는 것처럼 여러 생각들로 넘쳐났다. 하지만 또한 마음껏 자기 생각에 빠졌고 더 천연덕스럽게 말해서 더 어리둥절해지고 엉망이 됐다. 그래서 고심 끝에 핵심적인 생각을 꺼냈다. "그런 상황이 됐으니 당신이 정리해야 한다는 건가요?"

"물론 내가 정리해야죠."

"왕자도요, 똑같은 영향을 미치면요?"

"그렇다고 생각해요."

"왕자도 만회하려고 하나요?" 접시 위 다른 음식이 그녀를 유혹하는 것처럼, 그런 질문이 어싱험 부인 입에서 나왔다. 질문하는 목소리는 자신이 의도했던 것보다 더 많은 생각을 내뱉는 것처럼 들렸다. 하지만 어떤 위험을 감수하고라도 단순하게 굴어야 한다는 것을 재빨리 깨달았는데, 가장 단순한 것은 대담하게 말하는 것이다. "그리고 왕자는 당신을 만나러 오는 것으로 사람들에게 만회할까요?"

하지만 샬롯은 부인이 그래야 했던 것처럼 침착하게 답했다. 아주 조용히 고개를 저었다. "그 사람이 온 게 절대 아니에요."

패니 어싱험은 자신이 약간 멍청하다고 느끼면서 말했다. "아, 그렇군요. 그랬다면 좋았을 텐데."

"그랬다면요?" 패니는 여전히 모하게 굴었다.

이번에는 방황하는 눈빛이 대화 상대의 위쪽 먼 곳으로 향했다. 왕자가 다시 근처에 나타났고, 대사는 여전히 그와 곁에 있었고, 메달과 휘장에서 높은 군인으로 보이는 군복 입은 작은 노인에게 잠시 붙잡혔다. 이번에는 샬롯이 말을 이었다. "그 사람은 3개월 동안 오지 않았어요. "왔다면, 그래요. 그랬다면 잘 했겠죠. 그리고 내 입장에서, 나도 그랬을 거예요. 우리가 만나지 못하는 건 너무 불합리해요."

"오늘 밤에는 만났잖아요."

"맞아요. 어느 정도 그렇긴 하죠. 하지만 우리 상황에서 내가 그 사람을 만나러 갈수도 있다는 말이에요."

"그래서 그리 했나요?" 패니는 어쩌다가 근엄하게 물었다.

이런 지나침에 엄숙함 때문이든 아이러니 때문이든 샬롯은 잠시 화가 났다.

"그랬어요. 하지만 아무 뜻 없어요. 그리고 난 단지 우리 상황이 어떤지 알려주려고 당신에게 말하는 것뿐이에요. 본질적으로 우리 둘 모두에게 해당되는 상황이에요. 하지만 왕자님 일은 왕자님 일이고, 나는 내 일만 말하려는 거예요."

"당신의 상황은 완벽해요."

"완벽하지 않다는 건 아니에요. 사실 모든 면에서 완벽하다고 생각해요. 당신에게 말 한대로 불만 없어요. 단 한 가지 내가 원하는 대로 행동하고 싶다는 거예요."

"행동을 해요?" 어싱험 부인은 참을 수 없을 정도로 떨면서 말했다.

"상황을 받아들이는 거죠? 난 그랬어요. 내가 뭘 덜 하길 바라세요?"

"당신이 매우 운이 좋은 사람이라고 믿기를 바라요."

샬롯은 웃으며 물었다. "그거예요? 내 자유의 관점에서 보면 더 하라는 건데요. 내 처지에 대해 부인이 말하고 싶은 대로 하세요."

마침내 어싱험 부인은 침착하기 보다는 조급해졌다. "어쨌든 당신의 자유에 대해 너무 많이 생각하지 말아요."

"부인이 왜 그렇게 과하게 말하는지 모르겠어요. 내가 있는 그대로 보지 못해서요? 대령님이 부인에게 똑같은 자유를 준다면, 부인만의 자유를 빨리 이해할 거예요. 그리고 부인이 모든 걸 훨씬 더 잘 아니까, 그런 자유로 뭘 가장 많이 할 수 있는지는 말하지 않을게요. 물론 부인은 개인적으로 자유가 필요하지도 않고 그리워하지도 않는다는 것만 알죠. 대령님은 당신을 다른 여자보다 덜 중하게 여기지 않잖아요."

"아, 다른 여자 얘기는 하지 말아요!" 패니는 이제 노골적으로 숨을 헐떡였다. "당신은 딸에 대한 베버 씨의 지극히 자연스러운 관심을..."

"그이가 할 수 있는 가장 큰 애정이라고 말한다고요?" 샬롯은 만전의 준비를 하고 그 말을 받아쳤다. "생각할 수 있는 모든 걸 다 했지만, 난 분명히 그이가 더 큰 일을 할 수 있게 노력했어요. 진심을 다해서 할 수 있는 모든 건 했어요. 매달 노력 했다고요. 하지만 성공하지 못했어요. 오늘 밤 그 점이 생생하게 와 닿았어요. 하지만 희망을 버리지 않았어요. 그때 말했던 것처럼, 충분한 경고를 받았다는 것을 아니까요." 그리고 본 적 없는 어싱험 부인의 얼굴을 봤다. "내가 매기에게 도움이 되기 때문에 날 원한다고 남편에 나에게 말했어요." 샬롯은 멋진 미소를 지었다. "그러니까 내가 그렇다는 거 부인도 알고 있잖아요!"

패니 어싱험 입가에는 이 점이 정확히 그녀가 알지 못한 것이라는 대답이 맴돌았다. 사실 말할 뻔 했다. "당신은 그 사람 생각대로 하지 했다고 생각하는군요. 당신 설명에 따르면 매기가 훨씬 아버지 생각을 하니까요. 세상에 해결책이 많은데 어째서 정리해야할 문제들이 그렇게 많이 남았을까요?" 하지만 곧 자신이 걱정했던 것보다 상황이 더 심각한 일들이 있다는 것, 자신이 인정했던 것보다 '더 많은 일'이 있다는 것을 의식하며 자신을 구했고, 용인에 익숙해졌다. 그래서 자신이 받아들일 수 없는 것을 이해하지 못하는 것처럼 보였고, 용인할 수 없는 것은 받아들이지 않는 것처럼 보였고, 더 나아가서는, 젊은 친구의 일관성 척도에 개의치 않는 것처럼 보일 수 있었다. 충분히 빨리 깨달았고, 유일하게 그 일을 과도하게 자극했다. 너무나 갑작스럽게 기도하게 됐다. 모든 것을 털어버렸다. "난 당신이 하는 말이 상상이 안 돼요!"

샬롯은 그 말에 바로 자리에서 일어섰고, 처음으로 낯빛이 상당히 상기됐다. 잠깐 그녀는 상대방이 본 것처럼 시위대 20명이 서로의 길을 가로막고 있는 것처럼 보였고, 속에서 감정이 치솟았다. 하지만 샬롯이 선택을 해야 할 때는, 항상 가능한 가장 효과적일 것 선택했다.

무엇보다 분노가 아니라 슬픔 속에서 선택했다는 점에서 지금은 행복했다. "그럼 나랑 끝낼 거예요?"

"당신과 끝냈다니요?"

"내가 친구의 충성심을 가장 많이 받을 자격이 있다고 생각되는 내 인생 시기에 나를 저버릴 거냐고요? 그렇게 한다면, 정의롭지 못해요. 패니, 당신은 참 몰인정해요. 떠나려는 걸 감추기 위해 나와 싸우고 싶은 것처럼 보이는 건 부인에게 맞지 않아요." 동시에 그녀는 가장 고상한 말투로 말했고, 그 동안 화려함 모습 속에 참을성 있고 외로운 생명체로 보여준 아주 창백하고 조금은 실망한 모습을 지어보일 수 있는 만큼 확실하게 보였고, 승리의 천박함이 전혀 느껴지지 않는 결정적 발언을 완벽하게 즐겼다. 단지 진실을 위해 말을 마무리했다. "내 합의 조건을 인정하는 권리 다툼 말고 싸울게 뭐가 있죠? 하지만 그건 난 혼자서도 할 수 있어요." 샬롯은 돌아서며 말했다. 육군 원수와 대화를 끝낸 대사와 왕자를 만나러 돌아섰고, 이제 가까이에 있었고, 그 사람들 사이에서 어싱험 부인에게 순간 머릿속이 멍해지는 말을 했다는 것을 의식했다. 그녀는 반드시 해야 할 말을 했고, 한 번에 제대로 했기 때문에 더 할 필요가 없었고, 자신 앞에 있는 훌륭한 두 남자는 그녀의 성공을 보았고, 특별한 광채에 분명 감탄했다. 샬롯은 처음에 패니가 말했을 수 있는 덜 적절한 형태에 대해 전혀 신경 쓰지 않고 지켜보기만 했고, 가엾은 패니는 벽에 몇 번 분필로 기록한 '점수'를 보기 위해 떠났다. 그런 다음 샬롯은 대사가 프랑스어로 여러 번 한 말을 이해했다.

"부인, 당신이 와주길 너무나 바라고 있었어요. 당신 친구 분들 중 가장 존경하는 분이 만나 뵙고 싶어 한다는 걸 전해드려 영광입니다." 간단히 말해 높은 분들에게 해당하는 사교계의 특이한 방식에 따라 아주 높은 직위에 있을 사람이 그녀에게 '사람을 보냈고', 여전히 더 크게 당혹스러워하는 패니를 보지 못한 채 그녀는 놀라서 "세상에 그분이 왜 절 부르시죠?"라고 물었고, 왕자는 위엄 있게 사실은 무미건조하게 말하는 걸 들었다. "바로 가야 해요. 이건 호출이에요." 대사 또한 권위를 이용해 벌써 어떻게든 그녀의 손을 잡아 자신의 팔로 끌어당겼고, 샬롯은 아메리고가 여전히 그녀자신을 대변하면서 패니 어싱험 쪽으로 돌아서는 모습을 대사와 함께 자리를 뜨면서 의식했다. 그는 나중에 설명할 것이다. 게다가 그녀는 스스로 이해할 것이다. 하지만 그는 패니에게 웃었다. 분명 확실한 친구에게는 설명이 전혀 필요 없다는 표시일 것이다.

15.

그렇더라고 왕자는 그러한 가정이 얼마나 터무니없는지 다음 순간 알았다고 할 수 있다. 이제 그와 단둘이 있는 어싱험 부인은 강직했다.

"그 사람들이 당신을 통해 샬롯을 부른 거예요?"

"아뇨, 부인이 보시다시피 대사를 통해서예요."

"아, 하지만 대사는 당신이랑 15분 동안 함께 있었잖아요. 그분이 당신의 대사가 되는 거죠." 사실 패니가 더 많이 봐서 더 많이 알았다고 할 수 있다. "그 사람들은 샬롯을 당신과 연관 지어서 생각하고, 부속물로 여겼어요."

왕자는 기분 좋게 외쳤다. "아, 나의 부속물이라! 오히려 나의 장식품이자 영광이죠. 장모로서 너무나 눈에 띄어서 부인은 분명 그 점을 나무랄 수 없어요."

"내가 보기엔 당신은 샬롯이 없어도 이미 충분한 장식물이 있고 후광이 있어요. 그리고 그 여자는 당신 장모가 아니에요. 그런 문제는 미묘한 차이가 있어요. 샬롯은 당신과 전혀 상관이 없고, 당신과 함께 다니는 게 상류층에게 알려진다면, 그러면… 그렇다면…!" 하지만 그녀는 매우 강렬한 시선에 말을 끝내지 못했다.

"그래서 뭔데요?" 왕자는 아주 친절하게 물었다.

"그런 일은 알려지지 않는 게 좋아요."

젊은 남자는 여전히 재미있다는 듯이 말했다. "하지만 장담하건대, 난 샬롯을 언급한 적 전혀 없어요. 내가 그 사람들에게 샬롯을 보고 싶은지 물어봤을 거 같아요? 부인에게 샬롯의 생각을 알려줄 필요 없어요. 무엇보다도 이런 경우나 오늘 밤에 행동에 대해서요. 어떻게 샬롯이 눈에 띄지 않겠어요? 어떻게 지나치겠어요?" 왕자는 자신이 무슨 말을 어떻게 하는지 지켜보는 부인을 보면서 말을 덧붙였다. "게다가 당신 말로 하자면 늘 우리는 연줄이 같고, '관심사'도 같아요. 각자의 배우자 관계를 생각하면, 분명 그냥 아는 사람들이 아니에요. 우리는 같은 배를 탄 처지라고요." 왕자는 억양을 강조하며 말했고, 자연스럽게 미소 지었다.

패니 어싱험은 그의 태도에 특별한 느낌을 가득 받았다. 자신은 저런 남자를 사랑하지 않아서 다행이라고 잠시 생각했다. 조금 전의 샬롯과 마찬가지로, 그녀는 자신이 무엇을 받아들였는지, 무엇을 말할 수 있는지, 무엇을 느끼고 무엇을 보여줄 수 있는지의 차이에 당황했다. "당신 모두 이곳에 상당히 적응한 거 같네요. 샬롯이 소개되거나 이야기가 돌 때 특히 베버 씨의 아내로 알려지는 게 나에게 매우 중요해요. 딴 사람으로 알려지면 안 돼요. 당신이 말하는 '같은' 배가 무슨 뜻인지 모르겠네요. 샬롯은 당연히 베버 씨의 배에 타고 있어요."

"나도 베버 씨의 배에 타고 있잖아요? 베버 씨 배가 아니었다면 나는 지금쯤 점점 아래로 떨어졌겠죠." 그는 빠르게 이탈리아식 몸짓을 취하고 검지로 가장 깊은 곳을 가리켰다. 그녀는 물론 그가 의미하는 바를 알고 있었다. 원래 그랬던 것처럼 금전적으로 풍족해질 수 있는 장인의 많은 재산과 적지 않은 몫이 너무 치명적으로 가중된 요소로 어떻게 그를 에워쌌는지 말이다. 그리고 다른 생각들도 떠올랐다. 자신들의 공적을 충분히 생각하더라고, 일부 사람들이 주식 시장에서 떠드는 것처럼 지나치게 높게 평가되고 언급되는 것이 얼마나 이상하고, 어떤 이유에서 누군가는 가치를 나타내려는 목적의식이 너무나 없는 걸 개의치 않으니 얼마나 이상한가. 어쨌든 그녀는 혼자서 생각하고, 느꼈다. 그녀는 이런 부류에서 얻을 수 있는 기쁨은 단지 그가 자신감이 붙었다는 것으로 괴로워하지 않는 것이라고 생각하고 있었다. 부분적으로는 사람들이 어떤 증거를 내놓더라도 본래 고통 받을 수 없는 (그가 불어넣었던) 즐거움 중 하나였기 때문이고, 게다가 부분적으로는 그는 어쨌든 받은 도움에 대한 보답에 대해 분명 마음에 걸려 하기 때문이다. 확실히 그에게 막대한 비용이 들었다. 그러나 지금까지 그녀는 멋지게 하고 다녀야 그에 거의 상응하는 아름다움이 만들어진다는 그의 생각을 확신했다. 그리고 그는 자기 생각을 실천에 옮겼고, 인생을 계속 주도했고, 숨을 쉬고 주인과 장인에게 가장 어울리는 생각을 했고, 이에 그녀는 최근까지 그렇게 분명한 인식에서 얻는 위안을 즐기고, 여러 번 감동해 그런 모습에서 여러 번 느낀 행복을 그에게 표현했다. 그는 다른 일과는 달리 그 일은 자신에게 유리한 쪽으로 생각했다. 하지만 왕자는 계속 그렇게 행동했고, 확고한 진리를 바탕으로 계속 행동했다는 걸 그녀에게 보여준다는 사실에 그녀는 이상하게 낙담도 했다. 그가 의무를 인정하는 것은 절대 중요하지 않았지만, 그의 현실 자체에 대한 이해에서 불길한 암시를 느꼈다. 그런 암시는 그가 가볍게 내뱉은 말에서도 느껴지는 듯했다.

"오히려 나와 샬롯이 함께 어울리게 하는 공통된 은인이 아닐까요?" 그리고 대화상대에게 미치는 영향은 더 커졌다. "나는 왠지 그 분이 샬롯의 시아버지이기도 한 것 같다는 생각이 자주 들어요. 마치 우리 둘 다 구해 주신 것 같아요. 어쨌든 우리 인생이나 우리 마음속에서 그 자체로 하나의 연결 고리라는 건 사실이에요. 내 결혼식 직전에 샬롯이 갑자기 부인에게 나타났던 날, 우리가 그녀 앞에서 바람직하고 행복한 결혼에 대해 솔직하고 재미있게 이야기를 했던 거 기억 안 나세요?" 샬롯과 있을 때처럼 다시 극도의 상태가 된 어싱험 부인은 포기의 뜻으로 암울한 표정을 계속 지었다. "있죠, 우리는 정말로 샬롯의 지금 자리를 찾아주는 것부터 시작했어요. 우리가 전적으로 옳았고, 그녀도 마찬가지였어요. 바로 그 일이 성공한 거죠. 말하자면 어떻게든 행복한 결혼을 권했고, 샬롯은 우리말대로 최선을 다했어요. 우리는 정말 그런 뜻으로 말했잖아요? 그녀에게 오직 정말 좋은 일이 있어야 한다고요. 내가 보기에 더 좋은 일이 생기기 어려울 거 같네요, 부인이 샬롯에게 그런 태도로 보이면요. 물론 당신이 샬롯에게 그런 일을 용납하지 않는다면, 상황은 달라지겠죠. 그에 대한 상쇄는 어느 정도의 자유고, 샬롯은 상당히 만족할 거예요. 부인은 샬롯에게 매우 좋을 일이라고 말하지도 모르지만, 샬롯은 나에게 완전히 별거 아니라고 했어요. 그녀는 그걸 바라지도 어떤 영향으로 이용하지도 말자고 했어요. 내 생각에 샬롯은 좋은 일이 생기는 만큼 잘 누렸을 거예요." 왕자는 신중하고 명쾌하게 설명했다. "부인이 아시다시피 '배'는 선착장에 묶여 있거나, 원한다면 개울 밖에 정박해 있는 게 좋아요. 나는 가끔씩 다리를 뻗으려고 뛰어야 하고, 부인이 관심을 기울이면 샬롯이 가끔 그렇게 할 수 밖에 없다는 걸 알아챌 거예요. 때로는 선착장에 닿는 게 문제가 아니에요. 물속에서 물을 첨벙첨벙 튀어야 해요. 오늘 밤 우리가 여기에 함께 있었던 것, 유명한 친구들이 있는 곳에 그녀가 있었던 건 우리 각자가 불가피하게 갑판에서 뛰어내린 거라고 할 수 있어요. 왜냐면 우리 조합의 실질적인 결과니까요. 그런 일이 불가피하게 일어난 일을 무엇보다도 생명이나 사지의 위험에 빠지지 않은 것으로 받아들이는 건 어때요? 우리는 익사하지도 가라앉지도 않을 거예요. 적어도 나는 그렇다고 대답할 수 있어요. 게다가 베버 부인도 분명 수영하는 법을 알아요."

패니가 방해하기 않았기 때문에 그는 편하게 말을 이어갈 수 있었다. 패니는 이제 세상을 위해서 그를 방해하지 않았을 거라고 생각했다. 그녀는 그의 웅변이 소중하다는 것을 알았다. 어떤 의미로 미래의 보존을 하고 바로 병에 담으려고 한 방울도 놓치지 않았다. 그녀가 가장 관심이 있는 크리스탈 플라스크는 정말로 그 자리에서 그한 방울을 받았고, 심지어 사후에 아늑한 실험실에서 화학적으로 분석하는 방법에 대한 계획도 이미 있었다. 그들의 눈이 마주쳤을 때, 분명 그의 시선에서 아직 말로 표현할 수 없는 무언가가 패니에게 보였고, 그의 말과 달리 뭔가 이상하고 미묘한 다른 무언가가 그녀의 세심한 이해를 호소하며 희미하게 빛났다가 사라졌다. 상상할 수도 없는 그것은 무엇인가? 아무리 역겹더라도 전형적인 깜빡임처럼 매우 불가사의한 걸 나타내는 것은 그들이 자신들의 논의 대상을 정말 잘 다룰 가능성에 대한 암시이고, 그래서 더 괜찮은 기회와 흥미로운 것을 찾을 수 있지 않을까? 패니의 마음속에 터널에서 보이는 기차 헤드라이트로 떠오르는 이 새빨간 불꽃이 단순한 주관적 현상인 도깨비불ignis fatuus이 아니라면, 왕자가 그녀에게 이해를 구하는 직접적인 비용으로 그곳에서 반짝였다. 그러나 그 동안에도 틀림없이 주어진 시간에 논의대상에 대해 제대로 다뤘다. 사실 이 상황은 지금까지 기다려온 최고의 손길로 직유법simile, 비유법 중의 하나로 2개의 사물을 직접적으로 비교하여 표현하는 방법을 제대로 완성하려고, 개선이 안 되는 방식으로 자신의 생각을 매우 굳건히 했을 때 일어나는 것이었다. "베버 부인을 위해서 베버 씨 아내로 강렬하고 전적으로 알려지려면, 사람들이 정확히 알지 못했던 뭔가가 필요해요. 장인이 샬롯의 남편으로 조금 더 알려지거나 아니 최소한 그렇게 보여야 해요. 이때쯤이면 부인은 장인이 그 분만의 습관과 방식을 가지고 있으며, (물론 그럴 권리가 그 분에게 있지만) 점점 더 당신만의 차별점을 만들고 있다는 걸 분명 알 수 있었을 거예요. 장인은 너무나 완벽하고 이상적인 아버지이고, 그 점만 봐도 당연히 너그럽고 편안하며 훌륭한 장인이시기 때문에, 어떤 관점에서든 장인을 비판하는 것이 정말 비도덕적으로 느껴져요. 그렇기는 하지만, 부인께 한 마디만 하자면, 부인이 어리석지 않고, 누군가의 말뜻을 항상 잘 이해하세요."

왕자는 부인이 자신에게 말하라고 격려하는 기색을 보이지 않으면, 이 한마디로 어렵다는 것처럼 잠시 말을 멈췄다. 하지만 그녀가 그를 격려하도록 유도할 게 아무것도 없었을 것이다. 그녀는 속으로 현재, 살면서 이렇게 가만히 있거나 단호하게 군 적이 없었다는 걸 의식했다. 자신의 잘못으로 인해 물가로 끌려온 격언의 말馬이 된 것 같았고, 하지만 그렇다고 억지로 술을 마실 수 없다는 점에는 강경했다. 다른 말로 하면, 이해해달라고 부탁받은 그녀는 이해하는 모습을 보여주는 것이 두려워 숨 죽였고, 이것이 마침내 정말 두려워했던 확실한 이유였다. 동시에 그녀는 그의 말을 미리 확신했는데, 말소리가 들리기 전에 이미 들었던 말이었고, 자신의 특별한 감각으로 이미 그 말은 괴로웠다. 하지만 상대방은 자식의 내적 욕구와 다른 욕구에 따라 그녀의 침묵에도 단념하지 않았다. "내가 정말로 이해하지 못하는 건 장인의 입장, 그러니까 그 분의 좋은 사정을 생각해 봤을 때 결혼하고 싶으셨던 이유에요." 패니가 나올 것이라고 확신했던 말이 정확히 나왔고, 현재 괴로울 만큼 심장이 쿵 내려앉는 이유였다. 하지만 당시 사람들이 순교자들에 대해 말했던 것처럼 괴로워하지 않기로 결심했다. 어떤 결과를 초래하든 말을 그만하는 것으로 그리고 대화를 끝내고 자리를 뜨는 것으로 사람들이 있는 곳에서 끔찍하고 무기력하게 괴로워하지 않으려고 했다. 한두 시간 전에는 오고 싶었던 것만큼 갑자기 집에 가고 싶었다. 자신이 던진 질문과 그 질문으로 생생한 모습을 띄게 된 두 사람을 모두 뒤로 하고 떠나고 싶었지만, 당황하면서 내빼는 모습을 보이는 것은 끔찍했다. 그녀 생각에 논의하는 것 자체가 열린 틈 사이로 들어오는 빛처럼 위험해졌다. 위험을 명백히 인식하는 것은 무엇보다 더 나빴다. 사실 최악의 상황은 그녀가 어떻게 물러날 지 생각하고 아직 명확한 떠오르지 않을 때 일어났다. 그녀의 얼굴에서 괴로움이 드러났고, 그것으로 졌다. "하지만 내가 어떤 이유로 부인을 괴롭힌 게 아닐까 염려되네요. 그러니 용서해 주세요. 우리는 항상 함께 이야기를 잘 나눴잖아요. 처음부터 그게 내게 가장 큰 힘이었어요." 그런 말투만큼 패니를 빨리 무너트리는 건 없었다. 이제 그녀는 자신이 그의 처분에 달렸다는 걸 느꼈고, 말을 계속하는 그는 그점을 알고 있다는 걸 보여줬다. "아무래도 우리 나중에 다시 이야기하는 게 낫겠어요. 내가 너무 매달렸네요. 내가 결혼하기 하루 전에 했던 말 기억 안 나세요? 내가 알았던 것과는 다른 새로운 일들, 신비한 일들, 여러 상황, 기대, 추측들 사이에서 여러 가지로 생각하면서, 나의 첫 후원자이자 나를 도와줬던 사람으로서 부인이 날 끝까지 지켜주기를 기대했어요. 아직도 그래 주시리라고 믿어요."

다행히도 다음 순간 그의 고집이 그녀에게 도움이 되었다. 적어도 그녀는 고개를 들고 말할 수 있었다. "지켜보고 있어요. 오래전부터요. 그렇지 않다면 도와줘야죠."

"그렇다면 부인이 계속 나를 도와야 할 이유가 더 커졌군요. 왜냐하면, 아주 분명하게 장담하건대, 난 도움을 받지 못하고 있으니까요. 새로운 일이나 많은 것들이 여전히 새로워요. 신비한 일들, 여러 상황, 기대, 추측들이 여전히 내가 이해하지 못하는 것들로 가득해요. 다행히도 우리는 정말 다시 뭉칠 수 있을 거예요. 가능한 한 빨리 부인을 만나러 갈게요. 다정하고 좋은 시간 내주세요. 거절하시다면, 부인이 냉정하게 책임을 다하지 않는 거라고 생각할 게요."

이 말에 갑작스런 떨림에서, 그녀의 신중함은 무능한 그릇을 증명했다. 마음의 무게에 대해 자신이 직접 언급하는 건 견딜 수 있었지만 다른 사람이 건드리는 건 너무나 끔찍했다. "오, 당신에 대한 책임을 거부하죠. 내가 지금까지 해잖아요."

그는 내내 아름다운 미소를 지으며 말했지만, 이제 그의 표정은 그녀에게 더 깊이 파고들었다. "그럼 누구에게 털어놓나요?"

"아, 왕자님, 아무한테나 해요!"

그는 부인 열심히 계속 쳐다보았다. "그럼 날 저버리는 거예요?"

샬롯이 10분 전에 자신에게 물었던 말이었고, 왕자 입에서 나온 그 말에 그녀는 똑같이 뒤흔들렸다. "당신과 샬롯은 나에게 할 말을 맞추기라고 했어요?" 하지만 대답을 한다고 해서 더 나아지는 건 없었지만, 제때 하고 싶은 말을 억누를 수 있어서 기뻤다. "왕자님을 어떻게 생각해야 할지 모르겠군요."

"적어도 내 말을 들어줘요."

"오, 내가 마음의 준비될 때까지 안 돼요!"-비록 그 말에 웃음이 났지만, 참아야 했다. 그녀는 이전에 그를 외면한 적이 없었고, 그를 아주 걱정하는 건 분명했다.

16.

후에 패니가 조바심이 날 만큼 시끄러운 소리를 내는 4륜 마차가 끝없는 열에서 빠져나온 후에, 런던의 밤에 남편 옆에 앉아 목소리를 죽이고 숨을 돌릴 수 있는 은신처의 어둠 속으로 향했다. 그녀는 30분 동안 무자비하게 노려보고, 빤히 쳐다봤는데, 자신의 실수를 암시하는 듯했다. 자신이 지금 열매를 맺고 있는 것이 더 큰 성과를 낼 수 있도록 이전에 이 사람들을 위해 적극적으로 행동했다는 생각이 바로 들었다. 처음에는 마차 구석에서 지난 일들을 곱씹었다. 무기력해진 얼굴을 4륜 마차 창밖으로 보이는 무관심하고 사람이 없는 거리, 문 닫은 가게와 어두워진 집, 무자비하고 무의식적인 세상에 감추는 것 같았다. 그녀가 방금 떠난 세계처럼 그곳은 그녀가 저지른 일을 조만간 알 수 없을 것이고, 적어도 최종적인 결과가 널리 알려져야 알 수 있을 것이다. 그러나 잠깐 이렇게 일어날 수 있는 일 자체를 너무나 냉정하게 바라봐서, 다음 순간 두려움이 비참한 반응을 일으켰는데, 마차가 방향을 틀었을 때 맞은편 집 너머 조사 중이던 경찰이 비추는 플래시가 곧장 비치자, 단지 눈이 멀게 되는 두려움에 반발한 것뿐인데 잘못한 것처럼 보이도록 움찔했다. 당시에는 터무니없는 두려움이었다. 이유를 제대로 살피기 위해 벗어나야 했다. 사실 이 필요성을 인식하는 것은 곧 그녀에게 도움이 되었다. 예상했던 일이 생길 수 있다는 걸 알았기에 말할 수 없었다. 관찰력이 좋았지만, 자신이 본 것을 확신할 수 없다는 것에 초조했다. 더 멀리 내다봐서 무엇을 나타내는 건지 모른다는 것은 결국 그녀의 손이 더럽혀진 것을 아는데 도움이 되었는데, 자신이 산출 원인의 위치라면, 자신이 만들어 낸 것에 대해 확실히 더 분명하게 할 것이기 때문이다. 더 나아가 이것은 어떤 문제와의 연관성이 너무 간접적이어서 추적할 수 없을 때 개탄하기에는 너무 사소한 것으로 설명될 수 있는 단계다. 카도간 플레이스에 가까워지자, 자신이 결백하다는 확신이 들지 않고서는 원하는 만큼 호기심이 생기지 않을 거라는 걸 깨달았다. 하지만 어둑어둑하고 텅 빈 이튼 광장Easton Square에서 그녀가 침묵을 깼다.

"그 사람들이 필요 이상으로 훨씬 더 많이 자신들을 방어를 했고, 난 그저 궁금해졌어요. 자신들에 대해 할 말이 너무나 많았거든요."

그녀의 남편은 여느 때처럼 시가에 불을 붙였고 그녀가 동요하는 것만큼이나 그 일에 열심이었다. "당신에게 아무것도 없는 것처럼 느껴진다는 말인가요?" 아내가 대답을 하지 않자, 대령은 말을 덧붙였다. "도대체 무슨 일이 일어날 거라 생각했어요? 그 남자는 인생에서 아무것도 할 일이 없어요."

그녀의 침묵에서 이 말을 피상적으로 받아들이는 것 같았고, 항상 남편과 함께 있을 때처럼 독자적인 생각을 했다. 남편은 그들이 함께 있을 때 아내가 마치 다른 사람에 대해 말을 하도록 했지만, 사실 대부분의 경우 그녀 자신에 대한 것이었다. 하지만 아내는 남편이 없었다면 절대로 할 수 없었을 것처럼 그에게 말을 걸었다. "그 사람은 멋지게 행동했어요. 처음부터 그랬죠. 줄곧 그 사람이 멋지다고 생각했어요. 그리고 기회가 있을 때 여러 번 그에게 그렇게 말했어요. 그래서 그랬더니...!" 하지만 생각에 잠기면서 말끝이 흐려졌다.

"그래서 그는 변화를 위해 뛰어 날뛰어도 된다는 건가요?"

"하지만 물론 그건 그 사람들이 떨어져서 행동처신을 잘 하느냐의 문제가 아니에요. 그들이 함께 있을 때 행동에 대한 문제고, 별개의 문제에요."

대령은 관심을 보이며 물었다. "그렇다면 당신은 그 사람들이 함께 있을 때, 어떻게 해야 한다고 생각하는데요? 가만있을수록 좋다는 거네요."

아내는 이 말에 그에게 귀를 기울이는 것 같았다. "난 당신 생각과 달라요. 그들이 진저리난다거나 질 낮다고 생각하지 말아요. 그럴 사람들이 아니니까."

"지나치게 구는 내 아내 말고는 누구도 지독하다거나 질이 낮다고 생각지 않아요. 내 친구들에 대해서도 그렇게 생각해요. 당신이 생각하는 그 사람들 모습을 난 생각할 수 없어요. 그리고 당신이 거기에 덧붙이려고 할 때는...!" 하지만 그는 다시 담배 연기를 내쉬었다.

"당신이 값을 치르지 않을 때는 내가 덧붙이는 건 문제가 안 돼요." 그는 다시 깊은 생각에 빠졌다. "대단한 것은 갑자기 샬롯에게 일이 생겼을 때 왕자는 두려워하지 않았다는 거예요. 그가 두려워했다면 그걸 완벽히 막을 수 있었을 거예요. 그리고 그 사람이 그랬다는 걸 알았다면, 만약 그가 그렇지 못했다는 걸 알지 못했다면, 나도 그럴 수 있어요. 그럴 거예요. 그녀에게 너무 좋은 일, 인생에서 그런 기회가 받아들여지지 않았다는 건 지극히 사실이에요. 그리고 나는 그 남자가 본성에 대한 두려움으로 그 일에서 그녀를 지키지 않는 것이 마음에 들었어요. 너무 경이로워서 그녀에게 일어날 일이었어요. 샬롯이 그 일을 직시할 수 없었다면, 유일한 일이 됐을 거예요. 자신감이 없었다면 우리는 대화를 나눴겠죠. 하지만 샬롯은 어느 정도 받아들였어요."

"샬롯에게 어느 정도 물어봤어요?" 밥 어싱험은 인내심 있게 물어봤다.

그는 평소처럼 겸손한 보상에 대한 희망으로 질문을 던졌지만, 이번에는 가장 날카로운 답변을 받았다. "아니오, 전혀요. '질문'할 때가 아니었어요. 질문 한다는 것은 제안하는 거예요. 제안할 때가 아니었어요. 누군가는 가능한 한 조용히 판단할 수 있는 것으로 결정해야 해요. 내가 말했듯이, 샬롯은 자신이 그 일을 직시할 수 있다고 느꼈다고 판단했어요. 그 당시 난 샬롯이 절절하게 고마워할 정도로 자랑스러운 생명체라는 인상을 받았어요. 내가 절대 용서해서는 안 되는 건 샬롯이 누구에게 감사해야 하는지를 잊고 있다는 거예요."

"당신에게 감사해야 하나요?"

패니는 잠시 동안 아무 말도 하지 않았다. 어쨌든 대체 인물이 있었다. "당연히 매기죠. 놀랍고 어린 매기요."

"그럼 매기도 놀랍나요?" 그는 어두운 표정을 지었다.

아내도 옆에서 똑같은 표정을 지어보였다. "내가 늘 사랑스러운 사람이라고 생각했던 것 이상을 보기 시작했는지는 확신 못하겠어요. 여러 가지를 종합해 봤을 때 특별하게 여겨지는 않는 거 같아요."

"당신은 할 수만 있다면 당연히 그렇게 할 걸요." 대령은 체념하며 말했다.

부인은 다시 아무 말도 하지 않다가 다시 입을 열었다. "사실, 특별하게 여기기 시작했어요. 매기는 큰 위안이 돼요. 그렇게 이해하는 중이에요. 우리를 끝까지 도와줄 사람은 매기일 거예요. 사실 매기가 그래야 하고, 할 수 있어요."

그녀는 자기 생각을 하나하나 집으며 말을 마쳤지만, 평소 아내의 방식에 대한 생각이 많았던 남편은 특히 지금과 같은 대화에서 괴로움을 덜기 위해 즉흥적으로 소리를 자주 내뱉었고, 패니는 베버 씨의 진기한 본보기이자 여전히 가장 유쾌한 최초의 순박함을 아슬아슬하게 따랐다. "이런, 세상에!"

어싱험 부인은 말을 이었다. "하지만 만약 매기가 그렇다면, 아주 대단해요. 내 생각은 그래요. 하지만 샬롯이 예의상 가장 고마워해야 할 사람이 누구인지 확신이 안 들어요. 샬롯을 아내로 삼은 그 사람이 대단한 작은 이상주의자인지 확신할 수 없다는 뜻이에요."

대령은 다소 재빠르게 답했다. "당신이 그럴 거라고 생각 안 해요. 샬롯은 대단한 작은 이상주의자의 아내라…!" 그는 다시 한 번 시가를 피웠다.

"하지만 그녀 자신이 실제로 그리될 거라고 어느 정도 설득됐다고 생각하면요?" 전체적으로 보려고 패니도 역시 이런 기억을 언급했다.

그녀의 남편은 사실 조금 놀라 입이 벌어졌다. "샬롯이 대단한 작은 이상주의라고요?"

"그리고 샬롯은 정말 진심이었어요. 문제는 얼마나 받아들였냐는 거죠."

"그리고 내가 보기에 그게 바로 당신이 샬롯에게 물어볼 수 없는 또 다른 질문 중 하나에요. 당신은 규칙을 세워서 게임을 하는 것처럼 모든 일을 해야 해요. 규칙을 어기면 누군가는 당신을 몹시 나무라겠지만요. 아니면 크리스마스 전날에 뺏기는 물건처럼 쉽게 질문을 해야 할까요? 당신이 게임을 계속하려면 얼마나 많이 남겨둬야 할까요?"

패니는 조금은 단호하게 말했다. "당신 손톱 크기만큼 남을 때까지 계속할 거예요. 하지만 다행히도 우리는 아직 그 정도 크기로 줄지 않았어요." 갑자기 매기에 대한 베버 부인의 의무감에 관한 생각의 실타래로 잠시 말을 멈췄다. "샬롯이 다른 사람들에게 빚을 진 게 아니더라도, 정직하게 행동하는 것으로도 왕자에게는 충분할 거예요. 왕자는 왜 그녀를 너그럽게 믿어줬을까요? 샬롯이 자신에게 의지가 있다고 생각한다면, 자신이 강하다고 느꼈기 때문이라는 점을 왕자가 이해하는 거 말고 뭘 했죠? 분명 샬롯에게 왕자를 훌륭하게 생각하고 신뢰에 보답해야 하는 의무를 부여했고, 그녀가 행동의 법칙을 만들지 않으면 정말 악마 같은 사람이 될 거예요. 물론 샬롯이 자신을 방해하지 않을 것이라는 왕자의 믿음을 말하는 거예요. 중요한 순간에 그는 침묵으로 표현하죠."

마차는 집에 가까워지고 있었고, 대령은 아마도 이렇게 사라지는 기회에 대해 심사숙고 했고 그건 다소 아내를 놀라게 할 것이다. 그들은 대부분 의견이 일치했는데 그가 지칠 대로 지쳤기 때문이다. 그래서 보통 될 대로 되라면서 내버려두고 절망했다. 그러나 현재 사실상 자신이 아내의 전철을 밟았다는 것을 인정할 정도로 절망과 타협했다. 그는 말 그대로 현명하고 동정심에 가까운 질문을 했다. "당신 말은 왕자가 그녀의 계획에 방해하지 않는 것에 감사해야 하고, 정확히는 샬롯 배의 바닥짐ballast, 무게 중심을 잡기 위해 바닥에 놓는 무거운 물건이 되는 걸 올바른 방식으로 받아들여야 한다는 거예요?"

"올바른 방식으로 받아들이면요." 남편의 눈이 반짝 거리는 걸 포착한 패니는 조건을 강조했다.

"하지만 그건 샬롯이 무엇을 가장 옳다고 생각하느냐에 따라 달렸잖아요?"

"아뇨, 어떤 것도 달려있지 않아요. 의무감이나 세심함에서 방법은 단 하나니까요."

"아, 세심함!" 밥 어싱험은 다소 성의 없게 중얼거렸다.

"가장 최고의 본질인 도덕적인 걸 말하는 거예요. 샬롯은 그걸 완벽하게 이해할 수 있어요. 도덕적인 세심함이 요구될 때마다 그녀는 그 사람을 내버려둘 거예요."

"그러면 당신은 그게 전부 샬롯이 할 일이라고 생각하는 거예요?" 대령은 통명스럽게 물었다.

의도적이든 아니든 그 말의 효과는 작고 동그란 부인의 표정에 나타났다. 다시 평정심을 잃었고 다시 찾은 위안이 사라졌다. "그럼 당신은 다르게 생각해요? 정말 다른 게 있어요?"

분명 그 행동 자체로 그는 다시 한 번 눈에 띄었다. 그는 점점 그 문제가 어렵다고 생각했다. "아마도 지금 샬롯이 하는 일이 그런 걸 거예요. 그를 얼마나 내버려 두고 있는지 보여주고 매일 그에게 그 점을 가르쳐 주고 있어요."

"당신이 나에게 묘사했던 모습으로 오늘 밤 계단으로 그를 기다리면서 그 점을 알려줬다고요?"

"내가 정말 당신한테 말해줬던가요?" 대령이 자신이 떠넘기고 한다는 걸 거의 알지 못했다.

"한 번은 했죠. 그 두 사람이 올라오는 걸 보고 나서 당신이 본 것을 나에게 말해줬어요. 많이 말 하지 않았어요. 당신은 평생 말을 많이 안 할 거예요. 그러나 이상하게도 당신이 어떤 느낌이 받았다는 걸 알 수 있었고, 당신이 밝히기 꺼리는 뭔가가 틀림없이 있는 게 분명하다고 생각했어요." 그녀는 지금 남편에게 완전히 다가갔고, 그 일로 득을 보고자 하는 자신의 불안한 욕구 때문에 입증된 감수성을 지닌 남편을 마주 봤다. 남편에게 어떤 일을 겪었다는 생각이 그때보다 더 들었다. 그리고 이런 상황이 되려면 충격을 받을 일이 많았을 것이다. 그녀는 사실 가치가 있는 남편의 생각을 알고자 궁지에 몰아넣고, 집요하게 굴려고 했다. 그렇게 밝혀내서, 어떤 생각도 놓치지 않을 거라고 생각했고, 참고하려고 가까이에 둬야 했다. "여보, 당신은 당신이 생각하고 싶은 대로 생각했을 뿐이에요. 눈앞에서 일어난 일을 보고 생각할 수밖에 없었던 거라고요. 더는 안 물어볼게요. 이번에는 내 생각만큼 당신 생각도 가치가 있어요. 그러니까 당신은 평소처럼 내 생각이 우월한 척 안 해도 돼요. 당신을 따라잡은 게 아니에요. 난 그 자리에 그대로 있었어요. 하지만 당신 생각이 어떤지 알겠고, 알게 해줘서 정말 고마워요. 당신은 나와는 다른 시선을 보여줬고 난 그게 좋아요. 이제 당신 곁에 있을 수 있어요."

그녀가 말할 때 마차는 집 문 앞에 멈췄고, 내려야 하는 쪽 옆에 앉아 있는 남편은 그 자리에서 움직이지 않았고, 그 모습은 그녀에게 또 다른 중요한 것이 되었다. 그들에게 현관 열쇠가 있었고, 그래서 가족들은 잠자리에 들었다. 그래서 하인이 없었고, 마부는 평화롭게 기다렸다. 사실 등을 돌리기보다는 이 말에 대답해야 할 이유를 의식하면서 기다린 것은 밥 어싱험이었다. 그는 고개는 돌리지 않았지만 앞을 응시했고, 아내는 남편이 전혀 움직이지 않는 모습에 이미 자신의 주장에 대한 증거라는 것을 이미 알아차렸다. 남편이 자신의 말을 전혀 신경 쓰지 않는다는 것을 알았고, 그런 가능성을 무시하는 것이 더욱 설득력 있었다. 마침내 그가 입을 열었다. "그 사람들한테 맡겨요."

"놔두라고요?" 그녀는 의아해했다.

"내버려둬요. 알아서 할 거예요."

"하고 싶은 대로 할 거라는 말이에요? 아, 당신 뜻이 그렇군요!"

"자기들 식대로 할 거예요." 대령은 상당히 아리송하게 말했다. 이 말은 그녀에게 영향을 미쳤다. 남편의 무감각해진 양심에 익숙해진 것과 별개로 그녀의 표정에서 남편은 죄책감을 느꼈고, 특별한 환기가 됐다. 그것은 정말 멋진 환기였다.

"너무나 영리하게 굴면 아무도 눈치 채지 못할 거라는 게 당신 생각이에요? 그냥 그들을 보호하면 우리가 할 일을 다 했다고 생각하는 거예요?"

그러나 대령은 여전히 그 자리에서 자기 생각을 설명하는 걸 거부했다. 그 설명은 방향을 잃은 이론과 너무 비슷했다. 자신이 했던 말만 알았고, 오랜 강인함을 확인시켜 주는 한정된 떨림이 그의 말을 대신했다. 그런데도 자신의 주장을 내세웠다. 하지만 세 번째에는 같은 말을 했다. "자기들 식대로 할 거예요." 이 말을 하고 그는 마차에서 내렸다.

이 모습은 그녀에게 정말 큰 영향을 미쳤고, 남편이 집 계단을 올라가 현관문을 여는 동안 따라가지 않고 쳐다보기만 했다. 복도 불이 켜졌고, 그가 그녀를 돌아보며 서 있을 때, 어둠 속에서 키가 크고 마른 모습이 윤곽을 드러냈고, 습관적으로 쓰는 접는 모자는 무심하게, 다소 사악하고 삐딱하게 써서 불길한 의미를 강조하는 듯 했다. 보통 이렇게 귀가할 때, 그는 집에 들어가는 것이 준비되면 아내를 데리러 돌아왔다. 그래서 지금은 보다 가까이 그녀를 마주하는 것이 부끄러운 것 같았다. 그는 거리를 두고 그녀를 봤고, 여전히 자리에 앉은 채 남편의 말뜻을 따져보는 부인은 모든 일에 대한 전반적인 생각이 불타오르는 거 같았다. 단순히 남편이 말하는 것이 왕자의 얼굴에 쓰여 있는 게 아닐까? 그녀가 걱정하는 시선으로 봤던 그곳의 조롱하는 대상과 다른 걸까? 어쨌든, 남편이 공언한 "자기들 식대로 할 거예요"라는 말은 아내가 그 사람에 대한 관심을 떨어트리는 기회라고 생각하는 것이 아닐까? 남편의 말투는 왠지 아메리고의 외모와 어느 정도 어울렸다. 아주 이상하게도 뒤에서 앞 사람의 어깨 너머 모습을 엿보는 거 같이 느껴졌다. 그때는 이해하지 못했다. 그러나 그녀와 부합했을 지도 모르는 그의 추정을 이제 알게 됐을 때 이해한 것이 아니었나? 그녀는 정직하지 못했고, 상대방이 그녀에게 "무슨 일 있어요?"라고 말하는 걸 듣는 동안 두려워해서는 안 된다고 마음먹은 것을 스스로 상기시키는 시간을 가졌다. 그 '일'이라는 것은 뭐 조금 아프다고 느끼는 것도 충분히 문제가 될 것이다. 그녀가 주로 불안한 사람으로 여기려고 하는 사람은 왕자가 아니었기 때문이다. 그녀는 기껏해야 샬롯의 불안감을 가정했고, 왠지 더 다루기 쉬울 것이라고 생각했다. 그래서 만약 왕자라면 다른 문제였다. 그들 중에서 선택할 수 없었다. 그 생각에 그녀는 무기력해졌고, 시간이 지나고 마차에서 내리지 않자, 대령이 돌아와서 끌어당겼다. 그 후 가로등 아래 포장도로에서 그들의 침묵은 어떤 심각함을 나타내는 건지도 모른다. 침묵 속에 남편은 아내에게 팔을 내밀었고, 실망감을 느낀 사이좋은 노부부처럼 두 사람은 함께 계단을 가볍게 올라갔다. 조문하는 집으로 조용히 가는 것과 닮지 않았다면 장례식장에서 돌아오는 모습과 더 비슷했다. 그녀는 자신의 실수를 가능한 한 점잖게 감추기 위해 집에 온 것이 아닐까?

17.

자신들의 처지를 제대로 아는 순간부터 두 친구가 남다른 자유를 함께 누리려고 하는 듯했다. 처음부터 자연스럽게 왕자와 함께 샬롯은 그걸 아는 것이 중요하다고 했다. 샬롯은 왕자에게 이 필요성을 자주 설명했고, 아이러니한 상황을 감수하고 빨리 이해하게 되면서, 경우의 타당성을 매번 달리 말했다. 놀라운 것은 처음부터 타당성을 대해 활발히 생각했다는 것이다. 그녀는 피난처를 찾는 것은 가장 흔한 전술로 마치 이 원칙만으로도 자신들의 길을 밝히기에 충분한 것처럼 몇 시간 동안 말했다. 그녀의 말에 귀 기울이면서 가장 간절히 연구하고 물론 독창적이면서 가장 독립적으로 징조를 해석하길 바라는 사람들이 있었다. 현재 그녀는 매번 터무니없이 중요한 것을 도표로 보여주는 것처럼 말했고, 마치 다양한 형태로 숨고 덤불과 들장미 사이로 쫓기는 것처럼 다시 말했다. 그리고 종종 자신들의 상황이 전례가 없어서 자신들의 하늘에는 별이 없다는 생각을 내비쳤다. 한 번은 결혼 직후에 미국을 방문하고 돌아왔을 때 그들이 은밀히 대화를 주고받은 후에 그에게 "그렇죠?"라고 말한 적이 있었는데, 바로 그는 낯선 순서의 외도처럼 여겼다. "인생에서 아무것도 '하지 말아야' 하는 우리의 상황이 대단하고 독보적으로 멋지지 않나요? 자신이 도울 수 있는 것보다 바보가 되지 않는 것으로 존재하는 평범하고 필연적이고 일상적인 것을 제외하고 아무것도 하지 말아야 해요. 그 뿐이에요. 하지만 다른 상황이라도 마찬가지예요. '하는' 일이 많았고, 당연히 여전히 많을 거예요. 하지만 그건 모든 사람들에게 그렇고, 그게 전부 사람들이 우리에게 한 일이에요." 그리고 그녀는 모든 일이 닥치고 조용히 모든 일을 받아들이는 것이 어떻게 문제인지 알려줬다. 성실하고 의지가 있고 완벽하게 수동적인 한 쌍에게 분명 이상한 일이 일어난 적은 없었다. 희생자들을 대상으로 특별한 결정을 내리는 것은 그들이 피하려고 모든 방법을 동원했던 상호 밀접한 접촉의 관계를 강요하는 것이다.

한편, 샬롯은 탈출을 위한 이런 주된 노력에 대해 언급했을 때 왕자

가 오랫동안 아무 말 없이 바라봤던 것을 상당히 기억했다. 그가 거부
할 수 없는 눈빛을 보내도록 한 무언의 요소를 속으로 깊이 생각했는
데, 그 시선에서 자신이 그 자리에서 의혹, 의문, 도전과제 또는 그 밖
의 것들을 해결했다는 자부심과 기쁨으로 여겼기 때문이다. 그는 자
신들이 운명에 맞서 그렇게 열심히 계획을 꾸몄다는 것에 대해 다소
경이로워하는 모습을 보여줄 만큼 꽤 방심했으며, 물론 그녀는 이와
관련된 그 사람 생각의 밑바닥이 무엇인지, 그리고 그가 다행히도 말
을 아끼지 않았다면 어떤 말을 했을지 충분히 알았다. 모든 사람은 정
말로 도움이 되는 일이라도 반대할 기회가 있으면 잡을 정도로 잔인
했다. 하지만 왕자는 충동적으로 행동하기 전에 자신을 살피는 몇 안
되는 사람들 한명이라는 점에서 달랐다. 분명 이는 사려 깊은 사람으
로 여겨지는 모습이다. 만약 그녀의 친구가 말을 불쑥 내뱉거나 실수
를 했다면, 그는 단순하게 "우리가 당신의 놀라운 결혼소식을 직시했
을 때, 그걸 피하려고 모든 걸 했나요?"라고 말했을 것이다. 물론 베버
씨가 그들의 약혼 소식을 로마로 알린 후, 파리에서 왕자한테서 받은
전보 내용을 잘 기억하면서 말이다. 샬롯은 단순히 형식적으로가 아
니라 차분히 자신들에게 일어날 일을 받아들인 그 전보를 결코 없애
지 않았고, 남의 눈에 띄지 않고 혼자서만 볼 수 있게 조심스럽게 보
관했다. 안전한 곳에 넣어두고 가끔 혼자서 은밀하게 꺼내서 읽었다.
그 전보는 프랑스어로 썼다. "그렇다면 전시에는 전시 상황에 맞도록
À la guerre comme à la guerre. 비상시에는 불편함을 감수해야 한다는 뜻, 우리는 인생을
아는 만큼 살아야 해요. 하지만 난 당신의 용기에 매료되었고 나 자신

의 용기에 놀라움을 금치 못하고 있어요." 그 메시지는 여전히 모호했고, 샬롯은 여러 관점에서 읽었다. 그녀가 없어도 그의 생활은 힘들고 그럴듯하게 보이지만 매일 싸우는 문제이고, 그래서 다시 그들이 이웃이 된다면 더욱더 전투태세로 살아야 한다는 의미일 것이다. 다른 한편으로 그는 자신이 충분히 행복하다는 것을 알았고, 따라서 샬롯이 자신을 위험하다고 생각하는 한 그 사람이 미리 준비됐고 정말 노련하고 확실하다고 생각해야 한다는 뜻일 것이다. 그런데도 왕자가 아내와 함께 파리에 도착했을 때, 샬롯은 그에게 어떤 설명도 청하지 않았고, 그도 그녀에게 아직 그 전보를 가지고 있는지 물어보지 않았다. 모든 것을 암시하는 그런 질문은 그의 위신에 피해를 주는 것이고, 주제넘게 그녀가 매우 정직하게 그 전보를 베버 씨에게 보여주겠다고 바로 제안했었고 베버 씨가 말만 했다면 바로 보여줬을 거라고 언급했다면 그의 체면을 깎는 것이다. 그래서 그러한 폭로가 곧장 자신의 결혼 생활을 망칠 가능성이 있다는 생각에 그가 관심을 갖게 하는 걸 참았다. 사실 지금 당장 그녀의 모든 미래는 베버 씨의 세심함(그렇게 불려야 한다고 생각했다)에 달려 있었다. 그리고 책임 문제에서 그녀는 공격할 수 없는 정도로 솔직했다.

한편 왕자는 실수할 만큼의 시간이 없었다는 생각에 많은 도움이 되었다. 그럼에도, 현재 놀라운 인내심을 가지고 기다리고 있는 것처럼 보이는 것은 그저 부수적인 요소였다. 무엇보다는 처음에는 시간이 흐르면서 떨어져 지냈고, 미루고, 사이가 멀어졌다. 그러나 점차 그렇게 되자 그는 어떻게 해야 할지에 대한 문제에 직면한 순간부터 도움이 되지 않았다. 결혼 생활 유지에 필요한 것은 전반적으로 예상된 것보다 적었고, 결혼했지만 이상하게도 아직 결혼한 상태가 아닌 것 같았다. 그리고 그 문제에는 그가 아는 논리가 있다. 그러나 그 논리는 이 진실에 일종의 견고한 증거로 진실을 말했다. 결정적으로 베버 씨가 결혼 상태 유지를 도왔고, 정말 많이 도와줘서 모든 것이 변했다. 베버 씨가 상당히 많은 부분을 도와줬고 사실 그들의 첫 만남 때부터 도와주지 않았을까? 베버 씨의 도움을 4, 5년째 살고 있다. 하나하나 감사를 표하기보다는 고마움이라는 일반적인 솥에 모든 것을 다 함께 넣고 영양분이 많은 죽을 끓게 하는 것이 진리였다. 그는 당연히 후자의 방식을 가장 마음에 들었지만, 종종 그 자체의 장점을 보고 한 가지를 골랐다. 장인의 돈으로 특별한 '대우'를 만끽하는 것은 경이로울 수 있었고, 스스로 점점 즐긴다고 생각했다. 그는 감사함을 완전히 표하는 데 몇 달이 걸렸다. 본디 자신의 가장 큰 의무에 아무렇게나 이름을 붙일 수 없었지만, 이번에는 마음속에 그 이름이 활짝 피웠고, 보장된 안락함 속에서 지냈다. 그러니까 한마디로 베버 씨는 늘 모든 것을 살폈던 것처럼 매기와 그의 관계를 살폈다. 베버 씨는 자신의 은행 계좌로 왕자를 안심시켰던 것과 같은 방식으로 왕자의 결혼 생활에 대한 모든 불안을 덜어주었다. 그는 은행원들과 대화하면서 전자의 일을 했고, 후자는 딸과 좋은 이해관계에서 직접 행해졌다. 이러한 이해관계는 놀랍게도 상업적 그리고 재정적 유대 관계와 동일한 깊은 친밀감을 바탕으로 했다. 그리고 그런 유사함에 다행히도 왕자는 짜증이 난다기보다는 즐거웠다. 자산가와 은행원, 은퇴한 사업가, 저명한 수집가, 미국인 장인어른과 미국인 아버지들, 어린 미국인 딸들과 아내들을 함께 묶어 이런 사람들은 한마디로 행운을 가져다주는 큰 집단이었다. 적어도 그 사람들은 일반적인 부류의 사람들이었고 일반적인 본능을 가졌다. 함께 어울리고 서로에게 말을 전하고 각자의 언어로 말하고 각자 행동했다. 이 마지막 연결 관계에서 매기와 자신의 관계가 인식된 기반에서 해결됐다는 생각이 어느 순간에 떠올랐다. 사실 그것이 그 문제의 실제 결과였다. '재미있는' 상황이었다. 즉 있는 그대로 재미있었다. 그들의 결혼 생활에 문제가 있었지만 분명 해결책도 있었다. 베버 씨가 매기를 편안하게 해 주려고 그렇게 했기 때문에, 그 자신도 괜찮았고, 매기도 남편을 위했기에 괜찮았다.

그러나 우리가 말했듯이 시간이 전적으로 왕자의 편이 아니라는 점이 특히 어느 암울한 날에 이상하지만, 전례가 있었던 우연으로 드러났을 수 있고, 방금 언급된 생각들이 그의 주된 오락거리가 되었다. 그 사람들은 그를 위해 시간을 냈고, 대충 작은 술집에 어울리는 규모였지만 포틀랜드 플레이스의 커다란 집을 가득 채우는 듯했다. 그는 차를 마시고 있는 왕자비를 찾을 수 있을지도 모른다는 생각에 이 방을 들여다봤다. 하지만 벽난로가 타고 있었지만, 매기는 보이지 않았고, 그는 광택이 나는 바닥을 계속 살피면서 그녀를 기다렸다. 이 순간에 그녀를 만나야 하는 절박한 이유가 없었고, 30분이 지나도록 그녀가 오지 않으면서 그 자리에 계속 있었던 상황에 사실 심술이 났다. 그냥 그곳에 메모를 남기는 게 가장 좋았겠다고 생각했을 수 있다. 따분한 작은 문제에 있어 이런 생각은 확실히 그 자체로 변변찮은 재미였다. 그러나 그는 왔다 갔다 걸었고, 특히 높은 창문 앞에서 자꾸 발걸음을 멈추면서 잠시 후에 조금은 두근거렸다. 그러나 이런 두근거림은 욕망의 조급함보다는 급격한 실망감을 나타냈다. 계속된 두근거림은 아마도 동쪽의 관찰자들에게 마침내 새벽에서 밝은 날이 될 때 흔들리는 파도와 비슷했을 것이다. 빛은 사실 정신적인 면을 위한 것으로, 그 빛으로 인한 전망은 한낱 사고 세계의 광대함이었고, 물질적 전망은 늘 다른 문제였다. 창가에서 본 3월 오후는 가을로 되돌아간 듯했다. 몇 시간 동안 비가 내렸고, 비의 색깔, 공기의 색깔, 진흙의 색깔, 반대편 집들과 인생의 색깔 모두 너무 암울한 농담이고 너무 바보 같은 가장무도회로, 말로 표현할 수 없이 지저분한 갈색이었다. 처음에 희미한 홍조도 없었던 젊은이는 우연히 길 중앙에서 벗어나서 천천히 달리는 4륜 마차를 봤고, 분명 안에 한 명이 타고 이는 마차는 왼쪽 포장길로 향하더니 마침내 추가 지시에 따라 왕자가 서 있는 창문 앞에서 완전히 멈췄다. 다소 수월하게 마차에서 내린 사람은 우산도 쓰지 않은 여성으로, 집과 그 여자 사이에 있는 젖은 길을 재빨리 건넜다. 하지만 재빨리 사라졌다. 하지만 왕자는 그녀를 알아봤고 몇 분 동안 움직일 수 없었다.

그런 시간에 낡은 사륜마차를 타고 왔고 방수복을 입은 샬롯 스탠트는 그에게 특별한 마음속 환영의 절정에 나타났고, 허깨비 같아서 격렬하게 바라봤다. 왕자가 서서 기다리는 동안 그녀가 자신을 보기 왔다는 것만으로도 그 효과는 강렬했지만, 몇 분 후 이에 대한 확신은 사라지기 시작했다. 어쩌면 자신을 보러 온 것이 아니라 매기를 보러왔을 것이다. 아마도 밑에서 왕자비가 돌아오지 않았다는 걸 알게 됐었다면 카드에 써서 메시지만 남기고 있을 것이다. 어쨌든 봐야 한다. 아니면 스스로를 억누르면서 아무것도 하지 않는 것이다. 방해하지 않겠다는 생각이 갑자기 그에게 힘이 되었다. 샬롯은 틀림없이 왕자가 집에 있다는 걸 듣겠지만 자신을 찾는 건 전적으로 그녀가 선택하도록 할 것이다. 한 걸음도 내딛지 않았지만, 그녀를 자유롭게 놔두는 이유에 관한 생각은 여전히 간절히 바라는 것보다 더 놀라웠다. 겉으로 보이는 상황이 그녀와 너무나 다른 상태에서 그녀가 눈에 들어오는 조화는 표면적인 상황과는 거리가 먼 조화였고, 그는 그녀의 존재감에 특별한 가치를 부여했다. 게다가 그 가치는 이상하게도 그가 단호하게 굴면서 더 커졌다. 열심히 귀를 기울였던 그는 현관문이 다시 닫히는 소리도 듣지 못했고 샬롯이 마차로 돌아가는 모습도 보지 못했다. 그리고 그녀가 집사를 따라 그의 방이 있는 층계참까지 올라왔다는 것을 재빨리 알아채면서 절정에 달했다. 더 절정에 달하는 게 있다면, 그녀가 집사에게 "잠깐만요!"라고 말하는 것처럼 밖에서 다시 멈춘 것이었다. 그러나 집사는 그녀를 안으로 안내했고, 주전자 아래에 있는 램프에 불을 붙이려고 티 테이블로 와서 분주히 움직일 때, 그녀는 자신을 만나는 것으로 긴장한 집주인을 편안하게 해 주려고 잠시 매기 이야기를 했다. 집사가 계속 있는 동안 샬롯은 자기는 매기를 보러왔고, 집사가 없어도 난롯가에서 기쁜 마음으로 기다릴 것이라고 했다. 그러나 그들이 단둘이 있게 되자마자 윙 소리를 내며 붉은 빛을 내는 폭죽처럼 그를 똑바로 바라보며 말했다. "있잖아요, 우리가 뭘 또 할 수 있을까요?"

계단을 올라온 덕분에 방문 앞에서 그녀가 숨을 헐떡이는 동안, 그는 사실은 몇 분 동안이었지만 몇 시간 동안 느껴진 이유를 그 자리에서 알 거 같았다. 그런데도 동시에 그녀가 여전히 자신보다 그들에게 중요할 수 있는 모든 징후와 조짐을 더 많이 알고 있다는 것을 알았다. (샬롯은 해결책, 충족이라고 말할 수 없는) 대안에 대한 그의 생각은 벽난로 굴뚝 옆에 있는 그녀의 태도에서 알 수 있는 진실과 그를 바라보는 시선에서 더 커졌다. 그녀는 오른손은 대리석 위에 올려놓고, 왼손으로 치마에 불에 붙지 않도록 들고 있는 동안 발을 말리려고 내밀었다. 몇 분 후 그는 어떤 특정한 유대와 공백이 다시 생기고 연결되었는지 알 수 없었다. 로마에서 그는 그림이 아주 정확히 베껴지는 경우를 보지 못했기 때문이다. 즉, 그는 빗속에서 진흙투성이의 사륜마차가 기다리고 있는 동안 그녀가 그를 만나러 왔고 비록 그녀가 아래층에 방수복을 두고 왔지만 칙칙한 드레스와 검은 모자는 분명 분위기는 있었지만, 그 드레스와 모자는 비를 맞은 아름다운 얼굴에 나타난 무관심의 아이러니와 마찬가지로 그들의 인생, 도덕적 교훈을 주장했다. 그런데도 아직 끝나지 않았기에 과거의 감각이 그에게 되살아났다. 다른 시간이 어떻게든 가까운 미래와 만났고, 그 시간에 맞물러 오래 껴안고 입술을 맞추며 그곳에서 상처를 입거나 충격을 받기에는 부족한 현재에 치중했다.

즉 샬롯과 그가 (분명 의도적 계산이 빠진 단계 때문에 '이끌어진') 운명의 방향을 한 번 돌린 후에 아무런 수고도 하지 않고 손도 거의 대지 않은 채 스스로 마법의 거미줄이 펼쳐졌고 특별하고 이상적으로 완벽한 자유를 마주하게 됐다. 무엇보다도 이번에는 결혼식 전날 그가 들었던 바로 그 목소리가 또 다른 불안과 함께 안전한 곳에서 저음으로 다시 한번 들렸다. 그때부터 그는 희미하게 계속해서 그 소리를 반복하는 이유를 듣는 것처럼 보였지만, 지금은 방을 가득 채우는 방식으로 큰 음악으로 표현됐다. 그가 15분이 지나서야 친밀하게 군 그 이유는 그들의 안전에 대한 이런 진실이 이제 그 목소리를 퍼뜨리는 일종의 둘도 없는 그릇을 제공했고, 동시에 솜털의 파도처럼 부드러움으로 탄력적으로 감싸고 쌓아 올렸기 때문이다. 그날 아침 공원에서는 아무리 감춰도 의심과 위험이 있었지만, 오늘 오후의 이야기는 자신감으로 매우 강조됐다. 샬롯이 강조한 것은 일반적인 편안함이었고, 분명 그녀가 시작한 것은 아니었지만, 곧 억제할 수 없을 정도로 스스로 형성됐다. 둘만 남게 되자마자 샬롯이 왕자에게 던진 질문의 의미였다. 사실 그는 질문을 이해하지 못해서 곧바로 대답은 못 했지만 말이다. 곧 부서질 듯한 '4륜 마차'의 진기함과 수수한 드레스에 이르기까지 다른 모든 것을 뜻했다. 그녀의 즉각적인 호소에 아무런 대답을 하지 않고 내버려 두는 것이 이렇게 별난 행동을 하는 그에게 조금은 도움이 됐다. 대신 그녀의 마차가 어떻게 됐는지, 그리고 무엇보다도 이런 날씨에 왜 그 마차를 타지 않는지 물어볼 수 있었다.

"그냥 날씨 때문에요. 그러고 싶었어요. 예전과 같은 기분이 들거든요. 원하는 대로 할 수 있었던 때 말이에요."

18.

이 말이 너무 직설적이라 왕자는 단번에 얼마나 진심인지 알았지만, 여전히 조금 당황스러웠다. "그렇게 불편하게 돌아다니는 게 좋아요?"

난롯가에 있던 샬롯이 말했다. "그때는 모든 게 마음에 들었었던 거 같아요. 어쨌든 옛 감정을 다시 느껴보는 건 매력적이에요. 모든 게 되살아났어요. 게다가 당신도 알아요."

그는 두 손을 주머니에 넣은 채 그녀 옆에 서 있었지만, 그녀를 쳐다보지 않고 티 테이블을 열심히 바라봤다. "난 당신과 같은 용기가 없어요. 게다가 지금까지 난 2륜 마차에 사는 것 같네요. 그래도 차는 무척 마시고 싶겠네요. 좋은 컵 가져다줄게요."

그는 이렇게 신경 쓰느라 바빴고, 그녀가 서 있던 자리에 낮은 의자를 가져가서 앉게 했다. 그래서 그녀가 말하는 동안 그는 그녀가 원하는 것을 더 가져올 수 있었다. 그녀 앞에서 왔다 갔다 했고, 시간이 지

남에 따라 그녀의 방문으로 책임감 있고 신중한 신호 전달의 효과가 점점 커져서 자신들의 상황을 명확하게 알려줬다. 그런데도 전반적인 설명은 매우 높은 수준의 토론, 즉 더욱 훌륭한 식별력, 더욱 깊은 성실감, 더욱 광범위한 철학이라는 냉정한 분위기에서 했다. 어떤 내용을 언급하든, 아직은 자신들이 함께하는 방법에 대한 문제에 대해서였고, 사실 정확히 말해 이런 자리가 도움이 많이 될 거 같았다. "결국, 당신은 나와 이해력이 다르다는 게 밝혀지지 않는 한, 당신에게 나 같은 용기가 없는 게 아니고 나와 같은 상상력이 없는 거예요. 하지만 당신이 더 많은 증명을 할 때까지 난 걱정 안 해요." 그리고 조금 전에 말했던 자신의 의견을 다시 더욱 명확하게 말했다. "게다가 오늘 내가 올 거라는 거 알았잖아요. 그걸 알았다면 모든 걸 아는 거예요." 그래서 그녀는 계속 말을 했고, 만약 그동안 이렇게 그녀의 말을 받아주지 않았다면, 다른 중요한 순간에 그가 주시하고 잠깐의 친절을 베풀게 한 고운 얼굴을 하고 교황이 축복해준 것은 아니지만 그녀 목에 달린 소중한 메달 같은 생각을 지닌 그녀가 분명히 다시 그에게 맞혀주고 있는 것이다. 하지만 그녀는 당면한 일을 설명했고, 누구도 이전의 일을 입에 올리지 않았다. "무엇보다도 개인적 낭만이 있어요."

"난롯가에서 나랑 차는 마시는 거요? 그렇다면 이해가 되네요."

"아, 그 이상이죠. 그리고 만약 내가 당신보다 더 좋은 날을 보냈다면, 내가 더 용감한 거예요. 당신은 지루해요. 하지만 난 아니에요. 그렇지 않다고요."

왕자는 반발했다. "정확히 말하자면 안심하지 못하는 사람이 지루한 거고 그건 용기가 필요해요."

"그렇다면 적극적인 게 아니고 소극적인 거예요. 내 낭만이 알고 싶다면요, 난 종일 시내에 있었어요. 말 그대로 시내에 있었어요. 사람들이 그렇게 부르는 거 맞죠? 어떤 느낌인지 알아요. 당신은 밖에 나간 본 적 없죠?"

그는 여전히 두 손을 주머니에 넣은 채 서 있었다. "내가 왜 나가야 하죠?"

"아, 우리 같은 사람들은 무슨 이유가 있어야 하나요? 하지만 당신들은 전부 정말 멋져요. 사는 방법을 알잖아요. 우리 같은 사람들은 당신 옆에서는 꼴사납죠. 항상 뭔가를 '하고 있어야' 해요. 하지만 당신이 나갔다면 날 만날 기회를 놓쳤을지도 모르죠. 인정하지는 않겠지만, 그건 분명 원하지 않을 거예요. 무엇보다도 내가 당신을 축하하러 온 것을 놓쳐서 멍해졌을 거예요. 그게 내가 마침내 할 수 있는 일이에요. 적어도 이런 날에는 당신은 모를 수가 없어요. 당신이 어디 있는지 말이에요." 샬롯은 그가 안다고 인정하거나 모르는 척하기를 기다렸지만, 그는 조급함에 신음하는 것처럼 길게 심호흡을 할 뿐이었다. 그가 어디에 있는지 또는 무엇을 알고 있는지에 대한 질문을 무시했고, 그의 손님인 자신, 정확히 그곳에 앉아 있는 샬롯 베버가 한 질문의 근거를 명확히 하려는 것 같았다. 그래서 한동안 그들을 오래 쳐다봤고, 침묵 속에서 그 문제를 다뤘다. 시간이 지나자 실제로 상당한 효과가 있었다. 이 효과는 샬롯이 다음으로 한 말에서 충분히 나타났다. "그곳에 모든 게 있어요. 말로 다 표현할 수 없을 만큼 특별해요. 난 진정으로 세상에서 선의의 두 사람에게 강요된 적이 없는 그런 관계를 우리에게 만들어 준다고 생각해요. 그런 곳을 알게 된다면 받아들여야 하지 않을까요?" 그녀는 조금 전보다 더 직접적으로 말했지만, 이번에도 그는 바로 대답하지 않았다. 그녀가 차를 다 마쳤다는 것만 알아차린 그는 잔을 티 테이블로 다시 들고 가서는 뭘 더 마실 것인지 물었다. 그러자 샬롯은 난롯불을 보며 "아뇨, 괜찮아요."라고 답했고, 작지만 효과적으로 발로 찼던 장작을 제자리에 가져다 놨다. 그러는 동안 그녀는 다시 일어났고, 처음에 솔직하게 했던 말을 반복했다. "우리는 도대체 뭘 또 할 수 있죠?"

하지만 그는 처음 반응과 별다를 게 없었다. "그럼 당신은 어디에 갔었어요?" 그녀의 모험에 대한 단순한 관심에서 물었다.

"생각나는 곳은 다 갔어요. 사람들을 구경한 게 아니었어요. 사람들을 보고 싶은 게 아니고, 생각을 많이 하고 싶었어요. 하지만 난 간격을 두고 세 번이나 돌아왔고 또다시 갔어요. 마부는 틀림없이 내가 미쳤다고 생각했을 거예요. 정말 재미있었어요. 우리가 문제를 해결하면, 난 그 사람이 지금까지 봤던 돈보다 더 많은 돈을 빚지게 될 걸요. 내가 항상 너무나 좋아하는 대영 박물관에 갔어요. 그리고 국립 미술관이랑 오래된 서점 10여 곳에 가서 보물들을 발견하고, 점심으로 홀본Holborn, 왕립 재판소와 여러 사무실이 위치한 런던 자치구에 있는 식당에서 낯선 음식들을 먹었어요. 마부가 가보라고 했던 타워 브릿지에 가고 싶었지만, 너무 멀었어요. 비가 너무 내리지 않았다면 동물원에도 갔을 거예요. 거기도 마부가 구경해 보라고 했어요. 당신은 못 믿겠지만 세인트폴 대성당에 갔어요. 그런 날은 돈이 많이 들어요. 책도 많이 샀어요." 어쨌든 그녀는 바로 다른 이야기로 넘어갔다. "당신은 언제 마지막으로 그 사람들을 봤는지 궁금하네요." 그리고 그 말을 상대방에게 분명 갑작스럽게 영향을 미쳤다. "그러니까 매기랑 아이요. 그이가 매기가 함께 있다는 거 알고 있겠죠."

"아, 맞아요. 장인이 매기랑 있는 거 알아요. 오늘 아침에 봤어요."

"그리고 계획을 말해줬어요?"

"매기는 평소처럼 아이를 할아버지에게 데려간다고 했어요."

"온종일이요?"

왕자는 망설였지만, 서서히 태도를 바꾸는 듯했다.

"그런 말 없었어요. 나도 안 물어봤어요."

"음, 당신이 그 사람들을 본 게 10시 반 전이었겠네요. 11시 전에 이튼 스퀘어Eaton Square, 런던 벨그라비아 지역에 있는 정원 광장에 도착해야 하니까. 아담과 난 격식을 갖춰서 아침 식사를 하지 않았어요. 방에서 차를 마셨는데 적어도 나는 마셨어요. 하지만 점심을 일찍 먹었고 정오까지는 남편을 봤어요. 손자에게 그림책을 보여주고 있었어요. 매기도 함께 있었고 둘이 함께 있도록 내버려 뒀어요. 그 후에 남편이 바랐던 거지만 매기가 대신하겠다고 하고 마차를 타고 나갔어요."

왕자는 이 말에 관심을 보이는 듯했다.

"당신 마차를 탔다는 건가요?"

샬롯은 웃으며 말했다. "어느 마차인지 모르지만, 그건 중요하지 않아요. 어쨌든 마차가 문제가 아니에요. 심지어 부르는 마차도 문제가 아니에요. 너무 멋져서 천박하거나 끔찍한 것에 대한 문제가 아니에요." 그녀는 그에게 동의할 시간을 줬다. 왕자는 침묵했지만 다소 놀랍게도 동의하는 거 같았다. "난 외출했어요. 나가고 싶었으니까. 내 생각이었어요. 내 생각에 그게 중요해요. 중요했고 중요한 거예요. 그 사람들이 어떤 감정인지 전에는 몰랐기 때문에 알아요. 다른 어떤 방법으로도 그 점을 그렇게 확신할 수 없었어요."

"그 사람들은 신뢰감을 느껴요."

사실 왕자는 그녀 대신 그 말을 했다. "신뢰감을 느끼죠." 그리고 그녀는 명료하게 그 점을 더 자세히 설명했다. 그녀는 발길 가는 대로 다니는 동안 호기심과 약간의 불안감 때문에 이튼 스퀘어에 돌아왔을 때 목격했던 3번의 순간을 다시 언급했다. 그녀에게 거의 쓰지 않는 현관 열쇠가 있었다. 애덤이 늘 짜증 내는 것 중 하나가 파티에서 돌아왔을 때 한밤중에 하인들이 비인간적으로 똑바로 서 있는 것을 보는 것이었다. "그래서 난 매번 마차를 문 앞에 세워 두고 몰래 들어가 그들 모르게 매기가 아직 거기에 있다는 것을 스스로 알아내야 했어요. 난 왔다 갔고, 그들은 꿈도 꾸지 못했을 거예요. 그 사람들 정말 어떻게 생각했을까요? 감성적으로 또는 도덕적으로 어떻게 불리든 그건 중요치 않아요. 그러나 육체적으로 물질적으로 그저 방황하는 여성, 결국에는 괜찮은 아내, 결국에는 최고의 계모, 혹시 적어도 양심이 전혀 없지는 않은 가정주부겠죠. 특이하지만 어떤 생각이 틀림없이 있었을 거예요."

"많은 생각을 했어요." 왕자가 말했다. 그리고 양으로 언급하는 것이 제일 편했다. "우리를 많이 생각해요. 특히 당신을요."

"'나'에게 전부 떠넘기지 말아요." 샬롯은 웃으며 말했다.

하지만 그는 현재 그녀가 훌륭하게 자리 잡은 곳에서 그 이야기를 했다. "알려진 당신의 특성에 대해 문제에요."

"아, '알려진'이라고 해줘서 고맙네요!" 그녀는 여전히 웃었다.

"당신의 놀라운 총명과 멋진 매력에 대해서요. 이 세상에서 그런 특성이 당신에게 어떤 도움이 되는지에 대한 문제에요. 그러니까 이 세상과 이곳에서 말이죠. 당신은 그들에게 한 명의 저명인사에요. 그리고 그 저명인사가 오고 가는 거죠."

"오, 아니에요. 완전히 틀렸어요." 그리고 그녀는 이제 자신들이 퍼뜨린 행복한 빛 속에서 웃었다. "저명인사들이 하지 않는 게 바로 그거예요. 그 사람들은 지속적인 배려 속에 사치스러운 생활을 하죠. 현관 열쇠는 없지만, 북과 트럼펫 소리로 사람들에게 알려요. 그리고 그런 사람들이 나가면 더 큰 소리가 나요. 내 사랑, 그게 바로 당신이에요."

왕자는 반발했다. "아, 나한테 모두 떠넘기지 말아요! 어쨌든 당신이 집에 가면, 뭘 하고 있었는지 말할 건데요?"

"여기에 있었다고 멋지게 말할 거예요."

"온종일이요?"

"네, 하루 종일이요. 혼자 있는 당신에게 말벗이 돼 주면서요. 내가 당신을 위해 해 준다고 생각하는 것이 그들이 좋아할 거라는 걸 정말로 이해하지 못한다면 우리가 뭘 이해할 수 있겠어요? 상당히 편안하게 당신이 날 위해서 해 주는 것처럼요. 우리가 그들을 있는 그대로 받아들이는 걸 배우는 게 중요해요."

그는 그녀에게서 시선을 돌리지 않은 채 뒤숭숭한 상태에서 이 말을 잠시 생각했다. 그 후 매우 열정적이지만 다소 일관성 없는 말을 꺼냈다. "그 사람들이 내 아들을 얼마나 사랑하는지 어떻게 모를 수 있겠어요?" 그 후 조금 당황한 듯한 샬롯은 이 질문에 충족시킬 만한 말이 없었고 그는 그 모습을 재빨리 알아차렸다. "그 사람들은 당신 자녀들에게도 똑같이 했을 거예요."

"아, 나도 한 명이 있었다면! 그러길 바랐고 그렇게 되기라 믿었어요. 그럼 더 나았을 거예요. 어쩌면 조금의 변화가 생겼을 거예요. 가엾은 그 사람도 그렇게 됐을 거라고 생각했어요. 그 사람도 그렇게 되기를 바라고 생각했을 거라고 확신해요. 어쨌든 그건 내 잘못이 아니에요." 친구가 분명히 말해줬기 때문에, 그녀는 이 말을 하나하나 진지하고, 슬피, 그리고 책임감 있게 말했다. 잠시 말을 멈췄지만, 단숨에 분명하게 결론을 내렸다. "그리고 현재 난 너무나 확신해요. 절대 그럴 일은 없을 거예요."

그는 잠시 기다렸다. "절대로요?"

"절대요." 그들은 그 문제를 진지하게 정확히 다루지는 않았지만, 예절을 갖추고, 어쩌면 긴급하고 분명하게 다루었다. "있었다면 아마 더 좋았을 거예요. 하지만 결론이 나왔어요! 그렇게 되면 우리를 더 외롭게 만들 거예요!"

그는 놀랐다. "당신을 더 외롭게 만들죠."

"아, 전부 나에게 떠넘기지 말아요! 그 사람이 당신 아들에게 헌신

289

하는 것만큼 매기는 그 사람 자식에게 헌신했었을 거라고 확신해요. 내 어느 자식보다 더 그랬을 것이고, 내가 아이들을 가질 수 있었다면, 우리의 배우자들을 떨어트리기 위해 10명 이상이 필요했을 거예요." 샬롯은 상상되는 모습에 미소를 지었지만, 왕자는 중요하게 여기는 것처럼 보였기에 상당히 진지하게 말했다. "당신이 좋아하는 만큼 이상한 말이지만, 정말 우리는 외롭네요." 그는 계속 막연하게 움직였지만, 다시 어색하게 여유를 부리며 주머니에 손을 넣고 그녀 앞에 더 똑바로 다가왔다. 그는 이 마지막 말에 그 자리에 서서 잠시 고개를 뒤로 젖히고 무언가를 생각하면서 천장을 올려다봤다. 그동안 샬롯이 물었다. "당신은 뭘 하고 있었다고 말할 거예요?" 이 말에 그는 정신을 차리고 샬롯을 바라봤고, 그녀는 질문의 핵심을 말했다. "그러니까 매기가 왔을 때 말이에요. 언젠가는 올 거잖아요. 우리는 말을 맞춰야 해요."

그는 다시 생각했다. "하지만 내가 하지도 않은 걸 했다는 척할 수 있을까요?"

"뭘 하지 않았는데요? 뭘 안 하고 있는데요?"

그들이 오래 얼굴을 마주할 때 그 질문이 나왔고, 대답하기 전 그는 그녀에게 여전히 시선이 머물렷다. "그렇다면 적어도 우리는 함께 어리석게 굴면 안 되고 같은 일을 해야 해요. 정말 같이 행동한 것처럼 보여야 해요."

"정말 그렇게 보일 거예요!" 이 말에 안도감은 느끼고 기분이 좋아진 그녀의 눈썹과 어깨는 올라갔다. "온 세상에 난 그런 척할 거예요.

우리는 함께 행동해야 해요. 맹세코!"

그렇게 그는 분명히 알았고, 인정함으로써 그 일을 분명히 다룰 수 있었다. 하지만 그가 명확히 알게 된 일로 동시에 어떤 감정이 너무 버겁게 밀려왔고, 그래서 그녀가 예상하지 못한 것이 그에게 갑자기 떠올랐다. "내가 그 사람들을 이해 못 하는 어려움은 앞으로도 그럴 거예요. 처음에는 이해 안 했는데, 배워야겠다고 생각했어요. 그게 내가 바라는 거였고, 패니 어싱험이 날 도울 수 있을 것 같았어요."

"아, 패니 어싱험!"

그는 잠시 그녀의 분위기를 살폈다. "그 여자는 우리를 위해 뭐든 할 거예요."

샬롯은 처음에는 아무 말 없었다. 생각이 너무 많은 거 같았다. 충분히 생각한 후 고개를 저었다. "그 여자는 우리를 이해할 수 없어요."

그는 이 상황에 잠시 생각했다. "그렇다면 어싱험 부인은 그 사람들을 위해 뭐든 할 거예요."

"뭐, 우리도 그럴 거예요. 그래서 우리에게 도움이 안 돼요. 그 여자는 나이가 들었고, 우리를 이해 못 해요. 그리고 패니 어싱험은 상관없어요".

그는 다시 궁금했다. "그 사람들을 신경 쓰지 않는 한 그렇죠."

"아, 그건 우리가 할 일 아닌가요?" 그녀는 자신들의 특권과 의무에 대해 자랑스럽게 말했다. "우리는 누구의 도움도 원치 않는다고 생각해요."

그녀는 꽤 효과적으로 그렇게 이상하게 관여했지만 정말 고상하게 말했다. 아버지와 딸을 지키려는 노력이 필연적인 조건처럼 보이는 복잡한 반전 속에서도 진정성이 보였다. 그 모습에 약해진 용수철이 갑자기 어떤 것으로 부러진 것처럼 그는 움직였다. 그동안 이런 것들 즉 특권, 의무, 기회는 그 자신이 생각하는 본질이었다. 그런 본질들은 그렇게 특별한 상황에서 그가 책임감 있는 관점을 지니지 않았다는 것을 그녀에게 알려주려고 그가 멀리했던 분위기를 형성했다. 그가 명명할 수 있고 그에 따라 행동할 수 있는 개념에는 이제 마침내 너무 바보가 되지 않으려고 모든 품위가 요구됐고, 그녀가 직접 말한 뛰어난 생각은 왕자가 보여주려고 하는 것일 것이다. 샬롯은 그를 기대했지만, 아무것도 바라지 않는 그녀의 아름다운 표정에서 그는 잘못됐다기보다는 옳다고 느꼈다. 왕자가 그녀를 바라보았을 때, 그의 표정이 환해졌고, 얼굴은 홍분했으며, 거의 장관이라고 부를 수 있는 분위기에서 그가 한 대답은 그녀가 그에게 부여한 가치를 지녔다. "그들은 정말 행복해요."

샬롯은 단 두 마디로 평가했다. "더없이 행복하죠."

"그건 대단한 일이고, 그래서 누군가가 이해 못 하는 건 정말 중요치 않아요. 반면 당신이 충분히 이해하잖아요."

"내 남편을 이해하죠." 그녀는 잠시 후 인정했다. "당신의 아내는 이해하지 못하겠어요."

"어쨌든 당신은 일반적 전통을 잇고 일반적 교육을 받고 같은 도덕관을 지닌 똑같은 부류의 사람이에요. 당신은 그들과 공통점이 있어요. 나 역시 이러한 면들이 없는지 확인하려고 했지만 계속해서 실패했어요. 마침내 언급할 가치가 없는 것 같아요. 그렇게 볼 수밖에 없어요. 나는 확실히 너무 달라요."

샬롯은 중요한 점을 지적했다. "하지만 당신은 나와 그렇게 다르지 않아요."

"잘 모르겠어요. 우리가 결혼한 건 않았으니까. 그런 거예요. 우리가 결혼했다면, 어쩌면 당신은 큰 차이를 느꼈을 거예요."

그녀는 웃으며 말했다. "상황에 따라 다르죠. 어쨌든 당신처럼 난 안전해요. 게다가 사람들은 자주 의식하고 말할 기회가 있어서, 아주 단순해요. 그래서 믿는 게 어렵지만, 일단 받아들이면 행동하기가 더 쉬워져요. 마침내 나는 나 자신을 위해 받아들였어요. 난 두렵지 않아요."

그는 잠시 궁금했다. "뭘 두려워하지 않는데요?"

"음, 일반적으로 끔찍한 실수요. 특히 의견 차이가 나는 생각을 바탕으로 하는 실수 말이에요. 그런 생각은 분명 누군가의 마음을 너무나 약하게 만들어요."

"아! 조금 그렇죠."

"그런 거예요. 난 매기 속내를 알 수 없어요. 말 그대로 알 수 없어요. 그건 나랑 맞지 않아요. 내가 보기에는 숨을 쉴 수 없을 것 같아요. 하지만 상처로부터 보호하기 위해서라면 뭐든지 할 것 같아요. 나도 매기에게 마음이 약해져요. 남편에게는 더 약한 거 같고요. 그 사람은 정말로 다정하고 단순한 사람이에요!"

왕자는 잠시 베버 씨의 상냥함과 단순함에 대해 생각했다. "무슨 말을 해야 할지 모르겠어요. 밤에는 모든 고양이가 회색이에요At night all cats are grey, 어둠 속에선 아무것도 분별하기 힘들기에 외모 등이 무의미하다는 의미. 단지 수많은 이유로 우리가 그들에게 어떻게 대해야 하고 우리의 수완을 충분히 발휘하기 위해 어떻게 해야 하는지 알 뿐이에요. 의식적으로 조심해야 해요."

"말 그대로 매 순간마다요." 샬롯은 그 점들을 매우 잘 파악할 수 있었다. "그리고 그러기 위해서 우리는 반드시 서로를 믿어야 해요!"

"우리가 성인聖人들을 믿는 것처럼. 다행히도, 우리는 할 수 있어요." 그 말 속에 담긴 완전한 확신과 맹세로 그들은 본능적으로 서로의 손을 잡았다. "전부 너무 멋져요."

샬롯은 그의 손을 꼭 붙잡았다. "너무 아름다워요."

그렇게 잠깐 그들은 함께 서 있었다. 과거의 어느 때보다 더 편안한 모습으로 꼭 붙잡고 있었다. 그들은 처음에는 말없이 바라만 보고 손을 잡고 있기만 했다. 그가 마침내 말했다. "그건 성스러워요."

"신성해요." 그녀는 그에게 속삭였다. 그들은 맹세를 주고받았고, 강렬함에 이끌려 더 가까워졌다. 그러다가 바다 너머 좁아진 해협에서 나오는 것처럼 갑자기 조여진 원을 지나 모든 것이 부서지고 무너지고 녹아내리고 뒤섞였다. 서로의 입술을 탐했다. 다음 순간 길고 깊은 정적 속에 탄식했고, 그들을 격정적으로 자신들의 맹세를 봉인했다.

19.

　게다가 우리가 본대로, 패니 어싱험은 이제 중요하지 않다는 샬롯의 말을 받아들였고, 심지어 왕자가 이해한 '이제'는 그가 여러 초반 단계에 대한 생각에서는 타당한 것에 지나지 않았다. 그리고 그가 암묵적으로 동의한 것이나 다를 바 없었지만, 그의 행동은 한 시간 동안 너무 일치했고, 외무부에서 우연히 만났던 오랜 친구에게 약속했던 방문을 며칠 동안 계속 미뤘다. 그런데도 유감스럽게 처음부터 거의 동시에 편리함을 찾았던 애정 어린 학생과 친절한 여교사로서의 관계 이론이 완전히 없어지는 걸 보았을 것이다. 그의 지식에 대한 욕구가 그녀의 허세보다 훨씬 더 능가했기 때문에, 당연히 그는 그 욕구를 가장 많이 내세웠다. 그러나 그녀가 없었다면 자신이 있는 자리에 절대로 있지 않았을 것이라고 그녀에게 반복해서 말했고, 그녀는 그의 자리에 대한 질문의 해석이 개방적이기보다는 오히려 폐쇄적으로 보인 후에도 그 말을 믿어서 생기는 기쁨을 잘 숨기지 못했다. 그 날 저녁 전에는 공식 파티에서 나눴던 대화가 실제로 일어난 적이 없었고, 그가 항상 그녀에게서 당연하게 여겼던 것에 대해 소중한 여성의 관점에서 보면 다소 실망스럽고 망했다고 생각한다는 느낌을 그는 그 순간 처음으로 느꼈다. 정확히 무엇이 망했는지에 대해 말하는 것이 아직도 조금 가혹하다고 느꼈을 것이고, 그리고 사실 샬롯이 보기에 '실패'했다면, 실패한 세부적인 내용은 상대적으로 중요하지 않을 것이다. 그들은 용기의 실패, 우정의 실패 또는 간단한 요령의 실패처

295

럼 모든 면에서 같이 망가졌다. 누구 한 명이라도 정말로 기지를 잘 발휘했다면? 그것은 그가 그녀에게 전혀 기대하지 않았던 일이었고, 우둔함의 승리에 대한 또 다른 이름일 것이다. 자신들이 패니를 '능가했다'라는 건 샬롯의 말이었다. 반면 그는 그녀의 태평한 착각이 마지막까지 자신과 함께할 거라 믿으며 즐거워했다. 어싱험 부인의 믿음의 부족에 꼬리표를 붙이는 것을 꺼렸지만, 유능한 사람들이 개인적 충성심의 열정을 진정으로 또는 적어도 조금은 고상하게 즐기는 방식에 대해 편안하게 생각해 봤을 때, 그는 소심하지도 양심적이지도 않은 허상의 유희라고 생각했다. 필요하다면 자신의 개인적인 충성심은 선한 생명체인 그녀 자신을 위한 모험을 받아들였을 것이다. 확실히 그는 그녀에게서 그런 부름을 받는 호사를 거의 놓칠 뻔했다. 그래서 그가 결혼한 이 가족들과 함께 다시 돌아온 것이다. 누군가는 어떻게 그것에 호소할 수 있는지 궁금해서 주로 상상력을 이용했다. 그는 순간적으로 개인적 관계에 가치 있는 또는 가치 있다고 할 수 있는 것이 전혀 없는 것처럼, 깊은 신뢰를 얻는 매력적인 책임은 전혀 없는 것으로 느꼈다. 속된 말로 자신들에 대한 음모를 꾸미거나 거짓말을 해서는 안 된다고 했을지도 모른다. 더 고귀한 순응에 따라 단검을 들고 기다리거나 몰래 컵을 준비하지 않은 적이 없다고 유머러스하게 말했을지도 모른다. 이것들은 모든 낭만적인 전통에 따라 증오만큼이나 애정을 위한 의식이었다. 그러나 계속 재미있는 한 그는 자신이 한때 무시한 것이 바로 그것이었다고 말하면서 즐거웠을 수도 있었다.

한편 패니는 이튼 스퀘어에 자주 모습을 드러냈다. 같은 기간 포틀랜드 플레이스에서 그는 티타임에 자주 오는 손님을 챙겼다. 그들이 사실상 그녀보다 오래 있었다는 데 동의한 후에는 그녀에 대해 말할 필요가 거의 없었지만 말이다. 이러한 대화와 억압의 현장에 어싱험 부인은 실제로 가까이하지 않았다. 그녀는 최근 이튼 스퀘어에서 자신이 가장 쓸모 있다고 생각하는 거 같았다. 실제로 그곳에서 현재 혹은 어쨌든 소명의 틈바구니 기회를 멀리하는 왕자를 제외하고 모두가 왕자와 조금 관계가 소원해진 유일한 사람을 우연히 마주치지 못했다. 왕자가 샬롯의 도움으로 이미 그런 일을 아주 많이 겪지 않았더라면, 엄청난 일이었을 것이다. 표면상으로 작용하는 놀라운 원인과 함께 아직 누군가가 그 누구와도 멀어진 것처럼 보이지 않았다는 점은 형언할 수 없을 정도로 놀라운 일이었을 것이다. 어싱험 부인이 매기를 좋아한다면, 지금까지 얼마나 쉽게 매기에게 다가갈 수 있는지를 알았고, 샬롯에게 불만이 있다면 같은 이유로 고통스러운 생각을 얼마나 놓쳤는지를 알았다. 물론 자신이 집을 비운 것을 아는 데 도움이 될 수 있었다. 불안한 마음에 집안일에 거리를 두는 이런 특정 현상을 그곳에서 가장 잘 살필 수 있는 것처럼 말이다. 하지만 패니는 자신만의 이유로 포틀랜드 플레이스 자체를 '부끄러워'했고 이것은 주목할 만했다. 그래서 결국 샬롯이 그곳에 자주 나타났는지에 대한 질문에 큰 주목을 받지 못할 수도 있고, (이렇게 된 이후로) 사람들은 그 집 가장이 평소 고독하게 지낸다는 이야기만큼 주목받을 수 없었다. 모든 모호한 상태를 감추기 위해 베버 부인의 하루에 대해 여러 가지 말이 항상 있었고, 사람들은 베버 부인이 두 집안, 즉 가족의 '사회적 관계'를 분명 책임지고 있다는 점과 위대한 세계와 강렬한 방식에서 생생한 증언이 점점 더 쌓이는 것을 보여주는 그녀의 천재성에 관해 모두 의견을 모으고 찬사를 보냈다. 그 의견은 초반에 두 집안에 확립되었는데 쾌활한 샬롯은 '사교적으로 성공한 인물'이었던 반면 왕자비는 친절하고 꼼꼼하고 매력적이고 사실 세상에서 가장 소중한 사람이었지만 또한 눈에 띄지 않았고 사실상 그 점은 포기했다. 그보다 났든 못하든 간에, 너무 많이 밖에 있었든 너무 많이 놓쳐버렸든, 너무 준비가 안 됐거나 너무 내키지 않았든 특별히 중요하지 않았다. 욕구라고 부르든 인내라고 부르든, 전반적인 대표 행위와 일상적인 교류는 샬롯의 검증된 재능에 속했고, 친절하고 너그러운 모습과 집안의 쓸모에 대한 견해도 훨씬 눈에 띄었다. 솔직히 샬롯은 자신이 할 수 있는 일을 하려고 '아무 질문도 하지 않고' 인연을 맺었고, 그에 따라 그녀는 가장 현실적인 상태에서 방문객 명부의 일을 맡았는데, 매기는 원래 자신이 맡았고 프린시피노에게 더 많은 것을 맡겨서 지나치게 손을 쓸 수 없어서 괴로웠다.

그녀는 한마디로 유쾌하게 런던의 다람쥐 쳇바퀴 같은 삶을 시작했을 뿐만 아니라, 재미난 호기심을 너무 가혹하게 부리지 않는다면 다른 세 사람을 더 편안하게 해주려고 스스로를 자처했고, '하찮은 태도'로 계속 노력했다. 지루할 가능성, 답답한 사회적 관행, 무미건조한 사교계, 가치가 떨어지는 가짜 화폐와 같은 형편없는 15분은 일정한 관습에 따라 그녀가 알아들을 만큼 영리하지 못하는 것처럼 가벼운 사람으로 보이게 했다. 이 점에서 왕자는 미국 신혼여행에서 돌아온 직후 그녀를 칭찬했고, 모든 사람들의 말에 따르면 그녀는 놀랍게도 잘 견뎌냈으며, 남편 옆에서 밝은 표정으로 모든 일을 마주했는데, 종종 몇 가지 일은 이루 말로 표현할 수 없었다. 자신의 이익만이 위태로운 것처럼, 그녀는 결혼 전에 했던 방문 기간에 게임을 포기했다. 미국 세계에 관한 토론, 분위기, 인상과 모험의 비교는 두 부부가 재회했던 순간부터 늘 베버 부인과 사위와 만남의 이유가 되었다. 따라서 샬롯은 친구의 공감에 그렇게 빨리 자신의 의견을 말할 수 있었다. 그가 자신의 즐거움을 끌어낸 시간에 그녀가 알 수 있는 표현을 쓰기도 했다. 그녀가 물었다. "계약 일부가 그렇게 명백할 때 모든 일을 겪는 것보다 더 간단한 일이 있을 수 있나요?" 그녀는 남편에게 한 순간도 자신이 얼마나 '많이' 느끼고 생각하는지 전혀 숨기지 않았다. "내 결혼으로 얻은 것이 너무 많아서 보답에 인색하게 군다면 나는 관용을 받을 자격이 없어요. 인색하게 굴지 않고, 돌려줄 수 있는 것은 바로 품위와 명예와 미덕이에요. 당신이 알고 싶다면 이제부터 이것들이 내 인생의 법칙이고, 숭배의 절대적인 작은 신들이고, 벽에 걸린 신성한 그림이에요. 아, 그래요. 난 잔혹한 사람이 아니니까, 당신은 나의 있는 그대로의 모습을 알게 될 거예요!" 그래서 그가 항상, 매달, 날마다, 그리고 이따금 직분을 다 하는 그녀의 모습을 봐왔다. 샬롯의 완벽하고 뛰어난 유능함은 당연히 그녀의 남편과 남편의 딸이 편안함을 느끼는 데 이바지했다. 사실 아마도 이보다 더 많은 일을 했을 것이다. 편안한 범위에서 그들은 더 기분 좋은 생각을 했다. 속된 말로 자신들을 대신해 그녀가 '세속적인 일'을 하도록 했고, 너무 천재적으로 해내서, 결과적으로 자신들이 원래 의도했던 것보다 훨씬 더 그런 일을 그만뒀다. 더욱이 샬롯은 그렇게 함에 따라 다른 하찮은 일에서 벗어났다. 따라서 적절한 논리에 따라 사소한 문제는 더 자연스럽게 매기에게 맡겨졌다. 같은 이유로 자연스럽게 매기 손에는 이튼 스퀘어에 샬롯이 두고 갔을 모든 바느질과 같은 수선도 포함됐다. 집안일이었지만 매기의 일이 되었다. 사랑하는 아메리고를 생각하면, 가장 세속적인 사람으로 당연히 소박하지 않으며, 샬롯이 그 점을 충분히 인지할 수 있는 순간부터 균형을 맞추는 건 어느 정도 샬롯의 가장 매력적인 역할이었다.

그런 샬롯이 마침내 그 점을 무능력하게 인식하지 못한 것으로 평가될 수 있다는 것은, 우리가 실제로 관계를 맺는 동안, 왕자의 가슴에 정리하려고 했던 이런 다른 이미지와 여가에 대한 반추, 양심과 경험을 살피는 것이 마무리되는 반영이었다. 왕자의 풍부한 자산을 고려할 때 사람들은 그를 잘 상대해줬는데, 그가 어울리는 동안 카도간 플레이스에서 패니를 찾거나 이튼 스퀘어에서 너무 성실하게 구는 실수를 저지르지 말라는 원칙이 마지막까지 분명해졌다. 이런 실수는 그곳에서 우세할 수 있는 왕자 혹은 샬롯의 꾸밈없는 생각을 왕자 자신이 최대한 활용하지 않는 것이다. 꾸밈없는 생각은 우세할 수 있었고 실제로 우세했다는 사실은 그가 엄청난 증거로 분명하게 그리고 궁극적인 것으로 받아들임으로써 끝을 냈다는 점이었다. 그리고 일반적인 신중함과 가장 단순한 삶의 절약이 조화를 이뤄 어떤 이상한 이삭을 낭비하지 않도록 했다. 결국, 이튼 스퀘어에 나타나는 것은 그가 훌륭한 동료처럼 할 일이 충분치 않다는 걸 보여주는 것이다. 그가 그렇게 할 일이 있는 것으로 충분했고 그렇게 함께 어울리면서. 서로에게 말했듯이 매우 낯설면서도 평화롭게 모든 것이 가능해졌다. 더욱 그 경우를 뒷받침하는 것은 여전히 기회의 아름다운 변칙으로 그 '세상'이 이튼 스퀘어와 같은 범위를 포함하지 않고 포틀랜드 플레이스를 포함한다는 것이다. 이튼 스퀘어는 동시에 바로 추가되어야 하고, 가끔 기회에 눈을 뜨고 장난을 치면서 수십 장의 초대장을 보내야 한다. 잠깐씩 도피하는 것은 정확히 부활절 전에 우리 젊은이의 여유의 기준에 조금 방해가 되었다. 올바른 정신을 가진 매기는 아버지가 때때로 제대로 된 만찬을 열어야 한다고 주장했고, 기대에 미치지 못하는 것에 대해 여전히 거의 알지 못하는 베버 씨는 자신의 아내가 마땅히 해야 한다는 조화로운 의견이었다. 샬롯은 항상 그들이 이상적으로 하고 싶은 대로 한다고 판단했고, 항상 방치돼서 매우 소원해 졌을지도 모른다고 걱정했던 모든 사람이 뒤늦은 신호의 아주 작은 징후에 미소로 가득 머금은 채 도착하는 것이 그 증거라고 주장했다. 미소로 머금고 진심으로 미안해하는 이런 연회들은 아메리고에게 인상적이었는데, 솔직히, 런던의 번잡함에서 연회들은 그에게 작고 우아하면서 돈을 들인 편의 시설과 인간성을 갖춘 감동적인 행사였다. 모두가 왔고, 모두가 서둘러 왔다. 그러나 모두 부드러운 영향력에 굴복했고, 잔혹한 군중들은 외투와 숄을 두르고 멋진 계단 아래에서 유연하지 못한 호기심을 뒤로 미뤘다. 부활절 며칠 전 저녁에 열린 연회에는 매기와 왕자가 불가피하게 손님으로 참석했는데, 지속적으로 발생하지 않는 의무의 이행이었고, 그에 따라 오히려 거의 목가적 이상향의 Arcadian 낙관주의 분위기였을 것이다. 크고, 밝고, 따분하고, 중얼거리고, 온화한 눈을 가진 중년인 사람들의 만찬에는 매우 단조롭고, 매우 고귀하고 높은 계급의 부부들이 대부분 참석했고, 나중에 온 사람들을 걱정하지 않고 간단한 악기 연주회를 준비하는 동안 왕자는 매기의 불안이 샬롯의 기발한 재주와 함께했고 두 명 모두 베버 씨의 지불 능력을 매우 과시했다는 걸 알았다.

어싱험 부부는 낮은 사회 계층이었지만 초청을 받아 그곳에 있었고, 겸손한 지위인 어싱험 부인과 더불어 왕자는 샬롯을 제외하고 그어떤 사람보다도 속마음에 더 몰두했다. 그는 우선 샬롯에게 마음이 사로잡혔는데, 무엇보다 그녀가 너무나 아름다웠고 너무 고귀해 보였기에, 다른 많은 사람은 성숙하고 차분한 곳에서 열의를 보이는 젊음의 등불이자 정적인 우아함의 기준이었다. 그리고 두 번째로, 안주인을 강조하는 자신감 있는 언급에 따라 매기 눈에는 그 연회가 우선 의미심장하고 비딱하게 보였다는 점 때문이다. 모두가 자리를 잡았을 때 왕자는 자신의 아내도 완벽하게 그녀만의 작은 특성이 있다는 것을 알아볼 수 있었지만, 어떻게 그렇게 눈에 띄게 간단해졌는지 궁금했다. 또한, 그는 아내가 품고 있는 어떤 욕망에도 불구하고 연회의 행복과 바로 그 실제 행위와 영예에 마음을 너무 쓰고 있는 본질적인 분위기를 알고 알았다. 또한, 언제든지 특히 이튼 스퀘어에서 그녀의 분위기를 만들어내는 다른 것들도 알았다. 자기 아버지를 닮은 아내의 모습은, 때로는 너무나 생생했고, 때로는 꽃의 향기처럼 섬세한 온기에서 피어났다. 약혼 후 로마에서 만나 처음으로 얼굴이 붉어졌던 날에 숨 쉬는 아주 가벼운 움직임이었지만 벤치에서 숨을 헐떡이며 있는 어린 무희와 닮았었다. 마지막으로 왠지 정체성 이상의 비유로 그녀는 그의 오랜 가문에서 아내와 어머니의 중간 모습을 이루는 다소 중립적이고 소극적인 적절함과 유사했다. 만약 로마의 나이 지긋한 부인이 처음이자 마지막으로 오랜 집안의 명예가 되었다면, 틀림없이 매기는 50세에 자신을 코넬리아Cornelia, 로마의 정치가 그라쿠스 형제의 어머니 축소판이라고 여기더라도 그러한 존엄성을 확고히 했을 것이다. 그러나 계절에 따라 그에게 빛이 끼어들었고, 그렇게 되자 어느 때보다 베버 부인에 대해 알게 되었는데, 그녀는 단순히 신호를 보내거나 상냥하게 재량권을 행사하면서 애매하지만 절묘하게 관여했는데, 베버 부인은 그 자리에서 형언할 수 없고 헤아릴 수 없는 관계였다. 그녀의 위치, 자연스러운 자리와 이웃, 강렬한 존재감, 차분한 미소, 몇 개뿐인 보석은 매기 안에서 작은 불꽃처럼 타오르고 실제로 양쪽 뺨이 붉어질 정도의 몰두한 상태와 견주었을 때 예상한대로 아무것도 아니었지만, 다행스럽게도 절대 어울리지 않는 건 아니었다. 그 파티는 그녀 아버지가 여는 파티였고, 크든 작든 그 파티의 성공 여부는 자기 아버지에게 얼마나 중요한 지가 그녀에게 중요했다. 그래서 동정심과 자식 입장에서 그녀는 눈에 보일 정도로 긴장했고, 그런 압박감에 표정, 움직임, 말투에서 그런 분위기가 가득했다. 모든 것이 틀림없었고 최대한 멋졌고 재미있기까지 했지만, 결혼으로 각각 떨어져 있지 않고 두 사람이 함께 있자 왕자비는 두말할 것도 없이 자신이 원하는 자리에 앉을 수 있었다. 그녀는 그 집에서 여전히 항상 구제불능 매기 베버일 것이다. 이 자리에서 왕자는 자연스러운 보완책으로 베버 씨는 딸과 함께 식사했다는 인상을 사람들에게 심어 줬는지가 정말 궁금해서 괴로웠다.

그러나 이러한 뒤처진 짐작을 하려고 했다면 쉽게 저지되었을 것이다. 아메리고의 대단한 장인은 때에 따라서 다른 모습을 보여준 적이 거의 없기 때문이다. 그는 단순함 그 자체로, 정말 약점으로 주장할 수 있는 문제였다. 그것은 오늘 밤 우리의 젊은이는 즐거웠고, 다양한 오컬트 방식으로 어떻게 집주인이 다른 모든 것, 즉 자산, 소유물, 건물 및 사교계 전설로 증폭된 온화함을 이뤘고, 그 효과를 전하기 위해 개인의 '방정식'이나 단순히 측정할 수 있는 수단에 의존하지 않고 알아서 기뻤다. 이 좋은 사람들에게는 분위기가 감돌았고, 베버 씨의 존경할 만한 자질은 매우 만연했다. 그는 가냘프고 겸손하고 눈썹이 깔끔했고, 눈은 두려움 없이 여기저기 살폈지만 반항하지 않고 진득하게 보였으며, 어깨는 넓지 않고 가슴이 높지 않고 안색은 맑지 않고 정수리는 가리지 않았다. 이런 모든 모습에도 상석에 앉아있는 그는 부과된 지위로 수줍게 놀고 있는 소년과 같았고, 어린 왕이 왕국의 대표자인 것처럼 권력자 중 한 사람, 권력의 대표자일 수밖에 없었다. 장인에 대한 이런 전반적인 생각은 오늘 밤 가중되었지만 늘 그랬기 때문에 아메리고는 이제 얼마 동안 은신처를 찾았다. 영국에서 두 가족이 재결합한 후, 은신처는 원래 그의 계산에 따르면, 사람에게서 사람으로 찾을 수 있었겠지만, 점점 실제로 성숙하고 꽃이 피지는 않아 공동체로 대체됐다. 그는 탁자 너머에 있는 점잖은 가족들의 시선과 마주쳤고, 그 후 음악실에서 그들을 만났지만, 마지막으로 조건이 완전히 정해졌던 과도한 불안감이 시작했던 시기였던 처음 몇 달 동안 알게 된 것만을 이해할 뿐이었다. 이러한 직접적인 관심은 편안했지만, 오래 머물거나 꿰뚫어 보지 않았고, 왕자의 상상에는 사업 과정에서 받은 수표의 숫자를 잘 살피고 은행가에게 막 동봉할 때 대충 훑어보는 것과 거의 같은 순서였다. 금액을 확인했고 때때로 왕자의 총금액을 확인했다. 이처럼 그는 갱신된 할부금으로 영구적으로 지불되고 있었다. 이미 은행에 하나의 가치로 자리 잡고 있었지만 이렇게 편안한 방식으로 계속 무한한 보증을 받았다. 더욱이 그 젊은이는 자신의 가치가 떨어지는 걸 보고 싶지 않다는 것이 최종결론이었다. 결국, 왕자 자신은 그 가치를 정하지 않았고, '숫자'는 베버 씨만의 개념이었다. 하지만 확실히, 모든 것은 가치를 지켜야 하지만 오늘 밤 왕자가 이 점을 결코 생각하지 못했다. 샬롯과 강렬한 합의가 그에게 보장되지 않았다면, 그는 이렇게 조용히 표출하는 것이 불편했을 것이다. 샬롯 역시 남편과 가끔 만나는 것이 눈에 띄었기 때문에, 그가 그녀의 눈을 가끔 마주치지 않는 건 불가능했다. 그녀 역시 그의 모든 맥박에서 전해지는 느낌을 느꼈다. 그렇게 그들을 함께 했고, 떨어져 있는 척하면서 다른 두 얼굴을 했고, 저녁 내내 사람들이 있고, 불빛, 꽃, 그럴듯한 이야기, 절묘한 음악이 펼쳐졌고, 그들 사이에 신비로운 금빛 다리는 강하게 흔들리고 때로는 현기증이 났는데, 군주 법이 '조심'의 경계가 되는 친밀감에 경솔하게 잊어버리지 않을 것이고, 결코 의식 적으로 상처를 입지 않을 것이기 때문이다.

20.

하지만 이 시간에 대한 우리의 주요 관심사는 왕자가 이튼 스퀘어 에서 짧은 저녁 시간에 다른 사람들을 연속으로 만나는 동안 어떤 끈 질긴 뒷맛을 계속해서 아는 방식이었을 것이다. 이것은 저녁 식사 후 패니 어싱험이 그에게 준 잔에 남은 풍미였고, 4중주단 연주에 음악 실에 다양한 사람들이 있었지만, 편의상 가만히 있었다. 어싱험 부인 은 몇 곡을 듣고 나서 브람스의 천재성에 대단히 감동했다고 친구에 게 전하려고 애썼다. 그래서 그녀는 깊이 생각하지 않고 젊은 남자 옆 에서 무시당하지 않고 대화를 나눌 수 있는 거리까지 갔다. 남은 연주 시간 20분 동안 비어있는 방 하나와 덜 연결된 전기 조명 속에서 즐겼 다. 그들을 목적을 이뤘고, 그가 말했듯이, 외진 곳에 있던 소파에서 가장 유쾌하게 성공한 이야기를 나눴고, 이 대화는 왕자에게 나중에 일어날 상황에 대한 의식의 바탕이 되었다. 당시 단순한 대화였지만 나중에 그녀가 그와 개인적으로 이야기하고 싶은 이유가 되었고, 왕자의 예민한 귀는 밝은 저음에서 사실 초조함을 느꼈다. 그들이 함께 앉았을 때, 그녀는 무엇이 관련된 것인지에 대한 중대한 문제를 은밀하게, 그러나 분명하게 말했다. 다른 어떤 말보다 먼저 나왔고, 너무 갑작스러워서 설명이 필요했다. 갑작스러움 자체를 해명하는 거 같았고, 결국 다소 어색해졌다. "그 사람들 결국 매첨Matcham에 안 간다는 거 알고 있어요? 만약 그 사람들이 가지 않는다면, 적어도 매기가 가지 않는다면, 왕자님은 혼자 가지 않겠죠?" 그 일이 일어난 곳은 매첨으로 부활절 기간에 그에게 닥친 큰일로 이상하게 마음속으로 되새길 만큼 특별한 의미가 있었고, 이 여행으로 정말 많은 것이 정해졌다. 그는 정말 영국을 많이 방문했고, 심지어 오래전부터 영국식 일을 하는 법을 배웠고, 모든 걸 충분히 영국식 방법으로 하는 걸 배웠다. 항상 그런 일을 미친 듯이 즐기지 않았다면, 어쨌든 겉으로는 선량한 사람들이 밤에 그리고 길어진 오후에도 뜻을 같이했고, 사소한 일이더라도 그런 일을 즐겼다. 하지만 그 모든 일과 함께 그는 체류하는 동안 결코 어떤 내면의 위태로운 삶의 즐거움을 분리하지 않았고, 모든 동참자가 스스로 돌아가고, 조용히 뒤로 물러나고 다시 멀어져서 그곳에 다시 합류하려는 단호한 욕구, 이를테면 그의 일부 생각은 정면에 나서지 않는 것이었다. 그의 몸은 사격, 승마, 골프, 산책, 목초지에 대각선으로 난 길 또는 당구대에서 매우 꾸준히 전면에 나섰다. 실제로 전반적으로 브리지 카드 게임, 조찬, 오찬, 티타임, 만찬과 그가 뻣뻣한 상자라고 하는 보티글리에라bottigliera에서 밤마다 일어나는 클라이맥스를 충분히 견뎠다. 말, 행동, 재치와 현재 필요한 대화와 표정에서 느껴지는 어느 정도의 부담감까지 충족시켰다. 그래서 이 시기에 그는 종종 자신의 어떤 부분이 소외된 거 같았는데, 혼자 있거나 자기 사람들과 함께 있을 때, 또는 베버 부인이나 다른 사람하고 있을 때 더욱 그렇게 느껴졌고, 전반적으로 움직이고 말을 하고 이야기 들을 때 느껴졌다.

그가 말했듯이 '영국 사회'는 그를 둘로 나누었고, 사회와의 관계에서 종종 자신을 빛나는 별, 장식, 일종의 훈장, 일종의 장식물이 있으며 이상적으로 그런 장식물이 없다면 정체성을 완전히 이루지 못한다고 자신을 상기시켰는데, 일반적으로 착용하는 장신구를 찾지 못하는 사람들은 영구적으로 그리고 조금도 유감스러워하지 않고 가슴에서 핀을 빼서 주머니에 넣어야 한다. 왕자의 빛나는 별로 당연히 은밀한 섬세함이 가장 소중할 것이다. 하지만 그 물건이 무엇이었든 계속해서 기억을 떠올리고 생각을 할 때 주로 그랬던 것처럼, 그는 지금 눈에 보이지 않는 곳에서 상당히 많이 그걸 만지작거렸다. 오랜 친구와 즐겁게 지내는 동안 이튼 스퀘어에서 다소 중대한 일이 일어났는데, 그의 현재 관점에서 그녀는 그에게 첫 번째 작은 거짓말을 한 것이 분명했다. 그 일은 매우 중요했고 그는 그 이유를 거의 말할 수 없었다. 그녀는 전에 그에게 거짓말을 한 적이 없었는데, 거짓말을 해야만 올바르고, 이해할 수 있고, 도덕적이라는 생각이 전혀 떠오르지 않았기 때문이다. 그녀가 매기와 베버 씨가 그 제안을 받아들이지 않아 그들이 하는 수 없이 하루 이틀 동안 시간을 보내야 한다면, 그는 어떻게 할 것이 물었고, 그 말은 샬롯 또한 어떻게 할 것인가라는 의미였다. 그녀가 다른 두 사람에 대한 호기심을 드러내자마자, 어쩌면 너무 직접 캐묻는 거 피하고 싶었을 것이다. 이미 3주 전에 배려차원에서 그에게 어떤 생각을 내비쳤던 그녀는 다시 생각해서 자신이 간청하는 이유를 현명하게 말해야 했다. 한편 자비가 없는 왕자는 그녀를 순간적으로 흘끔 봤을 때 여전히 아무런 말을 하지 않았다. 전혀 매몰차게 굴지는 않았는데, 그 자리에서 마치 떨어진 꽃을 주워서 그녀에게 돌려주는 거 같은 표정을 지으며 친절하게 행동했기 때문이다. "부인과 대령님 결정이 바뀔 수 있으니까 나도 빠질지 물어보시는 건가요?" 샬롯이 한 말 때문에 그는 어싱험 부부가 매첨에서 열리는 큰 파티에 정말 의문을 가지고 있다는 인상을 받지 못했지만, 부인을 위해 그녀의 말에 상당히 동의하는 듯했다. 그 후 놀랍게도 적극적인 부부는 그사이 소중한 명부에 자신들의 이름을 올렸다. 그는 패니가 뭔가를 하려고 어떤 노력을 하는 걸 전혀 보지 못했다. 이 장의 마지막 구절은 결국 그녀는 자신이 원할 때 얼마나 잘할 수 있는지를 증명했다.

일단 자신이 나서면, 어쨌든 포틀랜드 플레이스와 이튼 스퀘어 사이에서 오가는 말에 따랐고, 매첨에서 일단 멋진 환대에 빠지면, 그는 자신의 해석과 편의에 모든 일이 꽤 쉽게 들어맞는 것을 알게 됐고, 더욱더 베버 부인은 자기 생각과 느낌을 주고받으려고 가까이에 있었다. 그 큰 집에는 사람들로 가득했고, 새로 어울리는 사람들이 있고,

빨리 친해지는 사람들도 있었으면, 물론 각 배우자와 안전한 거리에서 친구와 모일 기회를 찾기 위해 교양있게 굴었다. 그래서 늘 한결같은 사교 행사에 기껏 어울려도 동행 없이 행복하게 배짱을 부리고 다녔고, 뒤에 남은 친척들이 가볍게 생각하는 별난 자유일 뿐이다. 그들은 그런 식으로 함께 돌아다니는 것이 우습게 들릴 만큼 모습을 많이 드러냈다. 그러나, 다른 한편으로 이렇게 숙고한 일이 높은 조건과 편안한 전통에서 문제의 집이 주는 영감이 아무리 맘껏 등장해도 재미에 불과한 어떤 개인적인 구분이라는 것에 안도감을 얻었다. 우리의 두 친구는 이전에 느꼈던 것처럼 사교계의 편리함을 새롭게 느꼈는데, 사교계 자체의 감성을 고려할 수 있는 위치에 있었고, 모든 하층민보다 잘 보는 것처럼 살폈다. 게다가 자신의 감성을 가장 편안하고, 가장 우호적이며, 가장 허물없고, 정이 든 대상으로 대했다. 누군가의 다른 사람에 대한 '생각'은, 특히 다른 사람과 함께 있는 그 누구에 관한 생각은 이렇게 잠잠한 시기에 일어나는 아주 조금 어색한 공식화의 문제였기 때문에, 거기서 저울질로 판단을 내리지 못해 다소 누그러지고 가라앉았지만, 제법 교육을 받고 재치 있고 동등한 올바른 혈통의 가난한 친척은 조금은 우중충하고 당연히 갈아입을 옷이 많지 않았지만, 말과 행동을 자제해서 그 존재가 녹슨 기계의 달그락거리는 소리, 다락방과 사이드 테이블의 평범한 요리로 전혀 드러나지 않는다. 그런 가벼운 분위기에서 왕자가 유감스럽게도 또 집을 떠날 수가 없었던 왕자비를 대변해서 말하는 모습은 재미났다. 그리고 베버 부인이 남편을 대신해 사과하려고 주기적으로 등장해야 하는 것도 재미있었는데, 그 남편은 자신의 보물들 사이에서는 상냥하고 겸손하지만 감당할 수 없는 전설적인 인물이 되었고, 그의 높은 기준과 손님의 분위기에 따라, 늘 사용하는 소파와 캐비넷 공간에서, 심지어 여러 저택에서도 짜증과 우울증이 그에게 불쑥 찾아왔다. 영리한 사위와 매력적인 장모의 눈에 띄는 화합으로 효과는 의문이지만 그 관계가 충분과 과잉 사이에서 적정선을 지키는 한 모든 게 괜찮았다.

한편 햇볕이 내리쬐고, 돌풍이 불고, 활기찬 영국 4월의 분위기에 모두 조바심에 헐떡이고, 심지어는 옷을 입지 않을 어린 헤라클레스처럼 때로는 발로 차고 울기도 하는 그곳의 고귀한 공평함은 무엇인가. 이런 분위기에 젊음과 미모에서 나오는 용기, 행운과 식욕의 오만함이 손님들 사이에 너무 만연해서, 상대적으로 성숙하고 상대적으로 덜 화려한 어싱험 부부는 콘서트에 관심 있는 척하는 것이 유일한 접근 방법이었는데, 그 분위기의 동요는 누군가의 생각에 어느 정도 단순히 거의 기괴한 악명 높은 모습의 노출 문제로, 그의 상황은 비용에 대한 치밀하고 현실적인 농담과 비슷했다. 그 크고 밝은 집의 모든 목소리는 기발함과 벌 받지 않는 즐거움에 대한 호소였고, 모든 울림은 어려움, 의심 또는 위험에 대한 반항이자, 상황의 모든 측면, 즉 당면한 일과 앞으로 일어날 많은 일에 대한 열렬한 애원은 주문의 또 다른 단계였다. 그렇게 구성된 세계는 신들의 미소와 권력자들의 호의라는 마법 주문으로 다스려졌기 때문이다. 유일하게 멋지게 유일하게 용감하게 사실 유일하게 지적으로 받아들이는 건 굳은 확약에 대한 믿음

311

과 기회에 대한 진취적 기상이었다. 무엇보다도 용기와 유쾌함이 돌아오길 바랐다. 그리고 일반적인 확신으로 이것의 가치는 최악의 상황을 꿰뚫어 보는 것으로 이전에 로마에서 살면서 가장 편안했던 시기에도 왕자에게 그렇게 설득력 있게 다가오지 않았다. 그의 옛 로마 생활은 아마도 운치 있었겠지만, 지금 돌이켜보면 그것은 단순한 무지갯빛 지평선에 매달려 있는 것 같았고, 느슨하고 모호하고 가늘고 흐릿하며 설명할 수 없는 공허함이 느껴졌다. 현재 주변 상황이 정리되면서 그런대로 발은 땅을 딛고, 귀에는 트럼펫 모양의 물건을, 손에는 멋지고 빛나는 영국 군주들이 드는 밑바닥 없는 가방(이것이 아주 중요하다)을 들고 있었다. 그러므로 용기와 쾌활함은 그날의 숨결이었다. 하지만 아메리고와 함께 적어도 우리에게는 이런 직관적인 편안함의 가장 깊은 영향은 어쩌면 낯설고 마지막 짜증일 수도 있는 것이다. 그는 명료한 결과를 자신의 행동과 방침에 대해 만족하는 아내의 통찰력에 대한 놀라운 대체물과 비교했는데, 그를 대신해 잘 일군 간접적인 양심과 같은 긍정적인 정신 상태로 악의 없이 계속되는 왜곡된 압박감이었고, 이런 아이러니의 경이로움은 때때로 너무 강렬해져서 혼자만 간직할 수 없게 되었다. 사람들 말 대로 매첨에서는 특별한 것, 말도 안 되는 것, 눈에 띄어야 할 모든 것이 스스로 '일어나'지는 않았다. 이른바 그날의 숨결이 그에게 가득해 아주 재밌어하며 "그 사람들은 정말 그 일을 어떻게 생각했을까요?"라고 말해 이상한 순간이 있었다. '그 사람들'은 당연히 매기와 그녀의 아버지로, 단조로운 이튼 스퀘어에 빠져있기로 했지만, 어떤 숙련된 친구들이 있는지 잘 알고 있으면서도 차분했다. 그들은 그것이 아름답든 냉소적이든 세상에서 특별히 말할 것이 못 되는 것이 이러한 빛 속에 나타날 수 있다는 걸 알고 있었다. 지식이 필요한 게 아니며 사실 구조상 접근할 수 없다는 걸 단 한 번만 평화적으로 받아들인다면 사람들은 아마도 때때로 조금 덜 노력할 것이다. 사람들은 착한 아이들이었고, 그들의 마음을 축복했고, 착한 아이들의 아이들이었다. 그래서 진실로 프린시피노 자신은 그 혈통과 달라서 3명 중에 가장 성숙한 천재로 판단할 수 있었다.

특히 매기와의 일상적인 소통에서 어려운 점은 그녀의 상상력이 어떤 변칙적인 감각으로 절대 흐트러지지 않는다는 것이었다. 큰 변칙은 자신의 남편 또는 심지어 제 아버지의 아내가 지금까지 베버 가문 역사로 거슬러 올라가는 행동 양식을 오랫동안 따랐다는 것을 증명해야 한다는 것이었을 것이다. 만약 그렇게 이해하는 거라며, 매첨에서 어떤 조건에서도 할 일이 없을 것이다. 반면에 그렇게 이해 못하는 사람은 그렇게 터무니없이 헌신하는 (이튼 스퀘어의 원칙에 부합하는) 조건으로 그곳에서 할 일이 없을 것이다. 우리가 그의 짜증을 불러일으키는 것으로 만족해야 했던 우리 젊은이에게 다시 일어나는 불안의 중심에서, 이 거짓된 입장의 가슴 깊은 곳에서 더 높고 더 용감한 예의에 대해 꺼지지 않는 의식의 붉은 불꽃이 그에게 타올랐다. 말도 안 되는 상황도 있었지만, 아내가 가장 흔한 방법으로 선택한 경우라면 아직은 어쩔 수 없었다. 하지만 여기서 분명 차이점이 있었는데, 매기가 아주 특이한 방법을 고안해냈지만, 그런데도 그가 도움이 되는 일은 너무 터무니없는 일이 될 것이다. 체계적으로 다른 여성과 함께 맡겨지고, 한 여성이 같은 이유로 대단히 좋아했고, 어떤 의견으로 바보 같거나 무능한 것으로 보일 정도로 강요된다면, 존엄성이 누군가의 처신에 달린 곤경에 빠진 것이었다. 사실 가장 기괴한 건 여러 의견의 본질적인 대립으로, 마치 체질상 신사라고 생각하는 아이와 같은 순수한 상태, 실추당하기 전 원시적 부모의 상태에서 어떤 신사가 베버 부인과 같은 사람과 이렇게 '관계를 시작'하는 데 있어서 얼굴을 붉히는 것 말고는 아무것도 할 수 없는 것과 같았다. 그가 기괴한 의견이라 하는 것은 맹렬하게 분개하기에는 이상한 이론이었고, 세상 물정에 밝은 사람으로서 그는 모든 자비로운 정의를 행했다. 그런데도, 자신뿐 아니라 동반자를 위해 사람들이 느끼는 동정심을 표현하는 방법은 정말 한 가지밖에 없었다. 그에 대한 적절한 언급은 사적일 수도 있지만, 적어도 활동적일 수도 있고, 샬롯과 그가 다행히 비슷하게 했을 귀중하고 효과적인 언급일 수 있었다. 이 의견일치가 말 그대로 그들이 무례하게 굴지 않을 유일한 방법이 아니었을까? 마치 행복하게 방문하는 동안 그들 사이에 강렬한 공모 의식이 커지면서 그 위험에서 벗어날 방법이 생긴 것처럼 분명했다.

21.

그래서 그는 패닝 어싱험에게도 이튼 스퀘어에 대한 그들의 공통된 걱정스러운 눈길에 대해 유쾌하게 말했고, 그 눈길은 결코 포틀랜드 플레이스에 대한 눈길만큼 두드러지지 않았을 것이다. "우리의 배우자들은 여기서 무슨 생각을 했을까요? 정말 뭘 했을까요?" 만약 그가 이미 그리고 놀랍게도 아마 자신조차도 이 친구를 반발의 요소가 최근에 확실히 누그러졌다고 사람으로 생각하는 데 익숙해지지 않았다면 그 말은 무모했을 것이다. 물론 그는 그녀의 대답을 자기 생각을 드러냈다. "아, 그 사람들에게 그렇게 안 좋은 거라면, 어떻게 당신에게는 그렇게 괜찮을 수 있죠?" 그러나 질문에 별 의미가 없다는 것과는 별개로, 그녀는 이미 자신감과 환호 속에 그와 하나가 된 거 같았다. 그는 또한 현재 상대적인 겸손에 대한 내면의 활기에 대해 생각을, 적어도 부분적으로 생각했는데, 모두 베버 씨의 마지막 저녁 식사 후 그녀가 실제로 취소했던 말과 일치했다. 그렇게 하도록 수완을 발휘하지 않았고, 그녀를 매수하려고 하지도 않았고, 진심 어리지 않았다면 그녀에게 아무런 소용이 없었을 태도로 그녀에게 뇌물을 주지도 않았지만, 그는 여전히 본능적으로 바로 알아차릴 수 있는 그녀의 우울함을 측은히 여기며 어떻게 그녀를 붙잡았고 마음을 움직였는지 생각했다. 속된 말로, 그녀 자신은 크리스털 전류crystal current와 값비싼 그림에서 벗어났다고 생각한다고 그가 짐작할 만큼, 그의 우정은 사람들이 그녀의 실수라고 말했을 일에 대한 불이익을 시시각각 매력적으로 보상했다. 그녀의 실수는 결국 그에게 솔직하게 보이고 싶었던 것뿐이었다. 그녀는 다과 시간 처음 30분 동안 서둘러서 그 무리에서 유일하게 유행에 맞지 않는 옷차림을 했다. 모든 것의 규모가 너무나 달랐기 때문에, 그녀의 모든 작은 가치관, 예스러운 우아함, 작은 힘, 유머, 옷은 패니 어싱험의 친구들 사이에서 충분했고, 이런 문제들과 다른 것들은 이제 아무것도 아닌 게 될 것이고, 결정적인 말을 하는데 5분이면 충분했다. 카도간 플레이스에서 그녀는 최악의 경우 항상 그림처럼 아름다울 수 있었고, 슬론가Sloane Street에서는 습관적으로 '현지인'이라고 말했지만 매첨에서는 끔찍할 수밖에 없었다. 그리고 그 모든 것은 그녀의 진정한 품위, 우정의 정신에서 생긴 재앙이었을 것이다. 그 이유가 너무 심각했기 때문에 그녀가 정말로 그를 지켜보지 않았다는 것을 증명하기 위해, 그가 즐거움을 추구하는 것을 이해했다. 그렇게 자신의 무심함을 정확히 보여줬을지도 모른다. 이것은 그녀가 감당하기에 상당한 어려웠고, 그 왕자는 모든 것을 알 수 있었다. 마음씨 좋은 남자가 그녀를 찾아가는 것은 조금도 참견이 아니었다. 그래서 그는 그녀가 얼마나 유행에 안 맞는 옷을 입었고 얼마나 어울리지 않는지 온종일 마음에 담았는지 이야기할 때도 아무 말 하지 않았고, "아, 당신이 한 일을 봐요. 오히려 당신 잘못이 아닌가요?"라고 말하지 않았다. 그는 완전히 다르게 행동했고, 두각을 나타냈는데, 그녀가 그가 그렇게 어디에서나 눈에 띄는 것을 본 적이 없다고 말했기 때문으로, 여전히 모호함, 또는 더 나쁘게는 객관적인 부조리함에서 그녀를 알아봤고, 솔직히 말해서 그녀에게 절대적 가치를 쏟았고, 그녀의 재치를 중요하게 여겼다. 키와 안색, '가교'에 대한 감각, 진주 제품의 신용과 구별되는 그런 재치는 중요하지만, 매첨에서는 희미하게 인식될 것이다. 그래서 그녀에 대한 그의 '친절함'(그녀는 단지 친절하다고만 말했지만, 눈물이 났다)은 특별한 애정을 드러내는 것뿐만 아니라 장군으로서의 위용을 지녔다.

    왕자는 샬롯에게 이에 대한 견해를 밝혔다. "어싱험 부인은 이해해야 할 일은 전부 이해했어요. 시간은 걸렸지만, 마침내 스스로 이해했어요. 우리가 바랄 수 있는 모든 것이 어떻게 그들이 더 원하는 삶을 주고, 평화와 고요함, 그리고 무엇보다 가장 유리한 안정감이 그들을 에워싸는지 알아요. 물론 어싱험 부인이 걱정하는 한 우리에게 잘 표현할 수 없지만, 우리의 상황을 최대한 활용할 수 있어요. 부인은 '날 생각하지 마세요. 나도 최선을 다하니까요. 할 수 있는 데까지 정리하고 당신 뜻대로만 살아요.'라고 그렇게 많은 말을 할 수가 없어요. 내가 물어본 것 이상의 답이라 나는 그 말을 잘 이해 못 했죠. 하지만 부인의 말투와 전반적인 태도에서 자신의 방식이 간절히 받아들여지길 만큼 우리가 우리 식대로 조심스럽고 교묘하고 다정하게 받아들인다고 믿지 않는 한 아무 의미가 없어요. 그러니까 부인은 실제로 괜찮다고 할 수 있어요." 하지만 샬롯은 사실 그의 자신감을 북돋우기 위해 아무 말도 하지 않았는데, 그가 이 가르침의 명쾌함, 중요성 또는 무엇이든 간에 되돌려주려 하기에, 소리 내어 말하지 않았다. 그가 두세 번 반복해서 말하도록 내버려 뒀고, 방문 일정이 끝나기 직전에 그녀는 단 한 번 명확하게 또는 직접 반응했다. 저녁 식사 전 30분 동안 집의 대형 홀에 잠깐 함께 있을 시간이 생겼다. 이미 두어 번 쉬운 기회가 있었는데, 마지막 어슬렁거리는 사람들이 옷을 입으러 갈 때까지 끈질기게 기다렸다가, 자신들은 옷을 빨리 차려입어서 잠시 후 축제 행렬에 가장 먼저 나타나는 것이었다. 쿠션을 정리해주는 가정부들이 다시 보이기 전에 홀은 비어있었고, 한쪽 끝에 있는 쓸쓸한 벽난로 옆에 그들이 미리 생각해 놓지 않았던 공간이 있었다. 무엇보다는 이곳에서 여러 짧은 순간에 서로의 간격을 집어삼킬 만큼 아주 가까이서 숨을 쉴 수 있었고, 두 사람의 결합과 경계의 강렬함이 신체적 접촉을 대신했다. 그들은 행복의 환경으로 여기는 순간들을 연장했고, 오랜 애정의 표시로 천천히 움직이며 가까이 있었다. 사실 이때 다른 사람들에 대한 말들을 주고받아서, 우리의 젊은 부인의 말투는 현재 어느 정도 무미건조했다. "우리를 믿어줘서 정말 다행이네요. 하지만 어싱험 부인이 무엇을 더 할 수 있겠어요?"

"사람들은 믿지 않을 때 무엇이든지 해요. 믿지 않는다는 걸 누군가에게 알리겠죠."

"하지만 누구한테요?"

"음, 우선 나부터겠죠."

"당신은 그게 신경 쓰여요?"

왕자는 약간 놀랐다. "당신은 안 그래요?"

"부인이 당신에게 그러는 거요? 아뇨, 내가 유일하게 신경 쓰이는 건 신이 조심하지 않아서 부인이 알게 되는 거예요. 당신이 두려워한다는 걸 부인이 알게 될 수 있어요."

"난 당신만 조금 걱정될 뿐이에요. 하지만 패니가 알게 돼서는 안 되죠."

하지만 현재 어싱험 부인이 하는 생각의 한계나 정도가 진정한 관심사가 아닌 게 분명했고, 샬롯은 아직 말을 다 끝내지 않았기에 이 점을 분명히 말했다. "도대체 그 부인이 우리에게 뭘 할 수 있겠어요? 한마디도 할 말이 없어요. 무기력하고, 말을 할 수 없어요. 그래서 부인 자신이 먼저 지칠 거예요." 그는 천천히 샬롯의 말을 이해하는 듯했다. "부인이 모든 일을 돌려받는 거예요. 전부 부인한테서 시작됐잖아요. 처음부터요. 당신에게 매기를 소개했고, 결혼을 성사시켰어요."

왕자는 이의를 제기하고 싶은 순간이 있었을지 모르지만, 이 말에 조금 후 희미하지만 깊은 미소를 지으며 말을 이었다. "당신도 결혼시켰다고 할 수 있잖아요? 내 생각에 어느 정도 말은 바로 해야 할 거 같은데요."

샬롯은 잠시 멈칫했지만, 바로 답했다. "바로 잡아야 할 게 없다는 건 아니지만, 모든 게 그대로이고, 난 부인이 나와 당신에 대해 뭘 걱정하는지에 대해 말하는 게 아니에요. 매번 어떻게 부인 방식대로 삶을 꾸려나갔고 오늘날 어떤 연관이 있는지에 대해 말하는 거예요. 사람들한테 가서 '물론 너무 곤란해요. 하지만 내가 실없이 착각했어요.'라고 말할 수 없어요."

왕자는 샬롯은 오래 바라보면서 가만히 그 말을 들었다. "그렇지 않아요. 어싱험 부인이 옳았어요. 모든 게 맞고 모든 게 그대로 유지될 거예요."

"그렇다면 더는 할 말 없네요."

하지만 그는 더 만족하고자 불필요한 말을 명쾌하고 하려고 했다.

"우리도 행복하고 그 사람들도 행복해요. 무엇을 더 인정해야 하죠? 패니 어싱험 부인은 뭐가 더 필요하고요?"

"아, 자기, 패니가 뭔가를 원해야 한다는 말이 아니에요. 그 여자는 변함이 없고 제 자리에 있어야 한다고 거예요. 패니를 두고 상처받을 대안, 우리가 대비해야 할 어떤 일의 가능성에 사로잡혀 있는 것은 바로 당신이에요." 그리고 샬롯은 자신의 높은 추론에 낯설고 차가운 미소를 지었다. "우리는 어떤 상황이든 대비가 됐어요. 그리고 우리 모습 그대로 받아들여야 하는 건 사실상 그 여자죠. 일관되게 행동해야 해요. 천진난만한 낙관주의자가 돼야 한다고요. 하지만 다행히도 그런 천성을 타고났어요. 어르고 달랠 운명이에요. 그러니 이제 어싱험 부인에게 인생의 기회가 생긴 거예요!"

"그래서 아무리 잘해도 그녀가 지금 하는 일이 진심이 아니라는 거예요? 의심과 두려움으로 시간을 벌기 위한 가면이고?"

왕자는 또다시 자신을 곤란하게 할 수 있는 질문을 하며 바라봤고, 상대방은 조금의 조급함을 느꼈다. "마치 그게 우리 일인 것처럼 계속 말하네요. 어쨌든 난 어싱험 부인의 의심과 두려움이나 생각하는 어떤 것과 아무 관련 없어요. 전부 부인이 스스로 해결해야 해요. 우리가 바보고 겁쟁이가 아니더라도, 부인이 보거나 말하도록 하는 것보다 그렇게 하는 것을 늘 당연하게 정말 두려워하는 것만으로 난 충분해요." 그리고 딱딱했던 목소리는 조금 누그러졌고 이 말을 한 샬롯의 얼굴은 상당히 밝아지고 부드러워지고 빛났다. 자신들의 행운에 대해 아직 제대로 표현하지 못했다. 그녀는 잠시도 허용되지 않는 건방진 말을 실제로 내뱉은 것 같은 표정을 지었고, 그래서 표정은 말보다 더 예민해서, 이런 특정한 실수를 드러내기 쉽다. 그녀는 사실 다음 순간 자신이 이미 내뱉은 말에 친구가 앞서 움찔하는 것을 봤을 것이다. 왜 냐하면, 명칭이 전혀 마음에 들지 않아도 귀하게 여길 수 있는 것, 소중히 여길 수 있는 운의 형태가 있다는 것은 그에게는 여전히 틀림없었기 때문이다. 하지만 모든 걸 그녀에게 완전히 알려준다면, 그녀는 가장 강력하고 단순한 생각에 딱 들어맞는 다른 단어를 쓸 수 있을까? 그때 그녀는 동시에 본능적으로 그런 말을 써서, 지금까지 한 치도 벗어난 적 없는 훌륭한 취향에 찬사를 표했다. "그렇게 천박하게 들리지 않았다면, 말하자면 우리는 치명적으로 안전해요. 우리는 그런 사람들이니까, 무례한 표현은 용서해줘요. 그 사람들 때문에 우리가 그런 거예요. 그리고 사람들 일에 끼어드는 순간부터 그 사람들은 달리 어찌할 수 없어서 그렇게 된 것이고, 부인이 자신들을 그렇게 지키지 않았다면 현재 버틸 수 없었을 거예요." 샬롯은 미소 지으면 말했다. "그게 어싱험 부인이 필연적으로 우리와 함께 하는 방법인 거예요. 근본적으로 우리는 잘 맞아요."

뭐, 왕자는 솔직히 그녀 말에 절실히 깨달았다. 모든 말이 맞았다. "그러네요. 우리는 근본적으로 잘 맞네요."

샬롯은 우아하게 어깨를 으쓱했다. "뭘 바라는 거예요Cosa volete?" 그 효과는 고대 로마 이상으로 아름답고 고귀했다. "의심의 여지가 없잖아요."

왕자는 서서 그녀를 바라봤다. "그렇죠. 그럴 여지가 없죠."

"전혀 없어요. 난 우리 일만 생각하고 있어요."

"우리 일만이라, 그러길 바라요. 가엾은 패니!" 하지만 깜짝 놀란 샬롯은 경고의 뜻으로 시계를 얼핏 보고 돌아섰다. 샬롯은 옷단장을 하러 떠났고, 그는 그녀가 계단에 다다르는 걸 지켜봤다. 샬롯이 잠깐 그를 볼 때까지 눈으로 그녀를 쫓았고, 그러고 그녀는 사라졌다. 하지만 눈에 들어오는 뭔가에 다시 감탄사가 튀어나왔고, 다시 숨을 내뱉었다. "정말 가엾은 패니야!"

하지만 내일 매첨에서 일행들이 흩어지는 상황이 이 말의 정신과 상당히 부합한다는 것을 보이기 위해, 그는 송환 과정의 사회적 측면 문제에 침착하게 대응할 수 있어야 한다. 여러 가지 이유로 그가 어싱험 부부와 함께 도시로 가는 건 불가능했고, 같은 이유로 지난 24시간 동안 개인적으로 겪었던 상황 외에는 도시로 여행 가는 게 불가능했으며, 깊이 생각하면 그리 말했을 수도 있었다. 생각 끝에 내린 결론은 이미 그에게 소중했는데 오랜 친구의 제안을 똑바르고 온화하게 해결해 자신과 샬롯이 어싱험 부부처럼 편하게도 같은 열차 같은 칸에 타는 데 도움이 된다고 충분히 생각했다. 정확히는 어싱험 부인이 너그러워서 베버 부인까지 생각한 것이고, 포틀랜드 플레이스의 신사와 이튼 스퀘어의 숙녀가 현재 무분별하게 행동하지 않고 함께 움직인다고 밝히는 것에 대한 부인의 편안한 인식보다 사회적 그늘에 관한 생각을 특징 짓는 것은 없었을 것이다. 부인은 나흘 동안 후자의 인물에게 직접 호소를 하지 않았지만, 왕자는 일행이 마지막 밤을 즐기려고 흩어지려는 순간 그녀가 새로이 시작하려는 모습을 우연히 목격했다. 이 절정에서, 시간과 조합에 대해 일반적으로 준비해 둔 이야기가 있었고, 그사이에 패니는 베버 부인에게 조심히 다가갔다. 분명히 눈 하나 깜짝거리지 않고 "당신과 왕자는….."이라고 말했고, 자신들이 함께 공개적으로 자리를 뜨는 것을 당연하게 여겼고, 사교성 행사에 관심이 있는 자신과 밥은 자신들이 함께 어울릴 수 있게 기차를 탈 준비가 됐다고 했다. "정말 이번에 내내 당신을 전혀 보지 못한 거 같아요." 그 말에 중요한 일로 다가가는 솔직함에 우아함까지 더했다. 그러나 한편 바로 그때, 젊은이는 자신이 원하는 대로 행동하는데 그 적당한 분위기를 가장 효과적으로 빌렸다. 저녁 동안 그가 바라는 바를 하면서 무언의 고집으로 그를 압박하려고 했다. 거의 아무 말도 하지 않고, 어떤 종류의 직접적인 전보도 없이, 샬롯과 같은 동질감에 이르렀다. 샬롯은 친구의 질문에 대답하면서 모든 것을 말했지만 마치 창문에서 하얀 손수건을 펄럭이는 것처럼 그에게 분명하게 신호를 보냈다. "부인은 정말 친절하시네요. 우리가 함께 가면 좋겠네요. 하지만 우리는 신경 쓰지 마세요. 아메리고와 난 점심 후까지 머물기로 했어요."

귀에 걸린 금장식구 소리를 냈던 아메리고는 관심을 끊지 않으려고 그리고 더 나아가 열정의 공동체 의식에 날개가 달렸을 때 어떤 예언이 이뤄지는지에 대한 궁금증 때문에 곧바로 돌아섰다. 샬롯은 그가 똑같이 예견한 필요성에 따라 준비해 놓은 간청을 똑같이 했고, 드러내지 않은 서로를 향한 욕구의 결과로서 그리고 그들 사이에 말 한 마디 하지 않고도 담담하게 간청했다. 신은 그가 그녀의 간청을 무시하지 않을 거라는 걸 알았고, 자신이 원하는 걸 너무나 잘 알았다. 하지만 왕자에 대한 교훈은 너무나 분명해서 샬롯은 부가 설명을 할 필요도 그럴듯하게 말할 필요 없이 아주 완벽하게 중요 내용을 파악할 수 있었고, 그래서 여자들이 자신을 구분하려는 우월한 방식을 그녀에게 보일 필요도 없었다. 그녀는 어싱험 부인에게 꽤 적당하게 답했는데, 작은 일을 내세워서 분위기를 망치지 않았고, 그의 계속된 감춰진 관심 때문에 무엇보다도 태양을 비추는 거울처럼 번쩍이는 이미지를 내다 버렸다. 이 순간에 그의 생각에 모든 일의 척도는 특히 그가 점점 집착하게 되고 완전히 같은 생각으로 그녀가 이렇게 거절하는 모습에 흥분되기 시작하는 생각의 척도였다. 이 무렵 그의 모든 의식은 절묘한 질서의 진실로 상당히 고통스러워하기 시작했고 그녀도 그 영향으로 분명히 열중하고 있었는데, 그 진실은 지난 며칠 동안 일어난 일로 자신들의 부족한 면을 제외하고 또 다른 더 큰 아름다움을 거부할 수 없다는 것이었다. 이미 매시간 그들에게 의미가 있다고 말했고, 쟁기로 모래를 판 후 멀리서 야자수가 우거진 광경을 본 후에 목마른 입으로 마침내 사막에서 약속된 우물을 마시는 것처럼 그들과 관련된 감각이 고갈될 거라는 의미였다. 날마다 아름다웠고, 영적인 입술에는 맛이 스며드는 뭔가가 있었다. 그런데도 그들의 반응은 자신들의 운에 미치지 못하는 것 같았다. 용감하고 자유롭게 그 운까지 끌어올리는 방법은 그가 모든 일에서 계속했던 전념했던 것이고, 태양에 가려진 낭만의 푸른 숲처럼 이런 방법을 탐색했고 아름다운 풍경이 펼쳐지는 곳에서 그의 정신은 그녀를 만났다. 그 순간부터 그들은 이미 그곳에서 그렇게 손을 잡고 있었고, 5분 후에 샬롯이 어싱험 부인에게 말한 것과 정확히 같은 말투로 그는 런던으로 돌아가는 문제에 있어 그렇지 못하는 것에 미안하다고 여겼다.

이것은 갑자기 세상에서 가장 간단한 일이 되었고, 일반적으로 생각하면, 더욱 그런 느낌은 그가 그녀와 함께 있는 것을 더 편안하게 느끼는 전조에 해당하는 거 같았다. 그는 사실 샬롯보다 한 걸음 더 나아갔고, 후자를 내세워서 자신의 필요성을 만들어냈다. 그녀는 안주인을 도와주려고 점심때까지 머물고 있었다. 그 결과 왕자도 그녀를 위해 머물러야 했다. 자신이 샬롯은 안전하고 다치게 않게 이튼 스퀘어로 바래다줘야 한다고 생각했다. 이런 의무감으로 인한 차이에 대해 후회할지 모르지만, 솔직히 기쁨 이상으로 베버 씨와 매기 모두를 확실히 만족시킬 거라는 점에서 그의 양심은 개의치 않았다. 그 사람들은 아직도 완전히 알지 못했고, 요즘에 우선시 되는 집안의 의무에 자신이 얼마나 소홀했는지 깊이 생각했고, 그래서 그 사람들이 그 의무를 언급하도록 자신이 얼마나 노력해야 하는지 끊임없이 생각했다. 그는 자신들은 저녁 식사 시간에 맞춰 돌아갈 것이라고 똑같이 분명하게 덧붙였으며, 마지막 말로 그렇게 덧붙이지 않았다면, 패니는 돌아가는 길에 이튼 스퀘어에 가서 그들이 애쓰고 있다고 그 두 사람에 전하고 싶은 '훌륭한' 이야깃거리가 될 것이고, 이것은 충동적인 것이 아니라 상냥한 행동에서 하는 것이었다. 그의 내적 확신, 일반적인 계획은 그녀가 우려했던 순간에 연속성을 잃었고, 아무리 부추겨도 그녀가 의식적 '측면'의 요소에 대해 그를 의심해야 하는 것만큼 그를 덜 기쁘게 하는 건 없었다. 하지만 결과적으로 그는 생색내지 않고 항상 사려 깊고 세심한 면을 기르고 있었는데, 그것은 영국 사람들과 우정에 수반되는 모든 작은 미신들과 함께 하는 오랜 교훈이었다. 어싱험 부인이 한결같이 '전하겠다'라고 말한 것은 처음이었다. 어싱험 부인이 샬롯에게 간청하는 것과 자신과 한 말을 구분하는 짧은 시간 동안 부인이 경이로움의 정상에 도달했다고 그는 생각했다. 그녀는 5분 동안 나머지 대화를 하면서 5분 뒤에 고심했고, 샬롯은 패니가 여러 생각을 드러내도록 했다. 패니는 무기를 재정비한 것 같았다. 하지만 그녀가 그를 대하는 방식이 정말 전투의 번뜩임인지 하얀 휴전 깃발을 흔드는 것인지 누가 말할 수 있을까? 협상은 어느 쪽이든 짧았다. 그녀는 충분히 용감하게 제안했다.

"그럼 나는 우리 친구들에게 가서 점심을 청할게요. 언제 당신이 도착할지 말해주고요."

"그렇게 해준다면 좋죠. 우리 모두 괜찮다고 말해주세요."

"너무나 괜찮죠. 그 이상 뭐라고 하겠어요." 어싱험 부인은 미소지으며 말했다.

"당연하죠." 하지만 왕자는 그 말을 상당히 중요하게 여겼다. "그 이하로도 말할 수 없어요."

"아, 그렇죠!" 패니는 웃었다. 그리고 다음 순간 그녀는 돌아섰다.

하지만 다음 날 아침 식사 후 마차들이 오가고 작별 인사로 붐빌 때 용감하게 다시 그 일을 이야기했다. 그녀는 고쳐 말했다. "난 유스턴에서 온 내 하녀를 돌려보내고 이튼 스퀘어로 갈 거예요. 그러니까 걱정하지 말아요."

왕자가 대답했다. "아, 안심이네요. 어쨌든 우리가 간다고 확실히 말해주세요."

"좋아요. 그럼 샬롯은 저녁 식사 때까지 돌아오나요?"

"그때까지 가요. 하룻밤 더 보내지 않을 거예요."

"그럼 즐거운 하루가 되길 바랄게요."

그들이 헤어질 때 그는 웃으며 말했다. "아, 최선을 다해 볼게요." 그리고 딱 맞게 마차가 도착했고 어싱험 부부는 떠났다.

22.

이 대화 후 왕자의 생각이 더 분명해진 거 같았다. 그래서 테라스에서 거닐며 담배를 피우는 30분 동안(멋진 날이었다) 특별한 자질로 넘쳐흘렀다. 일반적인 밝음은 당연히 많은 요소로 구성되었지만, 천재의 손에서 장소 전체와 시간이 훌륭한 그림인 것처럼 빛나는 것은 그에게 소장품을 위한 주요 장식품으로 보이고 모두 광택 처리되고 액자에 걸려 있었고, 특히 가장 높이 평가받는 것은 비범하게 도전받지 않고, 절대적으로 정해지고 강화된 소유였다. 패니 어싱험의 도

전은 아무것도 아니었다. 웅장한 이탈리아식 테라스와 비슷한 오래된 대리석 난간에 기대서 생각한 것 중 하나는 그녀가 쉽게 스스로에게도 고지식하게 굴었고, 이렇게 만족해하며 런던으로 가면서 그 장면과 상관없는 모습이 되어 버렸다. 여러 가지 이유로 그는 이례적으로 많은 생각을 했고, 결국 여자들에게서 더 많은 것을 얻었다. 그러한 거래에 있어 심지어 가장 느슨한 사업 습관을 지닌 사람들로 그가 보통 당연하게 여길 수 있는 유리한 균형을 유지하는 신비로운 책들이 점점 더 많이 나타났다. 바로 지금, 이 순간에 아주 멋진 사람들이 그의 이익을 위해 화합하고 협력하는 것 외에 무엇을 하고 있는가? 가장 훌륭한 매기부터 지금까지 불가피하게 샬롯을 붙잡고 있는 안주인까지 그럴듯한 일이 없어도 서두를 필요가 없다면 이런 자비로운 정신으로 남편의 사위가 동행으로 기다려도 되지 않느냐고 부탁했다. 캐슬딘 부인Lady Castledean은 적어도 그가 아직 그곳에 있거나 도시에 가 있는 동안 적어도 자신에게 끔찍한 일이 일어나는 거 보게 되지는 않을 거라고 말했다. 그리고 그 문제에 있어 조금 더 허용된다면, 그들이 함께 그렇게 하는 데 분명 도움이 될 것이다. 이런 식으로 그들 각자는 집에서 편안하게 상대방을 탓할 것이다. 게다가 매기와 마찬가지로 캐슬딘 부인에게도, 샬롯과 마찬가지로 패니 어싱험에게도 모든 것이 효과가 있었다. 그에게 도발이나 압박 없이, (기껏해야 샬롯에게만 명확하고 의식적인 감각이 있었다) 그들의 어떤 모호한 감각의 영향으로 그는 천성적으로, 성격상 그리고 신사로서, 결국에는 운이 없는 건 아니었다.

하지만 그의 앞에는 이보다 더 많은 것들이 있었고, 거의 구별할 수 없을 정도로 함께 녹아들어서 그의 미적 감각을 충족시켰다. 만약 사방으로 시야가 트였고, 다른 카운티에 있는 세 개의 성당 탑이 희미한 은색처럼 풍부한 색감으로 그에게 눈에 띄게 반짝였다면, 정확히 말해서 캐슬딘 부인이 자신의 사람을 지켰고, 그날 메모로 친절히 이해시켰기 때문에 왠지 더 그렇게 느껴지지 않았을까? 모든 게 맞았다. 무엇보다도 그가 머무르며 기다리는 동안 깊은 생각에 잠겨 미소를 짓게 됐다. 그녀는 블린트Blint 씨를 붙잡고 싶어서 샬롯을 붙잡았고, 그 사람은 부인에게 호의를 보였지만 그뿐이었기 때문에 붙잡을 수 없었다. 캐슬딘은 런던으로 갔고, 그곳은 그녀의 본거지였다. 그녀는 날렵하고 예의 바르고 재주가 많은 블린트 씨와 함께 조용한 아침을 보내고 싶었는데, 귀부인보다 확실히 젊었고, 악기를 연주하며 노래도 즐겁게 불렀고 (심지어 '브리지 구간'을 프랑스 비극과 영국 희극을 불렀다), 그리고 기꺼이 지목된 다른 두 명의 친구의 존재로 (실제로는 자리에 없었지만) 모든 일이 잘될 것이다. 왕자는 기꺼이 선택된 것에 기분이 좋았고, 영국에 사는 동안 여러 번 성찰했던 생각에 성격이 망가지지 않았다. 결국, 이방인이자 외국인으로 심지어 단순히 남편과 사위로서, 그는 업무와는 별 관련이 없어서 가끔 상대적으로 하찮은 일에 열중할 수 있었다. 다른 손님들은 안주인이 그리 편하지는 않았을 것이다. 어떤 종류의 일이든 매번 적극적이고 쉽고 순조롭게 일하는 사람이 자신의 방식대로 사회적, 정치적, 행정적으로 큰일을 원활하게 처리했고, 무엇보다도 매우 특이한 인물이었던 캐슬딘 그 자신이 의견을 냈다. 반면에 그가 바람을 피웠다면, 그렇게 하지 못했다. 정말로, 그는 그다지 영광스럽지 못한 대리자로 전락했다.

하지만 그와 함께 시간을 보내면서 이렇게 '전락한' 신세가 되는 것이 그의 실제적인 안락함에 전혀 해가 되지 않음을 보여줬다. 때때로 그의 희생이라는 너무나 익숙한 사실을 그의 앞에 다시 보여줬는데, 아내를 위해서 자신의 실제 처지를 단념한다는 생각으로 귀결되었고, 그래서 결국 그는 이 모든 열등한 사람들 사이에서 자주 실제로 무시당했다. 이 모든 것을 충분히 알고 있었지만, 그는 이에 굴하지 않았고, 영국 친척들의 우스꽝스러운 모호한 행동부터 꽤 아름답고 독립적이며 조화로운 자신만의 무언가를 마음에 담아둔 것까지 이 모든 점을 긍정적으로 맞서려고 했다. 그는 블린티 씨를 왠지 진지하게 대할 수가 없었는데, 심지어 지위를 일시 정지하는 것에 동의한 로마 왕자보다 훨씬 더 이방인이었다. 하지만 캐슬딘 부인과 같은 여성이 어떻게 그를 받아들일 수 있는지 알 수 없었고, 이런 의문이 든 후 왕자는 다시 영국인들의 헤아릴 수 없는 모호함에 다시 빠졌다. 그는 '잘'이라고 말하는 것처럼 그 모든 점을 알았다. 그들과 함께 살았고 저녁을 먹고 사냥하고 총을 쏘고 사람들과 함께 여러 가지 다른 일을 했지만, 하지만 그가 답을 찾을 수 없는 의문들은 줄어들기보다 훨씬 많아졌기 때문에, 그가 겪은 경험 대부분은 하나의 느낌으로만 남았다. 그 사람들은 분명한 것을 좋아하지 않는다는 것만 확실히 알 수 있었다. 어떤 대가를 치르더라도 분명히 하지 않으려고 했다. 모든 점을 회피하려고 하는데 천재적이었고 성공을 거뒀다. 현재 상태에 만족하는 그들은 그것을 놀라운 타협 정신이라고 했다. 모든 말투의 악센트 덕분에 대지와 공기, 빛과 색, 들판과 언덕과 하늘, 푸르른 지역과 성당이 실제로 점점 그에게 영향력을 미쳤다. 정말 하나의 그림으로 봤다면, 성공했다. 여태껏 요란하고 시기심 강한 사람들이 냉정한 시선에서 견고한 태도를 지녔다. 하지만 정확히 동시에 어느 순간 새로움 속에 진부한 요소들, 진부함 속에 새로운 요소들, 죄의식 속의 순수함과 순수함 속의 죄의식으로 어리둥절하게 만드는 이유였다. 보랏빛 풍경이 펼쳐진 다른 대리석 테라스에서 그는 무엇을 생각해야 할지 알았을 것이고, 그렇게 함으로써 적어도 특정한 모습과 의미 사이의 관계에 대해 지적인 활력소를 조금 즐겼을 것이다. 현재 상황에서 캐묻고 싶은 마음은 사실 더 격렬하게 거부당할 수 있지만, 그러나 불행하게도 그런 관심과 독창성의 결과는 너무 자주 막다른 벽, 논리적 오류, 당혹감에 직면한다는 걸 알게 됐다. 그리고 무엇보다는 의식하고 있는 주변 상황에서 가장 직접적인 영향이 가장 중요했다.

캐슬딘 부인은 아침에 별로 사용한 적 없는 수많은 작은 방 중 한 곳에서 피아노를 치면서 무언가를 '살피는' 형태로 블린트 씨와 있는 걸 꿈꾸었고, 그녀가 바랐던 바가 이루어졌고, 편의가 보장됐다. 하지만 이로 인해 왕자는 샬롯의 입장이 더 궁금해졌는데, 샬롯이 친구들 때문에 단지 눈치 없는 구경꾼이 되는 상황을 받아들였을 것이라고 전혀 생각하지 않았기 때문이다. 그가 보기에 모든 일의 결과는 따기

만 하면 되는 커다란 향기로운 꽃처럼 아름다운 날이 피어났다는 것
이다. 그러나 그가 제물을 선사하고 싶은 것은 샬롯이었고, 집의 양쪽
으로 트여있는 테라스를 따라 이동하면서 4월 아침에 열려있는 모든
창문을 올려다봤고, 그중 어떤 것이 샬롯의 방인지 궁금했다. 곧 그
답을 알게 됐다. 깃발을 보고 그가 멈춘 발걸음에 부름을 받은 것처럼
샬롯이 위쪽에서 나타났다. 그녀는 창틀에 기대 아래쪽을 내려봤고,
그곳에서 그를 향해 잠시 미소 지었다. 그는 샬롯이 모자를 쓰고 재킷
을 입고 있다는 걸 바로 알아봤고, 이는 아름다운 머리를 하고 파라솔
을 들고 그와 함께할 준비가 안 됐다는 뜻이었고, 그는 더 큰 발걸음
을 내디뎠다. 그는 아직은 조금 힘든 세부적인 일을 완전히 생각하지
않았지만, 전날 저녁 이후 더 큰 발걸음을 강하게 염두에 두고 있었
다. 그러나 그는 그녀에게 확실한 말을 할 기회가 없었고, 지금 그녀
가 내비치는 얼굴에서 그녀 스스로 그 말을 짐작했음을 알려주는 거
같았다. 그들은 이렇게 충동적으로 굴었고 예전에도 여러 번 그랬다.
흔히 말해서 그렇게 계획하지 않았지만 어김없이 만나는 것이 서로에
게 어느 정도 의미인가에 대한 기준이 있다면, 세상의 어떤 조합도 더
매력적이지 않을 것이다. 실제로 자주 그녀가 그보다 옳았던 적이 훨
씬 더 많았다. 그들은 같은 순간에 필요성을 같이 느꼈지만, 보통 그
녀가 방법을 더 명확하게 알았다. 모자와 타이를 하고 가만히 미소 지
으면서 낡은 회색 창밖으로 그를 오래 바라보는 그녀의 시선 속에 있
는 무언가가 갑자기 그에게 빛을 비추며 그녀를 믿을 수 있다는 점을
알렸다. 그는 그곳에서 그날 핀 꽃을 뽑으려고 했지만, 그녀가 이미

똑똑하게 손으로 됐다고 대답했다면 무슨 의미겠는가? 그래서 몇 분후 그들은 행복감의 절정에 이르렀고, 그 행복을 꽉 잡고 천천히 음미하기 시작했다. 그러나 잠시 후 왕자가 침묵을 깼다.

"달, 만돌린과 조금은 모험적이지만 세레나데만 있으면 돼요."

그녀는 가볍게 말했다. "그렇다면 이거라도 가져요!" 그녀는 드레스 앞에 다른 것과 함께 달린 흰색 장미 꽃봉오리를 때서 그에게 던졌다. 그는 떨어진 꽃봉오리를 집어서 단추 구멍에 그걸 넣은 후, 그녀에게 다시 시선을 고정했다. "빨리 내려와요" 그는 크지는 않지만 깊은 목소리로 이탈리아 말을 했다.

"가요, 간다고요!" 그녀는 분명히 말하면서도 보다 가볍게 말은 던졌고, 그다음 순간 자신을 기다리는 그를 향해 자리를 떴다. 그는 다시 테라스를 따라 걸었고, 종종 그랬듯이 대성당이 있는 가장 먼 마을의 상당히 어두운 수채화 같은 풍경에 다시 시선이 머물렀다. 큰 교회가 있고 접근성이 높고, 소리가 잘 울리는 종탑이 있고 역사가 깊고 매력적이고 정평이 나 있는 이곳의 이름을 그는 밤새도록 계속 들었고, 그 이름은 그의 마음속에 요동치는 최고의 감각에 따라 발음하기 쉽고 편한 이름이 되었다. 그는 마치 방금 지나간 모든 세월의 가장 분명한 의미가 그 이름에 강렬하게 표현되는 것처럼 '글로스터 Gloucester, 글로스터, 글로스터'라고 스스로 계속 말했다. 그 의미는 정말로 그의 상황과 상당히 절묘하게 일치했고, 절대적으로, 그와 샬롯이 이러한 진실의 중심에 함께 서 있다는 것이었다. 모든 현재 상황이 그걸 알리는 데 도움이 되었고, 아침의 입술처럼 그들의 얼굴에 불어 닥쳤다. 그는 결혼 후 처음부터 인내심을 가지고 순응을 해야 하는 이유를 알았고, 많은 것을 포기하고 따분하게 지내는 이유를 알았으며, 어떤 식으로는 자신의 처지를 분명히 하려고 자신을 팔아야 하고 어떤 형태로든 끼어들어야 하는 이유를 알았다. 현재로서는 크고 귀중한 진주처럼 그가 완벽하고 여러 가지를 아우르고 빛이 나는 것은 당연하며, 그의 자유라고 말할 수 있을 것이다. 그는 몸부림치지도 않았고 낚아채지도 않았다. 자신에게 주어진 것만 받아들이고 있다. 진주는 그 자체의 아름다움과 진귀함으로 그의 손에 떨어졌다. 여기서 정확하게 인간의 모습으로 구현됐고, 그 크기와 가치는 베버 부인이 멀리서 작은 출입구 한 곳에서 나타났을 때 커졌다. 그가 그녀를 만나러 가는 동안 그녀는 말없이 그에게 다가왔다. 매첨에서 이런 대규모 특정 전선은 황금빛 아침에 그들의 만남의 단계와 의식의 연속을 배가시켰다. 그녀가 꽤 가까이 오자 그는 그녀에게 "글로스터, 글로스터, 글로스터." 그리고 "저기 봐요!"라고 말했다.

그녀는 어디를 봐야 하는지 알았다. "그렇죠. 최고죠? 수도원이나 탑 같은 게 있어요." 그리고 그녀는 미소를 짓고 있었지만, 눈빛은 깊이 동의한다는 의미로 상당히 진중했고, 다시 그를 바라봤다. "옛날 왕의 무덤도 있고요."

"우리는 옛날 왕을 알아야 해요. 대성당도 알아야 하고요. 모두 다 알아야 해요. 좋은 기회가 있다면요!" 그러고 나서 모든 걸 알게 된 것처럼 그는 그녀의 눈을 다시 바라봤다. "나는 하루가 우리가 어떻게든 함께 비워야 하는 커다란 금잔과 같이 느껴져요."

"늘 그렇듯 당신 덕분에 난 모든 걸 느껴요. 10마일 밖에서도 당신 마음을 알 수 있어요. 그런데 내가 아주 오래전에 당신에게 제안했지만, 당신이 가지지 않겠다고 한 크고 훌륭한 금잔 기억해요? 당신이 결혼하기 전에 작은 블룸즈버리 가게에서 봤던 도금을 한 크리스털 잔이요."

"아, 그거요!" 하지만 왕자로서는 약간 놀라서 잠시 회상해야 했다. "당신이 내 손에 쥐여주고 싶었던 금이 간 위험한 물건이었고, 이탈리아 말을 알아들으면서 당신을 부추겼던 사기꾼 유대인이 있었죠! 하지만 난 이번이 하나의 기회라고 생각하고, 당신이 또 금이 간 하나의 기회의 뜻으로 말한 건 아니길 바라요."

그들은 자연스럽게 큰 소리보다 낮은 소리로 말했고, 조금 거리를 두고 서 있었지만 여러 층의 창문 때문에 가려졌다. 하지만 서로의 목소리에 천천히 깊이 빠져들었다. "'금이 간 것'에 대해 너무 많이 생각하고 너무 겁먹은 거 아니에요? 나는 금이 간 것은 감수하고, 종종 그 잔과 사기꾼 유대인을 떠올리면서 그게 팔렸는지 궁금했어요. 그 사람은 나에게 큰 인상을 남겼어요."

"음, 당신도 분명 그 사람에게 큰 인상을 남겼을 거예요. 그 사람을 다시 찾아가면, 당신을 위해 그 보물을 보관하고 있었다는 것을 알게 될 거예요. 하지만 금 간 부분에 있어서 저번에 당신이 그걸 영어로 불화의 조짐rifts within the lute이라고 했잖아요? 당신은 위험을 감수해도, 나 때문에 그런 위험을 감수하지 말아요." 그는 평온함 속에 유쾌하게 말했다. "당신도 알겠지만, 난 미신을 따라요. 그래서 우리가 이렇게 있는 거예요. 요즘 우리에게 모든 게 미신이에요."

난간에 기대 멋진 풍경 바라보면서 그녀는 잠시 아무 말이 없었는데, 다음 순간 그는 눈을 감은 그녀를 보았다. "난 한 가지만 따라요." 그녀의 손은 햇볕으로 따뜻해진 돌 위에 있었고, 그래서 사람들이 집에서 멀어졌을 때 그 돌에 자신의 손을 올려 그녀의 손을 가렸다. "난 당신을 따라요. 당신 말을 따라요."

그래서 그들은 그가 시계를 보며 말할 때 잠시 가만히 있었다. "우리에게 정말 필요한 건 내 시계에 따르는 거예요. 벌써 11시에요. 여기서 점심을 먹으면 오후는 뭐해야 할까요?"

이 말에 샬롯은 바로 눈을 떴다. "점심 때문에 여기서 있을 필요 전혀 없어요. 내가 어떤 준비를 했는지 모르겠어요?"

그는 그 말을 받아들였지만, 항상 그녀에게 더 많은 뜻이 있었다. "당신이 준비했다는 게…."

"준비는 쉬워요. 내 하녀가 내 물건을 챙기면 돼요. 당신도 당신 하인에게 당신 물건을 챙기라고 하면 그 사람들은 함께 갈 수 있어요."

"우리는 바로 떠날 수 있다는 말이에요?"

그녀는 그에게 모든 걸 맡겼다. "내가 말한 마차 중 한 대는 우리를 태우러 돌아올 거예요. 당신의 미신이 우리 편이라면, 내 계획도 그렇겠죠. 그렇다면 난 당신의 미신을 믿어볼래요."

그는 궁금해졌다. "그럼 당신은 글로스터에 대해 생각해 봤어요?"

그녀는 머뭇거렸지만, 그건 그녀의 습관일 뿐이었다. "난 당신도 그런 생각을 했을 거라 생각했어요. 다행히도 우리는 이렇게 조화를 이루네요. 당신이 원한다면, 그 사람들은 미신을 위한 양식이에요. 글로스터라고 발음하면 아름다워요. 글로—스터Glo'ster, 글로—스터라고 하니까 옛날 노래처럼 들리네요. 하지만 글로—스터는 매력적일 것이고, 우리는 그곳에서 편하게 점심을 먹을 수 있을 것이고, 우리 짐과 하인들을 보내면 적어도 서너 시간이 생길 거예요. 그곳에서 전보를 보낼 수 있어요."

아주 조용히 그녀의 생각대로 모든 말을 받아들였고, 그는 살며시 고마운 마음을 내비쳤다. "그러면 캐슬딘 부인은?"

"우리가 머무는 걸 바라지 않아요."

그 말을 들으면서도 생각했다. "그렇다면 그 부인은 뭘 바라는…"

"블린트 씨요. 오죽 블린트 씨만을 꿈꿔요." 그녀는 왕자에게 한껏 미소 지었다. "캐슬딘 부인이 우리를 원하지 않는다고 확실히 말해줘야 해요? 다른 사람들 때문에 우리를 원했던 거예요. 블린트 씨와 단둘이 있는 게 아니라는 걸 보여주기 위해서요. 이제 그 일은 끝났고, 사람들 모두 떠났고, 물론 부인도 알고 있어요!"

"안다고요?" 그는 희미하게 외쳤다.

"음, 우리가 성당을 좋아하는 거요. 기회가 있을 때마다 그곳을 찾거나 둘러보려고 한다는 것을요. 우리의 각 가족이 그렇게 하길 상당히 바라는 것이고, 우리가 그러지 않으면 실망할 거라는 거요. 이방인으로 우리의 연줄이 그렇게 많지 않으니 이게 우리의 연줄이 될 거예요."

그는 그녀에게서 눈을 뗄 수 없었다. "그리고 당신은 바로 기차를 알아봤어요?"

"그럼요. 패딩턴에 6시 50분에 도착해요. 그 기차를 타면 바다를 볼 수 있어요. 평소처럼 집에서 저녁 식사를 할 수 있어요. 매기는 당연히 이튼 스퀘어에 있을 테니까 난 이렇게 당신을 초대하는 거죠."

한동안 왕자는 샬롯을 바라보기만 했다. "정말 고마워요. 기꺼이 가죠. 하지만 글로스터행 기차는요?"

"완행열차로 11시 22분에 있어요. 여러 정거장에 서지만 한 시간에 몇 정거장에 서는지는 잊어버렸어요. 그래서 우리는 오직 우리의 시간을 이용해야 해요."

그는 그녀가 부린 순간적인 주문에서 깨어났다. 그녀가 나왔던 문을 다시 지나가는 동안 왕자는 시계를 또 봤다. 하지만 또다시 미스터리와 마법에 대한 궁금증이 생겨서 발걸음을 멈췄다. "내가 당신에게 부탁하지도 않았는데 찾아봤어요?"

샬롯은 웃었다. "아, 자기, 당신이 브래드쇼Bradshaw, 철도 시간표를 수록한 철도 여행안내서, 1961년 폐간를 들고 있는 걸 봤어요. 앵글로 색슨족 혈통이라서요."

"혈통이요? 당신도 그런 혈통이군요. 대단해요!" 뭐, 그는 원하는 대로 해석할 수 있었다.

"그 여관 이름을 알아요."

"그다음은 뭐에요?"

"두 가지가 있는데, 곧 알게 될 거예요. 하지만 난 적당한 쪽을 선택했어요. 무덤을 기억해 뒀어요."

"아, 무덤이요!" 그는 어떤 무덤이라도 괜찮을 것이다. "하지만 당신이 벌써 그런 생각을 하는 동안 난 당신을 위해서 내 생각을 숨기고만 있었네요."

"당신이 원하는 만큼 날 위한 생각을 할 수 있어요. 하지만 그런 생각을 나에게 숨기고 있었다고 어떻게 이해할 수 있죠?"

"지금은 모르겠어요. 내가 원하는 언젠가 내가 어떻게 뭔가를 감추면 좋을까요?"

"아, 내가 알고 싶지 않을 수도 있지만, 내가 아둔하다는 걸 알게 될 거에요." 그들은 문에 도착했고, 샬롯은 설명을 하려고 잠시 멈췄다. "요즘, 어제, 어젯밤, 오늘 아침에 난 모든 것을 원했어요."

뭐, 괜찮았다. "당신은 모든 걸 알게 될 거예요."

23.

시내에 도착한 패니는 다시 생각한 것을 실행에 옮겼는데, 대령을 클럽으로 보내 점심을 먹게 하고 여러 가지 느낌에 하녀를 카도간 플레이스로 마차를 태워 보냈다. 이 결과 부부 각자는 새로운 접촉 없이 방해받지 않고 하루를 보냈다. 함께 외식했지만, 저녁을 먹으러 오가면서 양쪽 모두 할 말이 조금도 없는 것처럼 보였다. 패니는 맨 어깨를 보호하는 연노란색 망토보다 훨씬 더 제 생각에 휩싸여 있었고, 아내의 침묵을 상대해야 했던 그녀의 남편은 평소처럼 책임을 다했다. 요즘에 보통 그들은 더 오래 가만있다가 더 갑작스럽게 움직였다. 후자의 상황은 자정이 절정을 이루기 시작했다. 다소 지친 듯이 다시 2층으로 올라간 어싱험 부인은 가슴이 답답해 응접실 밖 금색으로 칠해진 커다란 베네치아풍 의자에 앉았고, 처음에는 우울한 표정으로 일종의 명상하는 자리로 만들었다. 이처럼 그녀는 자유로운 오리엔탈리즘 유형으로, 태곳적부터 말 못 하는 스핑크스가 마침내 또렷이 말하는 걸 약간 상기했을 것이다. 대령은 그 기념비 밑에서 진을 치는 사막의 늙은 순례자처럼 정찰하려고 응접실로 향했다. 습관처럼 창문과 고정 장치를 살폈고, 주인과 관리자, 사령관과 지방세 납세자의 시선으로 한 번에 둘러본 후에, 아내에게 돌아왔고, 그 앞에 잠시 서서 기다렸다. 하지만 그녀는 한동안 알 수 없는 표정으로 남편을 올려다볼 뿐이었다. 이런 사소한 행동과 의식적인 인내심 속에서 현재 너무나 어색해진 오해의 소통으로 오랫동안의 토론 관습을 중단케 하는 게 있었다. 이런 익숙한 사교적인 말은 때때로 명백한 문제에도 굴복할 수 있음을 보여주고 싶은 것처럼 보였다. 그 모습도 현저하게 이질적이지만, 현재 뭐가 문제인지 확실히 인지할 수 없는 분위기였다.

그 문제에 있어 아내 때문에 커진 세심한 감각으로 자신의 아내가 이상하게 부인하게 하려고 하는 상황에 대해 어느 정도 인식하고 있다는 게 어싱험 씨의 얼굴에 드러났다. 하지만 꽃은 부드럽게 숨을 내쉬었고, 이것이 그녀가 마침내 한 일이었다. 그녀는 오후 내내 이튼 스퀘어에서 친구들에게 헌신했다는 것과 매첨에서 와인용 적포도가 바구니에 한가득 담긴 듯한 인상으로 보였을 거라는 걸 남편에게 말할 필요가 없다는 걸 알았다. 그에게 둘러싸인 과정은 상당히 엄숙한 것으로 여길 수 있는 절제와 신중함으로 분명하게 진행됐다. 동시에 그런 엄숙함은 그에게 깊은 물을 의식하는 고백일 뿐이었고, 그 점에 대해 자신이 할 수 있는 건 말 없이 그녀를 잘 살피는 것이었다. 그는 아내가 신비로운 호숫가에서 모험하는 한 시간 동안 떠나지 않았고, 그는 반대로 그녀가 필요할 때 자신에게 신호를 보낼 수 있는 곳에 자리를 잡았다. 나무판자가 갈라져 떨어지면 아내는 도움이 필요할 것이고 그의 즉각적인 의무가 됐을 것이다. 그의 현재 위치에서는 분명히 아내가 어두운 물 중심에 있는 것이 보면서 현재 자신을 바라보는 침묵의 시선이 나무판자가 갈라지고 있다는 것을 뜻했던 게 아닌지를 궁금해했다. 마음속으로 생각하는 남자가 외투와 조끼를 벗은 것처럼 준비했다. 그러나 그가 물에 빠지기 전에, 즉 질문하기도 전에 구조할 필요 없이 그녀가 육지로 가고 있다는 것을 알아차렸다. 조금 더 가까이에서 그녀가 계속해서 노를 젓는 것을 보았고 마침내 배가 부딪치는 걸 느꼈다. 쿵 하는 소리가 분명하게 들렸고 그녀는 실제로 해안가에 발을 디뎠다. "우리 전부 틀렸어요. 아무 일도 없어요."

"아무 일이요?" 둑에서 그녀에게 손을 내미는 것 같았다.

"샬롯 베버와 왕자 사이에요. 불안했었는데 지금은 만족해요. 내가 틀렸어요. 아무 일도 없어요."

"하지만 당신이 끈질기게 그렇게 주장했잖아요. 처음부터 그들의 정직함을 확신했어요."

의자에 앉아있는 패니는 진지하게 말을 이었다. "아뇨, 여태껏 걱정하는 거 말고 아무것도 확신한 적 없어요. 지금까지 한 번도 보고 판단할 기회가 없었어요. 나의 미혹과 어리석음으로 없었다면, 그곳에서 그런 기회가 생겼어요. 그래서 봤어요. 그리고 이제 알아요." 그녀는 말을 반복하며 강조했고, 절대적인 확신에 고개를 더 높이 들었다. "알아요."

대령은 처음에는 잠자코 들었다. "그 사람들이 당신한테 말했다는 거…?"

"아뇨. 그리 터무니없는 일이 없다는 말이에요. 첫째 난 그 사람들에게 묻지 않았고, 그런 문제에 대한 그 사람들 말은 중요하지 않아요."

대령은 이상한 말을 했다. "아, 그들이 우리한테 말해 줄 거예요."

가장 아름다운 화단을 지름길로 가로질러 가는 남편에게 옛날부터 늘 조바심을 냈던 그녀는 그 말에 순간적으로 그를 쳐다봤지만, 비꼬는 것을 자제했다. "당신에게 말하면, 나한테도 알려줘요."

그는 아내에게 시선을 고정한 채 손등으로 자라난 수염을 만지면서 턱을 치켜들었다. "아, 그 사람들이 흔적을 남겼다고 나에게 어쩔 수 없이 말한다는 게 아니에요."

"무슨 일이 일어나든 그 사람들 침묵을 지키길 바라요. 나를 위해서 그들을 받아들이기 때문에 지금 그 사람들 이야기를 하는 거예요. 그거면 충분해요. 그것만 생각하면 돼요. 그들은 대단해요."

"사실 나도 정말 대단하다고 생각해요."

"그리 알고 있다면 조금 더 생각해야죠. 하지만 당신은 몰라요. 못 봤으니까. 그들의 상황이 너무나 특이하다는 걸요."

"너무나…?"

"보지 못했다면 믿기에는 너무 특이해요. 하지만 어떤 면에서 그들을 구하는 거예요. 그 사람들은 심각하게 받아들이고 있어요."

대령은 자신만의 속도를 유지했다. "자신들의 상황을요?"

"믿기 힘든 면을요. 그렇게 믿을려고 해요."

"당신에게도 믿을 만하다는 거예요?"

그녀는 한동안 남편을 다시 쳐다보았다. "그들 스스로 믿고, 그대로 받아들여요. 그렇게 자신들을 구하고요."

"하지만 그것이 단지 그들의 우연이라면…?"

"샬롯이 처음 나타났을 때가 우연이죠. 내가 그 당시 확신했던 생각이 우연이에요."

대령을 떠올려보려고 했다. "아. 다른 순간에 당신이 그 사람들에 대해 생각했던 거요." 이 희미한 행렬이 눈에 띄게 그의 앞에 모여들었고, 그는 최선을 다해 그 거대한 행렬을 지켜볼 수밖에 없었다. "지금은 당신이 편안하게 집중하기로 한 것에 대해 말하는 거예요?"

패니는 남편을 다시 잠깐 노려볼 뿐이었다. "내 믿음을 되찾았고, 그랬다는 건…."

"뭔데요?"

"뭐, 내가 옳았다는 거죠. 멀리 헤맸다는 거 말아요. 이제 다시 집에

왔고 여기에 머물 거예요. 그 사람들은 멋져요."

"왕자와 샬롯이요?"

"왕자와 샬롯이요. 얼마나 눈부셔요. 그리고 그 사람들은 그 아름다움을 걱정해요. 다른 사람들 때문에요."

"베버 씨와 매기 때문에요? 뭐가 걱정되는데요?"

"그들 자신이요."

"그들 자신이라니? 베버 씨와 매기를 말하는 거예요?"

어싱험 부인은 인내심이 강하고 생각도 명료했다. "맞아요. 그런 맹목적인 것도요. 하지만 대부분은 자신들의 위험에 대해 걱정해요."

"맹목적인 게 위험하다는 건가요?"

"그들의 처지가 위험하다는 거예요. 그들 처지에서 뭘 참고 있는지 지금 당신한테 말할 필요가 없겠죠. 다행히 맹목적인 걸 제외하고 모든 걸 참고 있어요. 그러니까 그들 처지에서는요. 주로 남편이 맹목적으로 굴죠."

대령은 잠시 그대로 있었지만, 직설적으로 물었다. "누구 남편이요?"

"베버 씨가요. 대부분 베버 씨가 맹목적으로 굴어요. 그 사람들이 보고 느끼는 게 바로 그거예요. 하지만 아내도 그래요."

"누구 아내요?" 패니가 자기주장에 상대적으로 덜 호응하는 남편을 침울하게 바라보자, 그가 물었다. 그리고 그녀는 우울하기만 했다. "왕자의 아내요?"

"매기요. 바로 매기에요"

"매기도 그리 맹목적이라고 생각해요?"

"내가 생각하는 문제는 그게 아니에요. 판단하기에 기회가 더 좋은 왕자와 샬롯을 이끄는 확신에 대한 문제요."

"그 사람들 기회가 더 좋다고 정말 확신해요?"

"글쎄요, 그들의 특별한 상황과 관계가 기회가 아니라면 뭐겠어요?"

"당신에게도 그만큼의 기회가 있어요."

패니는 조금 기운을 차려서 답했다. "특별한 상황과 관계는 내 문제가 아니라는 게 달라요. 난 그들이 처한 처지를 알았고, 다행히 난 그런 처지가 아니에요. 하지만 오늘 이튼 스퀘어에서 알게 됐어요."

"뭘 알았죠?"

그녀는 여전히 골똘히 생각했다. "아, 많은 것을요. 왠지 전보다 더 많이 알게 됐어요. 맙소사, 마치 내가 그 사람들을 위해서 이해하는 것 같아요. 마치 내가 모르는 무슨 일이 일어난 것 같았어요. 최근에 그곳에 그들과 함께 있었던 때를 제외하고 말이에요. 그 일로 난 눈을 뜨게 됐거나 분명해졌어요." 반면 실제 부인의 시선은 강렬한 통찰이라기보다는 남편이 다른 때에 여러 번 알아볼 기회가 있었던 특정한 조짐을 나타내며 남편에게 머물렀다. 그녀는 분명히 남편을 안심시키고 싶었지만, 사실을 강조하기 위해 자연스럽고 맺힌 반짝이는 눈물이 필요했다. 그들을 바로 평소와 같이 행동했다. 그녀는 자신만의 방식으로 남편을 안심시키고 그렇게 느끼도록 했다. 그는 이해하자마자 그걸 받아들이고 순응할 것이다. 다만 헤아릴 수 없는 우여곡절이 필요할 뿐이다. 예를 들어 오후에 한 이야기를 전개할 때 우여곡절이 상당했다. "그 어느 때보다 내가 더 잘 알았던 것 같았어요. 그 사람들이 그러도록….”

　“그들이 뭘 했는데요?” 아내가 말을 하다 말자 남편이 재촉했다.

　“왕자와 샬롯이 자신들이 하는 모든 일을 받아들이는 거요. 어떻게 받아들여야 하는지 아는 것도 어려웠을 거예요. 그 방법을 알려고 오랜 시간 노력했다고 할 수 있어요. 내가 말했지만, 오늘 난 갑자기 그들의 시선에서 꿰뚫어 보고 있는 것 같았어요.” 삐딱한 마음을 떨쳐버리기 위해 패니 어싱험은 벌떡 일어났다. 그러나 아내가 희미한 조명 아래 계속 그 자리에 머무는 동안 대령은 그의 넥타이, 셔츠 앞부분과 조끼에 있는 흰 색깔처럼 높고 무미건조한 표정으로 단호히 강조하며 그녀를 지켜봤으며, 그들은 늦은 시간 고요한 집에서 허울만 그럴듯한 세속적인 모험가 부부로서, 안심하다가 갑작스러운 압박에 한밤중에 이상한 구석에서 우울하게 생각하는 것일지도 모른다. 그녀의 관심은 자동적으로 계단과 층계참의 벽에 아무렇게나 막 걸려 있는 장식물로 향했고, 그동안 애정과 죄책감은 모두 사라졌다. “어떻게 그렇게 됐는지 상상이 되고, 이해하기 매우 쉬워요. 하지만 난 틀리고 싶지 않아요. 틀리고 싶지 않다고요!”

　“실수한다는 뜻이에요?”

　아, 그런 뜻이 아니었다. 패니는 자신이 의미하는 바를 너무 잘 알고 있었다. “난 실수 안 했어요. 하지만 내 생각에 죄를 저질렀어요.” 그녀는 온 힘을 다해 말했다. “난 가장 끔찍한 인간이에요. 내가 한 일이나, 생각하거나 상상하거나, 걱정하거나 인정하는 것에 조금도 개의치 않는 것처럼 보일 때가 있어요. 내가 그런 일을 다시 할 거라는 느낌이 들 때, 스스로 뭔가를 할 거 같은 느낌이 들 때 말이에요."

"아, 여보!" 대령은 냉정하게 말했다.

"맞아요. 당신이 나의 '본성'을 물리쳤다면요. 다행히 당신은 그런 적 없어요. 당신은 다른 모든 일을 해봤지만 그건 해본 적 없어요. 하지만 내가 정말 조금도 원하지 않는 건 그 사람들을 부추기거나 보호하는 거예요."

"그 사람들을 무엇으로부터 보호하는데요? 지금 당신의 확고한 믿음에 따라 그 사람들이 자신들을 드러내는 어떤 일도 하지 않았다면요."

사실 어느 정도 그녀는 반쯤 포기했다. "음, 갑작스러운 불안감이요. 그러니까 매기가 생각할 수 있는 것에 대한 불안으로부터요."

"하지만 당신이 매기가 아무 생각도 하지 않는다고 생각하면요?"

그녀는 다시 기다렸다. "그건 내 '온전한' 생각이 아니네요. 그런 거 없어요. 말했지만, 오늘 분위기에서 많은 걸 느꼈으니까요."

"아, 분위기로!" 대령은 건조한 말투로 나직이 말했다.

"뭐, 늘 분위기를 보면 알 수 있잖아요? 그리고 매기는 정말 호기심이 별로 없는 사람이에요. 오늘 오후에 그런 분위기 '속'에 있으면서 지금까지 내가 본 것보다 더 많은 걸 봤어요. 어떤 이유에서인지 아직 느끼지 못했던 것처럼 그 분위기를 느꼈어요."

"'어떤' 이유요? 무슨 이유요?" 그의 아내가 처음으로 아무 말을 하지 않아서 다시 물었다. "매기가 어떤 신호라도 보냈어요? 다른 게 있었어요?"

"매기는 항상 세상 다른 사람들과 너무 달라서 자기 자신과 다를 때는 말하기가 어려워요. 하지만 매기는 내가 그녀를 다르게 생각하게 만들어요. 날 집으로 데려다줬어요."

"여기 집이요?"

"아버지를 두고 먼저 포틀랜드 플레이스로 갔어요. 가끔 아버지를 두고 자리를 비우니까요. 나랑 조금 더 오래 있으려고 그랬어요. 하지만 마차가 있어서 그곳에서 차를 마신 후에 나와 함께 여기로 돌아왔어요. 이것 또한 같은 목적이었어요. 그러고 나서 떠난다고 알리는 왕자의 전언을 전해줬지만, 매기는 집으로 돌아갔어요. 왕자와 샬롯은 도착한다면 함께 이튼 스퀘어로 갈 것이고, 매기는 그곳에서 저녁 식사할 거라고 기대하고 도착했을 거예요. 그곳에 옷도 있고 모든 게 있으니까요."

대령은 사실 몰랐지만, 우려를 표했다. "아, 바꿔 입는다는 거예요?"

"20번은 바꿔입죠. 매기는 남편을 위해서 또는 자신을 위해서 옷을 차려입었어요. 늘 그랬어요. 결혼하기 전에 쓰던 방과 매우 비슷한 방이 있었고, 노블 부인이 아들을 봐줘서, 느긋하게 쉬어요. 그러니까 샬롯이 자기 집에서 친구 한 명과 함께 있고 싶으면, 그 사람들을 머물게 할 수밖에 없다는 없을 거예요."

살뜰하게 사람을 대하는 밥 어싱험은 그 묘사에 어느 정도 끼어들 수 있었다. "매기와 아이가 그렇게 있었던 거예요?"

"매기와 아이가 그랬어요."

"다소 힘에 벅차네요."

"내 말이요." 패니는 그 말에 고마워하는 거 같았다. "그 이상이라고 말하지는 않겠지만, 분명 힘에 벅차요."

"그 이상이라고요? 뭐가 그 이상이 될 수 있죠?"

"불행할 수도 있고, 자신을 위로하는 작고 재미난 방법을 찾을 수도 있어요. 만약 불행하다면, 그런 방식을 받아들일 거라고 확신해요. 하지만 그 무엇보다도 남편을 여전히 사랑하는데 어떻게 불행할 수 있을까요?"

이 말에 대령은 잠시 말을 곱씹었다. "그렇게 행복하다면, 뭐가 문제죠?"

그 말에 아내는 그에게 거의 달려들 뻔했다. "그럼 샬롯이 남모르게 비참하다는 거예요?"

하지만 대령은 반대의 의미로 팔을 내저었다. "여보, 난 당신에게 그 사람들 일 맡길게요. 더는 말할 게 없어요."

"정이 없네요." 그녀는 남편이 자주 다정했던 것처럼 말했다. "당신도 '벅차다'라고 인정했잖아요."

그리고 이 말에 자신이 하고자 하는 말을 고쳐서 다시 말했다. "샬롯이 친구들이 지낼 방이 부족하다고 불평한 적 있어요?"

"내가 아는 한, 한마디도 안 했어요. 그런 행동을 하지 않아요. 그리고 누구한테 불평해야 하죠?"

"항상 당신한테 안 했어요?"

"아, '나요'! 샬롯과 난, 요즘에 그렇죠…!" 그녀는 하나의 장을 마무리하는 것처럼 말했다. "하지만 내가 여전히 샬롯에게 어떻게 하는지

봐요. 나에게 점점 특별하게 다가와요."

그 말에 대령의 얼굴에 다시 깊은 그림자가 졌다. "그 사람들 모두 그렇게 특별하다면, 왜 누군가는 체념하고 관계를 끊어야 하죠?" 하지만 그 질문을 그들의 문제가 이제 너무 현실적으로 된 케케묵은 논조인 것처럼 대했고, 격앙된 눈빛에서 그녀의 불안한 상태를 드러냈기에 대령은 상당히 조심스러워하며 뒤로 물러났다. 이전에 평범한 사람의 시각에서 이야기했었지만, 지금은 평범한 사람 이상의 무언가가 되었을 것이다.

"그렇다면 샬롯은 늘 남편에게…?"

"불평한다고요? 차라리 죽는 게 낫죠."

"아!" 밥 어싱험은 그런 극단적인 말에 매우 유순해졌다. "그럼 왕자에게 했어요?"

"그런 일로요? 왕자는 신경 안 써요."

"우리가 불안해하는 이유가 왕자가 그렇게 해서라고 생각했어요."

하지만 어싱험 부인은 분명히 했다. "불평을 듣는다고 성가셔할 사람이 아니에요. 내가 불안한 이유는 바로 그녀가 어떤 구실을 대도 그 사람은 귀찮아하지 않는다는 거예요. 샬롯이 아니에요!" 그리고 베버 부인이 저지른 그러한 실수에 대한 우월한 생각에 그녀답게 머리를 흔드는 듯 했고, 언급된 인물이 당연히 받아들였던 모든 조건에서 그 부인의 일반적인 은총에 대한 찬사를 나타냈다.

"아, 오직 매기군요." 대령은 낮은 목소리로 짧게 말했지만, 아내는 다시 말할 준비가 됐다.

"아뇨, 매기뿐만이 아니에요. 런던의 많은 사람이 그를 따분하게 만들어요." 놀랄 일도 아니죠.

"그럼 매기가 가장 심하다는 거예요?" 하지만 그 질문은 아내가 씨앗을 뿌리기 직전에 다시 다툼하려는 격이다. "도착한다면 지금쯤 샬롯과 함께 돌아올 거라고 조금 전에 당신이 말했잖아요. 그러면 당신은 그 사람들이 정말 돌아오지 않았을 가능성이 있다고 생각해요?"

상대방은 그 생각에 대해 책임감을 느끼는 거 같았다. 그러나 상황을 즐기지 못하게 하기에는 분명 불충분했다. "강렬한 신념에 그 사람들이 지금 할 수 없는 건 없다고 생각해요."

"신념이요?" 그는 이상한 느낌에 그 말을 심각하게 따라 했다.

"그들의 잘못된 자리요. 그런 거죠." 그리고 자신의 결정으로 표면적으로 말의 순서가 엉망인 것을 견뎌냈다. "내가 보기에 그걸 증명하려고 그들은 아마 돌아오지 않을 가능성이 커요."

그는 아내가 그들을 어떻게 생각하는지 궁금했다. "어디로 함께 도망쳤을 수 있다는 거예요?"

"내일까지 매첨에 머물렀을 수도 있어요. 매기가 나와 헤어진 후에 각각 집으로 전보를 쳤을 수도 있어요. 그랬을 거예요. 누가 알겠어요!" 그녀는 갑자기 감정이 격앙된 채 말을 이었고, 내면의 어떤 생각을 어설프게 억누르면서 괴로움에 한탄했다. "그 사람들이 무슨 짓을 저질렀든 난 결코 모를 거예요. 절대로, 절대로. 알고 싶지도 않고, 어떤 것도 날 설득하지 못할 테니까요. 그래서 그 사람들은 원하는 대로 할 수 있어요. 하지만 난 그들을 완전히 위해줬어요." 그녀는 참을 수 없을 정도로 떨면서 마지막 말을 내뱉었고, 다음 순간 눈물을 흘렸지만, 남편에게 감정 폭발을 숨기려는 듯 자리를 떴다. 그녀는 어두컴컴한 응접실로 향했는데, 대령이 조금 전에 돌아다니는 동안 가림막을 올려서 가로등 불빛이 창문에 조금 비쳤다. 패니는 창문에 머리를 기댔고, 대령은 우울한 표정으로 그녀를 잠시 살피다가 머뭇거렸다. 그는 아내가 정말 뭘 했는지, 그리고 자신의 상식과 이해를 넘어선 이 사람들 일에 그녀가 얼마나 전념할 수 있었는지 궁금했을지도 모른다. 하지만 아내가 우는 소리를 듣고도 듣지 않으려고 하는 것은 그에게 너무 힘든 일이었다. 다른 때에는 아내가 울려고 하지 않는다는 걸 알고 있었고, 그렇게 나쁘지 않았다. 그는 아내에게 다가가 안았다. 아내의 머리를 자신의 가슴으로 끌어당겼고, 아내가 숨을 헐떡이는 동안 가만히 있었고, 곧 그녀는 진정됐다. 그러나 이상하게도 이런 작은 위기의 결과는 자연스럽게 잠자리에 들면서 대화가 끝나는 게 아니었다. 그녀의 예민한 감정 표현으로 더 많은 것을 터놓게 됐고 왠지 긍정적인 발걸음을 내디뎠고, 더 많은 말을 하지 않고도 이해하게 됐고, 더 가까이 마주하게 됐다. 그들은 일반적인 인간 문제의 세상으로 향해 열려있고 금박과 크리스털과 화려한 색으로 희미하게 빛나는 어두운 응접실 창문 밖을 몇 분 동안 바라봤다. 그리고 그들 사이에 오갔던 아름다운 일은 아내의 고통스러운 울음과 눈물, 남편의 경이로움과 친절과 위안, 무엇보다도 그들의 침묵의 순간과 함께 지나갔고, 남편이 아내가 혼자 노를 젓고 있는 것을 봤던 신비한 호수에 손을 잡고 한동안 함께 빠지는 모습으로 표현할 수 있을 것이다. 아름다운 일이라는 그들이 이제 전보다 대화를 더 잘할 수 있다는 것으로, 마침내 단 한 번에 그 근거가 분명해졌기 때문이다. 패니가 절대적으로 강요했지만 샬롯과 왕자를 계속해서 안전하게 구할 수 있는 한 그들을 구해야 하는 근거는 무엇이었을까? 여자 마음의 본성이었기 때문에, 패니는 불안한 마음에서 어떻게든 그들을 구했다. 그는 어쨌든 아내의 상냥함을 거부함으로써 현재 충분한 정보를 얻었고 그 정보가 자신이 원했던 전부라고 말했다. 아내가 최근 매기와 함께 있었던 것에 대해 말해줬던 걸 다시 되돌아보면서 꽤 분명히 알 수 있었다. "난 당신이 그 일로 무엇을 추론하고 왜 추론하는지 전혀 이해 못 하겠어요." 그렇게 자신을 표현하면서 마치 자신들이 꺼내 보인 깊은 속내를 간직하고 있는 것 같았다.

24.

이 말에 패니가 답했다. "나는 매기의 얼굴, 목소리, 전반적인 태도에서 뭔가가 나에게 영향을 미쳤다고 말 못 해요. 그리고 무엇보다도 매기가 조용하고 자연스럽게 지내기 위해 최선을 다하는 것을 느꼈어요. 늘 자연스럽게 조금 창백해 보이고 불쌍해 보이고 눈을 깜빡거리려고 하는 사람들을 보게 되면, 그런 무슨 문제가 있다는 거예요. 내 느낌을 뭐라 말할 수 없지만, 당신도 느꼈을 거예요. 매기에게 유일하게 문제가 될 수 있는 거 그거예요. '그런 모습'은 매기가 의심하기 시작했다는 거예요. 처음으로 자신의 멋진 작은 세계에 관한 판단을 의심하는 거죠."

패니의 시각은 인상적이었고 대령은 그에 동요된 것처럼 다시 서성거렸다. "배우자의 신의를 의심하고, 우정을 의심하겠죠! 정말 안됐어요! 힘들 거예요. 하지만 샬롯에게 다 떠넘길 거예요."

여전히 우울하게 사색에 잠겼던 어싱험 부인은 고개를 흔들며 부인했다. "매기는 누구에게도 떠넘기지 않을 거예요. 다른 사람처럼 그러지 않은 거고요. 모든 걸 직접 감당할 거예요."

"자기 잘못으로 생각한다는 거예요?"

"그리고 어떻게든 방법을 찾을 거예요."

"그렇다면 믿음직한 사람이군요."

"어찌 될지 어떤 식으로든 알게 될 거예요." 그리고 패니는 갑자기 의기양양하게 말했고, 남편이 놀라는 것 바로 느낀 것처럼 그에게로 몸을 돌렸다. "매기는 왠지 나를 끝까지 지켜볼 거예요!"

"당신을요?"

패니는 이제 더 의기양양하게 말했다. "그래요. 나를요. 내가 최악이고, 내가 다 저질렀으니까요. 인정해요. 나에게 뭐라고 하지 않을 것이고. 매기는 아무것도 토로하지 않을 거예요. 그래서 난 매기에게 의지하고, 매기는 날 지탱해 줄 거예요." 그녀는 상당히 열변을 토했고, 갑자기 그를 붙잡았다. "우리의 모든 문제를 떠맡을 거예요."

그런데도 여전히 궁금했다. "그녀가 개의치 않을 거라는 거예요? 내 말은…!" 그리고 그는 매정하게 쳐다보지는 않았다. "그럼 뭐가 곤란한데요?"

"없어요!" 패니는 똑같이 강조하며 말했다.

그는 실이 끊어진 것처럼 아내를 더 오래 바라봤다. "아, 우리에게 없다는 뜻이군요!"

그녀가 기필코 너무 지나친 이기심과 자신들의 외면에 관한 관심을 너무 많이 전가하는 것처럼 잠시 그의 표정을 살폈다. 그런 다음 결국 자신들이 가장 고려해야 할 것이 자신들의 외면이라고 판단했을 것이다. 패니는 품위 있게 말했다. "없어요, 우리가 침착함을 잃지 않으면요." 냉정함을 유지하는 것부터 시작하리라는 의미로 보였다. 마침내 기반이 마련됐다. "외교부 파티가 끝난 후 내가 처음으로 정말로 불안해했던 그 날 밤 당신이 나에게 한 말을 기억나요?"

"우리가 마차 타고 집으로 왔을 때요? 그 사람들한테 맡기라고 했던?"

"정확히는 '모든 상황을 해결하는데 그들의 기지를 믿으라'라고 말했었죠. 난 그 말을 믿었고, 그 사람들에게 맡겼어요."

그는 망설였다. "그 사람들이 그렇지 않다는 말이에요?"

"그들을 내버려 뒀지만, 이제는 어디서 어떻게 그랬는지 알아요. 그것도 모른 채 그녀에게 그 사람들을 맡겼어요."

"왕자비에게요?"

어싱험 부인은 깊은 생각에 잠긴 채 말을 이었다. "맞아요. 오늘 매기와 함께 내게 일어난 일이에요. 실제로 내가 저질러 왔던 일이라는 것을 깨달았어요."

"아, 그렇군요."

"내가 괴로워할 필요는 없어요. 매기가 그 사람들을 알아차렸으니까요."

대령은 '알았다'라고 했지만, 이 말에 조금은 멍하게 바라봤다. "하지만 하루 동안 매기에게 무슨 일이 있었던 거예요? 어떤 일에 눈을 뜬 거죠?"

"결코, 못 본 체한 게 아니었어요. 매기는 그 사람을 그리워해요."

"그렇다면 전에는 왜 그리워하지 않았죠?"

집안의 침울한 분위기와 반짝거림 속에서 남편을 마주하며 패니는 답을 했다. "그리워했지만, 모른 척 한 거죠. 이유가 있었고 맹목적으로 된 거예요. 마침내 현재 그녀의 상황이 위태로워지고 있어요. 이제 그걸 알게 됐어요. 그리고 이해가 돼요. 분명해지고 있어요."

그녀의 남편은 관심을 기울였지만, 다시 관심이 덜해졌고 답답했다. "참 가엾은 여자네요."

"아뇨. 매기를 동정하지 말아요!"

하지만 이 말에 그는 발끈했다. "매기를 안쓰러워하면 안 돼요?"

"적어도 지금은 안 돼요. 너무 이르죠. 너무 늦지 않았다면 말이죠. 어쨌든 이 일로 알게 될 거예요. 전에는 매기를 불쌍하게 여겼을지도 몰라요. 그게 도움이 됐으니까요. 예전부터 그랬을지도 몰라요. 하지만 이제 매기는 삶을 즐기기 시작했어요. 그것으로 난…." 하지만 다시는 패니는 자신의 상상을 투영했다.

"그녀가 좋아할 리가 없다고 생각하는군요."

"인생을 살아갈 것이고 이길 거라고 생각해요."

아내가 갑자기 예지력을 발휘해 이런 말을 해서 남편은 기운이 났다. "아, 그렇다면 우리가 매기를 응원해야죠!"

"아뇨. 매기 일에 관여해서는 안 돼요. 그 사람들 일에 끼어들지 말아요. 간섭하지 말고 기다려야 해요. 그냥 지켜봐야 해요. 그래야 하고 그게 맞아요. 그 자리에 있으면 돼요."

그렇게 그림자와 교감하는 것처럼 남편이 다시 질문할 때까지 방을 돌아다녔다. "어디에 있는데요?"

"음, 아름다운 일이 있을 때요. 일어날 수 있는 멋진 일이요."

남편이 궁금해하는 동안 패니는 그 앞에 잠시 멈췄다. "매기가 왕자를 되찾을 거라는 뜻이에요?"

그녀는 성급하게 손을 들었고, 그런 추측은 극도로 비참하다는 뜻일 수도 있었다. "되찾는 문제가 아니에요. 천박한 싸움의 문제가 아니에요. 그 사람을 '되찾기' 위해서는 그 사람을 잃어야 하고, 그를 잃기 위해서는 그 사람을 가져야 했어요." 그러면서 패니는 고개를 저었다. "내가 일깨워준 진실은 그동안 매기가 정말 왕자를 가지지 못했다는 거에요. 절대로요."

"아, 이런…!" 대령은 숨을 헐떡였다.

"절대로요!" 아내는 반복해서 말했고, 연민도 없이 말을 이었다. "오래전, 그러니까 그들 결혼식 전에 샬롯이 불쑥 나타났던 그 날 밤에 내가 당신한테 했던 말 기억나요?"

이런 호소를 들었을 때 봤던 미소는 두렵지는 않았다. "여러 가지 말을 했었죠."

"당연히 많은 말을 했고 그러면 한두 번은 진실을 말할 기회가 생겨요. 어쨌든 그날 저녁 당신한테 매기가 잘못된 일을 거의 듣지 못했을 사람이라고 했었어요. 마치 생각이 닫히면서 감각도 봉인된 거 같았어요. 그러니까 이제는 감각이 깨어날 때가 됐어요."

대령은 고개를 끄덕였다. "그렇군요. 잘못된 일에 대해서요." 아기나 미치광이와 평화롭게 지내왔던 것처럼 명랑하게 다시 신나게 고개를 끄덕였다. "정말 많이 잘못된 일에 대해서요."

하지만 그런 행동에 아내는 더 신이 났다. "매기 인생 처음으로 '악랄한' 일에 대해서요. 그런 일을 알게 되고 인지하고 그대로 겪게 되는 일에요." 그리고 그런 가능성에 대해 가장 큰 기준을 내세웠다. "냉혹하고 갈피를 못 잡는 일에 매일 오싹한 숨결까지지요. 사실 그러지 않는다면, 그저 의심과 두려움뿐이었을 거예요. 우리가 앞으로 알게 될 일은 단순한 경고가 충분했는지 여부에요."

"이미 충분히 매기 마음이 아픈데 뭐가 더 있어야 하죠?"

"매기를 흔드는 거요". 어싱험 부인은 다소 이상하게 답했다. "내 말은, 옳은 일이 생기는 거예요. 매기 마음을 아프게 하지 않을 옳은 일이요. 그런 변화로 세상의 한두 가지 일은 이해하게 될 거예요."

"하지만 그 한두 가지가 그녀에게 가장 무례한 일이 되는 게 안타깝지 않아요?"

"아, '무례하다'고요? 매기의 처지를 조금이라도 알려주기 위해서는 무례해야만 해요. 매기가 신경 쓰고 살아남기로 마음먹도록 하기 위해서는 불쾌해야 해요."

아내가 천천히 다니는 동안 밥 어싱험은 창가에서, 마지막 인내심에 담배에 불을 붙였고, 아내가 왔다 갔다 할 때 막연히 '시간을 재는' 것 같았다. 동시에 아내가 마침내 내린 명쾌한 결론을 제대로 살펴야 했고, 당연히 이런 가르침의 표현으로 어떤 감정에 이끌려 방 위쪽의 어스름에 시선이 향했다. 아내의 말에서 이상적으로 내포하고 있는 대답에 대해 생각했다.

"아, 자식을 위해서 살기로 하는 거군요!"

"아이를 걱정하죠!" 패니가 잠깐 멈췄을 때, 그는 전형적인 생각 때문에 그렇게 무시당한 적이 없었다. "자신의 아버지를 위해 살기로 한 거고, 그건 또 다른 문제에요!"

풍만하고 화려한 어싱험 부인이 이 말을 하면서, 진실은 빛을 발하기 시작했다. "어떤 바보라도 매기의 아이를 위해서 뭐든 할 수 있어요. 매기에게 보다 근본적인 이유가 생길 것이고, 그게 어떤 영향을 미칠지 알게 될 거예요. 아버지를 지켜야 해요."

"'지킨다'고요?"

"자신이 알고 있는 걸 아버지는 모르게 하는 거요." 남편의 눈빛에서 답을 아는 거 같았다. "힘들 거예요!" 최고의 절정에서 패니는 자신들의 대화를 끝냈다. "잘 자요."

하지만 패니의 태도에 뭔가가 있었고, 최고의 표명으로 적어도 단한 번의 손길로 그가 아내 곁으로 가게 되는 효과가 있었다. 그래서 그녀가 등을 돌려 계단과 층계참에 올라가기도 전에 그는 흥분돼서 그녀를 따라잡았다. "하지만 그건 오히려 좋은 거죠!"

"좋다고요?" 패니는 계단 밑에서 다시 돌아섰다.

"내 말은 오히려 대단하다는 거예요."

"대단해요?" 남편이 희극처럼 굴 때 아내가 비극처럼 구는 것은 여전히 그들의 법칙이었다.

"내 말은 오히려 아름답다는 거예요. 당신도 조금 전에 말했잖아요. 아름다운 일이 있을 거라고." 그는 지금까지 희미했던 연관성에 빛이 닿은 것처럼 재빨리 이 생각을 밀어붙였다. "다만 그렇게까지 아버지 일을 신경 쓰면서 그렇게 '벅차'하면서 무슨 일이 일어나고 있는지 조금 더 알아차리지 못한 이유가 이해가 안 될 뿐이에요."

"아, 당신도 그렇군요! 나도 줄곧 스스로 그런 질문을 했었어요." 패니는 카펫에 시선을 두었지만, 곧 남편를 바라보며 직설적으로 말했다. "그리고 그건 바보가 하는 질문이에요."

"바보요?"

"뭐, 모든 면에서 난 그렇게 바보처럼 굴었고, 최근에 자주 그런 질문을 했었어요. 당신은 지금에서야 그런 질문을 했으니 용납이 돼요. 오늘에서야 알게 된 그 답은 내내 내 앞에 있었어요."

"그렇다면 도대체 그 답은 뭔데요?"

"아버지에 대한 강한 양심과 용감한 경건함에 대한 열정이에요. 그것이 작용했고 그래서 '힘에 벅찼을' 거예요. 하지만 그건 기묘한 시작에서 비롯됐어요. 소중한 아버지가 딸의 마음을 편안하게 해주려고 결혼한 순간부터 이상하게 비틀어져서 정반대의 결과가 일어났어요!"

하지만 이런 숙명론에 대한 새로운 생각에, 그녀는 자포자기하며 어깨를 으쓱할 수밖에 없었다.

대령은 측은하게 생각하며 말했다. "그렇군요. 그게 기묘한 시작이었군요."

하지만 패니가 다시 단념하려고 했을 때 남편의 반응에 순간 견딜 수 없게 돼버린 듯했다. "맞아요! 내가 주요 원인이었고, 뭐에 홀렸는지 모르지만, 내가 계획했고 그 사람을 부추겼어요." 하지만 다음 순간 다른 말을 했다. "아니면, 내가 뭐에 사로잡혔는지 알아요. 매기 아버지가 사방에 탐욕스러운 여자들에게 둘러싸였고, 애절하게 지켜달라고 했고 왜 보호가 필요하고 원하는지 말했었죠? 새로운 인생을 시작한 매기는 아버지를 위해서 과거에 했던 일, 그러니까 아버지를 보호하고 탐욕스러운 여자들의 접근을 막았던 것을 미래에도 스스로 포기할 수 없었어요. 누군가는 애정과 동정심이 넘친다고 여겼어요." 50번 동안 현재의 사실 앞에서 불안과 자책감으로 모든 것이 모호해지지 않게 되자, 다행히 모든 것이 그녀에게 돌아왔다. "누군가는 당연히 참견하기 좋아하는 바보로, 사람들 인생을 당사자들보다 자신이 더 잘 안다고 생각하는 사람이 항상 있어요. 하지만 여기서 그 사람은 사람들이 인생을 제대로 알지 못하고 전혀 모른다는 핑계를 대요. 너무 불쌍했던 거죠. 사람들이 그렇게 멋진 인생을 엉망으로 만들고 낭비하고 내버려 두고 있으니까요. 사람들이 어떻게 살아야 하는지 몰랐고, 그들에게 관심이 있었던 누군가는 그냥 서서 보고 있을 수는 없었을 거예요. 내가 그래요." 가엾은 여자는 지금, 이 순간 상대방의 지성과 더 직접적으로 교감하면서, 이전보다 그에게 자신의 의식적인 모든 짐을 지운다고 느끼는 것처럼 보였다. "나의 사교적이고, 지독하고, 불필요한 관심에 대한 대가를 항상 치러요. 물론 샬롯도 그렇다는 거 말고는 나에게 맞는 것은 없을걸요. 샬롯은 늘 우리 곁에 맴돌았고, 잘 지내지 못하고 약간 신비롭게 지낼 때, 사람들을 스쳐 지나갔고 인생을 낭비하고 실패에 직면했었죠. 베버 씨와 매기는 세상에 도움이 되었을 때요. 밤에 깨어 있을 때 난 샬롯이 다른 사람들처럼 천박하게 굴지 않고, 탐욕스러운 여자들을 막을 수 있는 사람이고 베버 씨에게 이런 도움을 주면 그 친구의 미래에 좋은 일이 될 거라는 생각이 들기 시작했어요. 물론 마음에 걸리는 게 있었죠. 당신은 내가 무슨 말 하는지 알아요. 표정을 보면요!" 패니는 진심으로 투덜거렸다. "하지만 내가 말할 수 있는 건 그렇지 않았다는 거예요. 매기가 샬롯을 받아들일 것 같았지만, 그 친구가 받아들인다고 생각할 수 있는 다른 여자나 다른 부류의 여자를 잘 알지 못했으니까요."

"그렇군요." 그녀는 잠시 말을 멈추고 남편이 경청하는 모습을 살폈고, 회상하는 동안 아내의 열기가 고조되자 남편은 숨을 가라앉히면서 그녀에게 너무나 맞춰주고 싶어 했다. "정말 이해해요, 여보."

그러나 그 말은 그녀를 우울하게 만들 뿐이었다. "당신 눈빛을 보면 어떻게 이해하는지 자연스럽게 알 수 있어요. 매기가 모르는 상태에서 어쩔 수 없이 샬롯을 받아들일 거라는 걸 내가 알았다는 거잖아요. 맞아요. 여보." 그리고 갑자기 패니는 쓸쓸함의 매서움에 사로잡혔다. "당신은 이유가 있어서 내가 그렇게 했다고 말해주기만 하면 돼요. 당신이 그러면 내가 어떻게 당신에게 맞설 수 있겠어요?" 그녀는 이루 말할 수 없이 고개를 저었다. "당신에게 맞서지 않아요. 물러서고 또 물러서요. 하지만 내 인생을 구하는 데 도움이 되는 작은 한 가지가 있어요." 그리고 패니는 남편을 잠시 기다리게 했다. "그런 여자들은 쉽게, 어쩌면 분명 더 나쁜 짓을 했을지도 몰라요."

"샬롯보다 더요?"

"아, 더 나쁜 일은 없었을 거라고 하지 말아요. 말하면 많은 일이 있었을지도 모른다고요. 샬롯은 나름대로 비범해요."

그도 동시에 말했다. "비범하죠!"

"샬롯은 사람들 행태를 살펴요."

"왕자와 함께요?"

"왕자를 위해서요. 그리고 다른 사람들과 함께, 베버 씨와 함께 잘 살펴요. 하지만 무엇보다는 매기와 같이해요. 그리고 그런 행태는 행동의 2/3이에요. 베버 씨가 자신들을 엉망으로 만들 여자와 결혼했다고 해봐요."

하지만 그는 등을 홱 돌렸다. "아, 난 절대 그런 말 하지 않을 거예요!"

"베버 씨가 왕자가 정말 아꼈던 여자와 결혼했다고 해봐요."

"베버 씨는 샬롯을 아끼지 않는다는 뜻이에요?" 이 말은 여전히 뛰어넘어야 할 새로운 관점이었고, 대령은 그런 노력의 필요성을 확인하고 싶었다. 하지만 남편이 응시하는 동안 아내는 그에게 시간을 줬고, 마지막에 간단히 이렇게 말했다. "그렇지 않아요!"

"그럼 도대체 그 사람들은 뭔데요?" 그러나 여전히 패니는 남편을 쳐다보기만 했다. 그래서 남편은 주머니에 손을 넣고 아내 앞으로 서서히 다가가 마음을 달래면서 다른 질문을 했다. "당신의 가설에 따르면 행동의 2/3이라는 그 '행태'가 내일 아침까지 샬롯이 왕자와 함께 집에 오지 못하게 하는 거예요?"

"네, 틀림없어요. 그 사람들의 행태 때문이에요."

"그 사람들이요?"

"매기와 베버 씨요. 그들의 행태가 샬롯과 왕자가 그렇게 하도록 만들어요. 내가 말했듯이, 그렇게 비뚤어진 사람들이 자신들을 올바른 사람인 척했어요.

그는 깊이 생각했지만 이제 마침내 정말 고민에 빠졌다. "당신이 비뚤어졌다고 하는 걸 난 정확히 이해 못 하겠어요. 어떤 상황의 상태는 하룻밤 사이에 버섯처럼 자라지 않았다. 여러모로 현재 그 사람들이 무엇을 하든 적어도 그들이 한 행동의 결과잖아요. 그 사람들은 단순히 운명의 무력한 희생자들일까요?"

패니는 마침내 용기를 냈다. "맞아요. 너무나도 순진해서 운명의 희생자가 된 거예요."

"그리고 샬롯과 왕자도 너무나 순진한 거예요?"

잠시 뜸을 들였지만, 고개를 완전히 꼿꼿이 세우며 말했다. "맞아요. 그 사람들도 그랬어요. 다른 사람들도 마찬가지고요. 모든 면에서 의도는 아름다웠어요. 왕자와 샬롯의 뜻은 훌륭하다고 믿어도, 난 어떠한 시련도 감수하려고 했어요. 그렇지 않았다면, 난 비열한 인간이 됐을 거예요. 그리고 난 비열한 인간이 아니에요. 단지 악에 깊이 물든 바보였을 뿐이었어요."

"그렇다면, 우리의 혼란으로 그 사람들은 어떻게 됐는데요?"

"서로의 생각에 너무 몰두했죠. 그런 잘못을 당신은 원하는 이름으로 부를 수 있어요. 어쨌든 그 사람들 상태를 의미하니까요. 너무나 매력적인 사람들의 불행을 보여줘요."

이 말은 약간의 설명이 더 필요한 또 다른 문제였지만, 대령은 다시 최선을 다했다. "하지만 누구한테요? 오히려 그게 문제 아닌가요? 왕자와 샬롯이 누구에게 너무나 매력적이라는 거죠?"

"처음에는 물론 서로에게죠. 그런 후 두 명 모두 매기에게 매력적이었죠."

"매기요?" 대령은 경탄스럽다는 듯이 따라 했다.

"매기요." 그녀는 분명히 했다. "자기 인생에서 아버지를 살피는 것을 매기는 처음부터 순수히 받아들였어요."

"하지만 보통 싸우지 않고, 생계 수단이 있고 술을 마시거나 소란을 피우지 않는 한, 나이 든 부모를 모시잖아요?"

"물론 그렇죠, 특별한 이유가 없으면요. 베버 씨가 취하는 거 말고 우리가 모르는 게 있을지도 모르죠. 우선 베버 씨는 늙지 않았어요."

대령이 꾸물거렸지만, 곧 말을 건넸다. "그렇다면 왜 그런 것처럼 굴죠?"

"베버 씨가 어떻게 구는지 당신이 어떻게 알아요?"

"뭐, 샬롯의 행동을 보면 알죠!"

이 말에 패니는 잠시 흔들렸지만, 다시 정신을 차렸다. "베버 씨가 샬롯에게 매력적이라는 게 내 말의 핵심이 아니잖아요?"

"샬롯이 무엇을 매력적으로 여기느냐에 따라 조금은 달라지죠."

그녀는 그 말을 경박하다고 생각했고, 품위 있게 고개를 흔들며 그 말을 무시했다. "정말 젊은 사람은 베버 씨고, 정말 나이를 먹은 건 샬롯이죠. 내 말은 과장이 아니에요."

"당신은 그 사람들 모두 순수하다고 했잖아요."

"매우 보기 드물게 처음에는 모두 순수했죠. 그들이 함께 붙어 다니는 것을 당연하게 여길수록 실제로는 더 많이 떨어져 있어야 한다는 점을 알지 못했다는 말이에요. 다시 한번 말하지만, 나는 샬롯과 왕자가 원래는 베버 씨 대한 진심이 어린 존경심이 자신들을 구할 것이라고 마음먹었다고 정말 생각했어요."

"그렇군요. 그리고 베버 씨도 구하고요."

"그것도 마찬가지고요!"

"그런 다음 매기를 살리고요."

"그건 조금 달라요. 매기가 가장 많은 일을 했으니까요."

"가장 많은 일을 했다고요?"

"음, 매기는 원래부터 그랬어요. 악순환을 시작했어요. 내가 매기를 '악'과 연관 지어서 당신은 놀란 거 같지만, 정말 그렇기 때문이에요. 그들의 상호 배려가 무한한 심연을 만들었고, 그들 나름대로 너무나 선하게 살아왔기에 너무나 휩쓸려버렸어요."

"그들 나름대로…. 그렇군요!" 대령은 활짝 웃었다.

"무엇보다도 매기가요." 남편의 비아냥은 이제 그녀에게 아무렇지도 않았다. "매기는 자신이 그렇게 결혼해서 힘들어했던 아버지에게 먼저 만회해야 한다고 생각했어요. 베버 씨에게 완벽하게 만회하려고 너무 많은 시간을 보냈기에 그 점에 대해서 남편에게 만회해야 했고요. 그리고 매기는 제 아버지가 괜찮은지 살피는 동안, 왕자가 샬롯의 응원을 받는 기쁨을 즐기도록 하면서 정확히 자기 나름의 방식대로 했어요. 하지만 동시에 이런 목적으로 젊은 새엄마를 베버 씨로부터 멀리 떼어 놓는 것 또한 만회해야 하는 것으로 느꼈어요. 비록 상당히 투지 넘치고 작은 정의로운 일지라도 아버지에 대한 새로운 의무이자, 매기의 불운으로 만들어지고 가중된 의무라는 걸 당신은 쉽게 알 수 있을 거예요. 왕자와의 행복한 생활에 대한 어떤 유혹에도 아버지의 결혼이 결코 아버지를 버리거나 소홀히 하는 핑계가 될 수 없다는 것을 보여주고 싶었어요. 그래서 다음으로 매기는 왕자에게 똑같이 열정적인 딸로 남아있고 싶은 바람으로 당분간 어느 정도를 자신이 남편을 등한시할 수 있다는 점을 인정한다고 알려줬어요. 사람은 대부분 한 번에 한 가지에만 애정 어린 열정을 느낄 수 있다고 생각해요. 다만, 그것은 부모나 형제에 대한 감정과 같은 우리의 원초적이고 본능적인 애착인 '핏줄'에는 맞지 않아요. 그런 일들은 강렬하지만 다른 강렬함을 막지 못해요. 내가 당신을 사랑한 후에 몇 년 동안 당신은 좋아하지 않았던 어머님을 내가 솔직히 얼마나 좋아했는지 기억한다면 당신도 인정할 거예요. 매기가 나와 같은 상황이면서 더 복잡한데, 무엇보다도 내가 어떻게 생각할지 전혀 감이 잡히지 않는 복잡함이에요. 어쨌든 매기가 알기도 전에, 작은 양심과 명석함은 정말로 너무나 맹목적이었고, 내가 말했듯이, 매기의 열정적인 작은 정의감으로 두 사람은 함께 하게 됐고, 가장 심한 잘못이라 할 수 없어요. 그리고 이제 그녀는 무슨 일이 일어났다는 것을 알았지만, 지금까지 무슨 일이 몰라요. 해결책만 쌓아뒀는데, 진지하면서도 혼란스럽지만 필요한 거고, 쌓아두기만 한 해결책들은 처음에는 스스로 생각했는데 이제는 정말 바꿔야 해요. 유일하게 바꾼 건 자기 아버지가 살면서 모든 것이 분명 최선인지 궁금해하는 것을 막아야 하는 게 불가피해 졌어요. 전과는 달리 이제 아버지가 자신들의 특이한 상황을 지적한다면, 거북하거나 불쾌하거나 도덕적으로 어긋나는 것이 있다는 것을 알지 못하도록 해야 해요. 매일, 매달 아버지에게 자연스럽고 평범하게 보이도록 애써야 해요. 비교하는 건 그렇지만, 그래서 매기는 나이를 먹을수록 그림을 더 대담하고 더 뻔뻔스럽게 그리고 더 두껍게 칠하고 그리는 늙은 여자 같아요." 그리고 패니는 자신이 벗어 던졌던 이미지에 사로잡혀 잠시 서 있었다. "나는 대담하고 뻔뻔하게 굴고 여러 가지 일들을 둘러대는 방법을 알려고 하는 매기의 생각이 마음에 들어요. 신성한 목적을 위해 매우 악착같이 알아낼 수 있고 그렇게 할 거예요. 그 소중한 사람이 아는 순간부터, 모든 게 붉어지고…!" 그녀는 그 환상을 응시하며 잠시 말을 멈췄다.

밥에게도 전해졌다. "그러며 재미난 일이 시작되는 건가요?" 하지만 패니가 자신을 빤히 쳐다보자, 질문의 형식을 바꿨다. "그렇다면 매력적인 그녀는 길을 잃을 거라는 뜻이에요?"

패니는 더 침묵했다. "전에도 말했지만, 제 아버지를 지킬 수 있다면, 길을 잃지 않을 거예요. 충분히 구원으로 여길 거예요."

대령은 그 말에 수긍했다. "그렇다면 매기는 작은 여걸이네요."

"상당히 그렇죠. 하지만 무엇보다는 그 사람들이 버틸 수 있도록 하는 건 베버 씨의 천진함이에요."

이 말에 남편은 베버 씨의 천진함에 중점을 줬다. "정말 이상하네요."

"당연히 이상하죠! 굉장히 이상하고, 두 사람이 정말 기묘하다는 점과 당신과 내가 아니라 개탄스럽게 퇴보한 나의 다정하고 소중한 사람들의 오랜 특이함이 그들이 나에게 하는 호소의 본질이고 그들에 대한 내 관심의 본질이었어요." 패니는 다소 후회하며 말을 덧붙였다. "그리고 물론 그 사람들이 나와 관계를 끊기 전까지 여전히 이상하다고 생각할 거예요!"

그럴 수도 있지만, 대령이 마음에 걸리는 건 이것이 아니었다. "샬롯과 2년을 살았는데 베버 씨가 천진하다고 믿는 거예요?"

패니는 빤히 쳐다봤다. "하지만 2년 동안 베버 씨가 실제로 또는 완전히 샬롯과 같이 지내지 않았다는 게 중요하지 않나요?"

"당신 생각에 따르면 '실제로' 또는 '완전히' 왕자와 4년을 산 매기와 같다는 거예요? 매기의 천진함을 설명하는데 매기도 하지 않았던 모든 일도 알아야 하고, 그래서 우리는 감탄하는 거예요."

또다시 상스러운 말을 할 수가 있어서 패니는 이 말을 넘겼다. "많은 말로 매기를 설명할 수 있어요. 어쨌든 이상하긴 하지만 확실한 건 아버지를 위한 매기의 노력이 지금까지 충분히 성공했다는 거예요. 전반적으로 매기는 게임의 일부로 아버지가 분명 이상한 관계를 받아들이도록 했어요. 딸 뒤에서 보호받고 즐거워했고 이를테면 절묘하게 속았고, 프린시피노는 항상 도우면서 기쁘게 했기에, 그는 숭고하게 계획했던 것들을 넘길 만큼 충분히 안전하고 평온하게 지냈어요. 내가 그랬던 것처럼 베버 씨도 자세히 알 수 없었지만, 세세히 살펴보면 이상해요. 베버 씨에게는 샬롯과 결혼한 게 이상하죠. 그리고 두 사람 모두가 도와줘요."

"두 사람 모두요?"

"틈만 나면 매기가 아버지에게 잘 맞는 것처럼 보이게 한다면 샬롯도 자기 몫을 덜 하지 않는다는 뜻이에요. 그리고 샬롯의 몫은 매우 크고, 열심히 해요."

그렇게 모든 뜻이 그 말에 담겼고, 남편은 잠시 부인을 바라봤다. "그럼 왕자는 무슨 일을 하는데요?"

패니는 남편을 꾸짖으면서 답했다. "왕자처럼 굴죠!" 그래서 대화를 잠시 멈추고, 방으로 올라가려는 패니는 이상한 곳에서 있는 루비나 가넷, 터키석, 그리고 토파즈로 복잡하게 장식된 의자 등받이를 보여줬는데, 논쟁의 새틴을 함께 핀으로 고정한 재치의 희미한 상징처럼 반짝였다.

대령은 마치 아내가 자신에게 분명 그 주제에 정통했다는 인상을 남긴 것처럼 구는 모습을 지켜보았다. 그렇다, 마치 그 사람들 앞에 놓인 드라마의 진짜 결말은 현재처럼 인생이 궁지에 빠졌을 때 가장 빛나는 아내들이 존재한다는 것이었다. 그는 아내가 위풍당당하게 자리를 뜨는 것을 보면서 대화를 할 때 비교적 희미하게 빛나던 작은 전등을 끈 다음, 바로 호박색 옷자락을 펄럭이는 아내를 뒤따라 올라갔는데, 모든 이야기를 분명히 하고 마침내 충분히 설명하면서 아내 자신이 얼마나 안도하고 들떠 있는지 알 수 있었다. 그러나 아내가 이미 금속으로 된 뾰족한 부분을 빛에 닿게 한 위쪽 층계참에 함께 했을 때, 그녀가 자신의 호기심의 싹을 없애기보다 불러일으키기 위해 더 많은 말을 했다는 걸 알게 됐다. 그는 하고 싶은 말이 더 있어서, 아내를 조금 더 붙들었다. "조금 전에 했던 그 사람이 샬롯을 신경 쓰지 않았다는 말은 무슨 의미예요?"

"왕자가요? '정말' 신경 안 썼냐고요?" 잠시 후 그녀는 자비롭게 그 말을 상기했다. "모든 게 편안하면 남자들은 신경 안 쓴다는 말이에요. 10명 중 9명은 자신의 인생을 걸었던 여자들에게 그렇게 굴어요. 당신은 조금 전에 그 사람이 뭘 하냐고 물었지만 어떤 역할을 하는지 물어봐야 했어요."

그 말이 이해가 됐다. "왕자로서요?"

"왕자로서요. 그 사람은 정말 왕자예요. 그런 점에서 멋진 사람이에요. 심지어 '최고위층'에서조차 그런 척하는 사람들보다 훨씬 더 드물고, 그래서 왕자의 가치가 매우 높이 평가되는 이유예요. 아마도 진짜 마지막 남은 왕실 일가 중 한 명일 거예요. 그리고 우리는 그를 잡아야 해요. 여러모로 봐서 그를 잡아야 해요."

"무슨 일이 생기면 샬롯은 어떻게 그를 붙잡죠?"

그 질문에 그녀는 잠시 머뭇거렸고, 남편을 바라보면서 손을 내밀어 그의 팔을 붙잡았고, 그래서 그는 답을 충분히 알 수 있었다. 그런 다음 잠시 떨어져서는 지금까지 남편에게 했던 경고 중 가장 단호하고 길고 강한 경고를 했다. "모든 일에도 불구하고 아무 일도 일어나지 않을 거예요. 아무 일도 일어나지 않았고, 아무 일도 없어요!"

그는 약간 실망한 표정을 지었다. "알겠어요. 우리를 위해서."

"우리를 위해서죠. 또 누구겠어요?" 그는 아내가 정말 이해해주길 바란다는 것 확실히 느꼈다. "우리는 아무것도 모르는 거예요!" 그 말은 그가 맹세해야 하는 약속이었다.

그래서 맹세했다. "우리는 아무것도 몰라요." 밤에 군인들이 하는 암호 같았다.

패니는 같은 식으로 말을 이었다. "우리는 아기처럼 결백해요."

"왜 그 사람들처럼 결백하다고 하지 않죠?"

"아, 최고의 이유니까요! 우리가 훨씬 더 결백하니까요."

"하지만 우리가 어떻게 더…?"

"그 사람들한테요? 아, 쉬워요! 우리는 뭐든 될 수 있어요."

"그럼 완전 바보인가요?"

"완전 바보죠. 아, 그런 방식으로 우리는 편히 있을 수 있어요."

하지만 그는 그 말에 뭔가가 있는 것처럼 보였다. "하지만 사람들은 우리가 그렇지 않다는 거 알잖아요?"

패니는 주저 없이 말했다. "샬롯과 왕자는 우리가 그렇다고 생각하고, 얻는 것이 많았어요. 베버 씨는 우리의 지성을 믿지만, 그 사람은 중요하지 않아요."

"매기는요? 몰라요?"

"우리 눈앞에 보이는 일이요?" 그렇다, 사실 이 말을 할 때까지 더 오래 걸렸다. "오, 짐작만 하는 한 아무런 기색도 보이지 않을 거예요. 그러니까 결국 모르는 거나 마찬가지예요."

그는 눈썹을 치켜들었다. "매기를 도울 수 없을까요?"

"그게 매기는 돕는 거예요."

"바보처럼 보이는 거요?"

패니는 단념했다. "매기는 자신이 더 대단한 사람처럼 보이기를 바라요! 그런 거라고요!" 그 말과 함께 그녀는 남편이 순응하겠다고 했던 약속을 떨쳐버렸다. 하지만 뭔가가 그녀를 붙잡았다. "게다가 이제 알겠어요! 오늘 이른 스퀘어에서 매기가 깨달았다는 걸 어떻게 알았는지 나한테 물었죠. 함께 있는 그 사람들을 봤어요. "

"아버지와 있는 매기를 보고요? 하지만 전에도 매기를 자주 봤잖아요."

"현재의 시각에서는 전혀 본 적 없어요. 다른 사람들이 없는 하나의 시험대 같은 일은 지금까지 일어나지 않았으니까요."

"그럴 수 있겠네요! 하지만 매기와 베버 씨가 고집부리면요?"

"그게 왜 하나의 시험대겠어요? 그럴 의도가 없었기 때문이에요. 말하자면 그들 손에 망가졌어요."

"틀어졌어요?"

"그 말은 끔찍해요. 차라리 '변했다'라고 해요. 어쩌면 매기는 자신이 얼마나 견딜 수 있는지 알고 싶었을 거예요. 그 경우에는 매기는 본 적 있어요. 매기만 찾아가겠다고 고집했고, 아버지는 아무것도 고집 부리지 않았어요. 그리고 아버지는 하는 것을 지켜봐요."

남편은 깊은 인상을 받았다. "지켜봐요?"

"첫 번째 희미한 조짐을요. 베버 씨가 알아차리는지요. 내가 말했지만 그런 일은 일어나지 않아요. 하지만 매기는 그걸 알기 위해 그곳에 있는 거예요. 매기가 그곳에 왜 있는지 알았어요. 말하자면, 현장에서 매기를 목격했어요. 일부러 자리를 떴지만, 나에게 숨길 수도 나를 속일 수 없었죠. 그 모습에서 난 알았어요." 아주 명쾌하게 말하며 패니는 자기 방에 도착했다. "다행히도 매기가 어떻게 성공했는지 알게 됐어요. 베버 씨에게 아무 일도 없었어요."

"그렇게 확신해요?"

"그럼요. 아무 일도 없을 거예요. 잘 자요. 그 친구는 차라리 먼저 죽어 버릴 거예요."

황금잔 Volume 1

1판 1쇄 인쇄 2023년 7월 14일
1판 1쇄 발행 2023년 7월 21일

지은이   헨리 제임스
옮긴이   남유정·조기준
발행인   조은희
발행처   아토북

등 록   2015년 7월 31일(제2015-000158호)
주 소   (10261) 경기도 고양시 일산동구 성현로659번길 143 103-101
전 화   070-7537-6433
팩 스   0504-190-4837
이메일   attobook@naver.com

ISBN 979-11-90194-13-6 03840